U0438248

〔清〕龔自珍 著
劉逸生 周錫馥 校注

龔自珍詩集編年校注

下

上海古籍出版社

己亥雜詩

凡例

一、《己亥雜詩》最早有羽琌别墅本，今未見。兹注以吴煦刻本爲底本，校以諸通行本。各本均無詩前號碼，今爲讀者查閱方便，全部加上編號，從第一起至第三一五止，并以編號附首句加編目次。

二、本注除注明典故出處，訓釋文字，考覈名物，取證史實之外，爲便於初學，并加詩句串解；其有觀注自明不須串解者則略之，詩意明白不煩串解者亦略之。

三、詩中常有借事寓意或以古喻今，乍觀不易明瞭，爲幫助讀者領會詩意，間加注者見解，附於注後。

四、注中凡稱「作者」，均指龔氏；凡注者所附私見，均加「按」字以别之。

五、詩中涉及作者師友親串達百餘人，既有當時名家碩學，亦有生平業績不顯者。注者翻檢前人載記，就所見及，擇要録入，生平宦績，詳略不等。因篇幅關係，凡節略處一般不加省略符號。

六、作者自注（詩後小字注），間有誤記者，如謂黄河徙於金明昌元年而實爲五年，謂郟僑爲南宋人而實係北宋人，謂馮晉漁啓蓁爲海南人而實係鶴山人之類，今均在注中加以訂正。

七、「詩無達詁」，龔氏亦自言之。此非謂詩不能解，實因讀者對詩意之領略，實難求得完全一致。注者解釋詩意，雖再四涵泳，力求接近作者原意，而學殖荒陋，且不能無個人之主觀偏蔽。繩愆糾繆，是望通人。

八、本詩注於一九七六年在報刊上發表時，曾用「萬尊嶷」筆名，附此説明。

目録

凡例……五一三
龔自珍和他的《己亥雜詩》……五二五
己亥雜詩
一（著書何似觀心賢）……五四五
二（我馬玄黄盼日曛）……五四六
三（罡風力大簸春魂）……五四八
四（此去東山又北山）……五四九
五（浩蕩離愁白日斜）……五五〇
六（亦曾槖筆侍鑾坡）……五五一
七（廉鍔非關上帝才）……五五三
八（太行一脈走蝹蜿）……五五四
九（翠微山在潭柘側）……五五五
一〇（進退雍容史上難）……五五七
一一（祖父頭銜舊熲光）……五五八
一二（掌故羅胸是國恩）……五六〇
一三（出事公卿溯戊寅）……五六一
一四（頹波難挽挽頹心）……五六二
一五（許身何必定夔皋）……五六三
一六（棄婦丁寧囑小姑）……五六五
一七（金門縹緲廿年身）……五六五
一八（詞家從不覓知音）……五六七
一九（卿籌爛熟我籌之）……五六八
二〇（消息閑憑曲藝看）……五七〇
二一（滿擬新桑遍冀州）……五七一
二二（車中三觀夕惕若）……五七三
二三（荒村有客抱蟲魚）……五七五

二四(誰肯栽培木一章)……五七六
二五(椎埋三輔飽於鷹)……五七七
二六(逝矣斑騅罥落花)……五七九
二七(秀出天南筆一枝)……五八一
二八(不是逢人苦譽君)……五八三
二九(䑛䑛益陽風骨奇)……五八五
三〇(事事相同古所難)……五八七
三一(本朝閩學自有派)……五八九
三二(何郎才調本孿生)……五九一
三三(少慕顔曾管樂非)……五九四
三四(龍猛當年入海初)……五九六
三五(丱角春明入塾年)……五九八
三六(多君媕雅數論心)……五九九
三七(三十華年四牡騑)……六〇一
三八(五十一人皆好我)……六〇三
三九(朝借一經覆以簦)……六〇五
四〇(北方學者君第一)……六〇六
四一(子雲識字似相如)……六〇七
四二(夾袋搜羅海内空)……六〇九
四三(聯步朝天笑語馨)……六一一
四四(霜毫擲罷倚天寒)……六一二
四五(眼前二萬里風雷)……六一四
四六(彤墀小立綴鵷鸞)……六一六
四七(終賈華年氣不平)……六一八
四八(萬事源頭必正名)……六一九
四九(東華飛辯少年時)……六二一
五〇(千言只作卑之論)……六二三
五一(客星爛爛照天潢)……六二四
五二(齒如編貝漢東方)……六二六
五三(半生中外小迴翔)……六二七
五四(科以人重科益重)……六二九
五五(手校斜方百葉圖)……六三〇
五六(孔壁微茫墜緒窮)……六三二
五七(姬周史統太消沉)……六三五

五八（張杜西京説外家）……六三六
五九（端門受命有雲礽）……六三九
六〇（華年心力九分殫）……六四二
六一（軒后孤虚縱莫尋）……六四四
六二（古人製字鬼夜泣）……六四八
六三（經有家法夙所重）……六四九
六四（熙朝仕版快茹征）……六五一
六五（文侯端冕聽高歌）……六五三
六六（西京別火位非高）……六五四
六七（十仞書倉鬱且深）……六五六
六八（北游不至獨石口）……六五八
六九（吾祖平生好孟堅）……六五九
七〇（麟經斷爛炎劉始）……六六〇
七一（剔彼高山大川字）……六六三
七二（少年簿録睨千秋）……六六五
七三（奇氣一縱不可闔）……六六七
七四（登乙科則亡姓氏）……六六八
七五（不能古雅不幽靈）……六六九
七六（文章合有老波瀾）……六七〇
七七（厚重虚懷見古風）……六七二
七八（狂禪闢盡禮天台）……六七三
七九（手捫千軸古琅玕）……六七五
八〇（夜思師友淚滂沱）……六七七
八一（歷劫如何報佛恩）……六七八
八二（龍樹靈根派別三）……六七九
八三（只籌一纜十夫多）……六八一
八四（白面儒冠已問津）……六八三
八五（津梁條約遍南東）……六八四
八六（鬼燈隊隊散秋螢）……六八六
八七（故人横海拜將軍）……六八八
八八（河干勞問又江干）……六八九
八九（學羿居然有羿風）……六九一
九〇（過百由旬烟水長）……六九二
九一（北俊南孊氣不同）……六九四

九二（不容水部賦清愁）……六九六
九三（金鑾并硯走龍蛇）……六九七
九四（黄金脱手贈椎埋）……六九九
九五（大宙南東久寂寥）……七〇〇
九六（少年擊劍更吹簫）……七〇二
九七（天花拂袂著難銷）……七〇三
九八（一言恩重降雲霄）……七〇四
九九（能令公愠公復喜）……七〇五
一〇〇（坐我三薰三沐之）……七〇六
一〇一（美人才調信縱横）……七〇七
一〇二（網羅文獻吾倦矣）……七〇八
一〇三（梨園爨本募誰修）……七〇九
一〇四（河汾房杜有人疑）……七一一
一〇五（生還重喜酹金焦）……七一三
一〇六（西來白浪打旌旗）……七一四
一〇七（少年攬轡澄清意）……七一五
一〇八（六月十五別甘泉）……七一六
一〇九（四海流傳百軸刊）……七一七
一一〇（蜀岡一老抱哀弦）……七一九
一一一（家公舊治我曾游）……七二一
一一二（七里虹橋腐草腥）……七二三
一一三（公子有德宜置諸）……七二七
一一四（詩人瓶水與謨觴）……七二八
一一五（荷衣説藝鬥心兵）……七三一
一一六（中年才子耽絲竹）……七三二
一一七（姬姜古妝不如市）……七三三
一一八（麟趾褭蹄式可尋）……七三四
一一九（作賦曾聞紙貴誇）……七三六
一二〇（促柱危弦太覺孤）……七三七
一二一（荒青無縫種交加）……七三九
一二二（六朝古黛夢中横）……七四〇
一二三（不論鹽鐵不籌河）……七四一
一二四（殘客津梁握手欷）……七四三
一二五（九州生氣恃風雷）……七四四

一二六（不容兒輩妄談兵）……七四六
一二七（漢代神仙玉作堂）……七四七
一二八（黄河女直徙南東）……七五〇
一二九（陶潛詩喜説荆軻）……七五二
一三〇（陶潛酷似卧龍豪）……七五三
一三一（陶潛磊落性情温）……七五四
一三二（江左晨星一炬存）……七五四
一三三（過江籍甚顔光禄）……七五七
一三四（五十一人忽少三）……七五九
一三五（偶賦凌雲偶倦飛）……七六〇
一三六（萬卷書生颯爽來）……七六一
一三七（故人有子尚饘粥）……七六三
一三八（今日閑愁爲洞庭）……七六五
一三九（玉立長身宋廣文）……七六六
一四〇（太湖七十漊爲墟）……七六八
一四一（鐵師講經門徑仄）……七七一
一四二（少年哀艷雜雄奇）……七七二
一四三（温良阿者淚漣漣）……七七三
一四四（天教檮杌降家門）……七七四
一四五（徑山一疏吼寰中）……七七五
一四六（有明像法披猖後）……七七七
一四七（道場馣馤雨花天）……七七九
一四八（一脈靈長四葉貂）……七八〇
一四九（只將愧汗濕萊衣）……七八二
一五〇（里門風俗尚敦龐）……七八四
一五一（小别湖山劫外天）……七八五
一五二（浙東雖秀太清孱）……七八六
一五三（親朋歲月各蕭閑）……七八七
一五四（高秋那得吴虹生）……七八七
一五五（除却虹生憶黄子）……七八九
一五六（家住錢塘四百春）……七九〇
一五七（問我清游何日最）……七九一
一五八（靈鷲高華夜吐雲）……七九三
一五九（鄉國論文集古歡）……七九四

一六〇(眼前石屋著書象)……七九六
一六一(如何從假入空法)……七九八
一六二(振綺堂中萬軸書)……七九九
一六三(與吾同祖硯北者)……八〇二
一六四(醰醰諸老愜瞻依)……八〇三
一六五(我言送客非佛事)……八〇五
一六六(震旦狂禪沸不支)……八〇六
一六七(曩向真州訂古文)……八〇九
一六八(閉門三日了何事)……八一一
一六九(劘之道義拯之難)……八一二
一七〇(少年哀樂過於人)……八一三
一七一(猰貐猰貐厲牙齒)……八一四
一七二(晝夢亞駝告有憙)……八一五
一七三(碧澗重來薦一毛)……八一六
一七四(志乘英靈瑣屑求)……八一七
一七五(瓊林何不積緡泉)……八一八
一七六(俎膾飛沈竹肉喧)……八二〇
一七七(藏書藏帖兩高人)……八二二
一七八(兒談梵夾婢談兵)……八二四
一七九(吴郎與我不相識)……八二四
一八〇(科名掌故百年知)……八二五
一八一(惠逆同門復同藪)……八二七
一八二(秋風張翰計蹉跎)……八二九
一八三(拊心消息過江淮)……八三〇
一八四(小樓青對鳳凰山)……八三一
一八五(嬌小温柔播六親)……八三二
一八六(阿娘重見話遺徽)……八三三
一八七(雲英未嫁損華年)……八三四
一八八(杭州風俗鬧蘭盆)……八三五
一八九(殘絨堆積綉窗間)……八三六
一九〇(昔年詩卷駐精魂)……八三七
一九一(蟠夔小印鏤珊瑚)……八三八
一九二(花神祠與水仙祠)……八三九
一九三(小婢口齒蠻復蠻)……八四一

一九四（女兒魂魄完復完）……八四二
一九五（天將何福予蛾眉）……八四三
一九六（一十三度溪花紅）……八四四
一九七（一百八下西溪鐘）……八四五
一九八（草創江東署羽陵）……八四六
一九九（墅東修竹欲連天）……八四七
二〇〇（靈簫合貯此靈山）……八四八
二〇一（此是春秋據亂作）……八四九
二〇二（料理空山頗費才）……八五〇
二〇三（君家先塋鄧尉側）……八五〇
二〇四（可惜南天無此花）……八五一
二〇五（可惜南天無此花）……八五三
二〇六（不是南天無此花）……八五四
二〇七（弱冠尋芳數歲華）……八五五
二〇八（女牆百雉亂紅酣）……八五六
二〇九（空山徙倚倦游身）……八五七
二一〇（繾綣依人慧有餘）……八六〇
二一一（萬緑無人嘒一蟬）……八六一
二一二（海西別墅吾息壤）……八六二
二一三（此閣宜供天人師）……八六三
二一四（男兒解讀韓愈詩）……八六四
二一五（倘容我老半鋤邊）……八六五
二一六（瑰癖消沈結習虛）……八六六
二一七（迴腸蕩氣感精靈）……八六九
二一八（隨身百軸字平安）……八七〇
二一九（何肉周妻業並深）……八七一
二二〇（皇初任土乃作貢）……八七二
二二一（西牆枯樹態縱橫）……八七三
二二二（秋光媚客似春光）……八七四
二二三（似笑山人不到家）……八七五
二二四（萊菔生兒芥有孫）……八七六
二二五（銀燭秋堂獨聽心）……八七七
二二六（空觀假觀第一觀）……八七八
二二七（剩水殘山意度深）……八七九

二二八（復墅拓墅祈墅了）……八八〇
二二九（從今誓學六朝書）……八八一
二三〇（二王只合爲奴僕）……八八四
二三一（九流觸手緒縱横）……八八五
二三二（詩讖吾生信有之）……八八六
二三三（燕蘭識字尚聰明）……八八七
二三四（連宵燈火宴秋堂）……八八八
二三五（美人信有錯刀投）……八八八
二三六（阻風無酒倍消魂）……八九〇
二三七（杭州梅舌酸復甜）……八九〇
二三八（擬策孤筇避冶游）……八九一
二三九（阿咸從我十日游）……八九三
二四〇（濯罷鮫綃鏡檻凉）……八九四
二四一（少年尊隱有高文）……八九四
二四二（誰肯心甘薄倖名）……八九五
二四三（怕聽花間惜别辭）……八九六
二四四（停帆預卜酒杯深）……八九七
二四五（豆蔻芳温啓瓠犀）……八九八
二四六（對人才調若飛仙）……八九九
二四七（鶴背天風墮片言）……九〇〇
二四八（小語精微瀝耳圓）……九〇〇
二四九（何須宴罷始留髡）……九〇一
二五〇（去時梔子壓犀簪）……九〇二
二五一（盤堆霜實擘庭榴）……九〇三
二五二（風雲材略已消磨）……九〇四
二五三（玉樹堅牢不病身）……九〇五
二五四（眉痕英絶語謖謖）……九〇六
二五五（鳳泊鸞飄别有愁）……九〇七
二五六（一自天鍾第一流）……九〇八
二五七（難憑肉眼識天人）……九〇九
二五八（雲英化水景光新）……九一〇
二五九（釃江作醅亦不醉）……九一一
二六〇（收拾風花儻蕩詩）……九一二
二六一（絶色呼他心未安）……九一三

二六二（臣朔家原有細君）……………………九一四
二六三（道韞談鋒不落詮）……………………九一四
二六四（喜汝文無一筆平）……………………九一五
二六五（美人才地太玲瓏）……………………九一六
二六六（青鳥銜來雙鯉魚）……………………九一七
二六七（電笑何妨再一回）……………………九一八
二六八（萬一天填恨海平）……………………九一九
二六九（美人捭闔計頻仍）……………………九二〇
二七〇（身世閑商酒半醺）……………………九二一
二七一（金釭花爐月如烟）……………………九二二
二七二（未濟終焉心縹緲）……………………九二二
二七三（欲求縹緲反幽深）……………………九二三
二七四（明知此浦定重過）……………………九二四
二七五（絶業名山幸早成）……………………九二五
二七六（少年雖亦薄湯武）……………………九二五
二七七（客心今雨昵舊雨）……………………九二六
二七八（閲歷天花悟後身）……………………九二七
二七九（此身已作在山泉）……………………九二九
二八〇（昭代恩光日月高）……………………九三一
二八一（少年無福過闕里）……………………九三二
二八二（少爲賤士抱弗宣）……………………九三三
二八三（曩將奄宅證淹中）……………………九三四
二八四（江左吟壇百輩狂）……………………九三五
二八五（嘉慶文風在目前）……………………九三六
二八六（少年奇氣稱才華）……………………九三七
二八七（子雲壯歲雕蟲感）……………………九三八
二八八（倘作家書寄哲兄）……………………九三九
二八九（家有淩雲百尺條）……………………九四一
二九〇（盗詩補詩還祭詩）……………………九四二
二九一（詩格摹唐字有棱）……………………九四三
二九二（八齡夢到矍相圃）……………………九四四
二九三（忽向東山感歲華）……………………九四五
二九四（前車輸淺後車縮）……………………九四七
二九五（古人用兵重福將）……………………九四八

二九六(天意若曰汝毋北)……九四九
二九七(蒼生氣類古猶今)……九五〇
二九八(九邊爛熟等雕蟲)……九五一
二九九(任丘馬首有箏琶)……九五二
三〇〇(房山一角露崚嶒)……九五三
三〇一(艱危門户要人持)……九五四
三〇二(雖然大器晚年成)……九五六
三〇三(儉腹高談我用憂)……九五七
三〇四(圖籍移從肺腑家)……九五七
三〇五(欲從太史窺春秋)……九五九
三〇六(家園黄熟半林柑)……九六〇
三〇七(從此青山共鹿車)……九六〇
三〇八(六義親聞鯉對時)……九六二
三〇九(論詩論畫復論禪)……九六三
三一〇(使君談藝筆通神)……九六五
三一一(畫禪有女定清真)……九六六
三一二(古愁莽莽不可説)……九六七
三一三(惠山秀氣迎客舟)……九六八
三一四(丹實瓊花海岸旁)……九六九
三一五(吟罷江山氣不靈)……九七〇

龔自珍和他的《己亥雜詩》

十九世紀上半紀，是中國歷史上的大轉折時期。延續了兩千多年的封建社會，在這五十年間宣告它的最後結束。隨着西方資本主義的入侵，中國轉入半殖民地半封建社會。一部中國近代史就是從這上半紀的末葉開始的。

一八四〇年的鴉片戰爭，是中國近代史開端的第一年。自此以後的一百多年間，中國出現了許多驚天動地的變化，階級與階級的，民族與民族的，中國與外國的矛盾和鬥爭，由潛伏到激發，由局部到全面，一幕又一幕地展開。把不同階級、不同地位、不同思想、不同信仰的人全都卷了進去。這一切，是到了以後才變得明顯的。而在它的醖釀時期，也就是一八四〇年鴉片戰爭之前，儘管也有些人看出諸如鴉片輸入、白銀外流、農村貧困、農民起義對清王朝的威脅這一類問題，表示了隱憂，但是，大抵都把它作爲個別的局部的現象來議論。至於整個封建王朝的上層，却正如龔自珍所尖鋭指出的：

秋氣不驚堂內燕，夕陽還戀路旁鴉。

——《逆旅題壁次周伯恬原韻》

他們正像是躲在華堂深幕中的燕子，儘管外面已經充滿肅殺的「秋氣」，可是在這些「堂內燕」看來，似乎仍舊是一派温煦的春光。他們對即將來臨的暴風驟雨一無所覺，仍舊以爲「天朝」的繁華興旺是可以永久的，即便有些小小麻煩，也不足爲慮。因而他們照樣歡歌曼舞，花天酒地，同時絲毫也不肯放鬆對勞動人民特别是農民的壓迫剥削。

在「世運」正在開始「潛移」之際，也曾有人能够站在思想家的高度，有力地指出清王朝眼前的處境不是什麽「盛世」，而是「衰世」，并且大膽地提出「一祖之法無不敝」，主張必須「豫師來姓」（預先汲取新興王朝的長處），不要等待别人來取而代之。這在當時的確是非常大膽、言人所不敢言的議論。作出這種議論的人，是一個地主階級的進步思想家兼文學家，也是近代我國維新思想的先驅者，此人就是站在我國近代思想史的大門口的龔自珍。

龔自珍，浙江仁和（今杭州）人，字璱人，號定盦，又名鞏祚。生於清乾隆五十七年（公元一七九二年），卒於道光二十一年（公元一八四一年），得年五十歲。

龔自珍生長在經濟號稱繁庶，文化也較爲發達的東南地區，門第又可稱得上書香世族。祖和父輩除了任官，還有著述；外祖父段玉裁更是著名的古文字學家，父親麗正有史學著作，母親段馴也是詩人。龔自珍從小就受到嚴格的封建文化傳統的教育，對經學、史學、古典文學、諸子百家，或深入研究，或廣泛涉獵，早年就打下相當紮實的學問基礎。其時正當乾嘉考據之學盛行，龔自珍的師友輩中，不少又是考據學者，加上祖父輩的薰染，所以龔自珍自幼便養成考據的癖好，懂得如何「以字説經，以經説字」。他十二歲開始習誦《説文解字》，十四歲考訂古今官制，十六歲讀《四庫全書總目》，開始搜羅罕見古籍，致力於目録學，十七歲進一步收集石刻，研究金石文字，進行古文字學的研究。凡此，都説明他自小深受乾嘉樸學的影響。假如不是「世變劇烈」，迫使他走上另一條道路，他大有可能沿着閻若璩、戴震、王念孫、段玉裁等人開闢的路子走下去，成爲著名的考據學者的（清《皇朝經世文編》、《經解續編》均收録龔自珍的《大誓答問》；光緒重修《杭州府志·人物志》列龔自珍於「儒學」，可見當時一些人的看法）。

但客觀現實的嚴峻性却不斷地衝擊龔自珍的頭腦。他看到鴉片烟的災禍正在愈演愈烈，因鴉片入侵而引起的白銀外流、農村破産、吏治加劇腐敗、農民起義此伏彼起，以及東南沿海敵艦環伺，西北邊疆形勢阽危……這一系列驚心怵目的事實，不能不使他深深覺得：人們竭力吹嘘的「天朝盛世」，確實已經一去不返了。

他以驚人的洞察力，透過現象看到事物的本質。指出：「衰世者，文類治世，名類治世，聲音笑貌類治世。」而實則是「左無才相，右無才史，閫無才將，庠序無才士，隴無才民，廛無才工，衢無才商……」而且，偶然有才士與才民出，「則百不才督之縛之，以至於戮之」。其結果自然是由「衰」到「亂」——「起視其世，亂亦竟不遠矣！」（均見《乙丙之際箸議第九》）

由於人才受到束縛和殺戮，於是朝廷與山野出現了相互轉化，美好的東西不再出現於「京師」而傳入「山中」。龔氏在《尊隱》一文中隱隱約約指出：「古先册書，聖智心肝，不留京師，蒸嘗之宗之子孫，見聞媕婀，則京師賤；賤，則山中之民，有自公侯者矣。如是則豪傑輕量京師；輕量京師，則山中之勢重矣。如是則京師如鼠壤；如鼠壤，則山中之壁壘堅矣。京師之日苦短，山中之日長矣。……」龔氏甚至預見了清王朝被推翻的可能性：「夜之漫漫，鶡旦不鳴，則山中之民，有大音聲起，天地爲之鐘鼓，神人爲之波濤矣。」

龔氏又從幾個方面揭發清王朝制度的不合理。

其一曰：學與治分離：「後之爲師儒不然。重於其君，君所以使民者則不知也；重於其民，民所以事君者則不知也。生不荷耰鋤，長不習吏事，故書雅記，十窺三四，昭代功德，瞠目未睹，上不與君處，下不與民處。……是故道德不一，風教不同，王治不下究，民隱不上達，國有養士之資，士無報國之日。」（見《乙丙之際箸議第六》）

其二曰：以資格抑制人才。「凡滿洲、漢人之仕宦者，大抵由其始宦之日，凡三十五年而至一品，極速亦三十年，賢智者終不得越，而愚不肖者亦得以馴而到。此今日用人論資格之大略也。夫自三十進身，以至於爲宰輔，爲一品大臣……然而因閱歷而審顧，因審顧而退葸，因退葸而尸玩；仕久而戀其籍，年高而顧其子孫，傫然終日，不肯自請去。或有故而去矣，而英奇未盡之士，亦卒不得起而相代。……一限以資格，此士大夫之所以盡奄然而無有生氣者也。」（見《明良論三》）

其三曰：一人專斷，臣僚無權。「朝廷一二品之大臣，朝見而免冠，夕見而免冠；議處、察議之諭不絕於邸抄；部臣工於綜核，吏部之議群臣，都察院之議吏部也，靡月不有。府州縣官，左顧則罰俸至，右顧則降級至，左右顧則革職至。……夫聚大臣群臣而爲吏，又使吏得以操切大臣群臣，雖聖

如仲尼，才如管夷吾，直如史魚，忠如諸葛亮，猶不能以一日善其所爲，而況以本無性情本無學術之儕輩耶？」（見《明良論四》）

其四曰：士大夫之無耻，其原因則爲「一人爲剛」。龔氏指出清王朝的最高統治者「未嘗不仇天下之士，去人之廉，以快號令，去人之耻，以嵩高其身，一人爲剛，萬夫爲柔，以大便其有力强武。……大都積百年之力，以震蕩摧鋤天下之廉耻。既殄，既獮，既夷，顧乃席虎視之餘蔭，一旦責有氣於臣，不亦暮乎！」（見《古史鈎沉論一》）

此外，龔氏還論述科舉考試制度的不合理，西域形勢之可慮，番舶入侵之頻繁，以及「自京師始，概乎四方，大抵富户變貧户，貧户變餓者，四民之首，奔走下賤，各省大局，岌岌乎皆不可以支月日」的危險情勢。（見《西域置行省議》）

以上幾個方面，可説都觸及清王朝政治上的痛處或社會上的隱患。因而龔自珍便發出「一祖之法無不敝，千夫之議無不靡，與其贈來者以勁改革，孰若自改革」的主張。他希望清王朝統治者「奮之！奮之！將敗則豫師來姓，又將敗則豫師來姓。」（見《乙丙之際箸議第七》）

他爲清王朝開出了一系列的「醫國之方」，如申張士氣（見《乙丙之際箸議第二十五》），保持天下之士之耻（見《古史鈎沉論一》），破格録用人才（見《明良論三》），使臣僚有職有權（見《明良論四》），主張以「諷書射策」的辦法選用人才（見《述思古子議》）等等。此外，龔自珍又進一步指出平均財富的重要性，他特地寫了一篇《平均篇》以申明此義。開宗明義就説：「有天下者，莫高於平均之尚也，其邃初乎！」他指出「浮（與）不足之數相去愈遠，則亡愈速，去稍近，治亦稍速。千萬載治亂興亡之數，直以是券矣。」他大聲疾呼，揭示不平均的災禍：「小不相齊，漸至大不相齊；大不相齊，即至喪天下。」「平之之道，龔氏認爲：「此貴乎操其本源，與隨其時而劑調之。」我們可以看出，龔自珍這些筆鋒犀利，墨光四射的政治論文，深刻揭出清王朝的病痼，是言人所不敢言的。這就使不少頭腦還比較清醒的士大夫知識分子受到激勵，深感震動，不能不潛心思索國家社會的去向。清代士大夫知識分子議論時政的「一代風氣」，正是從這裏開端的。

乾嘉之際出現的公羊學派，原不過是清代經學一個分支，其初還只是純學術性，并不含有變革現實的政治内容，從孔廣森到劉逢禄都是如此。可是被稱爲「東南絶學在毗陵」的清代公羊經學，到了龔自珍手中，就從本質上發生了變化。龔自珍曾經説：

昨日相逢劉禮部，高言大句快無加。
從君燒盡蟲魚學，甘作東京賣餅家。
——《雜詩己卯自春徂夏在京師作》十四首之六

他是受到劉逢禄的一定影響的；可是龔自珍却比這些公羊經學的老前輩想得更遠也更多，立場也和他們大不相同。因爲龔氏認爲，重新發掘評價的公羊經學，不應該爲了復古（主要的不是爲了恢復漢儒之舊），而應該是服務於當前的政治需要，復公羊古義的目的在於革新政治。這就不僅與蟲魚瑣屑的漢學家截然不同，便是與純學術研究的公羊經學也大異其趣。

我們可以這樣説：利用西漢今文學家提倡的「微言大義」，通過公羊經學「托古改制」的手段，使自己的變革主張獲得順利推進，换言之，將經學化爲維新變法的政治工具，這是清代公羊經學研究的一個飛躍，一種質變。它開創於龔自珍而大大發揚於康有爲等人。這是龔自珍對清代經學的一大貢獻。

不過，龔自珍在仕途上是很不得意的。由此終於阻塞了他親手施行改革政治的宏願。

龔自珍於嘉慶十五年庚午(一八一〇年)首次應順天鄉試，考中副榜第二十八名，那時只有十九歲。但在龔自珍自己看來，還是很不如意的。因爲鄉試的副榜貢生，在一般人心目中還不是正式舉人，比秀才高不了多少。龔自珍不滿意這個「出身」，因此他在嘉慶十八年癸酉(一八一三年)和嘉慶二十一年丙子(一八一六年)兩次再應鄉試，希望取得正式舉人的資格，可惜都落了第。直到嘉慶二十三年戊寅(一八一八年)，第四次應鄉試，即嘉慶帝六旬萬壽恩科，他終於中式第四名舉人。那時不過是二十七歲。第四名舉人是所謂「五經魁」之一，這使龔自珍大受鼓舞，以爲科名從此一帆風順，可望置身於卿相之列，實現改革政治的理想了。

不料事與願違，龔自珍再考進士試，却連連落第。嘉慶二十四年己卯是恩科會試，不第；嘉慶二十五年庚辰是會試正科，仍不第，只好出任一名内閣中書的微官；道光二年壬午是道光皇帝登極恩科，會試仍未第。這樣一直到道光九年，龔自珍已經三十八歲了，這年是第六次會試，才勉强中了第九十五名，殿試爲三甲第十九名，連一個翰林院也考不上，只好仍舊回到内閣中書的老位子上。

我們知道，科舉出身的高下，在那時是極關重要的。龔氏既無法「掇取巍科」，此後就始終被棄置在中書、主事的冷署閑曹之中，無從施展抱負。十年之後，終於迫得他不得不辭官而去。這就是龔自珍在官場上坎坷的一生。

龔自珍早年放言高論，詞鋒凌厲，一方面固然使他獲得許多人的注意，但同時也因此受到官僚大地主和他們豢養的「貌儒」之流的敵視和打擊。道光元年，也就是他出仕中書的第二年，他打算另找一條進身之階，應考軍機章京（清政府軍機處的屬員），就受到某權貴者的阻撓，使他落選。（龔自珍《小游仙詞十五首》的第十四首，有「吐火吞刀訣果真，雲中不見幻師身」句，就是暗述此事。）次年，某權貴又使用流言飛語的陰險手段，對龔自珍進行陷害。龔氏在《十月廿夜大風不寐起而書懷》詩中，曾這樣寫道：

貴人一夕下飛語，絶似風伯驕無垠。平生進退兩顛簸，詰屈内訟知緣因。側身天地本孤絶，矧乃氣悍心肝淳。欹斜謔浪震四坐，即此難免群公瞋。名高謗作勿自例，願以自訟上慰平生親。……

到了棄官回鄉之時，他回顧過去官場中的經歷，又寫道：

猰貐猰貐厲牙齒，求覆我祖十世祀。
我請於帝詛於鬼，亞駝巫陽莅鷄豕。

——《己亥雜詩》第一七一首

這些都絶不是無根而發的。

政治鬥争是你死我活的鬥争。站在維護已得權益的立場上的官僚大地主們，是決不會容忍龔自珍肆無忌憚地對「現存制度」加以懷疑和進行攻擊的，至於任何的變法更新，他們更是視如大敵，非加以撲滅不可。所以，我們可以這樣説，當時滿朝的王公大臣，除了少數個别的之外，都是龔自珍政治上的反對者，甚至是鎮壓者。

龔自珍的確抱着「死我信道篤，生我行神空。障海使西流，揮日還於東」的改革宏願，但是，也飽受種種挫折。正如他在詩中寫的：

危哉昔幾敗，萬仞墮無垠。不知有憂患，文字樊其身。

深重的創傷，使他覺得即使是用文字來表達思想，也遭到意外的不幸：

第一欲言者，古來難明言。姑將譎言之，未言聲又吞。不求鬼神諒，矧向生人道？東雲露一鱗，西雲露一爪。與其見鱗爪，何如鱗爪無！况凡所云云，又鱗爪之餘。

——均見《自春徂秋偶有所觸拉雜書之……》

當然，龔自珍并不曾屈服，也并不絶望。他有兩句詩正好道出内心的自信：

五十年中言定驗，蒼茫六合此微官。

——《己亥雜詩》第七六首

對於他自己寫的《東南罷番舶議》和《西域置行省議》固然有此自信，對於其他的改革主張，他又何嘗不有此自信呢！

龔自珍也免不了時代局限和思想局限。在龔自珍生活的年代，中國還没有脱出古老的封建主義，甚至連「西方思想」介紹到中國來的也還很少很少，所以他的思想仍被桎梏在封建主義的範疇之中（例如他的《農宗》主張，就帶有濃重的封建復古色彩）。對於清王朝，他固然敢於大膽揭露其積弊，但又常常流露出「臣子的依戀」，所謂「終是落花心緒好，平生默感玉皇恩」（見《己亥雜詩》第三），所謂「棄婦丁寧囑小姑，姑恩莫負百年劬」（見《己亥雜詩》第一六），都是這種心情的反映。這也是一個地主階級知識分子的嚴重弱點。至於他有時還好談佛學，追求出世，雖然同他在政治上的失意有一定關係，仍不能不説是暴露了作爲一個地主階級革新者的軟弱和不徹底性。

龔自珍不僅是清代著名的思想家，又是清代著名的詩人；一百多年來，龔自珍的詩同他的政論一樣，也産生過重大影響。晚清民初之際，學龔詩、集龔句的人之多，打開幾大册《南社詩集》便可見一斑。南社詩人柳亞子推崇龔自珍的詩是「三百年間第一流」，决不是過譽之詞。

可惜在龔自珍身後，著作嚴重佚失，而以詩爲尤甚。龔氏於己亥年（一八三九年）出都時，曾自稱「詩編年始嘉慶丙寅，終道光戊戌，勒成二十七卷」（見《己亥雜詩》第六五作者自注），那時還未包括《己亥雜詩》。但這二十七卷早已佚失，今除龔氏自定的《破戒草》、《破戒草之餘》外，都是後人陸續收拾的，全部合起來不過二百八十餘首。龔詩現存而最完整的，就是《己亥雜詩》了。

《己亥雜詩》是中國詩史上罕見的大型組詩，共有三百一十五首，都是七絶（有些是不那麼按照格律的古絶）。這一大型組詩寫於道光十九年己亥（公元一八三九年）龔氏辭官返家之時，由當年農曆四月二十三日開始寫起，至同年十二月二十六日止。龔自珍於庚子年（道光二十年）春給友人吳虹生的信中，提到這事：

弟去年出都日，忽破詩戒，每作詩一首，以逆旅鷄毛筆書於帳簿紙，投一破簏中。往返九千里，至臘月二十六日抵海西別墅，發簏數之，得紙團三百十五枚，蓋作詩三百十五首也。

——《龔自珍全集·與吳虹生書（十二）》

這一組詩，是龔自珍有意識地對前半生經歷作一小總結而寫的（當然其内容不限於總結過去）。其中不少篇章是自述家世出身，仕宦經歷，師友交游，生平著述的。這種自述性質的詩，可使後人更好地了解作者的生平爲人。但這僅僅是内容的一部分，《己亥雜詩》所涉及的遠不止此。

龔氏在寫給吳虹生信中的所謂「往返九千里」，大抵是這樣的：己亥年農曆四月二十三日出北京，行前向一些老朋友告别，然後遵陸路南行。五月十二日抵達江蘇省清江浦，再南行至揚州，沿路會見一些友人，渡長江到鎮江，歷江陰、秀水、嘉興，於七月初九日抵達杭州。在杭州稍作停留，與舊友相見，大約八月底回到崑山縣的羽琌别墅。住到九月十五日再出發北上迎接妻兒。九月二十五日重到清江浦，十月初六日渡河北上，在山東曲阜稍作勾留，然後在河北省固安縣等候妻兒出都。十一月二十二日，與妻何頡雲及兒子昌匏、念匏、女兒阿辛等南歸，至十二月二十六日抵羽琌别墅。《己亥雜詩》就是在這大半年時間内寫成的。

龔自珍辭官出京之初，行色匆匆，不帶妻兒，不少人以爲龔自珍在政治鬥争中是徹底失敗，從此一蹶不振了。甚至連龔氏一些朋友也是這樣想。龔自珍是怎樣表示的呢？他一出都門，就朗聲吟出四句詩：

著書何似觀心賢，不奈卮言夜涌泉。
百卷書成南渡歲，先生續集再編年。
——《己亥雜詩》第一首

并不是停止鬥争，宣告失敗，不過是换了一個地點罷了。今後還是照樣拿起筆桿，繼續寫我的戰鬥文章，决不歇手。

這就是開宗明義第一章，是一篇簡短而又明確的宣言書。

辭官歸去，别人以爲他已成委地的落花。不妨也承認是落花吧；然而——

落紅不是無情物，化作春泥更護花。
——第五首

自己還是要培育新花的。而且——

先生宦後雄談減，悄向龍泉祝一回。
——第七首

不僅培育新花而已，還要重新亮出寶劍，進行新的戰鬥。這是《己亥雜詩》的中心主幹，值得我們充分注意。於是我們看見年近五十的龔自珍隨處都關注着國計民生：

滿擬新桑遍冀州，重來不見緑雲稠。

——第二一首

他記起以前曾經向直隸布政使提議在河北大量種桑養蠶，而現在顯然未蒙采納，因爲農村還是一片破敗景象。

五都黍尺無人校，搶攘廛間一飽難。

——第二〇首

這是城市和墟鎮一片亂哄哄的情況。因爲市集上竟連一把標準的官尺都找不到了。一路上，樹木稀疏，老百姓連一間像樣的房子都蓋不起，盡是破爛的窩棚、窑洞：

誰肯栽培木一章，黄泥亭子白茅堂。

——第二四首

不論把守城門還是駐紮地方，軍隊總是紀律腐敗，訓練全無，只懂得向老百姓敲詐勒索。他感到這情況實在不妙：

椎埋三輔飽於鷹，薛下人家六萬增。

半與城門充校尉，誰將斜谷械陽陵？

——第二五首

回到了號稱富庶的江南，那光景也大不如前了。沉重的賦税，使農民大量破産，到處出現逃亡棄耕的現象。這使他禁不住大聲喊出：

國賦三升民一斗，屠牛那不勝栽禾！

——第一二三首

江南的水利，由於地主富農不斷侵占土地而大受破壞。他打算再向當局提出治水的意見：

恥與蛟龍競升斗，一編聊獻郟僑書。

——第一四〇首

但最使龔氏驚心的却是西方資本主義侵略者挾着炮艦推行其鴉片政策，在廣大城鄉已投下更深的陰影：官吏們許多都變成鴉片烟鬼，連勞動人民也大受毒害；鴉片的走私和賄賂，遍及沿海，使吏治急劇敗壞。他憂心忡忡地問道：

津梁條約遍南東，誰遣藏春深塢逢？

——第八五首

這又使他想起正在廣東厲行禁烟的朋友林則徐。這任務多麽艱鉅，前途實在不能樂觀。自己初時本想助他一臂之力，而環境却不允許，如今更是感到獻計無門：

我有陰符三百字，蠟丸難寄惜雄文。

——第八七首

難怪他在路上常常涌起悲凉的情緒：

少年擊劍更吹簫，劍氣簫心一例消。

——第九六首

少年攬轡澄清意，倦矣應憐縮手時。

——第一〇七首

他甚至慨嘆自己命運不佳：

香蘭自判前因誤，生不當門也被鋤。

——第一二〇首

但當他回到自己的羽琌山館，看到那棵倔强的「奇古全憑一臂撐」的枯樹時，又會心地發出微笑：

烈士暮年宜學道，江關詞賦笑蘭成。

——第二二一首

他携着妻子兒女渡過大雪紛飛的長江時，又不禁回過頭去，仿佛向敵人投去冷眼：

江天如墨我飛還，折梅不畏蛟龍奪。

——第三一二首

龔自珍同朝廷和社會上的頑固腐朽勢力較量了以後，似乎已經認識到，只有毫不氣餒地戰鬥，才是唯一可走的路。

一路上，他回憶着在朝在野的許多朋友，也會見了許多新舊朋友。爲了互相鼓勵，互相支持，他特意給每個人都寫了詩。這些詩感情深厚，内容或表示期望，或寄托眷念，或報以謝意，或揄揚學術，都不是泛泛應酬之作。

這些朋友多數都是學有專長，像作者稱爲「北方學者君第一」的許瀚，著名書法家何紹基，地理學家程同文和徐松，金石學家吴式芬，博學多能的學者李兆洛等。對於已故的師友，龔氏也爲他們寫了表示悼念的詩，如公羊學者劉逢禄，天文學家黎應南，校勘學家顧廣圻，著名八股文作手姚學塽等。此外還有好友吴葆晉、黄玉階、蔣湘南、馮啓蓁、陳奂、湯鵬、朱艭等人，大抵都是活躍於嘉道兩朝的學者文士，在各自的崗位上留下歷史的脚印的。

於是他又回顧過去三十年來自己寫過的文章和提出過的一些建議。龔自珍覺得至今還沒有失去它的價值：

少年尊隱有高文，猨鶴真堪張一軍。

——第二四一首

《尊隱》是龔氏早年的作品，文章寫得尖鋭潑辣而深刻。它指出代表清王朝統治集團的「京師」和代表被統治階級（或階層）的「山中之民」，由於出現了新的條件，正在向着它們的對立方面所處的地位轉化過去；并且預言「山中之民」將有「大音聲起，天地爲之鐘鼓，神人爲之波濤矣」。

文章合有老波瀾，莫作鄱陽夾漈看。

——第七六首

爲了抵抗西方資本主義從海上和帝俄從陸上的進侵，他寫了《西域置行省議》和《東南罷番舶議》，當時，建議雖未受采納，他却堅信「五十年中言定驗」，將來是勢在必行的。

他還記得十年前在朝考時寫的奏疏，即《御試安邊綏遠疏》，對西北邊防提出了切實可行的建議。當時他第一個交卷出場，并且自己感到十分滿意。如今，得意的微笑再一次掛在臉上：

眼前二萬里風雷，飛出胸中不費才。

——第四五首

他認爲殿試時的對策也是平生得意之作，可以和王安石的《上仁宗皇帝書》比美：

霜毫擲罷倚天寒，任作淋漓淡墨看。
何敢自矜醫國手，藥方只販古時丹。

——第四四首

這些都可以説是美好的回憶。

當然，龔自珍也有他的苦悶與迷惘。和同時代的思想家比較，他是跑在前頭的，能够了解、同情和欣賞他的人，本來就不很多。「解道何休遜班固，眼前同志只朱雲。」（第七〇首）這種感嘆，絶不止限於一種觀點而已。他往往感到自己像是走在一座無邊的千年老林中，十分孤寂。前頭的路到底能否走通？自己的呼喊能够産生多大影響？這些都是未可知的。所以他有時頹然地吟出「忽然擱筆無言説，重禮天台七卷經」（第三一五首）的遁世之辭。

龔自珍作爲一個封建末世的士大夫知識分子，階級局限和時代局限，使他無法看到藴藏在人民大衆中的巨大力量，雖有革新的抱負，終究找不到一條根本出路，就不能不發出這種悲嘆。不過，龔自珍畢竟是個提倡變革的熱情歌手，當歷史正在轉折的關頭，他已經嗅出了異樣的氣息：

觀理自難觀勢易，彈丸累到十枚時。

——第一九首

局勢已經到了不能不變的時候了，正如疊起十枚彈丸，難道可以維持長久嗎？他看到一班朋友，如注意世界事態的林則徐，講求經濟實學的魏源、丁履恒，研究水利、漕政的包世臣、周濟，留意西北邊防地理的程同文、徐松，等等，已經看出一種新的風尚。一潭死水的局面，是可以打破的。龔自珍過了黄河，會見不少朋友，當渡過長江抵達鎮江的時候，心情異常激動，於是揮灑大筆，淋漓酣暢地寫下二十八個字：

九州生氣恃風雷，萬馬齊喑究可哀。
我勸天公重抖擻，不拘一格降人材。

——第一二五首

他要呼唤「大風大雷」趕快來臨，震響大地，讓生氣在整個社會上掀起，在億萬人的心中升騰、激蕩，徹底改變「萬馬齊喑」的局面。

《己亥雜詩》是一座千門萬户的華廈，以上所引，不過是其中較爲重要的一部分，除此之外，它還有許多别緻的綺窗文牖。例如，龔自珍有時唱出「爲恐劉郎英氣盡，卷簾梳洗望黄河」或「簫聲容與渡淮去，淮上魂須七日招」這一類風華綺麗的句子；有時，他又唱出「洗盡東華塵土否？一秋十日九湖山」或「記得花陰文宴屢，十年春夢寺門南」等閑適之詞。其中還有一組龔氏自稱爲「寱詞」的，在秋末冬初寫於清江浦（今江蘇清江市），描述他在該地重見妓女靈簫的經過，竟占了《己亥雜詩》的篇幅十分之一以上。這説明龔氏辭官以後，仍免不了陷進「紅似相思緑似愁」的「凄馨綺艷」之中。這部分的詩作，以及其他「訪僧談禪」「花月冶游」之什，自然説不上有什麽積極意義，但也可以從中看出龔氏性情嗜好之一部分。

正如龔自珍的政治論文是鴉片戰争前夕這個新舊交替時代的産物一樣，龔自珍的詩歌也是在中國封建社會末期和近代社會開始之際出現的一種新風格的藝術。

儘管許多人都能感到龔詩有着不同於一般的獨特面貌：語言瑰麗，意境鮮新，詩味濃冽，奇思妙構常如異軍突起，奇光閃耀，使人震動。有人以爲作者在運用形式方面確有獨特技巧。這當然是事實。没有優美的形式，即使表現了一定的思想内容，也很難説得上是好詩。但是同樣也是正確的：光有形式，没有深刻的思想内容，也不能産生强烈感人的藝術效果。龔詩之所以具有震撼人心的力量，首先是詩中閃爍的批判腐朽、呼唤光明的革新破舊的精神。

我們不妨放眼看看同時期的詩壇。嘉慶、道光年間，詩壇也不乏咏吟的人才，可是他們絶大多數都是在形式方面追求，把王士禛的「神韻説」，翁方綱的「肌理説」，沈德潛的「格調説」，乃至袁枚的「性靈説」，翻來覆去，到底跳不出形式的圈子。龔自珍却完全不受這些「理論」所束縛，自己也不提什麽詩歌理論，但他的詩却如神龍游空，不拘一格，而精神駿發，血肉飽滿，光輝通徹，變化出奇。形式和内容結合圓滿，顯出了形式多彩而又内容鮮新之美。概括來説，博采融鑄古今詩家之長，運以個人深厚的才情與廣博的學問，盡文字之美，抒一家之言，在思想性與藝術性的結合上開闢一新境界。這也許就是我們所理解的龔自珍詩歌的主要特色。

《己亥雜詩》於己亥年臘月完成後，翌年即由龔氏自編自印，分贈友好（孔憲彝《對岳樓詩續録》卷一有《龔定庵自吴中寄示己亥雜詩刻本讀竟題此即效其體》五首，可爲確證），是爲羽琌别墅本。可見龔氏本人對這一大型組詩是頗爲重視的。鑒於龔氏編年詩的嚴重佚失，完整的《己亥雜詩》便愈加顯得可貴。

爲了研究龔自珍其人的生平和他的政治思想、交游、著述，《己亥雜詩》是極珍貴的材料，即便是探索中國近代史序幕時期的各種因素，也不能忽略《己亥雜詩》。不過，它是用舊體詩的形式寫的，我們今天在閲讀時，上距龔氏的時代又已一百餘年，難免産生理解上的困難，而龔詩至今尚未有一個全注本，許多龔詩的愛好者和文史工作者都感到不便。筆者不揣譾陋，嘗試做一點注釋工作。其所以必須全注，則正如魯迅先生説的：「倘有取舍，即非全人，再加抑揚，更離真實。」雖然知道謬誤必然難免，姑且作初步之試，以求高明讀者的指正。

劉逸生

一九七九年七月

一

著書何似觀心賢，不奈卮言夜涌泉〔一〕。百卷書成南渡歲，先生續集再編年〔二〕。

【校】

「百卷書」：諸本皆同。唯鄧本作「全集寫」，下注：「原本作『百卷書』，此孝拱手改。」「書」下王校本注：「一本作『全集寫』。」「先生」：諸本皆同。唯鄧本作「定盦」，下注：「原本作『先生』，此孝拱手改。」「生」下王校本注：「一本作『定盦』。」本書并從原本。

〔一〕「著書」兩句：著書立説，雖説比不上沉默「觀心」，可以明哲保身，無奈此心總是不能平静，各種思想有如暗泉夜涌，無法制止。這是作者開宗明義，表示辭官以後自己的政治態度。

觀心：佛家語，指通過自心修煉而達到對宇宙人生的悟解。它是佛教天台宗提倡的修煉方法之一。該宗創立人是活動於陳、隋兩代的僧人智顗，他提出所謂「止觀論」。按照他的説法，一個人要認識世界本質，就得先排除心靈障礙，達到澄明境界，然後進入内心觀照，求得悟解。《大乘義章》：「粗思曰覺，細思名觀。」賢：《禮·投壺》：「某賢於某若干純。」疏：「賢謂勝者也。」卮言：《莊子·寓言》：「卮言日出。」或釋爲支離其言，或釋爲無心之言。作者取其「出之不盡」的意思。　涌泉：《爾雅·釋水》：「濫泉正出，正出，涌出也。」從下上出爲涌泉。

〔二〕「百卷」兩句：我已經寫了上百卷著作，如今南返故鄉，我還要再出續集，而且把它編上年月，準備出版。　南渡：走向南方。劉長卿《送朱山人》詩：「南渡無來客，西陵自落潮。」先生：作者自指。

按，作者由於主張變法革新，抨擊時弊，針砭衰世，因而不斷受到官僚大地主頑固派的打擊。在京師二十年間，浮沉於中書、主事的下僚，仍然不安於位。這次辭官，有人説他是「忤其長官」（湯鵬《贈朱丹木》詩注），其實原因遠不止此。從他此次出都的匆忙急迫來看，幕後顯然有更凶險的鬼蜮活動。因而作者一出都門，便有「何似觀心賢」的深沉感慨。但他并不甘心屈服退讓，而是公開宣告：我的話還没有説完，此後還要拿起筆桿，繼續寫下去。作者態度鮮明，鬥志堅決，由此可見。

二

我馬玄黄盼日曛，關河不窘故將軍〔一〕。百年心事歸平淡，删盡蛾眉惜誓文〔二〕。

〔一〕「我馬」兩句：黃昏日落，馬已疲勞，但人還要趕夜路。幸而没有人來阻攔。作者出京匆促情狀，由此可見。玄黃：《詩・周南・卷耳》：「陟彼高岡，我馬玄黃。」舊注：「馬病則毛色玄黃。」這裏是指疲勞。故將軍：漢名將李廣罷職閑居，有一次夜出，回經霸陵亭，亭尉喝他止步。李廣的從人説：這是故李將軍。亭尉説：「今將軍尚不得夜行，何乃故也！」硬要李廣在亭下過了一宵。見《史記・李將軍列傳》。

〔二〕「百年」兩句：生平激烈的心情如今已趨於平淡，即使像屈原那樣被迫離開京師，我也不寫像《惜誓》一類文章了。百年：此生，生平。杜甫《戲題寄上漢中王》詩：「百年雙白鬢，一別五秋螢。」平淡：周紫芝《竹坡詩話》：「東坡嘗有書與其侄云：『大凡爲文，當使氣象峥嶸，五色絢爛，漸老漸熟，乃造平淡。』」刪盡：不再寫的意思。蛾眉：指美好的人。屈原《離騷》：「衆女嫉余之蛾眉兮，謠諑謂余以善淫。」惜誓：《楚辭》裏的一篇，後人多以爲是賈誼所作。王逸注云：「惜者，哀也；誓者，信也，約也。言哀惜懷王與己信約而復背之也。」《惜誓》中有這樣幾句話：「念我長生而久仙兮，不如返余之故鄉。黃鵠後時而寄處兮，鴟梟群而制之。神龍失水而陸居兮，爲螻蟻之所裁。夫黃鵠神龍猶如此兮，況賢者之逢亂世哉！」

三

罡風力大簸春魂〔一〕，虎豹沉沉卧九閽〔二〕。終是落花心緒好，平生默感玉皇恩〔三〕。

〔一〕「罡風」句：越高的地方，風力越强，花就越受到摇撼。暗喻仕途危險，自己終於被迫離開官場。罡：同剛。罡風：高天的風。《抱朴子·雜應》：「上升四十里，名爲太清。太清之中，其氣甚剛，能勝（按，承起）人也。」范成大《古風上知府秘書》詩：「身輕亦仙去，罡風與之俱。」春魂：唐雍裕之《宫人斜》詩：「應有春魂化爲燕，年年飛入未央棲。」原指宫人之魂，作者借指花。

〔二〕「虎豹」句：還有虎豹把守在天門前面。比喻朝廷中某些大臣，盤據要津，使自己不安於位。《楚辭·招魂》：「魂兮歸來，君無上天些！虎豹九關，啄害下人些！」沉沉：深邃的樣子。九閽：指朝廷。李商隱《哭劉蕡》詩：「上帝深宫閉九閽，巫咸不下問銜冤。」

〔三〕「終是」兩句：自己雖然是落花身份，畢竟還抱着好心情，因爲我平生是默默地感激「玉皇」的恩惠的。玉皇：道家説的天帝。王建《贈王屋道士》詩：「玉皇符詔下天壇。」作者詩中用「春魂」「落花」和「九閽」「玉皇」對舉，「玉皇」應是暗指皇帝。

四

此去東山又北山〔一〕，鏡中强半尚紅顔〔二〕。白雲出處從無例，獨往人間竟獨還〔三〕。

予不携眷屬傔從〔四〕。雇兩車，以一車自載，一車載文集百卷出都。

【校】

詩末自注「載文集百卷出都」：諸本皆同。唯鄧本作「載文集出都」，下注：「原注『文集』下有『百卷』二字。」「卷」下王校本注：「一本無『百卷』兩字。」本書從原注。

〔一〕「此去」句：我這次南歸，是決定歸隱山中。東山：東晉大臣謝安曾在東山隱居。葛立方《韻語陽秋》卷五：「會稽、臨安、金陵，皆有東山，俱傳以爲謝安携妓之所。按謝安本傳，初寓居會稽，與王羲之、許詢、支遁游處，被召不至，遂棲遲東山。此會稽之東山也。本傳又云：安嘗往臨安山中，悠然嘆曰：此與伯夷何遠？今餘杭縣有東山。東坡《游東西岩》詩注云：即謝安東山。此臨安之東山也。本傳又謂：及登台輔，於土山營墅，樓館林竹甚盛，每携中外子侄游集。今土山在建康上元縣崇禮鄉。此金陵之東山也。」北山：即南京紫金山，又稱鍾山。南齊時，周顒曾隱居鍾山，後應詔出山做官，再經鍾山時，孔稚珪寫了《北山移文》，借北山口吻，諷刺他「身在江湖之上，心居魏闕之下」的虛僞面目。作者借謝安、周顗的典故(取其隱居一點)，説明自己決心歸隱。參看第二三四首「又被北山猿鶴笑」句注。

〔二〕「鏡中」句：照照鏡子，覺得自己還不算太老。强半：大半。隋煬帝《憶韓俊娥》詩：「須知潘岳鬢，强半爲多情。」按，作者這年四十八歲。

〔三〕「白雲」兩句：我像白雲一樣，做官也好，歸隱也好，都帶點偶然性。開頭既是獨往，終於也是獨還。白雲：作者二十八歲時，赴京應進士考試，有兩句詩説：「白雲一笑懶如此，忽遇天風吹便行。」早把自己比作白雲。陶潛《歸去來辭》：「雲無心以出岫，鳥倦飛而知還。」出處：指個人進退。《易・繫辭》：「君子之道，或出或處。」

〔四〕傔從：僕從。《新唐書・裴行儉傳》：「傔從至刺史、將軍者數十人。」

五

浩蕩離愁白日斜〔一〕，吟鞭東指即天涯〔二〕。落紅不是無情物，化作春泥更護花〔三〕。

〔一〕「浩蕩」句：在廣闊無邊的離愁中，眼看夕陽西下。浩蕩：廣大貌。杜甫《秦州雜詩》：「浩蕩及鬬愁。」作者自幼居住北京，又在北京做官多年，這次匆匆離開，很有點舍不得，所以有這句話。

〔二〕「吟鞭」句：離開京師，馬鞭東指，從此便同朝廷遠隔了。吟鞭：詩人所持的馬鞭。辛棄疾《鷓鴣天》詞：「愁邊剩有相思句，摇斷吟鞭碧玉梢。」東指：作者當日從北京外城東面的廣渠門出城。即天涯：指離京師很遠。劉禹錫《和令狐相公别牡丹》詩：「春明門外即天涯。」

〔三〕「落紅」兩句：落花并不是無情的東西，它化成春泥，還能起着護育新花的作用。比喻自己雖然辭了官，仍然願意爲國家社會盡一點餘力。明歸莊《落花》詩：「化作春泥亦已矣，不堪墮在馬蹄涔。」作者本年另有《己亥六月重過揚州記》一文，其中説：「抑予賦側艷則老矣；甄綜人物，蒐輯文獻，仍以自任，固未老也。」所謂「更護花」，應是指這種心境。

六

亦曾橐筆侍鑾坡〔一〕，午夜天風伴玉珂〔二〕。欲浣春衣仍護惜，乾清門外露痕多〔三〕。

〔一〕橐筆：指從事文字工作。《漢書·趙充國傳》：「安世本持橐簪筆，事孝武數十年。」師古

注：「橐，所以盛書也；簪筆，插筆於首以紀事。」橐：裝束西的匣子。　鑾坡：地名，舊在長安。徐松《唐兩京城坊考》：「蓬萊殿之西偏南，餘有支隴，因坡爲殿，曰金鑾。殿西曰金鑾坡。」蘇易簡《續翰林志》：「（唐）德宗時，移翰林院於金鑾坡上。」劉祁《過陳司諫墓》詩：「鑾坡烏府舊游空。」鑾坡原是翰林院的典故，鄭畋《金鑾坡上南望》詩云：「極眼向南無限地，緑烟深處認中書。」作者因自己曾任内閣中書，所以有「侍鑾坡」的話。

〔二〕玉珂：杜甫《春宿左省》詩：「因風想玉珂。」注引《本草》：「珂，貝類，可爲馬飾。」按，《西京雜記》卷二：「昭陽殿織珠爲簾，風至則鳴，爲珩珮之聲。」當是杜詩所本。這裏的「玉珂」即指宫殿珠簾因風相觸發出的聲音，是在内閣值夜時聽到的。作者曾有《夜直》詩云：「沉吟章草聽鐘漏，迢遞湖山赴夢魂。」

〔三〕「欲浣」兩句：我任内閣中書時，常到乾清門外軍機處領事，早晨入朝，衣上染有露水。現在棄官歸去，要把衣服洗乾净，總覺得有點可惜。按，《清稗類鈔·爵秩類》：「内閣早班中書，每日至軍機處領事，行抵簾次，必先聲明職務，乃始揭簾而入。直日章京起立，彼此一揖，章京出黄綾匣，當面啓封，諭旨共若干件，一一點交。旋出簿册，俾領事中書簽名畫押畢，然後捧持而出，回内閣直房，上軍機檔。」龍顧山人《南屋述聞》：「内閣亦派中書逐日赴軍機處領事。蓋凡發鈔各件，胥由内閣領鈔，而於次日繳回原件。」汪厚石《初到内閣口號》：「乾清門側檔初交，匣硯看人唤打包。枯坐今朝拚守晚，領歸諭摺件傳鈔。（原注：

領上諭奏摺日，直中例派一人候夜直交代，爲守晚。）」可見内閣中書值夜情況。乾清門：在北京紫禁城保和殿北，清帝常在這裏御門聽政。門西有軍機處。金梁《清宫史略》：「乾清門，中門三。凡召對臣工，引見庶僚，俱由右門出入，内廷行走之大臣官員亦得由之。中門之旁，左爲内左門，右爲内右門，凡内官及承應人等，出入俱由内右門；軍機大臣、南書房、翰林、内務大臣官員出入亦得由之。内左門之東爲侍衛直宿房、散秩大臣直宿房，及文武大臣奏事待漏之所。内右門之西爲侍衛房及軍機處、内務府辦事處。其南相對，東爲宗室王公奏事待漏之所，西爲軍機章京直舍。」

七

廉鍔非關上帝才〔一〕，百年淬厲電光開〔二〕。先生宦後雄談減，悄向龍泉祝一回〔三〕。

〔一〕「廉鍔」句：自己的言論文章之所以詞鋒凌厲，不同尋常，并不是天生得來的。廉鍔：原指刀劍的鋒棱，引申爲詞鋒鋭利。《文心雕龍·封禪》：「義吐光芒，辭成廉鍔。」上帝：天帝。《詩·大雅·大明》：「上帝臨汝。」

〔二〕「百年」句：經過百年的反復磨煉才顯耀光芒。淬：淬火。厲：磨礪。電光開：李白《梁甫吟》：「三時大笑開電光，倏煉晦冥起風雨。」按，「百年淬厲」指家學淵源。作者本生祖父禔身，官至内閣中書軍機處行走，著有《吟腥山房詩》。父親麗正，官至江南蘇松太兵備道、署江蘇按察使，著有《國語補正》等。外祖父段玉裁是文字學專家，著有《説文解字注》等。母親段馴也能寫詩，著有《緑華吟榭詩草》。

〔三〕「先生」兩句：自己做官以後，便減少了青年時代議論政治的鋒芒。如今我私下祝願舊日的鋒芒重新回復。雄談：王勃《山亭興序》：「雄談逸辯，吐滿腹之精神。」龍泉：古劍名，《越絶書》作龍淵，唐避高祖諱改稱龍泉。《晉書·張華傳》：「（雷）焕到縣，掘獄屋基，入地四丈餘，得一石函，光氣非常，中有雙劍，并刻題，一曰龍泉，一曰太阿。」《抱朴子·博喻》：「韜鋒而不擊，則龍泉與鉛刀均矣。」按，作者二十多歲時便寫出《明良論》、《乙丙之際箸議》等政論文章，「雄談」也包括這一類論文。

八

太行一脈走蝹蜿〔一〕，莽莽畿西虎氣蹲〔二〕。送我摇鞭竟東去，此山不語看中原〔三〕。

別西山。〔四〕

〔一〕太行：指太行山，是縱貫山西、河北兩省之間的大山脈，蜿蜒曲折，北起拒馬河谷，南至晉、豫邊境黄河沿岸。蝹蜿：曲折起伏。《文選》張衡《西京賦》：「狀蜿蜿以蝹蝹。」薛注：「蜿蜿蝹蝹，龍形貌也。」

〔二〕莽莽：形容山色深遠。杜甫《秦州雜詩》：「莽莽萬重山。」畿西：京師的西面。虎氣蹲：意謂西山的氣勢像一頭蹲着的猛虎。杜甫《蕃劍》詩：「虎氣必騰上，龍身寧久藏？」

〔三〕「送我」兩句：西山有什麼話好説呢？它默默看着中原，也默默送我東行。摇鞭：揮着馬鞭。趙嘏《汾上宴别》詩：「不待管弦終，摇鞭背花去。」按，戴熙《習苦齋畫絮》：「龔祠部定庵嘗語予曰：西山有時渺然隔雲漢外，有時蒼然墮几榻前，不關風雨晴晦也。其西山詩有云：此山不語看中原。是真能道西山性情矣。」

〔四〕西山：在北京市區之西。朱彝尊《朱人遠西山詩序》：「自居庸折而南，連峰出没者百數，以其在都城右，合名之曰西山。」張際亮《翠微山記》：「太行之支，綿延千里，屬於燕京。其近在京師西郭者皆曰西山。」

九

翠微山在潭柘側〔一〕，此山有情慘難别〔二〕。薛荔風號義士魂〔三〕，燕支土蝕佳人骨〔四〕。别翠微山。

〔一〕翠微山：在北京市區近郊。明劉侗《帝京景物略·平坡寺》：「秘魔崖而西，行碎石中一里，息龍泉庵而上，平坡寺也。寺爲仁宗敕建，曰大圓通寺。制宏麗，宫闕以爲規。今圮壞。……山初名翠微，以山半得地，差平可寺，曰平坡矣。」孫承澤《天府廣記》：「翠微山在城西三十餘里。」嘉慶《清一統志》：「平坡山一名翠微山。」沈榜《宛署雜記》：「平坡山，山脈發迹香山，折而東，忽開兩腋，中有平地，故名平坡。登之則極目平原，百里草樹在目。」潭柘：《天府廣記》：「潭柘山在京西八十里。舊志：山上柘樹一株，屈曲如虬，斜傍二潭，潭水磅礴而出。」

〔二〕此山有情：作者對翠微山很有好感，他在《説京師翠微山》一文中，列舉它有許多優點。

〔三〕薜荔：蔓生常緑灌木，桑科。《植物名實圖考》：「木蓮即薜荔，自江而南皆曰木饅頭，俗以其實中子浸汁爲凉粉以解暑。」　義士魂：指明代景泰年間瓦剌族統治者也先進犯北京時，因抗敵而死難的群衆。《宛署雜記·恩澤》載録景泰二年《御制憫忠義阡之碑》有云：「中官上言：比歲虜賊背逆天道，率其徒旅數萬餘騎入寇京師，宗社爲之震驚，臣民莫知所禦。一時智謀勇敢之士……莫不於此感激思奮，競以迎敵殺賊而起……然聞阜成門外西南伏尸數千，形貌已變，其有父母妻子往收葬者，尚以不可辨識而聽其暴露矣；其無父母妻子在者尤多……願命即西山麓閑曠之地，爲一大壙，凡因戰死之骨，悉收瘞之。……爰命有司悉如所言，而賜名曰憫忠義阡。」

〔四〕燕支土：指土色紅如胭脂。《中華古今注》：「燕支，葉似薊，花似蒲公，出西方，土人以染，名爲燕支。中國人謂之紅藍，以染粉爲面飾，謂爲燕支粉。」　佳人骨：翠微山側近有金山，又稱甕山，是明代后妃、公主的葬地。嚴嵩《西山雜詩》有云：「玉匣珠襦掩夜泉，世人那見鶴歸年？秋來十里金山道，華表參差夕照前。」（見沈榜《宛署雜記·志遺》四）便是指這些墳墓。嘉慶《清一統志》：「金山，乾隆十六年命名萬壽山。」劉侗《帝京景物略》卷七：「甕山去阜成門二十餘里，土赤濆，童童無草木。」

一〇

進退雍容史上難〔一〕，忽收古淚出長安〔二〕。百年綦轍低徊遍〔三〕，忍作空桑三宿看〔四〕？先大父宦京師〔五〕，家大人宦京師〔六〕，至小子，三世百年矣！以己亥四月二十三日出都。

〔一〕「進退」句：出仕和歸隱都保持從容不迫的態度是歷史上難得的事。　雍容：態度大方，從容不迫的樣子。《漢書·司馬相如傳》：「相如時從車騎，雍容閑雅甚都。」《文選》曹植《七啓》：「雍容暇豫，娱志方外。」蘇軾《題永叔會老堂》詩：「三朝出處共雍容，歲晚交情見二公。」

〔二〕「忽收」句：我匆匆揩乾懷舊的眼淚走出京師。　長安：西漢、唐代的都城，這裏借指北京。

〔三〕「百年」句：意謂祖父和父親留下的遺澤，自己看着很舍不得離開。　綦：地上鞋印。《漢書・揚雄傳》：「履欃槍以爲綦。」晉灼注：「綦，履迹也。」轍：車輪子壓過的痕迹。　低徊：來回踱步。潘岳《寡婦賦》：「嗟低徊而不忍。」

〔四〕「忍作」句：我留戀先人遺澤，怎忍心拿「三宿空桑」的話來加以指責？　空桑三宿：《後漢書・襄楷傳》：「浮屠不三宿桑下，不欲久生恩愛，精之至也。」意説修道的和尚不肯在一棵桑樹下住上三天，以防對它産生感情，戒律何其精嚴。

〔五〕先大父：作者祖父敬身，本生祖禔身，都曾在北京做官。

〔六〕家大人：作者父親麗正，先後在禮部儀制司等衙署當官達二十年。

一一

祖父頭銜舊頲光〔一〕，祠曹我亦試爲郎〔二〕。君恩彀向漁樵説，篆墓何須百字長〔三〕？唐碑額有近百字者。

〔一〕祖父頭銜：作者祖父敬身，曾官禮部精膳司郎中兼祠祭司事；父親麗正曾官禮部主事，姓名頭銜都寫在禮部題名記中。作者《國朝春曹題名記序》云：「鞏祚之大父，以乾隆己亥歲由吏部遷禮部，家大人以嘉慶丙辰歲除禮部，名在此記。至鞏祚，三世矣。」熲光：光明。熲：《説文》：「熲，火光也。」同炯。

〔二〕「祠曹」句：我也曾在禮部祠祭司做一員郎官。按，作者於道光十七年（一八三七）官禮部主事，祠祭司行走。

〔三〕「君恩」兩句：三代受君主恩惠已經够向漁樵們宣説了，何必一定在墓碑額上篆刻整百字的頭銜。彀：古同「够」。漁樵：泛指家鄉的鄰里們。何遜《夕望江橋示蕭諮議楊建康江主簿》詩：「爾情深鞏洛，予念返漁樵。」篆墓：封建時代，官僚的墓碑用篆字書額，官做得越大，兼職越多，碑額的字也就越多。唐代韓愈替董昌寫過一篇行狀，題額是：「故金紫光禄大夫檢校尚書左僕射同中書門下平章事兼汴州刺史充宣武軍節度副大使知節度事管内支度營田汴宋亳潁等州觀察處置等使上柱國隴西郡開國公贈太傅董公行狀曾祖仁琬皇任梁州博士祖大禮皇贈右散騎常侍父伯良皇贈尚書左僕射」。權德輿爲董晉作碑銘，題額是：「故宣武軍節度副大使知節度事管内支度營田汴宋亳潁等州觀察處置使金紫光禄大夫檢校尚書左僕射同中書門下平章事使持節汴州諸軍事兼汴州刺史上柱國隴西郡開國公贈太傅董公神道碑銘」。以此爲例，可見一斑。按，吴曾《能改齋漫録》卷二謂：「自唐以來，未爲墓志，必先有行狀。蓋南朝以來已有之。」趙翼《陔餘叢考》則謂行狀自漢末已有。

二二

掌故羅胸是國恩〔一〕，小胥脱腕萬言存〔二〕。他年金鐀如搜采，來叩空山夜雨門〔三〕。

〔一〕「掌故」句：有關朝廷禮法方面的掌故，自己搜羅在胸，這是國家給我的恩惠。作者《禮部題名記序》：「諸老前輩目自珍，舊事往往詢自珍，皆以自珍爲嘗聞之也。」又《國朝春曹題名記序》：「願以其平日聞於事父者，若風氣，若律令，若言若行，勉奉持之以事諸君子而已矣。」這是因爲作者的祖父和父親都曾在禮部做官。

〔二〕「小胥」句：讓抄手抄起來，可以很快寫出一萬字。小胥：鈔録文書的下級吏員。脱腕：寫字過快，腕部受傷。《新唐書·蘇頲傳》：「玄宗平内難，書詔填委。獨頲在太極後閣，口所占授，功狀百緒，輕重無所差。書吏白曰：丐公徐之，不然，手腕脱矣。」

〔三〕「他年」兩句：今後朝廷如果要搜集有關這方面的故實材料，請來找我這個歸隱山中的人吧！金鐀：朝廷收藏史料的櫃子。《漢書·司馬遷傳》：「紬史記石室金鐀之書。」空山：幽静山居，又指家鄉。張説《澠湖山寺》詩：「空山寂歷道心生。」

一三

出事公卿溯戊寅〔一〕，雲烟萬態馬蹄湮〔二〕。當年筮仕還嫌晚〔三〕，已哭同朝三百人〔四〕。

〔一〕出事公卿：出外服事公卿，也就是踏入做官的門路。《論語·子罕》：「出則事公卿。」作者於嘉慶二十三年戊寅（一八一八）應浙江鄉試，中式第四名舉人。按照清代制度，舉人除可參加進士考試外，還可選擇做官的出路。

〔二〕「雲烟」句：現在已經過了二十二年，回顧萬種世態，恍如縹緲雲烟，如今就像馬蹄的痕迹湮滅了一樣。湮：《廣雅·釋詁》：「湮，没也。」

〔三〕筮仕：古人在出仕之前，先進行占卜，决定吉凶，稱爲「筮仕」。引申爲開始做官的代詞。《左傳·閔公元年》：「初，畢萬筮仕於晉，遇屯之比。辛廖占之曰：吉。」作者於嘉慶二十四年（一八一九）和二十五年（一九二〇）兩次會試失敗，决定出任内閣中書，那時已是二十九歲。

〔四〕「已哭」句：二十年間，同朝的官員已有三百人去世。按，三百人恐是約數，并非確指。

一四

頽波難挽挽頽心〔一〕，壯歲曾爲九牧箴〔二〕。鐘虡蒼凉行色晚〔三〕，狂言重起廿年喑〔四〕。

〔一〕頽波：原意爲逝水，此指社會政治風氣敗壞。吕温《謁舜廟文》：「三代之後，誰爲聖賢？政如頽波，俗若壞山，韶樂猶在，薰風不還。」劉禹錫《咏史》詩：「世道劇頽波，我心如砥柱。」頽心：指心理方面的頽唐墮落。像作者曾在《乙丙之際箸議》中指出的：封建統治者對人民是「徒戮其心，戮其能憂心，能憤心，能思慮心，能作爲心，能有廉耻心，能無渣滓心。」作者指出這是衰世的情况，這樣下去，「亂亦竟不遠矣」。

〔二〕壯歲：三十歲爲壯。見《禮·曲禮》。九牧箴：西漢揚雄曾寫過《冀州牧箴》、《兖州牧箴》等十二箴。按：《後漢書·胡廣傳》：「雄作十二州箴。」《漢書·揚雄傳》晉灼注：「九州之箴也。」都是勸誡州郡長官要「治不忘亂，安不遺危」的訓誡式文章。作者在這裏似是指《壬癸之際胎觀》九篇，見《定庵續集》。九篇文章寫於道光二年、三年間，正是作者「壯歲」之時。

〔三〕鐘虡：封建時代朝廷的重要禮器，象徵一種最高權力。鐘虡給人搬走，表示國家滅亡。《後漢書・東海恭王彊傳》：「（帝）賜虎賁旄頭，宮殿設鐘虡之懸，擬於乘輿。」蘇軾《渚宮》詩：「秦兵西來取鐘虡，故宮禾黍秋離離。」指楚國滅亡。這裏說的「鐘虡蒼涼」，比喻清王朝的命運很不美妙。虡：同簴，懸鐘的架子。《文選》揚雄《甘泉賦》：「金人仡仡其承鐘虡兮，嵌巖巖其龍鱗。」行色：原指旅客在路上風塵滿面的情態。《莊子・盜跖》：「車馬有行色。」這裏的「行色晚」比喻清王朝已處在日落西山的局面之中。陸游《南唐書》記潘佑事：「遂使國家愔愔如日暮。」《江南野録》：「愔愔日暮好沾巾。」作者在《尊隱》文中說：「日之將夕，悲風驟至，人思燈燭，慘慘目光，吸飲暮氣，與夢爲鄰。」同樣是比喻王朝已進入衰世。

〔四〕「狂言」句：二十年前，我曾發表過政治議論，被人目爲「狂言」。如今我又要重新發出「狂言」，打破這二十年的沉默了。狂言：《史記・淮陰侯傳》：「狂夫之言，賢人擇焉。」喑：啞病。

一五

許身何必定夔皋〔一〕，簡要清通已足豪〔二〕。讀到嬴劉傷骨事〔三〕，誤渠畢竟是錐刀〔四〕。

〔一〕許身：立志投身於某種事業。杜甫《自京赴奉先咏懷》詩：「許身一何愚，竊比稷與契。」

夔皋：傳説中帝舜的兩個名臣，夔是主管音樂教化的樂正。皋是替帝舜制定律令法制的人，又稱皋陶。這裏借用作「名臣」的代詞。

〔二〕簡要清通：對政事處理的態度：簡練扼要，明白通達。《世説·賞譽》：「吏部郎闕，文帝問其人於鍾會。會曰：裴楷清通，王戎簡要，皆其選也。於是用裴。」又曰：「王濬冲、裴叔則二人，總角詣鍾士季（按，鍾會），須臾去。後客問鍾曰：向二童何如？鍾曰：裴楷清通，王戎簡要。」

〔三〕嬴劉：指秦朝和漢朝。韓愈《唐故相權公墓碑》：「權在商周，世無不存。滅楚徙秦，嬴劉之間。」　傷骨：損傷深入到骨。也可解爲傷心、痛心。古人常心骨互用。《新唐書·盧杞傳》：「忠臣寒膺，良士痛骨。」與此意近。

〔四〕錐刀：有兩種意思：一是微細事物。《左傳·昭公六年》：「錐刀之末，將盡争之。」注：「錐刀末，喻小事。」一是嚴刑峻法。《後漢書·樊宏傳》：「（樊）準乃上疏曰：文吏則去法律而學詆欺。鋭錐刀之鋒，斷刑辟之重。德陋俗薄，以致苛刻。」這裏作者用後一義。

按，作者雖自稱「不薄秦皇與武皇」，但對於秦、漢兩代統治者爲鎮壓人民而使用嚴刑峻法則是堅決反對的。而且應當看到，作者在這裏并不是批評秦、漢，而是隱約指斥清王朝使用殘暴手段鎮壓人民群衆。

一六

棄婦丁寧囑小姑〔一〕，姑恩莫負百年劬〔二〕。米鹽種種家常話，淚濕紅裙未絶裾〔三〕。

有棄婦泣於路隅，因書所見。

〔一〕棄婦：被丈夫遺棄的婦人。丁寧：同叮嚀，再三囑咐。

〔二〕百年劬：一生辛苦勞累。劬：勞苦。《詩·邶風·凱風》：「母氏劬勞。」

〔三〕絶裾：拉斷衣襟走掉，表示決絶。晉元帝登位前，温嶠奉命勸進，「其母崔氏固止之，温絶裾而去。」見《晉書·温嶠傳》。

按，作者似是拿棄婦比擬自己。在《己亥雜詩》中，我們確實可以看到不少可以稱爲「米鹽種種家常話」的東西。

一七

金門縹緲廿年身，悔向雲中露一鱗〔一〕。終古漢家狂執戟，誰疑臣朔是星辰〔二〕？

〔一〕「金門」兩句：我在朝廷做了二十年的官，如今真是悔恨像雲中的龍一樣，顯露出一鱗半爪。　金門：漢代宫門名，又叫金馬門。《史記·東方朔傳》：「（朔）據地歌曰：『陸沉於俗，避世金馬門……』金馬門者，宦署門也。門旁有銅馬，故謂之曰金馬門。」這裏借東方朔在朝廷來自比。　縹緲：恍惚虚無的樣子。白居易《長恨歌》：「山在虚無縹緲間。」木華《海賦》：「群仙縹眇，餐玉清涯。」　露一鱗：指略爲顯露一些才華抱負。趙執信引王士禛談詩云：「詩如神龍，見其首不見其尾，或雲中露一爪一鱗而已。」作者《自春徂秋偶有所觸拉雜書之漫不詮次得十五首》之十五云：「東雲露一鱗，西雲露一爪。與其見鱗爪，何如鱗爪無。」亦是此意。按，作者由嘉慶二十五年（一八二〇）出任内閣中書，至道光十九年（一八三九）辭禮部主事，前後共二十年。

〔二〕「終古」兩句：如果我一直像東方朔那樣做一員執戟郎，誰會懷疑我是天上的星辰下凡呢？　終古：一直不改變。屈原《離騷》：「吾焉能忍而與此終古？」　狂執戟：漢武帝時，東方朔曾做執戟郎。《史記·東方朔傳》：「朔行殿中，郎謂之曰：『人皆以先生爲狂。』朔曰：『如朔等，所謂避世於朝廷間者也。』」　星辰：《太平廣記》卷六引《東方朔别傳》：「朔卒後，武帝詔太王公問之曰：『爾知東方朔乎？』公曰：『不知。』『公何所能？』曰：『頗善星歷。』帝問：『諸星具在否？』曰：『具在；獨不見歲星十八年，今復見耳。』帝嘆曰：『東方朔在朕旁十八年，而不知是歲星哉！』慘然不樂。」作者拿東方朔自比。張祖廉《定盦年譜外紀》:「少時讀東方朔傳,恍惚若有遇,自謂曼倩後身。有曼倩後身印,嘉興文鼎鐫之。」曼倩,東方朔別字。

按,詩意頗悔自己提出變法革新的主張,以致招惹大地主頑固派的嫉忌和打擊,以爲像東方朔那樣佯狂玩世,便沒有人看出自己的真面目。不過作者所謂追悔,也不是内心的真實感情,我們毋寧認爲作者隱隱有自負之意。

一八

詞家從不覓知音,累汝千回帶淚吟〔一〕。惹得而翁懷抱惡,小橋獨立慘歸心〔二〕。吾女阿辛〔三〕,書馮延巳詞三闋〔四〕,日日誦之。自言能識此詞之恉,我竟不知也。

〔一〕「詞家」兩句:寫詞的人從來不希望找到知音的人,想不到你却受到這些詞的感動。按,汲古閣本向子諲《酒邊詞》胡寅序云:「詞曲者,古樂府之末造也……然文章豪放之士,鮮不寄意於此者,隨亦自掃其迹,曰謔浪游戲而已也。」就是不承認自己寫的詞曲有什麼重要作用。作者所謂「不覓知音」,意思和這相近。

〔二〕「惹得」兩句:你的父親由此引起很難過的情緒,獨自站在小橋上,心情凄慘。而翁:你爸。《史記・項羽本紀》：「必欲烹而翁，則幸分我一杯羹。」　歸心：韓翃《送元詵還江東》詩：「過江秋色在，詩興與歸心。」這時作者還在旅途中，所以說「歸心」。

〔三〕阿辛：作者的大女兒，後來嫁給作者的同年南豐劉良駒（星舫）的兒子。

〔四〕馮延巳詞：馮延巳，五代時仕南唐，官至宰相，又是著名詞人，著有《陽春集》。其中《鵲踏枝》十多首最爲有名，其中一首有幾句是：「河畔青蕪堤上柳，爲問新愁，何事年年有？獨立小橋風滿袖，平林新月人歸後。」阿辛背誦的三首詞中，可能有這一首，因此作者用「小橋獨立」點出。

按，作者這次出京，回憶平生，自己的革新主張總是受到許多頑固人物的諷刺打擊，因此不能不涌出「知音難遇」的感慨。

一九

卿籌爛熟我籌之〔一〕，我有忠言質幻師〔二〕。　觀理自難觀勢易〔三〕，彈丸累到十枚時〔四〕。　道旁見鬻戲術者，因贈。

〔一〕「卿籌」句：對於要弄彈丸的問題，你已經考慮到爛熟了，如今由我來考慮一下吧！卿：

你。指弄把戲的人。籌：考慮。《史記·留侯世家》：「臣請借前箸爲大王籌之。」

〔二〕「我有」句：我有一句逆耳的忠言想跟你商量商量。質：質正。《後漢書·朱浮傳》：「浮以書質責之。」注：「質：正也。」幻師：魔術師。《波羅蜜經》：「如彼幻師，得化美團，雖似有益，而實無益。」

〔三〕「觀理」句：有些事情光憑道理去看，好像很難會出現，但假如看它的勢，那就并不難了。《商君書·禁使》：「今夫飛蓬飄風而行千里，乘風之勢也。探淵者知千仞之深，縣繩之數也。故托其勢者，雖遠必至；守其數者，雖深必得。」又《定分》：「勢治者不可亂，勢亂者不可治。夫勢亂而治之愈亂，勢治而治之則治。故聖王治治不治亂。」這些話都指出勢的重要性。

〔四〕「彈丸」句：你的彈丸已經叠到十枚，這就是眼前的勢。《宋詩紀事》卷九十引《湖廣總志》：「劉元英，號海蟾子，以明經擢第，仕燕主劉守光爲相。一旦，忽有道人來謁，自稱正陽子，索鷄卵十枚，金錢十枚，以一文置几上，累十卵於錢，若浮圖之狀。海蟾驚嘆曰：危哉！道人曰：人居榮樂之場，履憂患之地，其危有甚於此者。復盡以其錢擘爲二，擲之而去。海蟾由此大悟，遂易服從道。」

按，未必便真是當場贈詩，作者似在詩中暗示：清王朝眼前的情况，正如叠起十枚彈丸，造成極危險的態勢。作者《乙丙之際箸議第九》有云：「起視其世，亂亦竟不遠矣！」詩中最後一句，正是「危如累卵」四字的代用語。

二〇

消息閑憑曲藝看〔一〕，考工古字太叢殘〔二〕。五都黍尺無人校，搶攘廛間一飽難〔三〕。

過市肆有感。

〔一〕「消息」句：社會發展的趨勢是消還是長，就憑一些小事情也可以看出來。　消息：一消一長。《易·豐》：「天地盈虛，與時消息，而況於人乎？」《詁經精舍文集》汪家禧《易消息解》：「治極亂，静極動，人事消息也。」　曲藝：小技能。《禮·文王世子》：「曲藝皆誓之。」注：「曲藝爲小技能也。誓，謹也。」

〔二〕「考工」句：《考工記》文字太古舊，而且殘缺不全，不必徵引它作爲今日的標準。　考工：《考工記》，先秦時代專談百工技藝的書，附在《周禮》中。　叢殘：瑣碎殘缺。《桓子新論》：「小説家合叢殘小語，近取譬論，以作短書。」

〔三〕「五都」兩句：都市裏的升斗尺秤，短長大小都不一樣，官府又不加以校正，難怪老百姓在市場上亂哄哄的，想找一碗飽飯吃都困難了。《淵鑒類函·産業部》引《續文獻通考》：「明太祖洪武中，主管市司，三日一次校勘街市秤尺，并依時估定其物價。」是古有校定市場秤尺之制。　五都：大都市。班固《西都賦》：「五都之貨殖。」《後漢書・班固傳》引《前書音義》：「五都謂雒陽、邯鄲、臨淄、宛、成都也。」　黍尺：古代用黍百粒縱排連接起來作爲一尺的長度標準。　搶攘：亂哄哄的樣子。《漢書・賈誼傳》：「國制搶攘，非甚有紀，胡可謂治！」晉灼注：「搶音傖。吴人罵楚人曰傖。傖攘，亂貌也。」　廛間：商店集中的地方。《孟子・滕文公》：「願受一廛而爲氓。」

二一

滿擬新桑遍冀州，重來不見緑雲稠〔一〕，書生挾策成何濟？付與維南織女愁〔二〕。

曩陳北直種桑之策於畿輔大吏〔三〕。

〔一〕「滿擬」兩句：我滿以爲新種的桑樹會長滿冀州土地上，不想如今重新經過，根本看不見有什麽稠密的桑樹。　冀州：西漢時曾將今河北省中南部劃爲冀州刺史部，這裏指清代的直隸省。　緑雲：指桑樹、緑葉成陰，遍布如雲。鮑照《代陳思王京洛篇》：「揚芬紫烟上，垂彩緑雲中。」

〔二〕「書生」兩句：我這個書生的建議何濟於事，只好讓南方的織絲婦女自己發愁罷了。挾策：原意是挾書，這裏指種桑的建議。《莊子·駢拇》：「挾策讀書。」釋文：「李云：竹簡也。古人寫書，長二尺四寸。」成何濟：濟得甚事。吴偉業《行路難》詩：「歸來故鄉無負郭，破家結客成何濟？」維南：泛指南方。《詩·小雅·大東》：「維南有箕。」織女愁：北方不種桑，不能生産絲綢，絲綢的供應責任都壓在南方織女身上，所以作者有這句話。

〔三〕曩：從前。畿輔大吏：指直隸布政使托渾布。道光十八年（一八三八）作者曾向托渾布提出在河北普遍種桑的建議，旨在抵制毛呢羽緞等洋貨的輸入，防止白銀外流。但未被采納。參看作者編年詩《乞糴保陽》之四及《送欽差大臣侯官林公序》一文。

按，關於河北種桑的事，《後漢書·張堪傳》載，張堪爲漁陽太守，勸民種稻麥，植桑樹，民間歌頌，有「桑無附枝，麥秀兩岐」的話。顔之推《顔氏家訓·風操》又指出：「河北婦人，織紝組紃之事，黼黻錦綉羅綺之工，大優於江東也。」可見河北蠶桑事業，來歷甚久。作者這次建議，雖未被托渾布采納，但據衛杰《蠶桑萃編》引光緒二十四年《舉辦蠶政逐漸擴充以廣利源折》：「查直隸原有蠶桑之處，向僅深、易二州，完縣、元氏、邢臺三縣。現清苑、滿城、安肅、束鹿、高陽、安州、定興、望都、定州、深澤、曲陽、冀州、衡水、安平、廣昌、灤州、昌黎、撫寧、豐潤等州縣，在在皆有。」則知作者此一建議，在五十年後已部分實現，并可見作者在經濟方面的遠大眼光。然而，這并未帶來杜絶

「夷物」的預期效果，説明作者的經濟改革方案不能拯救國難。

一二一

車中三觀夕惕若〔一〕，七藏靈文電熠若〔二〕，懺摩重起耳提若〔三〕，三普貫珠累累若〔四〕。予持陀羅尼已滿四十九萬卷〔五〕，乃新定課程，日誦普賢、普門、普眼之文。

〔一〕三觀：佛家語。中國佛家説「三觀」的，有天台、華嚴、南山、慈恩等宗，但以天台宗的「三觀」爲最普通。天台宗的「三觀」是：一、空觀，觀諸法之空諦（客觀世界原本是空無的）；二、假觀，觀諸法之假諦（客觀世界却存在假象）；三、中觀，觀諸法非空非假，亦空亦假，即是中諦（從現象説，客觀世界非空非假；從本源説，是亦空亦假，能加以參透，即達到中觀）。按，印度佛教龍樹菩薩《中觀論・四諦品》曾説：「因緣所生法，我説即是空。亦爲是假名，亦是中道義。」這是天台宗三觀論的根據。（因爲物質世界畢竟是抹殺不了的，他們就挖空心思説，萬法皆無自性，故謂之空；皆有假相，故謂之假；空假不二，故謂之中。把真的説成是假象，而假象則實是空的。就此得出「萬法皆空」的唯心主義的結論。）參見第一六一、二二六兩首詩注。夕惕：《易・乾》：「君子終日乾乾，夕惕若，厲無咎。」疏：

「夕惕者，謂終竟此日至向夕之時，猶懷憂惕。」按，作者此時正在南歸途中，在車上修持經咒，警惕不忘，所以説「夕惕」。　若：語尾助詞。《易·離》：「出涕沱若，戚嗟若。」

〔二〕七藏靈文：僧俗持誦經咒，或以五千四十八卷爲一藏，或以七千二百餘卷爲一藏。楊文會《等不等觀雜録》：「今時僧俗持誦經咒，動稱一藏。問其數，則云五千四十八也。嘗考歷代藏經目録，惟《開元釋教録》有五千四十八卷之數，餘則增減不等。至今乃有七千二百餘卷矣。世俗執著五千四十八者，乃依《西游記》之説耳。」按，作者持誦經咒已滿四十九萬卷，正是七千卷的七倍數，所以稱爲「七藏」。　靈文：指佛經。　電熠：像電光那樣閃耀。

〔三〕「懺摩」句：我重新定出念經課程，就像有人揪着耳朵吩咐一樣。　懺摩：即懺悔。佛家認爲念經是表示懺悔的一種行動。《南海寄歸傳》：「懺摩是西土音，悔乃東夏之字。」　耳提：揪着耳朵。《詩·大雅·抑》：「匪面命之，言提其耳。」

〔四〕三普：三種佛經名稱。普賢，《普賢菩薩勸發品》的略稱。普門，《觀世音菩薩普門品》的略稱。普眼，《圓覺普眼品》的略稱。　累累：連續不斷。《禮·樂記》：「累累乎端如貫珠。」

〔五〕陀羅尼：佛家語。又譯真言，又稱密言、密語、秘密咒。修佛的人要天天誦念這些真言，稱爲「持明」。作者《誦得生净土陀羅尼記數簿書後》云：「龔自珍以辛卯歲（按，道光十一年）發願，願誦大藏貞字函《拔一切業障根本得生净土陀羅尼》五十九言四十九萬卷。」即指此事。

一三二

荒村有客抱蟲魚〔一〕，萬一談經引到渠〔二〕。終勝秋磷亡姓氏，沙渦門外五尚書〔三〕。

逆旅夜聞讀書聲，戲贈。沙渦門即廣渠門〔四〕，門外五里許有地名「五尚書墳」。「五尚書」不知皆何許人也。

〔一〕「荒村」句：荒涼的村落中有人埋頭考訂古籍。抱：守持不失。《禮·儒行》：「抱義而處。」蟲魚：先秦時有一本解釋詞語及鳥獸草木蟲魚的書，名叫《爾雅》，漢以後成爲解釋經籍名物的重要工具書，有郭璞等作注。有人又貶抑專門從事這種瑣屑考證爲「蟲魚之學」。韓愈《讀皇甫湜公安園池詩書其後》詩：「爾雅注蟲魚，定非磊落人。」

〔二〕「萬一」句：意指這種瑣屑考證，作用雖有限，但也許别人研究古籍時，會引用到他的見解。渠：他。

〔三〕「終勝」兩句：他畢竟勝過那些連姓氏都没有留下來的人。沙渦門外有五尚書墳，如今誰也不知道墳墓中人的名姓了。秋磷：磷火，指死去的人。王充《論衡·論死》：「磷，死人之血也，其形不類生人之血也。」庾信《周車騎大將軍宇文顯和墓志銘》：「草銜秋火，樹抱春霜。」 亡：同無。

〔四〕 廣渠門：北京外城東面近南的一個城門。

二四

誰肯栽培木一章〔一〕？ 黄泥亭子白茅堂〔二〕。新蒲新柳三年大，便與兒孫作屋梁〔三〕。道旁風景如此。

〔一〕「誰肯」句：誰肯花點兒力量種一棵大樹呢？ 章：粗大木材。《漢書·百官表》：「東園主章。」如淳注：「章，謂大材也。」

〔二〕「黄泥」句：到處都是黄泥和茅草蓋的亭子和房子。

〔三〕「新蒲」兩句：新種的水楊和柳樹僅僅長到三年，就拿來給兒孫做房屋的棟梁了。 蒲：蒲柳，又叫水楊，落葉喬木，通常多爲灌木狀，容易生長，但木質脆弱。《爾雅·釋木》：「楊，蒲柳。」 屋梁：《後漢書·陳球傳》：「乃潛與司徒河間劉郃誅宦官……尚書劉納亦深勸於郃……曰：公爲國棟梁，傾危不持，焉用彼相耶？」《宋史·張宏傳》：「（太宗）因詔宏曰：朕自御極以來，親擇群材，大者爲棟梁，小者爲榱桷。卿與吕蒙正皆中朕選，大臣頗有沮議，非朕獨斷，豈能及此乎？」

按，種下才三年的水楊和柳樹，作成屋梁顯然不能持久。作者之意似是諷刺封建王朝使用三年一考的科舉制度，企圖在這裏找到國家棟梁之材。作者晚年厭惡科舉制度，不僅於自燒功令文一事見之。《己亥雜詩》中如：「科以人重科益重，人以科傳人可知。」「如此高才勝高第，頭銜追贈薄三唐。」均可見其微旨。又作者在《干禄新書自序》中，用曲折筆法，隱約指斥朝廷取士只求楷法光致，不問真才實學。凡此均足爲此詩旁證。

一二五

椎埋三輔飽於鷹〔一〕，薛下人家六萬增〔二〕。半與城門充校尉〔三〕，誰將斜谷械陽陵〔四〕？

〔一〕椎埋：盗墓的人。這裏指流氓及雇傭軍人之類。三輔：漢代在長安設立京兆尹、左馮翊、右扶風三長官，稱爲三輔。轄地在今陝西省中部。飽於鷹：《後漢書·吕布傳》：「（陳）登見曹公，言養將軍（按，吕布）譬如養虎，當飽其肉，不飽則將噬人。公曰：不如卿言。譬如養鷹，饑即爲用，飽則颺去。」

〔二〕「薛下」句：《史記·孟嘗君傳贊》：「孟嘗君招致天下任俠奸人入薛中，蓋六萬餘家矣。」《元和郡縣志》：「故薛城在滕縣東南四十三里，薛國也。」

〔三〕城門校尉：漢武帝時，置城門校尉，掌京師城門屯兵。這裏指清代守衛京城城門的下級軍官。清代武官最低一級官階是校尉，爲武官八、九兩品。

〔四〕斜谷械陽陵：《漢書·公孫賀傳》載，漢武帝征和年間，丞相公孫賀的兒子敬聲，驕横不法，私用北軍錢一千九百萬。事發被捕入獄。正在此時，武帝下詔搜捕陽陵大俠朱安世，未能捕獲。公孫賀爲了替兒子贖罪，向武帝提出自願親去搜捕朱安世。這個「京師大俠」不久果然被公孫賀捕獲，下在獄中。朱安世「聞賀欲以贖子罪，笑曰：丞相禍及宗矣。南山之竹，不足受我詞；斜谷之木，不足爲我械。安世遂從獄中上書，告敬聲與陽石公主私通，及使人巫祭祠詛上。」於是公孫賀父子皆死獄中。斜谷：秦嶺谷口之一，在陝西郿縣西南。這裏借指木製刑具。械：原義是桎梏，此作動詞用。《左傳·襄公六年》：「以弓梏華弱於朝。」疏：「桎梏俱名爲械。」陽陵：漢景帝陵墓。《三輔黄圖》：「景帝陽陵在長安東北四十五里，山方二十步，高十丈。」這裏是「陽陵大俠」省文，指朱安世。

按，這首詩意在諷刺清王朝衛戍京師的軍隊日益腐敗。第一句意説，京師附近的流氓之類，有如飽鷹，他們找錢的門路不少。第二句意説，這些人的數目近年又多起來了，正如孟嘗君在薛下安置了六萬家任俠奸人。第三句意説，這些人中又有半數是屬於京師衛戍軍隊的下級軍官。

第四句意説，由此看來，誰還肯拿斜谷的木材製成刑具去囚禁像陽陵大俠朱安世這類人物呢？

又按，關於清代守城軍吏勒索事，徐沅《檐醉雜記》卷三云：「乾隆間，吴江陸朗夫中丞燿，以山東布政使入覲，門吏索資，陸無以應，遂置衣被於城外，入城從故人借卧具。見於《年譜》。陽湖趙味辛懷玉，於乾隆己亥年入都，門吏索錢，至於傾篋。見《亦有生齋詩注》。知此弊由來久矣。」舉此二例，可見一斑。

二六

逝矣斑騅罥落花〔一〕，前村茅店即吾家〔二〕。小橋報有人癡立，淚潑春帘一餅茶〔三〕。

出都日，距國門已七里〔四〕，吴虹生同年立橋上候予過〔五〕，設茶，灑淚而别。

〔一〕「逝矣」句：我的馬走着，落花灑在馬的身上。李賀《夜坐吟》詩：「陸郎去矣乘斑騅。」李商隱《對雪》詩：「腸斷斑騅送陸郎。」斑騅：毛色青白相雜的馬。罥：牽惹。

〔二〕「前村」句：前村茅店便是我投宿之地。暗指自己已是在野之身。

〔三〕「小橋」兩句：聽説前面小橋有人呆站着。爲了惜别，他同我喝了碗茶，眼淚都掉在茶碗裏。春帘：茶店或酒店掛的帘子。這裏代指茶店。一餅茶：一碗茶。明代以前，茶葉通常壓成餅狀，碾成細末冲飲，明代才開始愛用一片片茶葉，但仍有製成餅狀的。今雲南仍有餅茶。明李日華《恬致堂詩話》：「按陸鴻漸《茶經》，造茶之法，摘芽，擇其精者水漂之，團揉入竹圈中，就火烘之成餅。臨烹點則入臼研末，潑以蟹眼沸湯。至宋蔡君謨，以其法造建溪之茶而加精焉。入我昭代，惟貴茶葉，餅製遂絶。」

〔四〕國門：京師城門。

〔五〕吴虹生：吴葆晉，字佶人，號虹生（一作紅生），河南光州人。祖士功，字惟亮，官至福建巡撫；父玉綸，官至兵部侍郎。葆晉於道光九年成進士。官户部主事，江寧知府，鹽巡道，江蘇淮海道等。與作者爲至交。著有《半舫館填詞》，又名《半花閣詩餘》。《同治續纂江寧府志》：「（吴葆晉）道光庚戌，任江寧府，升鹽巡道。書院課士，取經術湛深者置於前列，嗣因尊經山長歸里，代閲課卷，評定甲乙，士論翕然。章鼎、黄汝蘭皆其所拔識者也。」方濬師《蕉軒隨録》：「光州吴紅生觀察（葆晉）曾語予曰：在京師時，有恨事二：中進士不入館選，官中書未直軍機處。故每遇翰林，未嘗與之講詞章；遇軍機章京，未嘗與之論朝政也。予曰：公此言殆亦偏見。某在京，惟知訪品學兼優之士師之友之，并不知何者爲翰林，何者爲軍機也。公笑而首肯。」孔憲彝《對岳樓詩續録》卷二有《寄懷吴紅生舍人》詩：「雅有延陵季子風，高情肯使酒杯空？一官薊北春雲淡，別墅城南秋蓼紅。入座盡容佳客至，論交能與古狂同（自注：君與龔定庵最相契）。匆匆怕唱陽關曲，樂府花間製最工。」又卷三《懷人詩三十二首》有《吴虹生侍讀》一首云：「好客忘清貧，詩成時自喜。一官二十年，臣心竟如水。論交有古風，吾愛吴季子。」此詩寫於道光二十四年。可見吴虹生風貌一斑。同年：科舉時代同科考中的人，互稱同年。朱翌《猗覺寮雜記》：「進士私謂爲同年，見《許孟容傳》：李絳與孟容弟同舉進士爲同年云云。絳曰：進士明經歲百人，吏部得官至千人，私謂爲同年，本非親舊也。」

二七

秀出天南筆一枝，爲官風骨稱其詩〔一〕。野棠花落城隅晚，各記春驄戀縶時〔二〕。別石屏朱丹木同年䕶〔三〕。丹木以引見入都〔四〕，爲予治裝〔五〕，與予先後出都。

〔一〕「秀出」兩句：朱䕶是南方一枝高標秀出的筆桿子。他做地方官，風骨棱棱，正像他寫的詩。秀出：特異突出。《文選》張協《七命》：「爾乃嶢榭迎風，秀出中天。」風骨：《宋書·武帝紀》：「身長七尺六寸，風骨奇特。」《文心雕龍·風骨》：「若豐藻克贍，風骨不飛，則振采失鮮，負聲無力。」

〔二〕「野棠」兩句：在野棠花落時，我們在城邊談到天晚，兩人都回憶那段郊游縶馬的日子。辛棄疾《念奴嬌》詞：「野棠花落，又匆匆過了、清明時節。」駵：赤身黑鬣的馬。縶：絆馬的繩子。「戀縶」表示馬兒繫着。《詩·周頌·有客》：「言授之縶，以縶其馬。」朱注：「縶其馬，愛之不欲其去也。」

〔三〕朱丹木：朱䕶，字丹木，雲南石屏人，道光九年進士。歷官安徽績溪、阜陽知縣，無爲州知州，貴州義興府知府，陝西布政使。著有《積風閣初集》、《味無味齋詩鈔》等。

《新纂雲南通志》：「（朱䕶）吏才冠一時。江西漕政廢弛，大户包漕而小民輸倍，正供漕徵不及半。䕶嚴禁包户，革抗糧紳襟數十人，令小民得自負米交倉，省費無數。擢陝臬，清積獄九百餘起，結京控累年未結之案約三十餘，平反釋至百八十人。」又云：「䕶於詩爲餘事，然皆超心煉冶。少作如干、莫出匣（按，干將、莫邪皆寶劍名），光芒四射，中年後稍蒼渾。嘗謂放翁詩滿萬首，存稿務多不務精，我則異於是。故手自訂稿，僅存十之二三。在滇賢中可謂壁立萬仞者矣。」

徐世昌《晚晴簃詩話》：「丹木作宰皖中，有惠政，累遷分陝，以病告歸。咸豐初，周文忠（按，周天爵）薦賢，及丹木，有文武兼資之目，丹木竟不起（按，拒絶參加對太平天國的鎮壓）。詩蒼堅雄渾，亦滇詩之翹楚。」

鍾駿聲《養自然齋詩話》：「石屏朱丹木詩，多抒寫性情之作。予獨愛其《山居八咏》，爲能自道所得。如《山家》云：『斜斜整整白板房，高高下下緑蘿牆。東鄰水過西鄰響，大婦花分小婦香。村巷夜深犬爲豹，柴門日落牛隨羊。葛懷之民自太古，塵世遥望雲茫茫。』《山寺》云：『青山合沓青溪回，中有棟宇何崔嵬。雲霞争擁樓臺出，風雨常隨鐘磬來。百歲老僧制虎豹，一堂古佛生莓苔。游人莫訝香火冷，四百八十成塵灰。』他如《山城》云：『夕陽在樹閉門早，北斗掛隅吹角稀。』《山徑》云：『蝙蝠隨人度窈窕，獮猢導我騰虚空。』《山橋》云：『危欄欲墜石贔屓，獨木高卧松連蜷。』《山市》云：『蠻女挑菜洗碧澗，山翁買醉眠白雲。』《山驛》云：『老魅吹燈月悄悄，哀猿叫夢風颼颼。』《山田》云：『欹側各占二三畝，縱横盡辟千萬峰。』皆奇崛未經人道。」

〔四〕引見：清代制度，官員工作有成績，可由吏部引見皇帝。這是清統治者對臣下的籠絡手段。

〔五〕治裝：準備行裝，《史記・孝武紀》：「五利常夜祠其家，其後治裝行，東入海，求其師云。」這裏是幫助籌措旅費的意思。

一一八

不是逢人苦譽君，亦狂亦俠亦温文〔一〕。照人膽似秦時月，送我情如嶺上雲〔二〕。别黄蓉石比部玉階〔三〕。蓉石，番禺人。

〔一〕「不是」兩句：我逢人就稱贊你，不是没有理由的。你有狂態，有俠氣，却又温雅文秀。

〔二〕「照人」兩句：對人是肝膽相向，一種高尚品格撲人而來；送我走的時候，情意深厚纏綿，猶如嶺上的雲。照膽：疑用秦鏡之典而另賦新意。又宋姚寬《西溪叢語》：「何都巡出古鏡，蔕有銘云：同心人，心相親，照心照膽保千春。」秦時月：等於説古道照人。嶺上雲：比喻深厚纏綿。蘇軾《會客有美堂周邠長官與數僧同泛湖往北山》詩：「藹藹君詩似嶺雲。」

〔三〕黄蓉石：黄玉階，字季升，一字蓉石，廣東番禺捕屬人。道光十六年進士。官刑部主事。著有《韻陀山房詩文集》。卒年四十一。梁紹壬《兩般秋雨庵隨筆》卷五：「番禺黄蓉石孝廉玉階，弱冠即有聲庠序，四方名士多與之游。道光壬辰舉於鄉，先君分校所得士也。貌温雅，工詩古文詞，所著《蓉石詩鈔》，僅窺四卷，非全豹也。」符葆森《寄心庵詩話》：「蓉石比部爲香石丈（按，黄培芳）高弟，嘗刻《嶺南三家詩》。香石而外，張南山（維屏）、譚康侯（敬昭）兩公也。其全集未能覓得。」按，黄蓉石《韻陀山房詩文集》八卷（陶梁《國朝正雅集》又謂有《容攝山房詩鈔》，未知是一是二）及《萱蘇室詞鈔》一卷，均已失傳，今唯見《黄蓉石先生詩》一卷，光緒間潘飛聲（蘭史）輯集，僅得一百五十九首。其中《讀赤雅》七律三十三首最有名。　比部：唐代有比部郎中，隸屬刑部，元以後廢。後人仍常以比部作爲刑部的代稱。

二九

𩗗𩗗益陽風骨奇，壯年自定千首詩〔一〕。勇於自信故英絶，勝彼優孟俯仰爲〔二〕。別湯海秋户部鵬〔三〕。

〔一〕「𩗗𩗗」兩句：湯鵬做御史時，敢於抨擊權貴，風骨凛然。三十多歲年紀就自己删定了上千首詩。作者《書湯海秋詩集後》有云：「益陽湯鵬，海秋其字，有詩三千餘篇，芟而存之二千餘篇。」𩗗𩗗：剛直貌。《後漢書·郭憲傳》：「帝曰：嘗聞關東𩗗𩗗郭子横，竟不虚也。」

〔二〕「勇於」兩句：他爲人勇於自信，因此顯得特别突出，比那些模仿别人、隨俗俯仰的優勝多了。英絶：特别突出，不同尋常。張融《誡子文》：「吾文體英絶，變而屢奇。」優孟：春秋時代楚國歌舞藝人，能做出詼諧舉動和扮演各色人物。後世借「優孟衣冠」比喻一味模仿、不能自立的人。俯仰：《列子·湯問》：「偃師謁見王，王薦之曰：若與偕來者何人耶？對曰：臣之所造能倡者。穆王驚視之，趨步俯仰，信人也。」

〔三〕湯海秋：湯鵬，字海秋，湖南益陽人。道光三年進士。授禮部主事，充軍機章京，升山東道監察御史，因上章言事被斥，改官部曹。著《浮丘子》、《海秋詩文集》、《七經補録》等。卒於道光二十四年，年四十四。《清史稿》四八六卷有傳。

王拯《户部江南司郎中湯君行狀》：「君生負異稟，九歲能屬文。年十四補學員。道光二年壬子舉於鄉，明年成進士，以主事分禮部。觀政之餘，益閉户爲學，縱涉經史百氏之書。充乙未科會試同考官。人皆謂君不日月躋津要，得美仕也。而君獨以資求爲御史，擢山東道。甫拜官一月，三上章言事，最後以言工部尚書宗室載銓事回原衙門行走。母喪服闋，起復補江南司郎中，管理軍需局。君以數年海疆連兵，英吉利甫就撫，宜善馭之，上善後事宜三十條，由本部堂上官以聞。大抵言羈縻之中，宜思預防，如召募練勇、修船造炮、緝奸設險諸務，皆指陳暢切，而尤以破成規、開特科爲用人之要，往復致意焉。」又云：「君修髯偉貌，顧瞻雄鶩，言詞侃侃，樂交天下豪傑。中外名公卿以至遠方偏隅，薄技片能之士，咸聞聲相傾倒，而人皆樂聽之。顧性伉直，於所弗合，不宿中，必盡質言之，或相執忿争。以是人交君者，始莫不曰海秋賢，而或者不能終之。其讀書求大義，不屑屑章句，尤自雄於文詞。而時天下學者多爲訓詁考訂，或爲文嚴矩法，君一皆厭苦之。又言，爲天下者，貴能通萬物之情，以定天下之務，若徒治天下事以吏胥之才，而待天下士以妾婦之道，惡在其爲治者也。」

邵懿辰《湯海秋哀辭》：「始君登第，年甚少，山陽汪文端爲座主，奇其文，名是以起。而君顧自詭，高語周、秦，廣衆中曲詆司馬遷、韓愈，以張其説。人或骶不服，輒出所爲《浮丘子》俾讀。《浮丘子》者，效《昌言》、《論衡》，道古今政俗得失，人情事變，以二字標題，凡九十篇。篇萬餘言。讀者不能終篇，益愕眙對君。君則鼓掌掀髯大喜。」

《寄心庵詩話》：「海秋農部，天才盤鬱，英爽特達。其最奇者四言詩二百餘首；悼亡之作，連篇累牘，古人無是也。」

薛福成《庸庵筆記》：「益陽湯海秋侍御鵬，雄於制舉文。道光間以少年捷科第，登言路，高才博學，聲名籍甚。一時勝流如曾文正及王少鶴、魏默深、邵位西、梅伯言諸君皆與之交。侍郎氣豪甚，旬日間，章屢上，遂由御史改部曹，頗鬱鬱不樂，然不見於面也。乃研精著述，所著《浮丘子》尤自喜。」

按，關於湯鵬上章被斥事，查《東華續録》道光十五年十月載，湯鵬因朝廷對嵩曜、載銓二人相爭事處分不當，奏請將載銓再交宗人府量加議處，而將嵩曜處分加以寬減。道光皇帝下諭斥責云：「湯鵬此奏，率意瀆陳，實屬不知事體輕重，不勝御史之任，著仍回原衙門行走。」亦可見湯鵬的勇於自信。

三〇

事事相同古所難，如鶼如鰈在長安〔一〕。自今兩戒河山外，各逮而孫盟不寒〔二〕。光州吴虹生葆晉〔三〕，與予戊寅同年〔四〕，己丑同年，同出清苑王公門〔五〕，殿上試同不及格〔六〕，同官内閣〔七〕，同改外〔八〕，同日還原官〔九〕。

〔一〕鶼鰈：傳説中的比翼鳥和比目魚。《爾雅·釋地》：「東方有比目魚焉，不比不行，其名謂之鰈。南方有比翼鳥焉，不比不飛，其名謂之鶼鶼。」後人多借用比喻夫婦相親相愛，這裏借比朋友的親密關係。

〔二〕「自今」兩句：即使彼此今後相隔極遠，各在兩戒河山之外，而我們的友情直到孫輩都不會完結。　兩戒河山：唐代天文學家一行和尚認爲，中國的山河有所謂「兩戒」現象。一是北戒，約在今青海、陝北、山西、河北、遼寧一綫。一是南戒，約在今四川、陝南、河南、湖北、湖南、江西、福建一綫。他認爲北戒、南戒對中原有一種天然屏障作用。見《新唐書·天文志》。　逮：及。　而：你的；而孫：指各自的孫輩。　盟：原指誓約，這裏作友好關係使用。

〔三〕吴虹生：見第二十六首注。

〔四〕戊寅同年：嘉慶二十三年戊寅（一八一八），作者應浙江鄉試，中式第四名舉人。吴虹生也在同科獲中，所以稱爲戊寅同年。

〔五〕同出清苑王公門：作者於道光九年己丑（一八二九）參加北京會試，中式三甲第九十五名進士，房考官是王植（曉舲）。吴虹生也在同一年中進士，房考官也是王植。在王植來説，他二人都是門生。按，王植，字叔培，號曉林（又作曉舲），直隸清苑人，嘉慶二十二年進士，道光九年充會試同考官，官至江西巡撫。讀書至老不倦，自號秉燭老人。著有《深柳書堂詩文集》。

〔六〕殿上試：會試取中後要再參加殿試，殿試由皇帝親自主持，正式定出等第名次。一甲一名（狀元）傳臚後即授翰林院修撰，一甲二名（榜眼）、三名（探花）即授翰林院編修。其餘二甲、三甲進士還要參加朝考。朝考專門爲選庶吉士而設，考在前列的入翰林院用爲庶吉士，較差的分別用爲主事、中書、知縣。作者和吴虹生都未能考上庶吉士，所以説「同不及格」。

〔七〕官内閣：在會試之前，作者和吴虹生都在内閣任中書。

〔八〕改外：作者和吴虹生朝考後都應授知縣官職，這裏稱爲「改外」，因爲兩人原來都是任内閣中書。

〔九〕還原官：中進士後如不願改任外官，可以申請回任内閣中書。作者和吴虹生就是這樣。

三二

本朝閩學自有派，文字醰醰多古情〔一〕。新識晉江陳户部，談經頗似李文貞〔二〕。别陳頌南户部慶鏞〔三〕。

〔一〕「本朝」兩句：清朝儒家理學在福建有自己的流派，文章風格淳厚有古人的情味。閩學：徐珂《清稗類鈔·性理類》：「閩中學派，李氏最盛，文貞公（按，李光地）之弟光坡，字耜卿，著《性論》三篇，又著《三禮述注》六十九卷。從弟光墺，字廣卿；光型，字儀卿，同撰《二李經説》……蔡文勤公聞道於文貞，而傳道於雷鋐。他如連城李夢箕，精進學業，崇尚朱子；子圖南，能世其業。而邑人張鵬翼、童能靈，皆以學行稱。」醰醰：醇厚有味。《文選》王褒《洞簫賦》：「良醰醰而有味。」

〔二〕李文貞：李光地，字晉卿，福建安溪人，生於崇禎末年，入清後歷任兵部右侍郎，直隸巡撫等，卒謚文貞。著有《周易通論》、《榕村藏稿》等。《清史稿》二六二卷有傳。據全祖望、錢林等人的記述，此人是典型的假道學、僞君子。自稱服膺程朱理學，曾自撰聯云：「六經宗孔鄭，百行學程朱。」平生行爲則是出賣朋友取得向上爬的本錢，父死不肯奔喪，晚年又私養姘頭和私生子。由於滿族入關以後，統治者以尊崇朱熹理學作爲鞏固清王朝統治的工具，李光地迎合統治者心意，也大談朱熹理學，甚至肉麻地説：「自孔子後五百年而至建武，建武五百年而至貞觀，貞觀五百年而至南渡。朱子之在南渡，天蓋付以斯道，而時不逢，此道與治之出於二者也。自朱子而來，至我皇上又五百歲，應王者之期，躬聖賢之學，天其殆將復啓堯舜之運，而道與治之統復合。」儼然把清朝皇帝玄燁説成是堯舜復生，而自己則是朱熹再世。其實他的經學，都是襲取前人舊説，以投合清王朝統治者的胃口。

〔三〕陳頌南：陳慶鏞，字笙叔，號乾翔，又號頌南，福建晉江人。道光十三年進士。官户部主事，歷江西道及陝西道監察御史等，是個服膺宋儒的理學家，著有《籀經堂稿》。《清史稿》三七八卷有傳。作者有《問經堂記》記其人，可參閲。

陳粲仁《中議大夫掌陝西道監察御史陳公墓志銘》：「國朝道光之中，天下稱名御史者三。曰臨桂朱公琦，曰高要蘇公廷魁，其一則吾師晉江陳公也……授江南道監察御史時，海事方亟，中外喈喈未定，群工百僚，各懕其意私相角，良莠遣忤，迭爲輿蹶。公於是有申明刑賞之疏，指斥貴近，請收成命，得旨嘉納，且有抗直敢言之褒。諫草流傳，讀者咋舌，争以識顔色、親謦欬爲幸。由是而公之直聲震天下矣。」

三二

何郎才調本孿生，不據文家爲弟兄〔一〕。嗜好畢同星命異，大郎尤貴二郎清〔二〕。

别道州何子貞紹基、子毅紹業兄弟〔三〕。近世孿生皆據質家爲兄弟。

〔一〕「何郎」兩句：何紹基兄弟從才華來論本來就像一對雙胞胎兄弟，何况他倆又是真的雙胞胎。不過，他倆不是按照儒家的規定來排雙生兄弟的長次，而是按照世人一般的排法。文家爲弟兄：《春秋公羊傳·隱公元年》：「立適（嫡）以長不以賢，立子以貴不以長。」何休注云：「子，謂左右媵及侄娣之子……質家親親先立娣，文家尊尊先立侄……其雙生也，質家據見立先生，文家據本意立後生。皆所以防愛争。」所謂「質家」，指民間習慣；「文家」，指儒家制定的禮法。原來一胎雙生二子，誰是兄，誰是弟，很久以前就有不同見解。儒家認爲雙生子應該後出世那個是兄，先出世那個是弟。即所謂「據文家爲兄弟」。但這種禮法，一直受到廣大人民的反對和抵制，便是在儒家思想泛濫的時代，仍有許多人「不據文家爲弟兄」。有關這個問題，前人筆記也有記載，如托稱劉歆著的《西京雜記》卷三：「霍將軍妻一産二子，疑所爲兄弟。或曰：前生爲兄，後生者爲弟。今雖俱日，亦宜以先生爲兄。或曰：居上者宜爲兄，居下宜爲弟。居下者前生，今宜以前生爲弟。」宋洪邁《容齋續筆》卷一：「今時人家雙生男女，或以後生者爲長，謂受胎在前；或以先生者爲長，謂先後當有序。」明謝肇淛《五雜組》卷五：「孖生者疑於兄弟。或云，後生者爲兄，以其居上也。此《西京雜記》所載。蓋霍將軍時已有此議論矣。然據引殷王祖甲、許釐公、楚大夫唐勒、鄭昌時、文長倩、滕公、李黎等，皆以前生者爲兄，則知後生爲兄之説不經矣。」清代以後，一般人都承認先生者爲兄，後生者爲弟。所以作者在自注中説「近世孿生皆據質家爲兄弟」。按，佛教亦以後生者爲兄。《法苑珠林》卷八九：「諸雙生者，後生爲長。所以者何？先入胎者必後出故。」

〔二〕「嗜好」兩句：他倆的嗜好完全相同，可是命運却不一樣。哥哥更其顯貴，弟弟却是清高的。　星命：封建社會的星相學認爲人的生辰可以占算一生命運，稱爲「星命」。何氏兄弟既是孿生，生辰非常接近，照理應有相同命運，但實際上兩人的遭遇差别很大。作者在這裏嘲笑了這種騙人的胡説。按，當時何紹基已成進士，并在翰林院供職；何紹業却還是未入仕的秀才。

〔三〕何子貞：何紹基，字子貞，號猿叟，湖南道州人。道光十六年進士。官翰林院編修，歷任國史館提調，四川學政等職。後主持揚州書局，校定《十三經注疏》。著有《東洲詩文集》、《惜道味齋經説》、《説文段注駁正》等，又係著名書法家。《清史稿》四八六卷有傳。

林昌彝《何紹基小傳》：「（子貞）於學無所不窺，博涉群書，於六經子史皆有著述，尤精小學，旁及金石碑板文字，凡歷朝掌故，無不了然於心。其爲詩天才俊逸，奇趣横生。論詩喜宋東坡、山谷，其自爲詩，直合蘇、黄爲一手。書法具體平原，上溯周秦兩漢古篆籀，下至六朝南北碑板，搜輯至千餘種，皆心摹手追，卓然自成一子。草書尤爲一代之冠。海内求書者門如市，京師爲之紙貴。」

《晚晴簃詩話》：「子貞詩根柢深厚，盤鬱而有奇氣，多可傳之作。殁後五十年，書法益爲世所重，得其片楮，珍若球圖。獨其詩尚未有極力揚榷之者，蓋爲書名所掩也。」

張舜徽《清人文集别録》：「紹基於經學、小學用力最深……世徒重其書法爲有清第一，而不知其博極群書，學有本源，書法特其餘事耳。即以書法論，亦非後人所易學步。其一生臨池之功，至老不廢，摹漢碑每種至數百通，晚年乃無一似者。神明變化，自成一體。」何子毅：何紹業，字子毅，紹基之弟，蔭生。精於繪畫，又善算學。卒於道光十九年，僅四十一歲。震鈞《國朝書人輯略》引《息柯雜著》：「子毅世丈與子貞孿生兄弟，筆墨超拔流俗，幼年即著名壇坫，善書，嗜琴。」

蔣寶齡《墨林今話》：「何紹業，號子毅，道州人，子貞先生弟也。精繪事，力追宋元，花鳥人物偶一涉筆，亦清超絶俗，不落恒蹊。惜體素弱善病，竟不永年。嘗見其臨錢南園六馬圖，子貞題一詩云：南翁六馬圖，意態頗横絶，子毅偶臨寫，精神各超越。烏乎子毅今何往？遂逐南翁游浹漭。半生鴻爪不自惜，千年駿骨知誰賞？故人珍重增感思，令我展圖淚若絲。一幅在壁一在几，愴記當日含毫時。」

三三二

少慕顔曾管樂非〔一〕，胸中海岳夢中飛〔二〕。近來不信長安隘，城曲深藏此布衣〔三〕。

别會稽少白山人潘諮〔四〕。

〔一〕「少慕」句：潘諮少年時代就仰慕顏淵、曾參，貶斥管仲和樂毅。顏：顏淵，孔丘得意弟子，早死。曾：曾參，孔丘學生。後世儒家認爲兩人都是孔門弟子的榜樣。管：管仲，春秋時齊國大政治家，傳世有《管子》八十六篇。樂：樂毅，戰國時燕國名將，曾攻下齊國七十餘城。後被讒，逃到趙國，被封爲望諸君。非：《釋名・釋言語》：「非，排也，人所惡排去也。」《淮南子・氾論》：「天下不非其服。」注：「非，猶譏呵也。」

〔二〕「胸中」句：潘諮遍游名山大川，因此胸中藏着大海和山岳，它們在夢中也會飛翔起來。鮑照《喜雨》詩：「平灑周海岳。」

〔三〕「近來」兩句：北京的小巷裏近來有潘諮這樣的人居住，北京也就不覺得狹小了。按，兩語感慨甚深。隘：狹窄。元好問《出京》詩：「城居苦湫隘，群動日蛙黽。」布衣：一般指平民身份的知識分子。

〔四〕潘諮：初名梓，字誨叔，一字少白，浙江會稽人，隱居北京。生平喜游奇山異水，足迹達數萬里。著有《常語》、《林阜間集》。《清史稿》四八〇卷有傳。

平步青《霞外攟屑》卷八下：「潘少白諮《林阜間集》，取《晉書・阮籍傳附從子修》「與兄弟同志，常自得於林阜之間」語。集中《萬里游》詩一千一百六十四韻，一萬一千六百四十字；原本一千四百韻，後删去二百三十六韻。篇幅之冗長，爲古今詩人所未有。」

李慈銘《越縵堂讀書記》：「少白足迹半天下，借終南爲捷徑，旅京華作市隱，笠屩所至，公卿嗜名者争下之；而邑人與素游者，皆言其詭詐卑鄙。蓋公道可徵也。然其文實修潔可喜，雖窪泓易盡，而一草一石，風回水縈，自有佳致。寫景尤工。惟滿口道學爲可厭耳。」《晚晴簃詩話》：「少白好奇，學綜道藝，足迹半天下，熟知風俗利弊，政治得失。道光中游京師，以清德名望爲群公所傾倒。與歸安姚鏡堂駕部（按，姚學塽）志同道合，一時方聞才辯之士并折節下之。程春海侍郎（按，程恩澤）謂：其人由狂返狷，文則自奇入正。惜其不爲世用。詩境清曠。」

三四

龍猛當年入海初〔一〕，娑婆曾否有倉佉〔二〕？只今曠劫重生後，尚識人間七體書〔三〕。別鎮國公容齋居士〔四〕。居士睿親王子，名裕恩。好讀内典〔五〕；遍識額納特珂克、西藏、西洋、蒙古、回部及滿、漢字〔六〕；又校定全《藏》〔七〕。凡經有新舊數譯者，皆訪得之，或校歸一是，或兩存之，或三存之。自釋典入震旦以來未曾有也〔八〕。

〔一〕龍猛：佛教重要傳布人之一，又名龍樹、龍勝。佛滅後七百年生於南天竺，馬鳴菩薩的再傳弟子，是三論宗、真言宗初祖。傳説他曾入海中龍宫取出《華嚴經》下本十萬偈，流布人間。《釋氏六帖》:「龍樹大士天聰奇悟,事不再思,文無重鑒。後年長成,與三人爲友,學隱身法,入其王宮。既亂其宮,王問群臣:此事何也?臣曰:若鬼神,禁咒;若人,試之於宮門羅灰。果見三人脚踪入處,遂令以劍宮中亂揮,二人被殺。龍樹多智,常近王邊,免難。出家,誦一切經盡。後入龍宮,見其海藏,悟道。以樹下生,龍宮成道,因名龍樹也。」

〔二〕娑婆:即娑婆世界。佛經中三千大千世界的總稱。《法華玄贊》:「是三千大千世界,號爲娑婆世界。」倉佉:倉頡和佉盧,都是傳説中創造文字的人。《法苑珠林》卷十五:「昔造書之主凡三人:長名曰梵,其書右行。次曰佉盧,其書左行。少者倉頡,其書下行。」

〔三〕「只今」兩句:裕恩在長久以後重生人間,還認識七種文字。曠劫:佛家以劫表示時間數量。曠劫即經歷長久年代。《法華經》:「示現五種劫:一者夜,二者晝,三者月,四者時,五者年。」《藝文類聚》卷七七梁孝綽《并州碑》:「曠劫悠緬,歷代遐長。」《大唐西域記》卷九:「我於曠劫,勤修苦行,爲諸衆生,求無上法。昔所願期,今已果滿。」按,佛家説「劫」有兩義,一表示時間,一表示世界成壞(由世界形成到破壞空無一物,稱爲一大劫)。作者詩中往往兩意都用。

〔四〕容齋居士:裕恩,滿洲正藍旗人,宗室和碩睿親王淳穎第六子,禧恩之弟,嘉慶十四年封二等鎮國將軍,歷官内閣學士、禮部侍郎、熱河都統等。校刊佛典有新譯《金剛經》一卷,係從藏文本譯出,行於世。《清史列傳》附《禧恩傳》後。

〔五〕內典：即佛經。《佛祖統紀》：「沙門道安作《二教論》，以儒道九流爲外教，釋氏爲內教。」《藝文類聚》卷七六陸倕《天光寺碑》：「九流外籍，五明內典，馬策餘文，龍宫遺教：莫不神游房奥，迹遍門牆。」

〔六〕額納特珂克：印度古國名，在中印度。見魏源《海國圖志·西南洋五印度沿革圖》。又稱厄訥特阿。《海國圖志》卷十七引《恒河考》：「岡噶江轉東南經馬木巴柞木即部落至厄訥特阿國入南海。按，厄訥特阿國，即中印度也。」姚瑩《康輶紀行》卷十二：「中印度即中天竺，亦作身毒，亦作痕都，亦作温都斯坦，亦作忻都，古曰舍衛國，摩竭陀國，烏戈山離國，元代曰額納特珂克。南懷仁圖説之莫卧爾國，海録之金眼回子地，皆指此也。」又係城市名。即今印度北方邦之阿拉哈巴德。

〔七〕全藏：佛教經典的全集，稱爲《大藏經》。

〔八〕震旦：梵語對中國的稱呼。《翻譯名義集》卷三：「琳法師云：東方屬震，是日出之方，故云震旦。《樓炭經》云：葱河以東，名爲震旦。以日初出耀於東隅，故得名也。」

三五

丱角春明入塾年〔一〕，丈人摩我道嶄然〔二〕。恍從魏晉紛紜後，爲溯黄農浩渺前〔三〕。

别大興周丈之彦〔四〕。

〔一〕「丱角」句：我頭上還紮小辮子時，就在北京入塾讀書。丱角：把頭髮紮成兩個丫角。《詩·齊風·甫田》：「總角丱兮。」春明：指京都。唐代京城長安東面三門，中間一門叫春明門。後人因借稱京師爲「春明」。劉禹錫《和令狐相公别牡丹》詩：「莫道兩京非遠别，春明門外即天涯。」

〔二〕「丈人」句：你這位長輩曾經認爲我有不凡的才氣。嶄然：高峻特出的樣子。韓愈《柳子厚墓志銘》：「雖少年，已自成人，能取進士第，嶄然露頭角。」後人因稱少年不凡爲「頭角嶄然」。

〔三〕「恍從」兩句：像從三國、兩晉那樣戰亂紛繁的年代，追溯到黄帝、神農那樣的蒙昧世紀。按，作者從初到北京直至這次南歸，前後達三十八年。三十八年間，清王朝的統治正由相對安定走向大變亂；而作者自己也從蒙昧狀態進到參加變革鬥争，因而回想兒時，便産生强烈的今昔之感。

〔四〕周之彦：順天府大興縣(今北京)人，生平未詳。

三六

多君媕雅數論心〔一〕，文字緣同骨肉深〔二〕。别有樽前揮涕語，英雄遲暮感黄金〔三〕。

別王秋畹大令繼蘭〔四〕。秋畹，濟寧人。

〔一〕「多君」句：我佩服你的情致温文優雅，常常和你傾心交談。多：佩服，欣賞。《漢書·灌夫傳》：「士亦以此多之。」師古注：「多，猶重之。」蘇軾《自徑山回得吕察推詩用其韻招之》詩：「多君貴公子，愛山如愛色。」婞：《説文》：「婞，女有心婞婞也。」朱駿聲釋爲「眉語目成之意」。這裏可作爲儒雅解。數：屢屢。論心：温庭筠《病中書懷呈友人》詩：「處己將營窟，論心若合符。」

〔二〕「文字」句：討論學問，酬唱詩詞，在文字上交往，這種因緣同骨肉之情一樣深切。袁枚《隨園詩話·補遺》卷四：「《周易》曰：同聲相應，同氣相求。《毛詩》曰：求其友聲。杜少陵曰：文章有神交有道。皆不期其然而然者也。故余嘗謂文字之交，比骨肉妻孥猶爲真摯，非雲泥所能判，關山所能隔者。」玉堂居士《蠡莊詩話》：「簡齋先生云：文字之緣，較骨肉妻孥更爲真切。誠哉是言。」

〔三〕感黄金：王秋畹感黄金事待考。阮籍《咏懷》詩：「黄金百鎰盡，資用常苦多，北臨太行道，失路將如何？」

〔四〕王秋畹：王繼蘭，字秋畹，山東濟寧人。嘉慶十八年舉人。《同治山西通志》：「（繼蘭）濟寧舉人，知平定州，居官簡易便民，每有興革，皆事立集而民不擾。屢辦兵差，力不及，請用協濟（按，即攤派）。令民出驢以應之，設法更爲簡便。」按，作者詩中稱王爲「大令」，知王此時還是一員知縣。

三七

三十華年四牡騑〔一〕，每談宧轍壯懷飛〔二〕。尊前第一傾心聽，兕甲樓船海外歸〔三〕。

別直隸布政使同年托公。公名托渾布〔四〕，蒙古人。

〔一〕「三十」句：三十歲年紀就因勤勞王事到海外去。四牡騑：《詩·小雅·四牡》：「四牡騑騑，周道倭遲，豈不懷歸？王事靡盬，我心傷悲。」鄭玄箋：「《四牡》，君勞使臣之來樂歌也。勤苦王事，念及父母，懷歸傷悲。」按，托渾布有《前放洋歌》，自叙赴臺灣事。其中有「揭來王事迫靡盬，捧檄將泛扶桑東」的話。見《瑞榴堂詩稿》。作者用「四牡騑」，也是指這件事。

〔二〕「每談」句：每一談起做官的經歷，就壯心飛揚。宧轍：做官期間走過的地方。《説文新附》：「轍，車迹也。」

〔三〕「尊前」兩句：同你喝酒談天的時候，我最用心聽的，是你當年坐着戰船從海上歸來的經歷。兕甲：兕皮做的甲。《吴越春秋》：「越軍於江南，越王中分其師以爲左右軍，皆披兕甲。」兕：《爾雅·釋獸》：「兕似牛。」郭注：「一角，青色，重千斤。」樓船：有樓的船，常以指戰船。《史記·平準書》：「大修昆明池，治樓船，高十餘丈，旗幟加其上，甚壯。」

〔四〕托渾布：字子元，又字安敦，蒙古正藍旗人。嘉慶二十四年進士。著有《瑞榴堂詩稿》。作者與托渾布於嘉慶二十三年同中式舉人，故互稱同年。

宗稷辰《兵部侍郎巡撫山東兼提督托公墓表》：「公姓博爾濟吉特氏，諱托渾布，字安敦，號愛山，蒙古世族，隸正藍旗。公幼時，家貧，日徒步六七里，從師問學，風雨不輟。甫冠，以戊寅、己卯連舉成進士，即授湖南知縣，補龍山令，未赴而寧夏公（按，托渾布之父，名觀福）卒於任所，奔喪慰母，處困境，竭力服勞，人以爲難。服除，赴湖南署安化、湘潭等縣，補永州之東安。臺灣張丙之亂，委理郡，籌戰守，寢食海艘月餘，亂定論功。道光十七年升直隸按察使，明年遷布政使，又明年命巡撫山東。時海上事起，登州一隅濱海，英吉利番舶北駛所由必。經營防禦，迭上籌策，聞警即往，駐其地三年中，防海居半，心力爲瘁，二十三年十月竟卒，春秋才四十有五。」又云：「尤熟於籌海，及防登州，即鑄火器，簡選鋒，周覽成山、之罘之間，擇險設伏，得其要最。每畫圖陳狀，重洋列島如指掌。無何，撫局變，即大修戰備，訓水師，斷井泉，築沙壘。迨厦門、定海相繼陷，益務團練，習火攻之術。彼時番舶有北駛而回帆者，蓋知東北有備，故披猖止於江介云。」

三八

五十一人皆好我〔一〕，八公送別益情親。他年卧聽除書罷，冉冉修名獨愴神〔二〕。別南豐劉君良駒、南海桂君文燿、河南丁君彦儔、雲南戴君絅孫、長白奎君綬、閩黄君驤雲、江君鴻升、棗强步君際桐〔三〕。時己丑同年留京五十一人，匆匆難遍別，八君及握手一爲别者也。吴虹生已見前。

〔一〕好我：同我相好。好：讀去聲。《詩·邶·北風》：「惠而好我，携手同行。」

〔二〕「他年」兩句：今後我在退隱生活中聽到你們升遷的消息，想到自己，想到「冉冉……修名……」這些古話，會忍不住心情的悲凉。卧：古人稱隱居爲高卧。除書：升遷官吏的文書。冉冉修名：屈原《離騷》：「老冉冉其將至兮，恐修名之不立。」《北史·張文詡傳》：「文詡灌園爲業，州縣以其貧素，將加賑恤，輒辭不受。嘗閑居無事，從容嘆曰：老冉冉而將至，恐修名之不立。以如意擊几自樂。」修名：美好的名聲。

〔三〕劉良駒：字星舫（一作星房），號叔千，江西南豐人，道光九年進士，由翰林院庶吉士改官户部主事，仕至兩淮鹽運使。是作者的兒女親家（阿辛的家翁）。桂文燿：字子淳，一字星垣，廣東南海捕屬人，道光九年進士，歷官翰林院編修，國史館纂修、總纂，湖廣道監察御史，淮海兵備道。著有《席月山房詞》、《群書補正》。陳澧《江南淮海兵備道桂君墓碑銘》稱他「讀書不屑治章句，恒以功業自任，處事精敏，理紛制變，應機立斷，神思湛然。默計天下大事，殫心規畫，咸得要領。」又説他早就預料太平軍起義後，江南清軍必然守不住。又預測廣東農民將要起義，不久紅巾軍何六部隊果然攻陷東莞。又預測黄河不會南下同長江合流而是北徙，後來黄河果然在銅瓦厢决口北流。説明他是關心時局、眼光鋭利的人。丁彦儔：字範亭，號樂垞（一作角垞），河南永城人，道光九年進士，由翰林院庶吉士改官户部主事，官至員外郎。戴絅孫：字龔孟，號雲帆（一作筠帆），雲南昆明人，道光九年進士，由工部主事遷監察御史，歷署吏、户、兵、刑、工科給事中。工詩，初在雲南，與池生春、李于陽、戴淳、楊國翰并稱五華五才子。著有《明史名臣言行録》、《味雪齋詩鈔》等。葉紹本稱其詩「壯浪縱恣，得力於太白，而奄有韓、蘇諸家之長。」奎綬：滿洲正藍旗人，字印甫，道光九年進士。黄驤雲：字伯雨，一字雨生，臺灣中港頭份莊人，原籍廣東嘉應州（今梅縣）。道光九年進士，官都水司主事，營繕司員外郎。江鴻升：字翌雲，福建閩縣人，道光九年進士，官工部主事，軍機處行走。步際桐：字香南（一作香林），一字唐封，直隸棗强縣人，道光九年進士，官翰林院編修，國史館纂修，擢御史，歷官山西平陽府知府，河南按察使，甘肅慶陽府知府，因詿誤落職。著有《杉屋文集稿》。

三九

朝借一經覆以簦，暮還一經龕已燈〔一〕。龍華相見再相謝，借經功德龍泉僧〔二〕。別

龍泉寺僧唯一〔三〕。唯一，施南人。

〔一〕「朝借」兩句：早上借一本佛經，拿傘子遮着回家；晚上把佛經歸還，龕中已經點上油燈。簦：《史記·虞卿傳》：「躡蹻檐簦。」徐廣曰：「簦，長柄笠，音登。笠有柄者謂之簦。」龕：安置佛像的木櫃子。

〔二〕「龍華」兩句：讓我們在西天見面再多謝你吧，你是借經有功德的和尚。龍華：佛經中說，彌勒菩薩在龍華樹下成佛。這裏借用爲西方佛土。功德：佛家語，積福爲善的意思。《勝鬘經寶篇》：「惡盡言功，善滿曰德。又德者得也，修功所得，故名功德。」

〔三〕龍泉寺：在北京宣武門西南。吳長元《宸垣識略》卷十：「龍泉寺在黑窑廠西，不知創於何時，有明謝一夔碑，載成化間僧智林修復，爲緇流掛錫之地，本朝康熙間，僧海曇重修。」作者《爲龍泉寺募造藏經樓啓》有云：「永樂中，詔刊全《藏》一萬一千餘卷，依周興嗣《千字》臚而次之，頒天下諸寺……宣武門西南龍泉寺，古刹也，實有一分，完不蝕，望之櫛然，觸之

碣然。」作者在北京時，常向龍泉寺借佛經閱讀。

四〇

北方學者君第一，江左所聞君畢聞〔一〕。土厚水深詞氣重，煩君他日定吾文〔二〕。別許印林孝廉瀚〔三〕。印林，日照人。

〔一〕「江左」句：江左的學者所懂得的學問，你全都懂得。江左：長江下游地區。《晉書·葛洪傳》：「博聞深洽，江左絶倫。」魏禧《日録雜説》：「江東稱江左，江西稱江右。蓋自江北視之，江東在左，江西在右耳。」

〔二〕「土厚」兩句：你的學問像厚土和深水，文章氣格又凝重。將來要麻煩你審定我的文章。土厚水深：《左傳·成公六年》：「晉人謀去故絳，諸大夫皆曰：必居郇瑕氏之地。……獻子對曰：……不如新田，土厚水深，居之不疾。」定吾文：曹植《與楊德祖書》：「敬禮云：卿何所疑難乎？文之佳惡，吾自得之。後世誰相知定吾文者耶？」《南史·任昉傳》：「王儉乃出自作文，令昉點正。昉因定數字。儉拊几嘆曰：後世誰知子定吾文？其見知如此。」

〔三〕許印林：許瀚，字印林，山東日照人。道光十五年舉人，五次會試不第，選授嶧縣教諭，遷寶坻知縣。生平精研《説文》，考證古籍文字，校勘宋、元、明版古籍，以精審著稱。又好金石文字。著有《别雅訂》、《攀古小廬文》、《古今字詁疏證》等。《清史稿》四八一卷有傳。

楊鐸《許印林先生傳》：「幼博綜經史及金石文字，年逾冠，補博士弟子員。道光乙酉，道州何文安公視學山左，奇先生詩古文，拔貢成均。次年入都，主文安公寓邸，得與公子子貞太史交，互相考訂，於訓詁尤深，至校勘宋、元、明本書籍，精審不減黄蕘圃、顧澗薲諸君。平定張石舟、河間苗先露、新安俞理初，皆昕夕過從，以學問相切磋。仁和龔定庵推爲北方學者第一，其見重於時如此。會武英殿重修字典，徵先生校録，書成叙得州同銜。乙未，北闈中式舉人，五試春官。庚子主講漁山書院。後選授嶧縣學教諭，旋以憂去官。丙午，河帥潘芸閣侍郎延校定《史籍考》。時山陽丁柘唐年丈、魯通甫孝廉、海寧許珊林太守、秀水高伯平明經，皆與訂文字交。己酉，山西楊墨林以桂氏《説文義證》屬校刊，咸豐紀元始蕆事。丁巳，伯平惜先生文稿散失，因録所存，彙刻一帙曰《攀古小廬文》。越十有二年，同治壬申，鐸需次金陵，有自山左來者，詢問先生蹤迹，云已死矣。」

四一

子雲識字似相如〔一〕，記得前年隔巷居。忙殺奚僮傳拓本〔二〕，一行翠墨一封書〔三〕。

別吴子苾太守式芬〔四〕。子苾，海豐人。

〔一〕子雲：漢代學者揚雄，字子雲，他和文學家司馬相如，都認識古代文字。《漢書·藝文志》：「武帝時，司馬相如作《凡將篇》（按，一種字書），無復字。……至元始中，徵天下通小學者以百數，各令記字於庭中，揚雄取其有用者以作《訓纂篇》。」又《揚雄傳》：「孝成帝時，客有薦雄文似相如者。」作者這裏是拿揚雄比擬吴式芬。

〔二〕奚僮：年幼的僕役。拓本：用椎拓方法把碑版上的文字模印下來，裝成本子稱爲拓本。

〔三〕翠墨：拓本在拓印時用上等的墨，色澤鮮明。翠：鮮明，蜀地方言。見陸游《老學庵筆記》卷八。

〔四〕吴子苾：吴式芬，字子苾，號誦孫，山東海豐人。道光十五年進士。由編修官至内閣學士。好收集金石文字，著有《陶嘉書屋稿》、《攟古録》、《封泥考略》等。《武定詩續鈔》十五引李佐賢（竹朋）云：「子苾所著《攟古録》，於鐘鼎、碑版文字搜羅靡遺。蓋自歐（按，歐陽修）、趙（按，趙明誠）著録以迄今日，考據家無如是之詳盡賅博者，洵堪信今傳後無疑也。古詩氣清筆健，灑脱自喜，神似坡公。律詩亦工力悉敵。」彭藴章《内閣學士吴公墓志銘》：「公性和易，平居無疾言遽色。與人交必相規以道義。故自京僚以至外吏，莫不慕公之篤雅，而樂與相親。好金石文字，凡鼎彝碑碣漢磚唐鏡之文，皆拓本藏之，於古人書畫，尤工鑒别。善鼓琴，每訪山川名勝，必携以自隨。雖居處貴顯，其意趣泊如也。」

四二

夾袋搜羅海内空〔一〕，人材畢竟恃宗工〔二〕。笥河寂寂覃谿死，此席今時定屬公〔三〕。

別徐星伯前輩松〔四〕。星伯，大興人。

〔一〕「夾袋」句：把海内人材的名字收集記録下來，放在自己的夾袋裏，無一遺漏。意指關心人材的培養。《宋史·施師點傳》：「師點惓惓搜訪人才，手書置夾袋中。」

〔二〕「人材」句：人材的發現畢竟要依靠有名望的人物。宗工：指學術上有成就，又善於發現培養人材、爲衆所推崇的人。《金史·元好問傳》：「兵後，故老皆盡，好問蔚爲一代宗工。」

〔三〕「笥河」兩句：朱笥河、翁覃谿都已逝去，提拔薦引人材的責任定然要落在你的身上。笥河：朱筠，字竹君，號笥河，直隸大興人，乾隆十九年進士，歷官侍讀學士，提督安徽學政。曾建議從《永樂大典》中采輯亡佚，結果輯出失傳的古籍五百餘部。生平喜提拔人材，獎掖後進。陸錫熊、程晉芳、任大椿都是他録取的名士；洪亮吉、黄景仁、吴鼒都是他的學生。

著有《笥河集》。《清史稿》四八五卷有傳。 覃谿：翁方綱，字正三，號覃谿，大興人，乾隆十七年進士，歷任國子監司業，提督廣東學政，内閣學士等。平生尤喜提拔人材。凌廷堪、孔廣森、王聘珍、馮敏昌等，都經他獎拔成名。著有《兩漢金石記》、《粤東金石略》、《小石帆亭著録》、《復初齋詩集》等。《清史稿》四八五卷有傳。

〔四〕徐星伯：徐松，字星伯，大興人。嘉慶十年進士。由翰林院編修擢湖南學政，潼商兵備道，因事謫戍伊犁，赦還後復官内閣中書，出知榆林府，卒。著有《新疆識略》、《唐登科記考》、《西域水道記》等。《清史稿》四八六卷有傳。《清史列傳・徐松傳》：「松自出關以來，於南北兩路（按，指天山南北）壯游殆遍。每有所適，携開方小册，置指南針，記其山川曲折，下馬録之。至郵舍，則進僕夫、驛卒、臺弁、通事，一一與之講求。積之既久，繪爲全圖，乃遍稽舊史、方略及案牘之關地理者筆之，成《西域水道記》五卷。又以新疆入版圖已數十年，未有專書，爰搜采事迹，稽核掌故，成《新疆識略》十卷，於建置、城垣、控扼險要、滿漢駐防、錢糧、兵籍，言之尤詳。將軍松筠奏進《事略》，并叙其勞，特旨赦還。」

《畿輔通志・徐松傳》：「松研究經術，尤精史事。生平嗜讀新、舊《唐書》，及唐人小説。輯唐文時，於《永樂大典》中得河南志圖，亟爲摹鈔。采集金石傳記，合以程大昌、李好問之長安圖，作《唐兩京城坊考》，以爲吟咏唐賢篇什之助。又性好鐘鼎碑碣文字，謂足資考證。在西域披榛剔莽，手拓漢裴岑碑、唐姜行本碑以歸。復於敦煌搜得唐索勳及李氏修功德兩碑，皆向來著録家所無者。自塞外歸，文名益噪，其時海内通人，游都下者，莫不相見恨晚。每與烏程沈垚、平定張穆輩，烹羊炊餅，置酒大嚼，劇談西北邊外地理以爲樂，若忘乎當日身在患難中者，其志趣過人遠矣。」

四三

聯步朝天笑語馨〔一〕，佩聲耳畔尚泠泠〔二〕。遥知下界覘乾象，此夕銀潢少客星〔三〕。

别共事諸宗室〔四〕。

〔一〕「聯步」句：我和宗室同僚們上朝的時候，一邊走一邊談，笑語融洽。岑參《寄左省杜拾遺》詩：「聯步趨丹陛，分曹限紫微。」馨：形容笑語融洽。釋惠洪《石門文字禪》卷十《璲首座出示巽中詩》：「不知門外山花發，但覺君來笑語香。」

〔二〕「佩聲」句：如今在我耳邊，恍惚還聽到泠泠的玉佩聲。佩聲：古代官僚貴族身上懸着玉佩裝飾，行動時相觸作響。《禮·玉藻》：「古之君子必佩玉……行則鳴佩玉。」泠泠：清響的聲音。陸機《文賦》：「音泠泠以盈耳。」

〔三〕「遥知」兩句：我知道下界的人在觀看天象時，這晚上在天潢的地方會發現少掉了一顆客星。下界：古人把上天稱爲上界，人間稱爲下界。引申把皇室皇族稱爲上界，老百姓稱爲下界。反映了封建貴族自命不凡的階級偏見。覘：觀察。乾象：天象。《後漢書·郭泰傳》：「吾夜觀乾象，晝察人事，天之所廢，不可支也。」銀潢：同天潢。中國古代星圖中在五車星座内有天潢五星。《漢書·天文志》：「西宮咸池，曰天五潢。五潢，五帝車舍。」《晉書·天文志》：「五車五星，三柱九星……其中五星曰天潢，天潢南三星曰咸池，魚囿也。」客星：古人把突然出現的星體稱爲客星。現代天文學稱爲新星，即突然放亮若干千萬倍的天體。作者把自己比作客星，是對滿洲皇族來説。他對滿族統治者常自稱爲「客」或「賓」，如《古史鈎沉論》四：「祖宗之兵謀，有不盡欲賓知者矣。」「賓」指漢族官員。

〔四〕諸宗室：滿族中的皇族成員，可能是作者在宗人府（管理皇族事務的衙門）任事時的同僚。

四四

霜毫擲罷倚天寒〔一〕，任作淋漓淡墨看〔二〕。何敢自矜醫國手，藥方只販古時丹〔三〕。

己丑殿試〔四〕，大指祖王荆公上仁宗皇帝書〔五〕。

〔一〕「霜毫」句：文章寫完，把筆丢下，它仿佛倚天而立，發出凛凛寒光。霜毫：勢挾風霜的筆。杜牧《長安雜題長句》：「四海一家無一事，將軍携劍泣霜毫。」倚天：宋玉《大言賦》：「長劍耿耿，倚天之外。」李嶠《劍》詩：「倚天持報國，畫地取雄名。」

〔二〕「任作」句：任憑人家拿我的文章當作一般科舉文字看待吧。淡墨：指科舉文章。范成大《翰林學士何公溥挽詞》：「名場魁淡墨，官簿到花磚。」又作者《吴市得題名録一册》詩：「淡墨堆中有廢興。」都是指科舉考試文章。按，王定保《唐摭言》：「進士榜粘黄紙四張，以淡墨氈筆書『禮部貢院』四字粘於榜首。」又李調元《淡墨録序》：「淡墨書榜，不知始自何時。或云，唐李程應舉時，遇天榜吏，問登第人姓，則有李和而無李程。倉皇求之。乃用淡墨添王字於和字之下。果得第。後遂相因，凡榜書人名，俱用淡墨，遂成故事。又《賈公談録》：唐李紳侍郎知貢舉，夜放榜，書未畢，書吏忽得暴疾，因更呼一善書吏代。吏方醉，磨墨鹵莽，一榜字或濃或淡，反致其妍。二者未知孰是云。」

〔三〕「何敢」兩句：我哪裏敢自稱是醫國能手？我只是轉販用古代藥方製成的丹藥罷了。《國語·晉語》：「上醫醫國，其次救人。」古時丹：指自己的殿試對策大致仿效王安石《上仁宗皇帝言事書》。按，作者在《對策》中説：「藥雖呈於醫手，方多傳於古人。若已經效於世間，不必皆從於己出。」

〔四〕己丑殿試：道光九年己丑（一八二九），作者參加會試後再參加殿試。按照清代科舉制度，殿試考時務策，内容都是有關政治社會方面的問題。先由讀卷大臣擬定題目八條，再呈皇帝圈定四條，由貢士撰文逐條對答，所以稱爲「對策」。

〔五〕王荆公：王安石，臨川人，字介甫，北宋神宗朝宰相，封荆國公。立志革新政治，推行新法，是著名政治革新家。嘉祐三年（一〇五八）曾向仁宗上書，極論時政得失，洋洋萬言。據張祖廉《定盦年譜外紀》：「（龔自珍）少時好讀王介甫《上宋仁宗皇帝書》，手録凡九通，慨然有經世之志。」因此在對策時仿其大意。

四五

眼前二萬里風雷，飛出胸中不費才〔一〕。枉破期門佽飛膽，至今駭道遇仙回〔二〕。記己丑四月二十八日事〔三〕。

〔一〕「眼前」兩句：整個邊疆的局勢和它的政策，如在我的眼前；我寫的建議像風雷一樣飛出胸中，毫不花費心力。　二萬里：指當時新疆南北兩路。作者在《安邊綏遠疏》中曾説：「國朝邊情、邊勢與前史異，拓地二萬里而不得以爲鑿空。」可證。按，作者早就關心西北邊疆局勢，平時已有調查研究，并且寫了《西域置行省議》等文章。這次朝考時，皇帝問的正是西北邊疆的事，所以作者毫不費力就交了卷。魏季子《羽琌山民軼事》云：「定公己丑四月二十八日應廷試，交卷最早出場。人詢之，定公舉大略以對。友慶曰：君定大魁天下。定公以鼻嗤曰：看伊家國運如何。蓋文内皆繫實，對於西北屯政綦詳也。」雖是傳聞，情形大略可見。

〔二〕「枉破」兩句：徒然把守衛武士們的膽都唬破了，至今他們還説，那時好像碰見仙人出現，回去還吃驚地對人講呢。期門佽飛：漢武帝時置期門郎，是扈從皇帝出行的衛士。佽飛也始於漢代，屬禁衛軍之類。按，清制，殿試和朝考都在紫禁城内保和殿舉行，例有護軍統領稽查中左、中右兩門，又有侍衛護軍巡邏。見商衍鎏《清代科舉考試述録》。作者借「期門佽飛」比擬這些人。又按，阮葵生《茶餘客話》卷九：「張南華詹事（按，張鵬翀）今之謫仙也，天才敏捷，於韻語具宿慧，興到成篇，脱口而出，妥帖停當……南郊視壇，家叔父姜村先生同以講官侍班，於齋宮鋪棕處候駕，因指棕字爲韻。南華冲口吟數十韻……如河懸瀾翻，不能自休。六曹九卿羽林期門之士，環繞聳聽，詫爲異人。」此一記載，可作「枉破」句旁證。

〔三〕己丑四月二十八日事：道光九年四月二十八日，新進士參加朝考。朝考專爲選翰林院庶吉士而設。崇彝《道咸以來朝野雜記》：「故事：會試揭曉向在四月十日前後，中式者於四月十五日在保和殿復試，二十一、二日殿試，亦在保和殿，傳臚日則在殿試後三日。三鼎甲即於是日授職。二十八、九日尚有朝考一試，所謂殿廷三試也。道光以前，朝考僅有入選、不入選之别，入選不過五六十人。間有不得庶吉士者。不入選者，以部主事屬縣令用。」作者參加朝考，適逢道光皇帝出的題目是《安邊綏遠疏》。當時新疆北路張格爾的叛亂平定未久，朝廷正在考慮新疆善後事宜。作者在文章中提出安定邊疆的政策措施。指出：「今欲合南路北路而胥安之，果如何？曰：以邊安邊。以邊安邊如何？曰：常則不仰餉於内地十七省，變則不仰兵於東三省。何以能之？曰：足食足兵。足之之道如何？曰：開墾則責成南路，訓練則責成北路……」全文洋洋灑灑千餘字，直陳無隱。據吴昌綬《定盦先生年譜》：「閲卷諸公皆大驚。卒以楷法不中程，不列優等。」張祖廉《定庵年譜外紀》：「己丑朝考，先生於《安邊綏遠疏》中，陳南路、北路利弊，及所以安之之策，娓娓千言。讀卷大臣故刑部尚書戴敦元大驚，欲置第一，同官不韙其言，竟擯之。」按：乾隆三十一年，命於朝考後引見時，按省分、依甲第分班帶領，并將上届某省用庶吉士幾人開單呈覽，將朝考文字分取與不取，定各省館選之額。作者不能入翰林院，同朝考被擯有關。

四六

彤墀小立綴鵷鸞，金碧初陽當畫看〔一〕。一隊佽飛争識我，健兒身手此文官〔二〕。

〔一〕「彤墀」兩句：在殿前的丹墀上同新進士一起排班站立。殿廷金碧輝煌，朝陽初上，有如圖畫。按，此事或是殿試後參加傳臚典禮，或是朝考後由大臣引見皇帝。彤墀：宫殿前面的階地，漆成紅色，又稱丹墀。綴：排列。鵷鸞：比擬同僚，這裏指同科新進士。李拯《退朝望終南山》詩：「紫宸朝罷綴鵷鸞，丹鳳樓前駐馬看。」關於傳臚典禮，商衍鎏《清代科舉考試述録》云：「（四月）二十五日，在太和殿傳臚，典禮甚爲隆重。是日晨，鑾儀衛設鹵簿法駕於殿前，設中和韶樂於殿檐下，設丹陛大樂於太和門内。禮部、鴻臚寺設黄案，一於殿内東楹，一於丹陛上正中。設雲盤於丹陛下，設彩亭御仗鼓吹於午門外。王公大臣侍班各官朝服序立陪位如常儀。新進士朝服、冠三枝九葉頂冠，按名次奇偶序立東西丹墀之末。届時，禮部堂官詣乾清門奏請皇帝禮服乘輿，引入太和殿升座。中和韶樂奏隆平之章，階下鳴鞭三。鳴鞭畢，丹陛大樂奏慶平之章，讀卷執事各官北向行禮，大學士進殿奉東案黄榜，出授禮部尚書，陳丹陛正中黄案。丹陛大樂作，鴻臚寺官引新進士就位。宣制後，傳臚官唱名」云云，文繁不備録。

〔二〕「一隊」兩句：殿前守衛的武士都争着認識我這位新進士。他們説，這位新進士既有健兒的身手，如今又是一位新文官了。按，作者自小在北京居住，結識不少武士，其中有些人還是禁軍中的成員。嘉慶十七年，作者友人洪子駿寫了一首詞給作者，其中説：「結客從軍雙絶技，不在古人之下；更生小會騎飛馬。如此燕邯輕俠子，豈吴頭楚尾行吟者？」可見作者青年時期，常常騎着馬同武士們跨山涉水，混得很熟。所以此詩有「一隊佽飛争識我」的話。又《己亥雜詩》第二九八首亦有「枉説健兒身手在，青燈夜雪阻山東」的感嘆。

四七

終賈華年氣不平〔一〕，官書許讀興縱横〔二〕。荷衣便識西華路〔三〕，至竟蟲魚了一生〔四〕。嘉慶壬申歲〔五〕，校書武英殿，是平生爲校讎之學之始〔六〕。

〔一〕「終賈」句：我像終軍、賈誼那樣的年紀，就有不尋常的抱負。終：終軍，西漢時人，十八歲上書漢武帝，拜爲謁者給事中，後又奉使南越，勸南越王歸附朝廷。賈：賈誼，西漢初年政治改革家。洛陽人，十八歲就知名於郡中，二十多歲官爲博士，超遷太中大夫。主張改定禮樂，集中中央權力，對鞏固漢王朝中央集權制起過重要作用。孔融《薦禰衡疏》：「昔賈誼求試屬國，詭繫單于；終軍欲以長纓，牽致勁越。」

〔二〕「官書」句：我到武英殿擔任校書工作，讀了許多外間不易看到的官書，真是意興縱横。官書：此指官府藏書。《周禮·天官冢宰》：「宰夫之職……掌百官府之徵令，辨其八職……六曰史，掌官書以贊治。」

〔三〕「荷衣」句：一個平民身分的人便能出入西華門，這是不容易的。荷衣：平民穿的衣服。秦系《上薛僕射》詩：「逋客未能忘野興，辟書今遣脱荷衣。」當時作者只是副榜貢生，所以自稱「荷衣」。西華路：武英殿是皇家校勘編刊經籍史書的機構，地點在北京紫禁城内西南角。工作人員出入經由西華門，所以説「便識西華路」。

〔四〕「至竟」句：我到底還是從事「蟲魚之學」來了此一生也就罷了。至竟：究竟，到底。蟲魚：見第二三首注。

〔五〕壬申歲：嘉慶十七年（一八一二），作者二十一歲。

〔六〕校讎之學：把幾種不同版本的書籍互相對勘，發現其中錯誤，加以校正，稱爲校讎。《文選·魏都賦》：「讎校篆籀。」李善注引《風俗通》：「劉向《别録》：『讎校，一人讀書，校其上下，得謬誤爲校；一人持本，一人讀書，若怨家相對，故曰讎也。』」目録、版本、校勘，爲校讎學三個組成部分。

四八

萬事源頭必正名〔一〕，非同綜核漢公卿〔二〕。時流不沮狂生議，側立東華佇佩聲〔三〕。

官内閣日，上書大學士〔四〕，乞到閣看本。

〔一〕「萬事」句：辦一切事情總要把名字擺在確切位置，「正名」是一切事情的開始之點。《論語・子路》：「必也正名乎。」《荀子・正名》：「故王者之制名，名定而實辨。」作者《上大學士書》云：「故曰：必也正名。名之不正，牽一髮而全身爲之動者此也。」

〔二〕「非同」句：這不是如同漢朝公卿所説的「綜核名實」（考查官吏辦事能力是否名實相符）。《漢書・宣帝紀贊》：「孝宣之治，信賞必罰，綜核名實。」作者《對策》亦云：「及乎孝宣，綜核吏事，操切吏民，於是守令視其民乃公家之民，非吾之子弟也；民視守令乃長上，非吾之父兄也，守令益不得自行其意，而漢治再變。」

〔三〕「時流」兩句：如果時人不曾反對我的建議，我就側身站在東華門傾聽大學士的佩玉之聲。時流：指當時某些人。《世説・方正》：「（阮光禄）知時流必當逐己，乃遄疾而去。」沮：阻止，這裏是反對的意思。《孟子・梁惠王》：「嬖人有臧倉者沮君。」狂生：作者自指。東華：北京紫禁城東華門。清代内閣在紫禁城内，地近東華門。清沿明制，設内閣大學士、尚書協辦大學士等官，開頭是協助皇帝參與決定重要政務的機構。雍正以後，另設軍機處，逐步包攬軍政大事，内閣於是成爲有名無實的、類似抄録保存檔案的事務機構。嘉慶《清一統志》：「内閣在午門内東南，門西向。明嘉靖後爲閣臣辦事之所。本朝初，改爲秘書、國史、宏文三院。後大學士俱集昭德門内東南隅直房辦事，惟新授時，内閣一設公案。康熙二十八年復舊制。今閣中堂三楹，爲大學士、内閣學士治事之所。其南爲本房，專譯章奏；東爲滿漢票簽房；又有典籍庫，藏秘書圖籍；閣後門東爲紅本庫，又東爲專藏實録庫。」

〔四〕上書大學士：作者於道光九年（一八二九）内閣中書任内，曾上書大學士，提出六項條陳。其中之一是請大學士按時回内閣看本（批閲公文）。因爲當時大學士常兼御前大臣、軍機大臣等職，若不是在圓明園隨侍皇帝，就是在軍機處辦事，不到内閣。作者認爲這使内閣成爲虚名。但這個建議，未受内閣大臣接納。吴鼇《内閣志》：「大學士於軍國事無所不統，其實每日所治事，則閲本也。本有二，曰部本，在京部院進者；曰通本，外文武大臣及奉使員具本送通政使轉上者。票擬皆舍人按故事爲之。大學士晨入，畫可否，然少所更定。閲已，次閲絲綸簿，又次閲章奏文書。日亭午，蔑不出矣。」這是清初内閣大學士到閣辦事情況。

四九

東華飛辯少年時〔一〕，伐鼓撞鐘海内知〔二〕。牘尾但書臣向校，頭銜不稱㲄其詞〔三〕。

在國史館日〔四〕，上書總裁，論西北塞外部落原流，山川形勢，訂《一統志》之疏漏。初五千言，或曰：非所職也〔五〕。乃上二千言。

〔一〕「東華」句：我在國史館時，提出關於西北邊疆情勢的意見，那時年紀還輕。　東華：國史館在內閣後門之北，東華門附近。　飛辯：發揮議論。孔融《薦禰衡表》：「飛辯騁辭，溢氣坌涌。」《文心雕龍・諸子》：「并飛辯以馳術。」這裏指向國史館總裁上書的事。

〔二〕「伐鼓」句：我的建議，像敲鐘打鼓一樣，很快傳遍海內。杜審言《大酺》詩：「伐鼓撞鐘驚海上。」按，吴昌綬《定盦先生年譜》：「先是，桐鄉程春廬大理（同文）修《會典》，其理藩院一門及青海、西藏各圖，皆開斜方而得之，屬先生（按，龔自珍）校理。」當時研究西北邊疆地理是一門新學問，程同文、龔自珍都從事這門工作，世人便以「程龔」合稱。所以作者有「海内知」的自負。

〔三〕「牘尾」兩句：我在建議的末尾只署上校對官的職銜，由於身分不相稱，只好把字數删短。臣向校：漢成帝時光禄大夫劉向奉詔校定經傳諸子舊籍，校定後在册牘尾後寫上「臣向校」字樣。例如今傳宋本《戰國策》目録後還有「護左都水使光禄大夫臣向所校《戰國策》書録」等字。按此事又見《北史・樊遜傳》。　閷通「殺」。　閷其詞：删減字數。《周禮・考工記・矢人》：「參分其長而殺其一。」注：「殺，本又作閷。」《公羊傳・僖公二十二年》：「春秋辭繁而不殺者，正也。」

〔四〕在國史館日：道光元年（一八二一），作者在内閣充國史館校對官，那時恰值重修《大清一統志》（記載全國省、縣、地區山川市鎮情況和沿革的官書）。作者因早年研究西北邊疆地理，因此上書給總裁官，詳論西北地區各部落的沿革形勢等，訂正舊志的疏漏，共十八條。

〔五〕非所職也：從職務範圍來説，校對官不配提出這些意見。

五〇

千言只作卑之論，敢以虛懷測上公〔一〕？若問漢朝諸配享，少牢乞祔叔孫通〔二〕。

在禮部〔三〕，上書堂上官〔四〕，論四司政體宜沿宜革者三千言。

〔一〕「千言」兩句：我那整千字的建議，給人看成是「卑之無甚高論」，禮部大人們是「虛懷若谷」嗎？實在未敢妄測。卑之論：平凡的議論。《史記·張釋之傳》：「釋之既朝畢，因前言便宜事。文帝曰：卑之，毋甚高論，令今可施行也。」上公：《書·微子之命》：「庸建爾于上公。」

〔二〕「若問」兩句：假如有人問，漢朝哪些人應該進入太廟的配享位置，我就請求把叔孫通也加進去。配享：封建時代的祠廟，除正殿當中神位稱爲元祀外，還在兩旁廊廡設立一些牌位，稱爲配享或從祀，也稱爲祔。祭祀時，向元祀獻帛叫正獻，向配享獻帛叫分獻。少牢：封建時代祭祀宗廟，用牛、羊、猪三牲叫太牢，用羊、猪二牲叫少牢。祔：後死者合食於先祖。　叔孫通：原是秦朝的博士，漢高祖登位後，他替朝廷制定朝儀。漢代朝廷宗廟等典制，多數由他訂立。

〔三〕在禮部：道光十八年（一八三八），作者任禮部主客司主事，曾上書給禮部堂上官，條陳禮部四司（即儀制司、祠祭司、主客司、精膳司）應興應革事項。并指出祭祀條例應當馬上重新修訂，「若遲至數年而後，舊人零落，考訂益難。」作者認爲修訂禮儀是朝廷大事，像叔孫通就應配享太廟。但當時禮部堂上官對他的建議毫不重視，認爲「無甚高論」，并未實行。

〔四〕堂上官：即長官，例如六部的尚書或侍郎。

五一

客星爛爛照天潢〔一〕，許署頭銜著作郎〔二〕。翠墨未乾仙字蝕〔三〕，雲烟半榻掖門旁〔四〕。官宗人府〔五〕，奉旨充玉牒館纂修官〔六〕。予草創章程，未竟其事〔七〕，改官去。

〔一〕「客星」句：一顆客星在天潢附近燦爛照耀。　客星：作者自指，見第四三首注。　天潢：《後漢書·張衡傳·思玄賦》：「乘天潢之泛泛兮。」庾信《周大將軍義興公蕭公墓志銘》：「派别天潢，支分若木。」詳見第四三首「銀潢」注。

〔二〕「許署」句：容許我寫上著作郎的頭銜。著作郎：官名，魏太和年間，始置著作郎，專掌國史，歷代也有設置，明代以後廢除。作者因爲自己參加纂修玉牒工作，等於古代著作郎的職位，故引以自比。

〔三〕「翠墨」句：可惜墨迹未干，那些仙字已經蝕損了。指草創玉牒章程還没有完成就改了官職，章程有如蝕殘的仙字。《酉陽雜俎》：「何諷於書中得一髮卷，規四寸許，如環而無端，用力絶之，兩端滴水。方士曰：此名脈望。蠹魚三食神仙字，則化爲此。」作者借「仙字」比擬玉牒章程。

〔四〕「雲烟」句：在皇城旁邊，只留下半榻雲烟，作爲我到過那邊工作的遺迹。半榻：坐半張榻子。鄭谷《夕陽》詩：「僧窗留半榻，漁舸透疏篷。」徐彦伯《閨怨》詩：「塵埃生半榻，花絮落殘機。」掖門：紫禁城左右兩旁的門叫掖門，取意於像人的兩腋。掖門旁指紫禁城東側的宗人府，嘉慶《清一統志》：「宗人府在皇城東，西向，左爲經歷司，迤南爲左司，迤北爲右司，其後爲黄檔庫。」

〔五〕宗人府：封建時代掌管皇族名籍的機構。關於它的職守，《清會典》載：「凡皇族，别以近遠，曰宗室，曰覺羅。生子則以告而書於册，繼嗣亦如之，婚嫁亦如之，爵秩始末亦如之。」

〔六〕玉牒館纂修官：清制：玉牒（皇族的名册）每十年重修一次，臨時成立玉牒館主持其事。有正副總裁、總校官、提調官、纂修官等。清代玉牒分黄册、紅册二種，宗室入黄册，覺羅入紅冊。生者用朱書，死者用墨書，按照親疏，分別長幼，一一寫在冊內。詳見《清會典》。

〔七〕未竟其事：作者於道光十七年（一八三七）正月充玉牒館纂修，三月改禮部主事，重修玉牒工作還未完成。

五二

齒如編貝漢東方〔一〕，不學咿嚘況對揚〔二〕。屋瓦自驚天自笑〔三〕，丹毫圓折露華瀼〔四〕。予每侍班引見〔五〕，奏履歷〔六〕，同官或代予悚息。丁酉春，京察一等引見〔七〕，蒙記名〔八〕。

〔一〕「齒如」句：我像東方朔那樣，牙齒整齊，好像編起來的貝殼。《漢書·東方朔傳》：「目若懸珠，齒若編貝。」

〔二〕「不學」句：平時説話就不含含糊糊，何況在皇帝跟前回話。咿嚘：口齒不清，説話含糊。《漢書·東方朔傳》：「伊優亞者，辭未定也。」蘇軾《夜泊牛口》詩：「兒女自咿嚘，亦足樂且久。」對揚：回答皇帝的詢問。《詩·大雅·江漢》：「對揚王休。」

〔三〕「屋瓦」句：作者在覲見皇帝時，自奏履歷和回話，聲音很響，連屋瓦都驚動了。自注中「同官或代予悚息」，指此。天自笑：皇帝并不責怪。

〔四〕「丹毫」句：朱筆在紙上圓轉曲折，有如露水揮灑。指皇帝在被引見者的名字上打個紅圈，稱爲記名。圓折：指筆勢。露華：露水，借用爲雨露恩澤之意。瀼：露水很濃。《詩·鄭風·野有蔓草》：「野有蔓草，零露瀼瀼。」

〔五〕引見：清制：官吏工作被認爲有成績，由皇帝親自召見。低級官員由吏部帶領去見，稱爲引見。

〔六〕奏履歷：被引見者向皇帝報告自己的姓名、籍貫、職務等，稱爲奏履歷。

〔七〕京察一等：在京師工作的官員考核成績，稱爲京察。照例在子、卯、午、酉年舉行。《清會典》載：「守清，才長，政勤，年或青或壯或健爲稱職，列爲一等。」

〔八〕記名：清制：官吏工作有成績，由吏部或軍機處記名，遇有缺額，奏上其名以便調補。（關於京察大典，可參閱崇彝《道咸以來朝野雜記》。）道光十七年作者在宗人府京察一等引見，被記名後，充玉牒館纂修官。

五三

半生中外小迴翔，樗醜翻成戀太陽〔一〕。揮手唐朝八司馬，頭銜老署退鋒郎〔二〕。選授楚中一司馬矣〔三〕，不就，供職祠曹如故〔四〕。

〔一〕「半生」兩句：半生的仕宦踪迹，只是在中外小小兜了一個圈子。雖然我像一棵醜陋的樗樹，但仍然依戀太陽。作者曾在國史館、内閣、宗人府、禮部任過職，所以這樣説。迴翔：指仕宦經歷。王禹偁《贈衛尉宋卿二十二丈》詩：「謫宦歸來髮更斑，佪翔猶在寺卿間。」樗：苦木科落葉喬木。《本草綱目》卷三五：「樗木皮粗，肌虚而白，其葉臭惡，歉年人或采食。」《莊子·逍遥游》：「吾有大樹，人謂之樗。其大本擁腫而不中繩墨，其小枝卷曲而不中規矩，立之塗，匠者不顧。」戀太陽：比喻自己留戀皇帝所在的京師。

〔二〕「揮手」兩句：我不想做一員外省的司馬，我向唐朝的八司馬揮揮手。我老了以後，頭銜寫上退鋒郎三字，也就算了。揮手：古人在辭別時揮手爲禮，表示不需要時也揮手。八司馬：唐憲宗時，王叔文政治集團的改革計劃受到舊勢力的打擊而失敗，參加這個集團的柳宗元、劉禹錫、韓泰、韓曄等八人都貶爲遠州的司馬。史稱「八司馬事件」。作者在這句中是説自己不願幹司馬的官，并非對這八司馬有什麽不滿。退鋒郎：毛筆寫禿了叫退鋒。陶穀《清異録》：「趙光逢薄游湘漢，濯足溪上，見一方磚，類碑，上題言云：禿友退鋒郎，功成鬢髮傷。冢頭封馬鬣，不敢負恩光。」作者自比退鋒郎，意謂畢生從事文字工作，不幹州縣的官。

〔三〕選授楚中一司馬：道光十七年四月，作者在禮部任主客司主事，選官得湖北同知，不願赴任，仍留禮部工作。同知是知府的副手，相當於唐代的州司馬。湖北在先秦時是楚國轄地，所以稱爲「楚中」。

〔四〕祠曹：見第一一首注。

五四

科以人重科益重〔一〕，人以科傳人可知〔二〕。本朝七十九科矣〔三〕，搜輯科名意在斯。

八歲得舊登科録讀之〔四〕，是搜輯二百年科名掌故之始。

〔一〕科以人重：封建時代的科舉考試，從明代開始規定用八股文。這種文體僵硬死板，毫無活氣，也毫無内容。憑這種文章考試獲中的士子，即使名列前茅，也不一定有真正學問。因此，真正的學者才人如果榜上有名，這一科就受到特别重視。《續通典·選舉》六：「錢曾曰：制科以人爲重。如寶祐四年登科録，宋末稱爲文天祥榜進士是也。」平步青《霞外攟屑》卷五有《乾隆辛卯榜會試得人》條，提到乾隆三十六年的進士榜，以經術顯者有王增、李潢、程世淳、程晉方（芳）、邵晉涵、周永年、陳昌齊、洪朴、孔廣森九人。以文章稱者有林附蕃、周厚轅、侯學詩、凌世御、海峰、山木（魯士驥）、周景益、程巙、吴思樹九人。以風節著者有錢澧一人。都是當時所謂科以人重的例子。

〔二〕人以科傳：榜上有名的人，雖然什麽都没有流傳下來，但其人姓名也賴此可知。按，作者似乎還帶點諷意：如果只靠登科記把名字保留下來，其人的學問事業、成就也就可想而知了。

〔三〕七十九科：據福格《聽雨叢談》卷九、卷十及商衍鎏《清代科舉考試述録》所載清代會試科分表，順治朝共舉行過八科，康熙朝二十一科，雍正朝五科，乾隆朝二十七科，嘉慶朝十二科，道光朝計至作者寫《己亥雜詩》前一年（道光十八年）共九科，合共八十二科。如果計至作者第一次讀登科録的嘉慶四年，又只有六十三科。詩中的七十九科，是在道光十三年癸巳。所謂「本朝七十九科矣」，是作者誤記還是搜輯科名掌故斷限於道光十三年，待考。

〔四〕登科録：科舉時代，凡鄉試、會試放榜後，照例有題名録，又稱登科録。清代規定每科有兩種題名録，一是《御覽題名録》，專呈皇帝過目；一種則無「御覽」字樣，抄發分送有關衙門備案。後者并規定在完場後五日内，將該屆監臨、提調、監試、主考、同考各官的籍貫、姓名、三場考題以及中式士子姓名、等第等，繕寫成册，蓋上官印，分送吏部及禮部存查。

五五

手校斜方百葉圖〔一〕，官書似此古今無。只今絶學真成絶〔二〕，册府蒼凉六幕孤〔三〕。

程大理同文修《會典》〔四〕，其理藩院一門及青海、西藏各圖，屬予校理。是爲天地東西南北之學之始〔五〕。大理殁，予撰《蒙古圖志》竟不成。

〔一〕斜方百葉圖：繪有地球經緯綫的地圖册。葉：同頁。按，張祖廉《定盦年譜外紀》録龔氏所藏九十供奉，其中即有「天下三十八分之一（？）開斜方圖，附欽天監博士陳傑跋尾」。又附按語云：「程大理同文在會典館總裁日爲之，三年而成。先生《與人論青海事書》謂，地形道里，昔歲程府丞開斜方而得之者，即是圖也。」

〔二〕「只今」句：繪製有經緯綫的邊疆地圖，本來便是「絶學」，如今真的變成斷絶了的學問了。作者因程同文逝世，自己想撰《蒙古圖志》未成，因而發出這種感嘆。絶學：造詣專深的學問。又，中斷了的學問也稱爲絶學。張載《張子語録》：「爲往聖繼絶學。」

〔三〕「册府」句：藏書府庫因之荒凉冷落，我在六幕中仿佛是個孤獨者。册府：又作策府，皇室藏書的地方。《穆天子傳》：「天子北征東還，乃循黑水至于群玉之山，阿平無險，四徹中繩，先王之所謂策府。」六幕：上下加東西南北，意即天地之間。《漢書·禮樂志·天門》：「紛云六幕，浮大海」。師古注：「六幕，猶言六合也。」

〔四〕程大理：程同文，字春廬，號密齋，浙江桐鄉人。嘉慶四年進士。由兵部主事充軍機章京，歷官大理寺少卿、奉天府丞。著有《密齋文集》等。張祥河《關隴輿中偶憶》：「奉天府丞程春廬丈同文，文章典則，爲大著作手。官駕部，直樞廷十餘年，充會典館提調，承修《大清會典》一書，纂輯詳備，是其平生精力所聚。尤長於輿地之學。遺書滿床，歸其甥朱虹舫閣部方增，今刻之《從政法録》，即其底稿之一種。夫人瑟兮女史，花卉學白石翁，山水得倪、黄真意，不知其爲閨閣筆墨也。」《國朝正雅集》引梁章鉅序略：「（程）先生之學，長於地志，凡外國輿圖古今沿革，言之極審；而遼、金、元三史中建置異同，稱名淆舛，他人所不易明者，獨疏證確鑿，若指掌紋。嘗修纂《大清會典》八十卷，裁酌損益，不假旁助，自謂平生心力盡於是書。」會典：記載一朝政治制度、典故事例的官書。這裏是指《大清會典》。

〔五〕天地東西南北之學：指地圖繪製學。

五六

孔壁微茫墜緒窮，笙歌絳帳啓宗風〔一〕。至今守定東京本，兩廡如何闕馬融〔二〕？

戊子歲〔三〕，成《尚書序大義》一卷，《太誓答問》一卷，《尚書馬氏家法》一卷。

〔一〕「孔壁」兩句：孔壁發現的古文《尚書》像微弱將斷的一綫，馬融把它追尋回來，在笙歌絳帳之中開啓了自己的學派。墜緒：微弱將絶的學術。韓愈《進學解》：「尋墜緒之茫茫。」窮：終絶。按，儒家經典的《尚書》，其初原是一本輯集古代（從所謂堯、舜直到秦國）帝王文告、訓諭之類的古籍。秦以前的來歷經過，已不可詳考。秦統一天下後，有一個博士伏勝，家中藏了一部《尚書》，後因陳勝起義，楚漢相争，伏勝逃離家鄉，直到漢朝建立，才回返家中。據説原先一百篇《尚書》只剩下二十九篇。他就拿它教授學生。到漢文帝時，下詔徵求先秦遺書，聽説伏勝還有《尚書》，便派晁錯上門，把二十九篇《尚書》鈔録回來。漢武帝時，正式立於學官（作爲官定的課本）。由於它是用漢代通行文字抄録的，所以稱爲今文《尚書》。過了一些年頭，忽又出現一部古文《尚書》。據説它的來歷是這樣：漢武帝末年（按，王充《論衡》説是漢景帝時）魯共王拆掉孔丘的舊房子，在屋壁中發現許多竹簡寫的古書，其中就有《尚書》，是用蝌蚪文寫的。有個叫孔安國的人，自稱獲得這部古文《尚書》，研究之下，發現比今文《尚書》多出十六篇。又據説孔安國把它獻給朝廷，由於恰巧發生大事故（即戾太子事），古文《尚書》就没有列入學官。但這所謂多出的十六篇，不知如何忽又失踪，毫無下落，至今竟成一個疑案。到東晉時，又出現梅賾僞造古文《尚書》的事。這個梅賾不知從哪裏弄來了另外的二十五篇古文《尚書》，又把原來的二十九篇今文《尚書》割裂爲三十三篇，凑成五十八篇。這本真僞雜凑的《尚書》，到唐代又加上孔穎達領銜的注解（稱爲《尚書正義》），正式頒行天下，定爲定本，以後直到《十三經注疏》都用這個梅家本子。至於馬融，他是東漢末年經師，字季長，扶風人，曾在東觀校書，歷官武都、南郡太守，又傳授儒家經典，門徒達數千人。據《後漢書·儒林傳》：「杜林傳古文《尚書》，賈逵爲之作訓，馬融作傳，鄭玄注解，由是古文《尚書》遂顯於世。」所以馬融對古文《尚書》是起過解釋和傳授作用的。他教授學生方法也特别，掛起絳紗帳子，前面坐的是學生，後面陳列女子樂隊。所以作者稱爲「笙歌絳帳」。

〔二〕「至今」兩句：到現在，朝廷規定士子學習的還是古文《尚書》這個東京本子。既然馬融對這個本子立下過功績，爲什麽孔子廟裏又没有馬融的牌位呢？東京本：即東漢杜林傳下來的古文《尚書》本，亦即馬融作傳的那本。兩廡：封建時代建立的孔子廟，廟中正殿祀孔，左右排列四配、十哲像，另在兩邊廊下排列其他弟子及歷代先儒牌位，稱爲祔祀或配享。《説文》：「廡，廊下周屋也。」

〔三〕戊子歲：道光八年（一八二八）。

按，馬融在唐代已列入孔廟從祀，宋代亦同。見《通典》及《續通典》。明嘉靖九年起則罷馬融從祀。見《明史·禮志》。閻若璩《尚書古文疏證》第一百二十八云：「或曰：漢儒罷祀皆以過。劉向以誦神仙方術罷，賈逵以附會圖讖罷，馬融以黨附世家罷，何休以注《風角》等書罷。」并説，明代弘治初年程敏政曾有此建議，至嘉靖年間張孚敬當國時施行。

五七

姬周史統太消沉，況復炎劉古學喑〔一〕。崛起有人扶左氏，千秋功罪總劉歆〔二〕。癸巳歲〔三〕，成《左氏春秋服杜補義》一卷；其劉歆竄益左氏顯然有迹者，爲《左氏抉疣》一卷。

〔一〕「姬周」兩句：周代流傳下來的史學傳統太沉寂了，何況漢代也没有多少人講求這方面的學問。史統：世世繼承的東西叫統，「史統」就是史學的傳統。炎劉：漢王朝統治者相信五行生克的説法，自稱「以火德王」。按，漢初劉邦自稱赤帝子，旗幟尚赤。武帝以後改用土德。王莽時，因劉歆建議，改漢爲火德，而自稱土德。劉秀又因圖讖有赤伏符之文，東漢遂用火德。後人因稱漢代爲「炎劉」。

〔二〕「崛起」兩句：劉歆崛然而起，把《左傳》重新發掘出來，這是有功勞的；但他又加以竄改和添上原來没有的東西，這又是有罪過的。西漢末年，劉歆在校理政府收藏的古籍時，自稱發現古文《左氏春秋傳》，是先秦時左丘明所作。劉歆非常喜歡它，并且拿它來解釋《春秋》經文，并向漢朝廷建議把它列於學官，但遭到當時五經博士的反對。此書後來有東漢服虔和西晉杜預的注解。劉歆：字子駿，劉向的幼子，漢成帝時校理古籍，與其父劉向都是我國目録學的創始者。

〔三〕癸巳歲：道光十三年(一八三三)。

按，《左氏春秋傳》經劉歆表彰後，從東漢以後就一直流行，并且同《春秋》聯繫在一起。但唐代學者啖助、趙匡已經對它提出懷疑。宋代學者葉適、羅璧也認爲《春秋》和《左傳》原是兩本互不相干的書。清代今文學家劉逢禄著《左氏春秋考證》，進一步指出這部書是劉歆僞造的假古董。以後康有爲又根據劉逢禄的考證，認爲劉歆是把原來五十四篇的《國語》拆開來，拿一大半冒稱《左氏春秋傳》，其餘則「留其殘剩，掇拾雜書，加以附益，而爲今本之《國語》。」(詳見顧頡剛主編《古籍考辨叢刊》第一集《左氏春秋考證序》)

五八

張杜西京説外家〔一〕，斯文吾述段金沙〔二〕。導河積石歸東海，一字源流奠萬嘩〔三〕。

年十有二，外王父金壇段先生授以許氏部目〔四〕，是平生以經説字、以字説經之始〔五〕。

〔一〕「張杜」句：在漢代，談到外家關係的有張、杜兩家。張杜：《漢書·杜鄴傳》：「鄴少孤，其母張敞女。鄴壯，從敞子吉學問，得其家書，以孝廉爲郎。」《後漢書·杜林傳》：「杜林，字伯山。少好學深沉，家既多書，又外氏張竦父子喜文采，林從竦受學，博洽多聞，時稱通儒。」《漢書·藝文志》：「《蒼頡》多古字，俗師失其讀。宣帝時，徵齊人能正讀者，張敞從受之。傳至外孫之子杜林，爲作訓故。」杜鄴是張敞外孫，向張敞之子受業；鄴子杜林又向張敞的孫張竦受業，兩代都得益於外家，所以作者借用比喻自己同外祖父段玉裁的關係。西京：長安。張、杜兩家都是長安附近茂陵人。

〔二〕「斯文」句：提起古文字的研究，我要祖述外祖父段玉裁。作者自幼接受段玉裁的教導，研究《説文》，精通古文字學，所以有這句話。斯文：這裏是指古文字學。金沙：即江蘇金壇縣。段玉裁是金壇縣人。金壇縣地近句曲山，山有洞名金壇，道家相傳爲真仙所居。梁陶弘景《真誥·稽神樞》：「句曲山，秦時名爲句金之壇，以洞天内有金壇百丈，因以致名也。」注：「今大茅山南猶有數深坑大坎，相傳呼之爲金井，當是孫權時所鑿掘也。今此山近東諸處碎石，往往皆有金沙。」金壇縣稱金沙福地，本此。

〔三〕「導河」兩句：段玉裁疏通古代文字、整理《説文》的功績，如同把黄河從積石山疏導到東海，每個字都探求它的來龍去脈，使萬口喧嘩的争論平息下來。積石：山名，在青海省。古人以爲黄河發源於積石山，近年來探明，黄河發源地是在星宿海以西的約古宗列渠。《書·禹貢》：「導河積石，至於龍門。」疏：「河源不始於此，記其施工處耳。」

〔四〕外王父：舊稱已故的外祖父。《爾雅·釋親》：「母之考爲外王父。」段先生：段玉裁，字茂堂。乾隆二十五年舉人。官貴州玉屏知縣、四川巫山知縣。師事學者戴震，精通古文字及音韻學。年四十六，去官歸隱，卜居蘇州楓橋。積數十年精力，專治漢代許慎《説文》，成《説文解字注》三十卷，又有《古文尚書撰異》、《毛詩故訓傳定本》、《經韻樓集》等。《清史稿》四八一卷有傳。他的女兒段馴，是作者母親。許氏部目：東漢許慎著《説文解字》十四卷，叙目一卷，收小篆九千三百餘字，古文、籀文一千餘字，按字體及偏旁分列五百四十部逐字加以解釋，是研究古代文字的重要著作。由於歷代傳鈔刻寫，訛誤很多，經段玉裁研究整理，才重新焕發光彩。

〔五〕以經説字、以字説經：用古代經書證解古文字，又用古文字證解古經書。陳焕《説文解字注跋》：「焕聞諸先生曰：昔東原師之言，僕之學不外以字考經，以經考字。余之説文解字也，蓋竊取此二語而已。」先生謂段玉裁。

梁啓超《中國近三百年學術史》：「茂堂的《説文注》，盧抱經序他説：自有《説文》以來，未有善於此書者。王石臞序他説：千七百年來無此作。百餘年來，人人共讀，幾與正經、正注争席了。《説文》自唐宋以來，經後人竄改，或傳抄漏落顛倒的不少。茂堂以徐鍇本爲主，而以己意推定校正的很多。後人或譏其武斷，所以《段注訂》（鈕樹玉著，八卷）、《段注匡謬》（徐承慶著，八卷）、《段注考正》（馮桂芬，十六卷）一類書繼續出得不少。内中一部分誠足爲茂堂諍友。茂堂此注，前無憑藉，在小學界實一大創作，小有舛誤，毫不足損其價值，何况後人所訂所匡，也未必盡對呢。」

五九

端門受命有雲礽〔一〕，一脈微言我敬承〔二〕。宿草敢祧劉禮部〔三〕，東南絶學在毗陵〔四〕。年二十有八，始從武進劉申受受《公羊春秋》〔五〕。近歲成《春秋决事比》六卷。劉先生卒十年矣。

〔一〕端門受命：《春秋公羊傳・哀公十四年》「君子曷爲《春秋》」句下，何休注云：「得麟之後，天下血，書魯端門曰：趨作法，孔聖没。周姬亡，彗東出。秦政起，胡破術。書記散，孔不絶。子夏明日往視之，血書飛爲赤烏，化爲白書，署曰《演孔圖》，中有作圖制法之狀。孔子仰推天命，俯察時變，却觀未來，預解無窮，知漢當繼大亂之後，故作撥亂之法以授之。」這是漢儒揑造的話，原出於所謂《春秋緯演孔圖》，何休引用，意在證明儒家學説是早就準備替漢王朝統治者服務的。清凌曙《公羊問答》云：「兩漢君臣，皆以經義發爲文章。觀其詔誥奏議，凡决疑定策悉本之於公羊。舉其大略，可得而言……是以東平王蒼曰：孔子曰：『行夏之時，乘殷之輅，服周之冕。』爲漢制法。王充曰：孔子曰：『文王既没，文不在兹乎？』文王之文，傳在孔子。孔子爲漢制文，傳在漢也。」作者在此引用，則另有用意，他暗示經學應爲改革政治服務，而不應鑽進故紙堆中搞繁瑣的「蟲魚之學」。因爲作者提倡議論時政，要求變革，這種主張，原與公羊經學服務於漢王朝統治是有相通之處的。　雲礽：遥遠的孫輩。礽：通仍。《爾雅·釋訓》：「玄孫之子爲來孫，來孫之子爲晜孫，晜孫之子爲仍孫，仍孫之子爲雲孫。」

〔二〕「一脈」句：《春秋》中精微深妙的用意，一脈傳遞，我願意加以繼承。按：西漢今文學家主張經學服務於政治，所以要尋求《春秋》中的所謂「微言大義」。　胡樸安云：「《漢書·藝文志》云：昔仲尼没而微言絶，七十子喪而大義乖。微言者，隱微不顯之言；大義者，廣大精深之義。西漢學者，求孔子之微言大義於垂絶之餘，故其於六經也，皆以通經致用爲治學之準繩。」作者所「敬承」的，便是這種「通經致用」的傳統。

〔三〕宿草：《禮·檀弓》：「朋友之墓，有宿草而不哭焉。」這裏指劉逢禄已經逝世。按，劉卒於道光九年。　祧：《左傳·襄公九年》：「以先君之祧處之。」服虔注：「曾祖之廟爲祧。」又舊稱繼承爲後嗣曰祧。這裏引申爲繼承學術。

〔四〕絶學：久已中絶的學問。參見第五五首注。梁啓超《中國近三百年學術史》：「清儒頭一位治《公羊傳》者爲孔巽軒（廣森），著有《公羊通義》，當時稱爲絶學。」　毗陵：古縣名，清爲武進縣，今爲江蘇省常州市。莊存與、劉逢禄兩個公羊學家都是武進人。

〔五〕劉申受：劉逢禄，字申受，號思誤居士，江蘇武進人。嘉慶十九年進士。官禮部主事。精研《公羊春秋》，以何休的《解詁》爲主，創通條例，貫穿群經，寫成《公羊何氏釋例》、《公羊何氏解詁箋》，成爲清代今文學家的中堅人物。《清史稿》四八二卷有傳。張舜徽《清人文集別録》：「（劉逢禄）與同邑李兆洛友善而齊名。兆洛稱其一意志學，洞明經術，究極義理。凡所著書，不泥守章句，不分別門户，宏而通，密而不縟。蓋定評也。」又云：「逢禄説經議禮，偏信《公羊》，上自《左》《穀》，下至許、鄭，皆致攻駁，尤好與鄭君（玄）立異，不能無左袒邵公（何休）之失。然而每考一事，議一禮，經師家法，秩然不混，斯又逢禄之所長，固非空言無稽妄逞胸臆者所可同日語也。」錢玄同《左氏春秋考正書後》：「近代今文學者之中，有幾位都是有政治思想的。他們喜用『托古改制』的手段來説《春秋》，名爲詮釋《公羊》古義，實則發揮自己政見。因爲何邵公説《春秋》中有許多『非常異義可怪之論』，所以他們就利用這句話，往往把《公羊》經傳中許多平凡的話説成『非常異義可怪之論』。莊方耕的《春秋正辭》、劉申受的《春秋公羊經何氏釋例》已經略有此意，到了龔定盦，這個態度就很明顯了。他作《春秋決事比》，引《春秋》之義以譏切時政……龔、康（有爲）等人這種『托古改制』的《春秋》説，在晚清的思想變遷史上有很高的價值，但與公羊及董（仲舒）、何（休）之原義并不相同。」公羊春秋：解釋《春秋》的一部古籍，舊題公羊高撰。據説公羊高是孔丘弟子子夏的門人，開始是口授《春秋》教授學生，到漢景帝時才由他的玄孫公羊壽和胡母子都寫成文字。東漢時，經師何休著《春秋公羊經傳解詁》，發明《春秋》所謂「微言大義」，如張三世、通三統、絀周、王魯、受命改制之類，以後成爲清代公羊學家主張「托古改制」的根據。

六〇

華年心力九分殫〔一〕，淚漬蟫魚死不乾〔二〕。此事千秋無我席，毅然一炬爲歸安〔三〕。

抱功令文二千篇見歸安姚先生學塽〔四〕。先生初奬借之。忽正色曰：我文著墨不著筆，汝文筆墨兼用。乃自燒功令文。

〔一〕「華年」句：少年時把十分之九的精力花在寫作八股文上面。華年：少年。《魏書·王叡傳》：「漸風訓於華年，服道教於弱冠。」殫：罄盡。

〔二〕「淚漬」句：由於對八股文耗了許多心力，因此想把這些文章保留下來。就像書蟲浸滿眼淚，雖死也不乾枯。蟫：蛀書的蟲，即蠹魚。按，作者考進士試，接連五次失敗，第六次才考得三甲同進士出身，所以他有這種感慨。

〔三〕「此事」兩句：寫這些八股文，自己在歷史上是占不上一席位置的。聽了姚學塽一句話，我毅然把積下來的兩千篇八股文一把火燒掉。歸安：指姚學塽，姚是歸安人。稱人的籍貫而不直指其名，是尊敬的表示。

〔四〕功令文：即八股文，它的寫法格式是由朝廷用命令規定必須遵守的，所以稱爲功令文。《史記·儒林傳序》：「予讀功令，至於廣厲學官之路，未嘗不廢書而嘆也。」姚先生：姚學塽，字晉堂，一字鏡堂，浙江歸安（今吴興縣）人。嘉慶元年進士。官至兵部郎中。著有《姚兵部詩文集》、《竹素軒制義》。魏源《歸安姚先生傳》：「（姚學塽）文章尤工制義，規矩先民，高古淵粹，而語皆心得，使人感發興起。有先生而制義始有功於經，當與宋五子書并垂百世，遠出守溪（按，明王鏊）、安溪（按，清李光地）之上。蓋自制義以來，一人而已。」又云：「（姚）官京師數十年，未嘗有宅，皆僦居僧寺中，紙窗布幕，破屋風號，霜華盈席，危坐不動。暇則向鄰寺尋花看竹。僧言雖彼教中持戒律苦行僧，不是過也……道光七年十一月戊戌病篤，神明湛然，拱坐而歿，年六十有一。」陸以湉《冷廬雜識》：「歸安姚鏡堂兵部學塽，學問贍博，品尤高卓。官京師數十年，寓破廟中，不携眷屬。趨公之暇，以文酒自娱，朝貴罕識其面。曾典貴州鄉試，門下士饋贄金者，力却之，惟贈酒則受。因是貧特甚。出不乘車，隨一僮持衣囊而已。所服皮衣冠，毛墮半，見其鞟。每行道中，群兒争笑指之，兵部夷然自若也。」

按，關於燒功令文事，吴昌綬《年譜》繫於嘉慶二十三年，實未確知何年。查姚氏卒於道光七年，作者抱功令文見他，自在此年之前；但燒功令文一舉，乃是作者對科舉制度深惡痛絕，對八股文極端鄙棄的表示，其時當在晚年。作者在詩中，不過借姚的話以自掩其迹而已。

六一

軒后孤虛縱莫尋，漢官戊己兩言深〔一〕。著書不爲丹鉛誤，中有風雷老將心〔二〕。訂裴駰《史記集解》之誤〔三〕，爲《孤虛表》一卷，《古今用兵孤虛圖説》一卷。

〔一〕「軒后」兩句：軒轅時代的《風后孤虛》一書，縱然久已失傳，但《漢書·百官公卿表》有戊己兩字，含意却十分深刻。　軒后：傳説中的古帝，即軒轅黄帝。《史記·五帝本紀》：「黄帝者，少典之子，姓公孫，名曰軒轅。」《唐文粹》張鷟《仙都山銘》：「永懷軒后，功成此地。丹竈猶存，龍升萬里。」　孤虛：《後漢書·方術傳序》：「其流又有風角、遁甲、七政、元氣、六日七分、逢占、日者、挺專、須臾、孤虛之術。」注：「孤虛者，孤謂六甲之孤辰，若甲子旬中戌亥無干，是爲孤也。對孤爲虛。」王先謙《集解》引沈欽韓曰：「注孤虛云云，虞翻《易解》謂甲子之旬辰巳虛。」又書名。劉歆《七略》著録《風后孤虛》二十卷，見裴駰《史記集解・龜策列傳》。又《漢書・藝文志》有《風后》十三篇，入兵家陰陽類，此書早已失傳。 戊己：即戊己校尉，漢官名。《漢書・百官公卿表》：「戊己校尉，元帝初元元年置。」師古云：「甲乙丙丁庚辛壬癸皆有正位，唯戊己寄治耳。今所置校尉亦無常居，故取戊己爲名也。」

〔二〕「著書」兩句：我著書立説并不只爲糾正前人注解中的錯誤，而是因爲我胸中自有一顆風雷老將的心。 丹鉛：古人校勘書籍，使用丹砂和鉛粉，後人因稱校勘書籍爲丹鉛。 風雷老將：有威力、有經驗的將軍。

〔三〕裴駰：南朝宋人，字龍駒，曾采輯九經、諸史及《漢書音義》等，撰成《史記集解》一百三十卷。其後已散入《史記》正文之下。 《史記集解》之誤：《史記・龜策列傳》：「日辰不全，故有孤虚。」裴駰《集解》云：「駰案，甲乙謂之日，子丑謂之辰。六甲孤虚法：甲子旬中無戌亥，戌亥即爲孤，辰巳即爲虚。甲戌旬中無申酉，申酉爲孤，寅卯即爲虚。甲申旬中無午未，午未爲孤，子丑即爲虚……」作者認爲裴駰這樣解釋孤虚是錯的，因此寫了一篇《孤虚表》，訂正裴氏的錯誤。（作者現存文集中有《表孤虚》一文，即此。）爲使讀者理解方便，特作裴駰一表及附作者一表如下：

①裴駰的説法：

旬	甲乙丙丁	戊己		庚辛壬癸		
甲子旬——	子丑寅卯	辰巳	虛	午未申酉	戌亥	孤
甲戌旬——	戌亥子丑	寅卯	虛	辰巳午未	申酉	孤
甲申旬——	申酉戌亥	子丑	虛	寅卯辰巳	午未	孤
甲午旬——	午未申酉	戌亥	虛	子丑寅卯	辰巳	孤
甲辰旬——	辰巳午未	申酉	虛	戌亥子丑	寅卯	孤
甲寅旬——	寅卯辰巳	午未	虛	申酉戌亥	子丑	孤

②龔自珍的説法（見《表孤虛》一文）：

甲子旬——虛戌亥　孤在辰巳
甲戌旬——虛申酉　孤在寅卯
甲申旬——虛午未　孤在子丑
甲午旬——虛辰巳　孤在戌亥
甲辰旬——虛寅卯　孤在申酉
甲寅旬——虛子丑　孤在午未

可以看出，何者爲孤，何者爲虚，兩人的解釋正好相反。

作者對漢朝戊己校尉這種軍事編制非常欣賞，在《表孤虚》中曾説：「戊己之爲德，無所不治。擊之也無方，而善擊天下之虚。負戊己以爲治，百戰百勝，不戰亦勝。戊己之名，以孤爲名者也。孤不自孤，得虚而孤。」意思是説，戊己校尉十分靈活，它不專駐一地，而運用起來，又無所不在。敵人很難找到它加以攻擊，它却能出其不意攻擊敵人的弱點。所以是百戰百勝，不戰亦勝的。話雖如此，他却參雜陰陽日辰的唯心主義内容。究其實這種「孤虚」是古代占卜家的把戲。《漢書·藝文志》把《風后》歸入陰陽類，也可見它的内容。下面這件事更是一個明證：《三國志·管輅傳》注引《管輅别傳》云：「諸葛原，字景春，亦學士，好卜筮，數與輅共射覆，不能窮之……於是先與輅共論聖人著作之源，又叙五帝三王受命之符。輅解景春微旨，遂開張戰地，示以不固，藏匿孤虚，以待來攻。景春奔北，軍師摧衄。自言吾睹卿旌旗，城池已壞也。」管輅是個占卜術士，諸葛原也弄占卜玩意，兩個術士湊在一起，假作行軍打仗，結果管輅用「藏匿孤虚」的辦法把對方打敗。這無非是玩玩而已。在古代，由於陰陽日辰之説流行，有些帶兵打仗的人也許會拿它作兵法運用，如《後漢書·方術傳》載：「琅邪賊勞丙與太山賊叔孫無忌殺都尉，攻没琅邪屬縣，殘害吏民。朝廷以南陽宗資爲討寇中郎將……（趙）彦爲陳孤虚之法，以賊屯在莒，莒有五陽之地，宜發五陽郡兵，從孤擊虚以討之。資具以狀上，詔書遣五陽兵到。彦推遁甲，教以時進兵，一戰破賊。」即是一例。但那是應當批判而不應加以欣賞的。不過，窺作者之意，似乎認爲漢朝建立戊己校尉，即建立一支「無所治，無所不治」的機動野戰部隊，是高明的做法。如果撇開陰陽日辰的附會，又并不是没有道理的。

六二

古人製字鬼夜泣〔一〕，後人識字百憂集〔二〕。我不畏鬼復不憂，靈文夜補秋燈碧〔三〕。

嘗恨許叔重見古文少〔四〕。據商周彝器秘文〔五〕，説其形義，補《説文》一百四十七字。戊辰四月書成。

〔一〕「古人」句：聽説古人製作文字的時候，鬼在夜間哭泣。《淮南子·本經》：「昔者倉頡作書而天雨粟，鬼夜哭。」按，文字原是適應生産生活需要發展起來的，從前傳説製作漢字的人是倉頡，根本不可靠。

〔二〕「後人」句：蘇軾《石蒼舒醉墨堂》詩：「人生識字憂患始，姓名粗記可以休。」按，作者這句是憤激的話，也指自己因文字惹禍。

〔三〕「我不」兩句：我既不怕鬼，也不怕憂患侵襲。我把《説文解字》所不收的古文字給它補上一些，秋燈仿佛變成了緑色。

〔四〕許叔重：許慎，字叔重，汝南召陵人。爲郡功曹，舉孝廉，再遷除洨長，卒於家。所撰《五經異義》《説文解字》，皆傳於世。參見第五八首注。作者認爲許慎是東漢時人，那時殷、周的地下文物還没有大量出土，他所看到的先秦古文字是不多的。段玉裁《經韻樓集·薛尚功歷代鐘鼎彝器款識法帖二十卷寫本書後》云：「許叔重之爲《説文解字》也，以小篆爲主，而以其所知之古文大篆附見。當許氏時，孔壁中《書》、《禮》未得立於學官，鼎彝之出於世者亦少，許氏所見有限，偶載一二，亦其慎也。」作者自注中所據即段氏此説。

〔五〕商周彝器：商代和周代的銅器，製作花樣繁多，上有花紋或文字，如鐘、鼎、盤、尊、爵、觥之類，因製作年代久遠，上面的文字與秦漢的不同，多是許氏《説文》没有收進去的。

六三

經有家法夙所重〔一〕，詩無達詁獨不用〔二〕。我心即是四始心〔三〕，泬寥再發姬公夢〔四〕。爲《詩非序》、《非毛》、《非鄭》各一卷。予説《詩》，以涵泳經文爲主〔五〕，於古文毛、今文三家〔六〕，無所尊，無所廢。

〔一〕家法：漢代經師傳授經學，注重所謂「家法」，也就是一派經師世代相傳對經文的解釋，弟子對老師的解釋，不能改動，也不引用别一家的説法。《後漢書·魯恭傳》：「章法異者，各今自説師法,博觀其義。」皮錫瑞《經學歷史》:「漢人最重師法,師之所傳,弟之所受,一字毋敢出入,背師説即不用。」

〔二〕詩無達詁:解釋《詩經》的内容,是不必也不能守家法,因爲詩歌本來没有一成不變的解釋。詩無達詁是西漢經師董仲舒的話。《春秋繁露·精華第五》:「所聞:詩無達詁,易無達占,春秋無達辭。」

〔三〕四始:《詩經》有所謂「四始」,是漢儒提出的,各家説法紛歧不一。毛詩家認爲《國風》、《大雅》、《小雅》、《頌》是王道興衰之始。齊詩家認爲《大明》在亥爲水始,《四牡》在寅爲木始,《嘉魚》在巳爲火始,《鴻雁》在申爲金始。韓詩家認爲《關雎》以下十一篇爲《風》始,《鹿鳴》以下十篇爲《小雅》始,《文王》以下十四篇爲《大雅》始,《清廟》以下凡頌揚文武功德的詩爲《頌》始。而魯詩家則又以《關雎》三篇爲《風》始,《鹿鳴》三篇爲《小雅》始,《文王》三篇爲《大雅》始,《清廟》三篇爲《頌》始。所謂「四始心」,即詩人寫詩的用意。

〔四〕泬寥:空虚的樣子。《楚辭·九辯》:「泬寥兮天高而氣清。」王逸注:「泬寥,曠蕩空虚也。」姬公:原指周公旦,這裏借用爲周代詩人的代稱。

〔五〕涵泳經文:置身在原詩的意境之中,從而把詩意體味出來,而不是根據古人的説法。左思《吴都賦》:「涵泳乎其中。」《朱子語類》卷一一一:「所謂涵泳者,只是子細讀書之異名。」

〔六〕古文毛、今文三家:《詩經》成爲儒家經典以後,漢代傳習的分爲齊、魯、韓、毛四家。前三家傳的是今文經（拿漢代通行文字寫的），西漢時都立於學官；毛詩則傳古文經（拿先秦文字寫的），東漢時才立於學官（閻若璩《尚書古文疏證》認爲「毛詩東漢未立」）。由於傳授來歷不同，各家在字句、篇章方面都有不同，對詩的解釋則紛歧更大，因而形成嚴重對立。魏晉以後，毛詩通行，齊、魯、韓三家詩說則失傳很多。宋以後陸續有人輯集三家遺文，清末王先謙撰《詩三家義集疏》，把齊、魯、韓三家詩說收集匯通，使研究三家詩說的人感到方便。

按，此詩是作者自述讀《詩經》的方法。第一句說，儒家解釋古經有所謂「家法」，它一向是受到重視的。第二句說，但是《詩經》却不能用家法，因爲「詩無達詁」，不同的讀者會有不同的理解和感受。第三句說，就拿「四始」來說，四家就有四家不同說法。對於詩人的用意，倒不如用我自己的心去解釋更好。第四句說，所以我對《詩經》，寧可抛開前人舊說，自己尋味詩意，重新把古代詩人的用意發掘出來。

六四

熙朝仕版快茹征〔一〕，五倍金元十倍明〔二〕。揚扢千秋儒者事〔三〕，漢官儀後一書成〔四〕。年十四，始考古今官制。近成《漢官損益》上下二篇，《百王易從論》一篇，以竟髫年之志。

〔一〕「熙朝」句：清朝登記在官籍的人數，由於容許薦引庇蔭而擴大。熙朝：封建時代臣民對本朝的敬稱，可作盛世解。曾肇《賀元祐四年明堂禮成肆赦表》：「講兹巨典，屬在熙朝。」仕版：登記官吏的册籍。快：可。見《玉篇》。茹征：《易·泰》：「拔茅茹以其彙征吉。」意説拔一根茅草就把其餘的茅帶出一大串，是吉利的事。《漢書·劉向傳》「在上則引其類，在下則推其類。」引鄭氏注：「彙，類也。茹，牽引也。臣下引其類而仕之。」比喻官僚互相牽引進入官場。

〔二〕「五倍」句：它那膨脹程度，大大超過金、元、明三代。

〔三〕「揚扢」句：把以往千年的事迹加以磨洗顯露，是讀書人分内的事情。揚：顯露。扢：磨刮。

〔四〕「漢官」句：繼《漢官儀》之後又一本談官制的書完成了。指作者自著的《漢官損益》、《百王易從論》。《漢官儀》：書名，東漢許劭撰，此書久已散佚，清代孫星衍從舊籍中輯出，得二卷。

按，清代統治者爲了用宗法制度維持其貴族統治，以及鼓勵官僚替王朝賣命，定出繁瑣的封蔭制度。皇族和功臣都有世襲爵位，分爲九等。公、侯、伯、子爵相當於一品，男爵相當於二品，輕車都尉相當於三品，騎都尉相當於四品，雲騎尉相當於五品，恩騎尉相當於七品。由公爵到輕車都尉又各分爲三等。一等公可以世襲二十六次，二等公二十五次，如此遞減，到雲騎尉還可以世襲一次。如屬陣亡人員子孫，襲次已完還可賞予七品京官。從這些簡略介紹，也可見清代寄生蟲之繁多，人民供養負擔之沉重，以及貴族官僚政治特權之優越。「五倍金元十倍明」，作者是慨乎言之的。第七七首作者自注中有「汰冗濫」一條建議，也可見作者對此事的態度。

六五

文侯端冕聽高歌〔一〕，少作精嚴故不磨〔二〕。詩漸凡庸人可想，側身天地我蹉跎〔三〕。

詩編年，始嘉慶丙寅〔四〕，終道光戊戌〔五〕，勒成二十七卷。

〔一〕「文侯」句：《禮·樂記》：「魏文侯問於子夏曰：吾端冕而聽古樂，則唯恐卧。」疏：「文侯言，身著端冕，明其心恭敬。」端冕：穿上冕服，表示態度莊重。戴震《記冕服》：「凡朝祭之服，上衣下裳，幅正裁。故冕服曰端冕。」這裏是比喻自己寫詩的態度嚴肅。

〔二〕「少作」句：年少時寫的詩歌，精密謹嚴，所以不可磨滅。

〔三〕「詩漸」兩句：近年寫的詩漸漸變得凡庸了，人的思想感情如何也就可想而知。置身天地之間，自嘆空費光陰，毫無進步。側身：置身。杜甫《將赴成都草堂》詩：「側身天地更懷古，回首風塵甘息機。」蹉跎：虚度光陰。《晉書·周處傳》：「欲自修而年已蹉跎。」

〔四〕嘉慶丙寅：嘉慶十一年（一八〇六），作者十五歲。

〔五〕道光戊戌：道光十八年（一八三八），作者四十七歲。

按，作者二十七卷詩集久已散佚，現除《破戒草》、《破戒草之餘》外，加上後人搜集的集外未刻詩，合計仍未足三百首，知大部已經散失不存（《己亥雜詩》不在此數）。

六六

西京別火位非高〔一〕，薄有遺文瑣且勞〔二〕。只算粗諳鏡背字，敢陳法物詰球刀〔三〕？ 爲《典客道古録》、《奉常道古録》各一卷〔四〕。

〔一〕「西京」句：西漢時代，像別火令這種官吏，地位并不高。　別火：官名。西漢時，在大鴻臚之下設別火令。《漢書・百官公卿表》：「典客，秦官，掌諸歸義蠻夷，有丞。景帝中六年更名大行令。武帝太初元年更名大鴻臚，屬官有行人、譯官、別火三令丞。」如淳注：「《漢儀注》：別火，獄令官，主治改火之事。」《北史・王劭傳》：「劭以上古有鑽燧改火之義，近代廢絶，於是上表請改火曰：臣謹按《周官》四時變火，以救時疾，明火不數變，時疾必興。」

漢代改火理由可能亦是根據《周禮》。

〔二〕「薄有」句：有關古代這一類職官的遺聞，書上記載略爲有些，但收集起來，瑣碎而又費力。

〔三〕「只算」兩句：弄這些玩意，無非等於粗淺懂得古鏡背面刻的文字，不是什麽了不起的考證工作。我豈敢説它是羅列朝廷禮器或解釋古代玉刀麽？法物：封建朝廷舉行大禮時，陳列使用的禮器。詁：解釋古文字。球刀：玉雕的古刀。古代玉刀形制似笏，有穿孔三或四個。清人汪中有《古玉釋名》，糾正朱彝尊《釋圭》一文之失，定古玉爲玉刀。見所著《述學》。

〔四〕典客：官名。秦代設典客，見上注。漢改稱大鴻臚，負責接待外賓，主持朝廷贊導禮儀。奉常：官名。掌管宗廟祭祀儀禮，又稱太常。封建社會歷代都有設置，至辛亥革命後廢除。

按，閻若璩《尚書古文疏證》第五十八云：「陶唐氏掌火官名火正。閼伯爲堯火正，居商丘，見《左傳·襄公九年》。三代下，惟漢武帝置别火令丞三，中興省二，《晉職官志》無。古者火官最重。《周禮》：司爟掌行火之政令，四時變國火，以救時疾。火不數變，疾必興。後代庶官咸備，火政獨缺。」可證「薄有遺文」一語。

又按，龔氏於道光十七年丁酉任禮部主客司主事兼祠祭司行走。此二職恰爲古代之典客與奉常。龔氏輯此二道古録，似亦有微意。

六七

十仞書倉鬱且深，爲誇目録散黄金〔一〕。吴回一怒知天意，無復龍威禹穴心〔二〕。年十六，讀《四庫提要》〔三〕，是平生爲目録之學之始。壬午歲，不戒於火〔四〕，所蒐羅七閣未收之書〔五〕，爐者什八九。

〔一〕「十仞」兩句：我有一間十仞左右的書房，裏面充實而又深邃。爲了誇張藏書豐富，曾花了不少金錢。仞：古代計算長度單位，或説七尺，或説八尺。鬱：形容草木豐茂，這裏作充實解。目録：藏書豐富的人，把書籍編成目録，以備檢查，也作爲交流之用。作者自少即愛好收集奇書異本，并有編寫藏書目録的打算。

〔二〕「吴回」兩句：火神發怒，把我的藏書毁了十之八九。我知道天老爺的用意，從此死了成爲藏書家這條心。吴回：相傳是帝嚳時代的火正（管理火的官）。《史記・楚世家》：「重黎爲帝嚳高辛居火正，甚有功能，光融天下。帝嚳命曰祝融。共工氏作亂，帝嚳使重黎誅之而不盡，帝乃以庚寅日誅重黎，而以其弟吴回爲重黎後，復居火正爲祝融。」龍威禹穴：藏書豐富的地方。唐陸廣微《吴地記》引《洞庭山記》：「洞庭有二穴，東南入洞，幽邃莫測。

昔闔閭使令威丈人尋洞，秉燭晝夜而行，繼七十日，不窮而返。啓王曰：初入，洞口狹隘，傴僂而入，約數里，忽遇一石室，可高二丈，常垂津液，内有石床枕硯，石几上有素書三卷，持回上於闔閭，不識。乃請孔子辯之。孔子曰：此夏禹之書，并神仙之事，言大道也。」但《雲笈七籤》引《靈寶記》説法不同，據説春秋時代，吴王游包山，看見一個自稱山隱居的人，拿出一本素書給他，内容全看不懂。後來問孔子，才知道這人叫龍威丈人，曾入禹穴盜取古書。清人馬俊良輯有《龍威秘書》一百七十七種，書名便根據這個故事。杜甫《秦州雜詩》：「藏書聞禹穴。」

〔三〕四庫提要：書名。清高宗於乾隆三十七年，詔開四庫全書館，搜羅國内公私藏書，加以揀選改削，編成《四庫全書》三千四百六十種，七萬九千三百三十九卷，分經、史、子、集四部。另由負責編輯的官員把每部書内容撮舉大概，寫成提要，名《四庫全書總目提要》，共二百卷。

〔四〕不戒於火：作者《擬進上蒙古圖志表文》附記云：「道光壬午九月二十八日，吾家書樓災。」即指此事。壬午爲道光二年（一八二二）。

〔五〕七閣：收藏《四庫全書》的七個館，即清宫的文淵閣、遼寧的文溯閣、圓明園的文源閣、熱河的文津閣、揚州的文匯閣、鎮江的文宗閣、杭州的文瀾閣。

六八

北游不至獨石口〔一〕，東游不至盧龍關〔二〕。此記游耳非著作，馬蹄蹀躞書生孱〔三〕。

東至永平境〔四〕，北至宣化境〔五〕，實未睹東北兩邊形勢也。爲《紀游》合一卷。

〔一〕獨石口：河北省沽源縣南一個長城關口，形勢險要，明清兩代都作爲控制塞北的軍事要地。《畿輔通志》卷六十九：「獨石口在赤城縣北一百里，（宣化）府北三百十里。其南十里爲獨石城，本元雲州獨石地，明初建城，周六里。宣德五年移開平衛於此。《方輿紀要》：其地挺出山後，孤懸絶塞。京師之肩背在宣鎮，宣鎮之肩背在獨石。《邊防考》：宣鎮三面皆邊訊，守特重，而獨石尤爲全鎮咽喉。」

〔二〕盧龍關：即古盧龍塞，在河北省遷安縣西北，是很長的山塹。《水經注·濡水》：「濡水又東南逕盧龍塞。塞道自無終縣東出，度濡水，向林蘭陘（按，即今喜峰口），東至青陘（按，即今冷口）。盧龍之險，峻坂縈折，故有九峥之名。」清高宗《灤河源考》：「盧龍塞，則爲今之潘家口無疑。」

〔三〕蹀躞：馬用小步前進。李白《效古》詩：「歸時落日晚，蹀躞浮雲驄。」書生孱：始終還是個孱弱書生。按，作者很高興人家稱贊他是「生小會騎飛馬」的「燕邯輕俠子」，但礙於種種客觀原因，始終不能出長城以外游歷，因此此句既含有自嘲意味，也帶有「絶域從軍計惘然」的慨嘆。

〔四〕永平：清代直隸省永平府，治今河北省盧龍縣。

〔五〕宣化：清代直隸省宣化府，治今河北省宣化縣。

六九

吾祖平生好孟堅，丹黄鄭重萬珠圓〔一〕。不材竊比劉公是，請肆班香再十年〔二〕。爲《漢書補注》不成。讀《漢書》，隨筆得四百事。先祖匏伯公批校《漢書》，家藏凡六七通；又有手抄本。

〔一〕「吾祖」兩句：我祖父平生愛讀《漢書》，用紅筆、黄筆批校在書上，有如萬顆渾圓的明珠。吾祖：作者祖父敬身，字屺懷，號匏伯。乾隆三十四年進士。官至迤南兵備道。著有《桂隱山房遺稿》。孟堅：班固，字孟堅，《漢書》的主要作者。丹黄：從前讀書人批校書籍，使用紅筆或黄筆、紫筆、藍筆等，因稱批校或點讀書籍爲「加丹黄」。

〔二〕「不材」兩句：我私下拿自己比作劉公是，願意再用十年功夫去研讀《漢書》。不材：作者自指。《左傳・成公三年》：「臣實不才，又誰敢怨。」　劉公是：劉敞，字原父，宋臨江新喻人，舉慶曆進士，廷試第一，官至集賢院學士，判南京御史臺。學問淵博，自佛老、卜筮、天文、方藥、山經、地志，皆究知大略。爲文尤敏贍，歐陽修亦服其博。著有《公是集》，世稱公是先生。葉夢得《石林燕語》：「劉原父兄弟，兩《漢》皆有刊誤。」《四庫總目提要》四五《兩漢刊誤補遺》：「《文獻通考》又載《三劉漢書標注》六卷，引《讀書志》之文，稱劉敞、劉攽、劉奉世同撰。……徐度《却埽編》引攽所校陳勝田横傳二條，稱其兄敞及兄子奉世皆精於《漢書》，每讀隨所得釋之，後成一編，名《三劉漢書》。」今《漢書》中尚有劉敞的注文。班香：指班固的著作文字優美。杜牧《冬至日寄小侄阿宜》詩：「高摘屈宋艷，濃薰班馬香。」班固所撰《漢書》，爲我國第一部斷代史，紀載西漢王朝（公元前二〇六年—公元二四年）的歷史事件、人物生平等。起初是班彪創始，未成書，兒子班固繼續撰作，班固死後，他妹妹班昭加以續成，共一百二十卷。

七〇

麟經斷爛炎劉始〔一〕，幸有蘭臺聚秘文〔二〕。解道何休逐班固，眼前同志只朱雲〔三〕。

癸巳歲〔四〕，成《西漢君臣稱春秋之義考》一卷。助予整齊之者，同縣朱孝廉以升〔五〕。

〔一〕「麟經」句：《春秋》這本書成爲「斷爛朝報」，是從漢代開始的。麟經：魯國古史《春秋》的别稱。儒家認爲此書是孔丘删定的。因《春秋》紀事止於魯哀公十四年「西狩獲麟」一句，故又稱「麟經」。斷爛：殘缺不全。北宋時，政治革新家王安石曾説《春秋》是「斷爛朝報」，即殘缺不全的官方公報。《宋史·王安石傳》：「黜《春秋》之書，不使列於學官，至戲目爲『斷爛朝報』。」《宋元學案·廬齋學記》引尹和靖曰：「介甫未嘗廢《春秋》，廢《春秋》以爲『斷爛朝報』，皆後來無忌憚者托介甫之言也。」全祖望《荆公周禮新義題詞》：「至若《春秋》之不立學官，則公亦以其難解而置之，而并無『斷爛朝報』之説，見於和靖語録中所辯。予觀《宋志》荆公作《左氏解》一卷，則非不欲立明矣。」見《王荆公年譜考略》引。炎劉：漢朝，詳見第五七首注。

〔二〕蘭臺：漢代宫廷中藏書室。班固曾擔任蘭臺令史。秘文：藏在蘭臺中的書籍文件，外間不易見到，所以説是秘文。《後漢書》班固《西都賦》：「啓發篇章，校理秘文。」注：「秘文，秘書也。」

〔三〕「解道」兩句：能够同意何休比不上班固的，眼下的同志中只有朱以升一人而已。何休：東漢經學家，著有《春秋公羊經傳解詁》等。王嘉《拾遺記》：「何休木訥多智，三墳五典，陰陽算術，河洛讖緯，及遠年古諺，歷代圖籍，莫不咸誦也。門徒有問者，則爲注記，而口不能説。作《左氏膏肓》、《公羊廢疾》、《穀梁墨守》，謂之三闕。言理幽微，非知機藏往，不可通焉。及鄭康成蜂起而攻之，求學者不遠千里，贏糧而至，如細流之赴巨海。京師謂康成爲經神，何休爲學海。」參見第五九首注。班固：東漢安陵人，字孟堅，典校秘書，曾官蘭臺令史，《漢書》的主要撰作者。以中護軍從竇憲出擊匈奴，兵敗，下獄死。朱雲：西漢魯人，曾官槐里令，精熟經義。元帝曾召朱雲與五鹿充宗辯論《易經》，朱雲挫敗了五鹿。作者借朱雲精熟經義比擬朱以升。

〔四〕癸巳歲：道光十三年（一八三三）。

〔五〕朱以升：字升木（一作生木），號次雲，浙江仁和人。道光二十年進士。歷官直隸寧河、昌平知縣（《國朝杭郡詩三輯》作歷順義、平谷、密雲知縣）。著有《鄭香室詩文鈔》。作者寫此詩時，朱還是一名舉人，所以稱他爲孝廉。

按，西漢提倡經學，元帝以後，讀書人學習儒家經典，主要是爲了「通經致用」，即爲封建政權服務。這些人當官以後，往往引儒家經典來議論政事，判斷得失。皮錫瑞《經學歷史》云：「武帝、宣帝皆好刑名，不專重儒。蓋寬饒謂以法律爲詩書，不盡用經術也。元、成以後，刑名漸廢，上無異教，下無異學，皇帝詔書，群臣奏議，莫不援引經義，以爲依據。國有大疑，輒引《春秋》爲斷。」正是説出當時事實。龔自珍是今文學家，自然贊同這種做法，他還想利用《春秋》中所謂「微言大義」，爲自己的變法革新主張服務，曾寫過《春秋決事比》，目的在此；又寫過《西漢君臣稱春秋之義考》，目的同樣在此。由於抱着這個目的，龔自珍在詩中贊揚班固，認爲他的《漢書》記下了西漢君臣如何稱引《春秋》經義來議論朝政，保存了「微言大義」的若干材料，在這一點上，班固是勝過只解釋《公羊春秋》的何休的。但這種見解，便是在當時的公羊學家中，也找不到幾個同道的人，所以他又有「眼前同志只朱雲」的話。

關於《漢書》稱引《春秋》之義，這裏舉《韋賢傳》中一例，以見一斑：「永光四年，乃下詔先議罷郡國廟……丞相玄成、御史大夫鄭弘……等七十人皆曰：臣聞《春秋》之義，父不祭於支庶之宅，君不祭於臣僕之家，王不祭於下土諸侯。臣等愚以爲宗廟在郡國，宜無修，臣請勿復修。奏可。因罷昭靈后、武哀王、昭哀后、衛思后、戾太子、戾后園，皆不奉祠，裁置吏卒守焉。」可見當時《春秋》之義的權威性。

七一

剔彼高山大川字，簿我玉篋金扃中〔一〕。從此九州不光怪，羽陵夜色春熊熊〔二〕。年十七，見《石鼓》〔三〕，是收石刻之始。撰《金石通考》五十四卷，分存、佚、未見三門。書未成，成《羽琌山金石墨本記》五卷。郭璞云：羽陵即羽琌也〔四〕。

〔一〕「剔彼」兩句：搜求剔洗高山大川的金石文字，紀録起來收藏在我的珍貴箱子裏。剔：

磨剔除去雜物，這裏是搜剔的省文。柳宗元《零陵三亭記》：「決疏沮洳，搜剔山川。萬石如林，積坳爲池。」　簿：紀録在卷子中。　玉篋金扃：用玉作匣，用金作鎖。指珍貴的箱子。

〔二〕「從此」兩句：從今以後，九州山川都不再顯示光怪現象，只有我那羽琌山館却在夜裏發出熊熊的光芒。　光怪：奇怪的光景。《三國志・孫堅傳》：「堅世仕吴，家於富春，葬於城東。冢上數有光怪，雲氣五色，上屬於天。」　羽陵：即羽琌山館。作者曾購得徐秉義侍郎的舊宅，署上這個新名字。地址在江蘇昆山縣玉山附近。　熊熊：火光很大的樣子。《山海經・西山經》：「南望昆侖，其光熊熊。」

〔三〕石鼓：《石鼓文》，是刻在鼓形石頭上的古代文字。隋以前不很著名，自唐詩人韋應物、韓愈先後寫詩贊揚後，才爲世人所重視。石鼓共十枚，每枚直徑約三尺餘，邊上滿刻古代文字，字體在籀文和小篆之間。初在陝西天興縣南發現，宋代遷到汴京，藏在保和殿。金人入汴，移歸燕京。現存北京歷史博物館。石鼓製作年代，衆説紛紜，近世學者考定，多數認爲是戰國時秦國所刻。歐陽修《集古録跋尾》一：「岐陽石鼓，初不見稱於前世，至唐人始盛稱之。而韋應物以爲周文王之鼓，至宣王刻詩爾。韓退之直以爲宣王之鼓，在今鳳翔孔子廟中。鼓有十，先時散棄於野，鄭餘慶置於廟而亡其一，皇祐四年，向傳師求於民間得之，十鼓乃足。其文可見者四百六十五，磨滅不可識者過半，余所集録文之古者，莫先於此。」

〔四〕羽陵即羽琌：《穆天子傳》：「天子大饗正公諸侯王勤七萃之士於羽琌山上。」郭璞注云：「下有羽陵，疑亦同。」琌：《字匯補》云：「疑即陵字。」

七二

少年簿録睨千秋〔一〕，過目雲烟浩不收〔二〕。一任湯湯淪泗水，九金萬祀屬成周〔三〕。

〔一〕「少年」句：少年時代，我那本關於古文物的著録，已足以傲視千古。簿録：記録在册子上。指作者撰寫的《羽琌之山典寶記》。睨：斜着眼睛看，這裏是傲視的意思。撰《羽琌之山典寶記》二卷。

〔二〕「過目」句：而平生所見的東西更多，如同過眼雲烟，也收集不了那麽多。蘇軾《寶繪堂記》：「譬之雲烟之過眼，百鳥之感耳，豈不欣然接之，去而不復念也。」明張紹書《韻石齋筆談》卷下：「物之尤者，應如烟雲過眼觀可也。」作者《書張子絜大令所藏玲瓏山館本華山碑跋後》云：「海内紙墨雲烟事，予上下三十餘年，幸皆在見聞中。」浩：廣闊無邊。

〔三〕「一任」兩句：讓它們都沉没到泗水急流中吧，反正，著名的九鼎已經永遠成爲周王朝的象徵了。　湯湯：水急流的樣子。《書·堯典》：「湯湯洪水方割。」　泗水：由山東流入江蘇的古河，現已不存。　九金：即九鼎。杜牧《道一大尹存之學士……因成長句四韻呈上三君子》詩：「九金神鼎重丘山。」夏王朝有九個大鼎，象徵統治權力。後由夏傳至殷，又傳至周。周王朝衰微，有些强侯就來打聽九鼎的大小和輕重。後來秦滅了周，把九鼎搬走，但此後便不知下落。其原因傳説不一。《史記·封禪書》説：「秦滅周，周之九鼎入於秦。或曰：宋太丘社亡而鼎没於泗水彭城下。」《水經注·泗水》説：「周顯王四十二年，九鼎淪没泗淵。」張守節《史記正義》説法更奇：「秦昭王取九鼎，其一飛入泗水，餘八入於秦中。」但王充《論衡·儒增篇》則另有見解，謂：「或時周亡時，將軍摎人衆見鼎盗取，奸人鑄爍以爲他器，始皇求不得也。後人見有神名，則空生没於泗水之語矣。」反正周亡以後，誰也没有再見過九鼎。　萬祀：萬年。《左傳·宣公三年》：「載祀六百。」賈注：「祀，年也。」成周：地名，在河南洛陽市東北。這裏是指周王朝。

按，作者生平收藏古文物很多，有三秘、十華、九十供奉的説法。詳見張祖廉《定盦年譜外紀》。但後來又散失甚多。作者自己曾説：「是時予收藏古吉金星散，見於《羽琌之山典寶記》者百存一二。」此詩後兩句，借九鼎作比，意思説，正如九鼎永遠以周朝的名義記載下來，我收藏的古物都已紀録在册，便是散失乾净也没有關係了。

七三

奇氣一縱不可闔〔一〕，此是借瑣耗奇法〔二〕。奇則耗矣瑣未休，眼前臚列成五嶽〔三〕。

爲《鏡苑》一卷，《瓦韻》一卷，輯官印九十方爲《漢官拾遺》一卷，《泉文記》一卷。

〔一〕「奇氣」句：胸中蘊藏着一股奇氣，如果放縱它，要收也收不回來。奇氣：這裏指變法革新的抱負。作者由於平日宣揚這種主張，受到頑固派的敵視和打擊，有時又想收斂一下鋒芒，避開敵對者的注目。

〔二〕「此是」句：擺弄一些瑣碎事物，是借以消磨奇氣的辦法。按作者《銘座詩》有「借瑣耗奇，嗜好托兮，浮湛不返，徇流俗兮」的話，説明「耗奇」其實是不得已的。瑣：瑣碎的東西。這裏指考證古鏡、古印、瓦當、古錢文字的玩意。

〔三〕「奇則」兩句：奇氣固然是消耗不少了，可是又給瑣碎的東西糾纏不休。那些古鏡、古瓦、古印、古錢和關於它們的考證材料，堆積在眼前，仿佛變成五座大山了。按，下文《鏡苑》是記録古鏡文字花樣的書。《瓦韻》是記録古代瓦當（瓦頭）文字的書。《漢官拾遺》是記録漢代官印文字的書。《泉文記》是記録古錢文字形制的書。

七四

登乙科則亡姓氏,官七品則亡姓氏〔一〕。夜奠三十九布衣,秋燈忽吐蒼虹氣〔二〕。撰《布衣傳》一卷,起康熙,迄嘉慶,凡三十九人。

〔一〕「登乙科」兩句:凡是考中舉人的就不收入《布衣傳》內,做官到七品的也不收入《布衣傳》內。　乙科:明清一般人稱進士考試爲甲科,舉人考試爲乙科。　亡:同無。　亡姓氏:在《布衣傳》中不留姓名。

〔二〕「夜奠」兩句:《布衣傳》完成了,我拿酒祭奠這三十九位布衣的在天之靈,秋燈忽然大放光芒,仿佛布衣們在燈影下吐氣揚眉。　布衣:指平民。《鹽鐵論·散不足》:「古者庶人耋而後衣絲,其餘則麻枲而已,故命曰布衣。」　蒼虹氣:比喻昂揚的氣概。　吳浩《石渠閣賦》:「炳虹氣以夜輝,耀神光於旭暾。」

按,作者所撰《布衣傳》已佚,三十九人不知爲誰。

七五

不能古雅不幽靈，氣體難躋作者庭〔一〕。悔殺流傳遺下女〔二〕，自障紈扇過旗亭〔三〕。

年十九，始倚聲填詞〔四〕。壬午歲勒爲六卷〔五〕。今頗悔存之。

〔一〕「不能」兩句：我寫的詞，既不能做到古雅，也不够幽深空靈。從氣韻和格局來看，都及不上作家的門庭。　氣：內在的氣韻。　體：外形的格局。　躋：登上。《易·震》：「躋于九陵。」　庭：門庭。此指達到的水平。《西都賦》：「承明金馬，著作之庭。」李嶠《授崔融著作郎制》：「宜升著作之庭，兼踐記言之地。」

〔二〕遺：音義同饋，贈送。屈原《九歌》：「采芳洲兮杜若，將以遺兮下女。」　下女：原指侍女，作者借用爲歌女的代詞。

〔三〕自障紈扇：《南齊書·劉祥傳》：「司徒褚淵入朝，以腰扇障日。祥從側過，曰：作如此舉止，羞面見人，扇障何益？」　旗亭：市內的酒樓，歌女常在那裏賣唱。按，詞的唱法，清代早已失傳，偶然有些填詞者自稱能唱，那只是自己的杜撰。作者在此借用唐代「旗亭畫壁」故事，以示它流傳在社會上而已。

〔四〕倚聲：按照規定的聲律，又轉作填詞的專用語。
〔五〕壬午歲：道光二年（一八二二），作者三十一歲。

七六

文章合有老波瀾〔一〕，莫作鄱陽夾漈看〔二〕。五十年中言定驗〔三〕，蒼茫六合此微官〔四〕。庚辰歲〔五〕，爲《西域置行省議》、《東南罷番舶議》兩篇〔六〕，有謀合刊之者。

〔一〕波瀾：杜甫《敬贈鄭諫議十韻》詩：「毫髮無遺憾，波瀾獨老成。」王洙注：「才氣浩瀚，故有波瀾。」
〔二〕「莫作」句：我既不像馬端臨撰《文獻通考》，也不要以爲是效法鄭樵撰《通志》。意説他們是搜羅歷史典故，而我寫的則是針對時弊的文章，兩者截然不同，不可一律看待。鄱陽：指馬端臨，南宋樂平縣人（樂平縣宋代屬饒州，饒州又稱鄱陽郡），著有《文獻通考》三百四十八卷。作者《阮尚書年譜第一序》：「蓋自子政而下，鄱陽以前，公武郡齋之志，振孫解題之作，莫不討其存佚之年，審其完缺之數。」文中「鄱陽」亦指馬端臨。夾漈：指鄭樵，宋代史學家，他曾在福建莆田縣夾漈山讀書，著有《通志》二百卷。後人稱爲鄭夾漈。

查慎行《曝書亭集序》：「貫穿古今明體而達用如馬鄱陽、鄭夾漈、王浚儀。」

〔三〕「五十」句：五十年内，我的話總會應驗的。指作者提出的在新疆建立行省和禁止洋船進口的主張。

〔四〕「蒼茫」句：天地曠遠無邊，而我不過是個小官員罷了。暗指自己眼下没有實行這些主張的權力，但大勢所趨，將來還是要實現的。六合：天地和四方。

〔五〕庚辰歲：嘉慶二十五年（一八二〇），作者二十九歲。

〔六〕西域置行省議：是作者一篇預見性極强的文章。文中提出應把新疆建爲行省，劃縣設官，由中央直接管轄。目的在於制止分裂主義者的陰謀活動，防止帝俄乘機侵略。此文現存作者文集中。東南罷番舶議：這篇文章現已失傳。大致是主張限制外國輪船進入我國港口。張維屏《聽松廬詩話》卷五：「定盦爲文，動輒數千言，姑即一篇論之。其文曰《東南罷番舶議》。試思番舶之來，數百年矣，近年其來愈速，其風愈横，誰能罷之？是斷不能行之事，而定盦乃以爲得意之文，則謬矣。」知此事當時也有人反對。

按：同治三年（一八六四），新疆地區反動上層分子在天山南北自立五個封建割據政權，次年，中亞浩罕汗國軍官阿古柏又竄入我國南疆，先後兼并了除伊犁以外的幾個割據政權，占領喀什噶爾、葉爾羌、和闐、庫車，并於同治九年（一八七〇）侵占吐魯番、烏魯木齊，建立「哲得沙爾」汗國殖民政權。沙俄更趁火打劫，於一八七一年夏出兵侵占我伊犁地區，一時新疆地區人民陷於水深火熱之中。至光緒二年（一八七六），左宗棠率大軍西上，收復失地，阿古柏服毒自殺，淪陷十餘年的新疆得以重返祖國懷抱。光緒九年（一八八三）遂建行省。

七七

厚重虚懷見古風，車裀五度照門東〔一〕。我焚文字公焚疏〔二〕，補紀交情爲紀公。壬辰夏，大旱，上求直言〔三〕。大學士蒙古富公俊五度訪之〔四〕。予手陳當世急務八條。公讀至汰冗濫一條〔五〕，動色以爲難行。餘頗欣賞。予不存於集中。

〔一〕「厚重」兩句：富俊態度的厚重和待人的虚心都見出古代大臣的風貌。他五次坐車親自來訪問我。車裀：車上的墊褥。《漢書·丙吉傳》「吉馭吏耆酒，醉歐丞相車上。西曹主吏白欲斥之。吉曰：此不過污丞相車茵耳。」茵、裀通。

〔二〕焚文字：作者由於不願夸耀富俊的建議是自己原來的意見，所以把文稿燒掉。焚疏：臣下由於不願顯耀自己如何憂國憂民，常將奏疏底稿燒掉。《漢書·孔光傳》：「時有所言，輒削草稿，以爲章主之過，以奸（求的意思）忠直，人臣大罪也。」《南史·謝宏微傳》：

「每獻替及陳事，必手書，焚草，人莫之知。」杜甫《晚出左掖》詩：「避人焚諫草。」都是此意。

〔三〕上求直言：道光十二年壬辰（一八三二）夏天大旱，道光帝以爲觸犯天怒，十分恐慌，下詔徵求對朝政興革的意見。《東華續録》載道光十二年六月壬午諭：「朕思致旱之由，必有所自。應天以實不以文，在平時即當夙夜維寅，以消祲沴，至遇災而懼，已屬補救於臨時，況敢以規爲瑱乎？著在京各衙門例準奏事人員，於恒暘之由，請雨之事，國計民生之大，用人行政之宜，攄誠直言，各抒所見。」

〔四〕富俊：蒙古正黄旗人，姓卓特氏。由翻譯進士授禮部主事。嘉慶、道光年間，四度出任吉林將軍，遷理藩院尚書，協辦大學士。道光十年升東閣大學士。十二年大旱，引疚呈請退休，道光帝不許。十四年卒，年八十六。《清史稿》三四二卷有傳。

〔五〕汰冗濫：官僚機構重疊，官吏員數繁冗，主張大力加以删汰。

七八

狂禪闢盡禮天台〔一〕，掉臂琉璃屏上回〔二〕。不是瓶笙花影夕，鳩摩枉譯此經來〔三〕。

丁酉九月二十三夜〔四〕，不寐，聞茶沸聲，披衣起，菊影在扉，忽證法華三昧〔五〕。

〔一〕「狂禪」句：我崇奉佛教的天台宗，把破壞佛教的狂禪排斥盡净。　狂禪：指佛教禪宗後期的神秘主義。他們認爲用一般語言不可能説明禪宗的道理，因而采取隱語、暗喻甚至拳打脚踢的動作作爲表達方法；他們也否認邏輯思維能認識客觀真理，呵佛駡祖，否定經典，只靠個人「頓悟」，所以近於神秘主義。作者十分反對這個宗派，曾在《支那古德遺書序》中加以痛斥，在詩中也屢次指他們爲「狂禪」。按清世祖曾遣使迎臨濟第卅一世玉林通琇和尚入京，其敕諭有云：「爾僧通琇，慧通無始，智洞真如，掃末世之狂禪，秉如來之正覺。」見蔣維喬《中國佛教史》四。　天台：指天台宗信奉的《妙法蓮華經》。

〔二〕「掉臂」句：我對《妙法蓮華經》的哲理忽然開悟，思想毫無障礙，就像可以在琉璃屏上掉臂來回一樣。《處胎經》：「佛入琉璃定無形三昧。」《妙法蓮華經·法師功德品》：「受持是經，若讀若誦若解脱若書寫，得八百身功德，得清净身如净琉璃。」

〔三〕「不是」兩句：假如不是那天晚上茶罐子煮開了，假如不是菊影照在門板上，讓我獲得這種三昧的境界，鳩摩羅什就算白譯《妙法蓮華經》了。　瓶笙：煮水時，茶罐子沸騰發出的聲音。蘇軾曾稱之爲「瓶笙」。有《瓶笙詩引》云：「庚辰八月二十八日，劉幾仲餞飲東坡。中觴，聞笙簫聲，杳杳若在雲霄間，抑揚往返，粗中音節。徐而察之，則出於雙瓶，水火相得，自然吟嘯。蓋食頃乃已。坐客驚嘆，得未曾有，請作瓶笙詩紀之。」　鳩摩：鳩摩羅什，父爲天竺人，本人爲龜兹人。七歲出家，從師讀經，日誦千偈，自此精通佛乘。後秦時來中國長安，秦主姚興（公元三九四年嗣立）待以國師之禮。譯有《金剛經》、《妙法蓮華經》、《中觀論》等三百多卷。

〔四〕丁酉：道光十七年（一八三七），作者四十六歲。

〔五〕三昧：佛家語，又譯三摩地。即屏絶諸緣，住心於一境。《大乘義章》：「以體寂静，離於邪亂，故曰三昧。」《大智度論》卷五：「善心一處住不動，是名三昧。」邁格文《佛教哲學通論》：「三摩地，即揀出一個單獨的對象物或念頭，且以全心貫注之。」法華三昧爲佛教四種三昧之一。據《法華經》所説，欲得法華三昧，應修習《法華經》，讀誦大乘，令此空慧與心相應，成辨諸事無不具足。隋智者大師教人以十項方法：一嚴净道場，二净身，三净業，四供養諸佛，五禮佛，六六根懺悔，七繞旋，八誦經，九坐禪，十證相。

七九

手捫千軸古瑯玕〔一〕，篤信男兒識字難〔二〕。悔向侯王作賓客，廿篇鴻烈贈劉安〔三〕。

某布政欲撰吉金款識〔四〕，屬予爲之。予爲聚拓本，穿穴群經〔五〕，極談古籀形義〔六〕，爲書十二卷。俄，布政書來，請絶交。書藏何子貞家〔七〕。

〔一〕「手捫」句：我翻着上千卷有關古代文字的書籍、拓本，寫成一本著作。琅玕：原是似玉的石頭；竹也稱爲琅玕。杜甫《鄭駙馬宅宴洞中》詩：「留客夏簟青琅玕。」趙次公曰：「詩家多以琅玕比竹。」因竹簡是寫字材料，所以「琅玕」又轉作書册解。

〔二〕「篤信」句：如今十分相信做個識字的男兒也是不容易的事。唐時民謡：「生男不用識文字，斗鷄走馬勝讀書。」

〔三〕廿篇鴻烈：漢高祖的孫子劉安，封淮南王，爲人喜愛文藝、道術，曾招集許多文士成爲他的賓客。賓客們替他撰寫《内書》二十一篇，由他獻給漢武帝。這書又稱《淮南鴻烈》或《淮南子》。作者拿淮南王比喻吴榮光，賓客比喻自己，《鴻烈》則是比喻替吴寫的金文研究。并以爲不該接受吴的委托，幹這種蠢事。

〔四〕某布政：指吴榮光。吴字伯榮，號荷屋，廣東南海人。嘉慶進士。道光間官至湖南巡撫，兼署湖廣總督，因事降調福建布政使。著有《歷代名人年譜》、《筠清館金文》等。吉金款識：古代銅器上鎸刻的文字，陽文稱爲款，陰文稱爲識。

〔五〕穿穴群經：把古代經書中的證據加以貫通引用作爲古文字的證明。穿穴：貫通。

〔六〕古籀：周代文字。有人認爲古文流行於當時中國東部，籀文流行於西部。

〔七〕何子貞：見第三二首注。

按，吴榮光《筠清館金文》自序云：「一日，廖工部甡來請曰：子之金文，龔定盦禮部欲任校訂。予固知定盦精研籀篆。與家子苾編修（按，吴式芬）搜訪若干，悉以付之。予再出爲閩藩，則以此事屬陳禮部慶鏞，敦促成書。書存陳處。」陳慶鏞精於鐘鼎文字考釋。《籀經堂類稿》中有鐘鼎考釋一卷。龔自珍曾作考釋的齊侯罍，陳氏另作釋文，稱爲《齊侯罍銘通釋》。

八〇

夜思師友淚滂沱，光影猶存急網羅〔一〕。言行較詳官閥略，報恩如此疚心多〔二〕。近撰《平生師友小記》百六十一則。

〔一〕「光影」句：師友們平日的行爲言論，有如光影，大致上還保存在自己的記憶之中。但如果時間久了，便會消失，所以急須記録下來。光影：《華嚴經·入法界品之十五》：「了知一切法皆如幻起，知諸世間如夢所見，一切色相猶如光影。」網羅：收集起來。

〔二〕「言行」兩句：師友們的行爲言論，對人對己都有啓示教育作用，所以詳細記載；至於他們的官職門閥，只是略帶一筆而已。自己平生受到師友的許多好處，如今只是寫一點小記。這樣報恩，心裏十分不安。

八一

歷劫如何報佛恩〔一〕？塵塵文字以爲門〔二〕。遥知法會靈山在，八部天龍禮我言〔三〕。佛書入震旦以後〔四〕，校讎者稀。乃爲《龍藏考證》七卷〔五〕；又以《妙法蓮華經》爲北凉宫中所亂〔六〕，乃重定目次〔七〕，分本迹二部，删七品，存廿一品。丁酉春勒成〔八〕。

〔一〕「歷劫」句：儘管有極長的時間也無法報答佛的恩惠。《法華經·囑累品》：「若有善男子善女人，信如來智慧者，當爲演説此《法華經》……汝等若能如是，則爲已報諸佛之恩。」作者《發大心文》有云：「我雖化身，横盡虚空，竪盡來劫，作其塵沙，一一沙中有一一舌，一一舌中出一一音，而以贊佛，不能盡也。」亦是此意。

〔二〕「塵塵」句：我將用無量數的文字作爲報佛恩的門徑。塵塵：無量數的微塵。佛經有「塵塵刹土」的話，指如微塵那樣多的國土。

〔三〕「遥知」兩句：我知道在那遥遠的靈山法會上，天龍八部都會向我這些文字敬禮贊嘆。法會：説佛法和供佛施僧的集會。《法華經·隨喜功德品》：「若人於法會得聞是經典。」靈山：靈鷲山，在中印度摩揭陀國上茅城附近，山形似禿鷲的頭。又山中多鷲，因以爲名。釋迦牟尼曾在山上講《法華》等經。八部天龍：佛教分諸天神鬼及龍爲八部。《翻譯名義集》：「八部：一天，二龍，三夜叉，四乾闥婆，五阿修羅，六迦樓羅，七緊那羅，八摩睺羅迦。」

〔四〕震旦：見第三四首注。

〔五〕龍藏考證：疑即作者文集中的《正譯第一》至《正譯第七》七篇考證性質的文章。已收入王佩諍校本第六輯。王氏在《龔氏佚著待訪目》中不知這便是《龍藏考證》，認爲亡佚。龍藏：指佛教藏經。

〔六〕妙法蓮華經：佛經名，闡揚一乘教義。姚秦時，鳩摩羅什譯成漢文，共七卷。

〔七〕重定目次：作者認爲《妙法蓮華經》的漢譯有錯誤，因加以重訂。具見文集中《正譯第一(正法華經秦譯)》及《妙法蓮華經四十二問》兩文。

〔八〕丁酉：道光十七年(一八三七)。

八二

龍樹靈根派別三〔一〕，家家椰栗不能擔〔二〕。我書喚作三椏記，六祖天台共一龕〔三〕。

近日述天台家言，爲《三普銷文記》七卷，又撰《龍樹三椏記》。

〔一〕「龍樹」句：佛教龍樹菩薩傳授下來的派别有三個。　龍樹：佛教傳布人，又名龍猛。見第三四首注。　靈根：指佛祖，這裏具指龍樹。《文選》陸機《嘆逝賦》：「痛靈根之夙隕。」劉良注：「靈根，靈木之根，喻祖考也。」　派别三：印度大乘佛學分爲兩大派。一派以龍樹、提婆爲首，稱爲空宗；一派以無著、世親爲首，稱爲有宗。空宗一派傳入中國後，由魏晉到南北朝都處於優勢地位，勢力極大。三論宗、天台宗、賢首宗、净土宗、密宗及禪宗，均以龍樹爲本宗祖師。（詳見吕澂《印度佛學源流略講》第三講第三節）作者的《龍樹三椏記》現已失傳，所謂「三椏」，除作者具指「六祖」、「天台」外，其餘一「椏」，似指由鳩摩羅什傳授的三論宗。

〔二〕「家家」句：這三派都只能各自獲得龍樹的部分教義，不能完全囊括無餘。　榔栗：木名，可製手杖。賈島《送空公往金州》詩：「七百里山水，手中榔栗粗。」即指僧人的禪杖。　不能擔：指不能獨家擔負起來。佛家有擔板漢的比喻：「人佚之負板者，但見前方，不能見左右方。語曰：擔板漢但見一方。」

〔三〕「六祖」句：我是把禪宗六祖和天台宗的祖師同放在一個佛龕中供奉的。　六祖：即唐代禪宗南派的開山祖慧能。本姓盧，早歲家境貧困，賣柴爲生，後在寺院中做行者，從事打柴、推磨等勞動，對佛教義理很有領悟，得到禪宗五祖賞識，傳給衣鉢，另在廣東韶州曹溪開山，成爲禪宗南派創立人。　天台：指天台宗的智顗，又稱智者大師。作者在《二十三祖二十七祖同異》文中說：「予以天台裔人而奉事六祖，爲二像一龕供奉之。我實不見天台、曹溪二家纖毫之異。」可作此句注脚。

八三

只籌一纜十夫多，細算千艘渡此河〔一〕！我亦曾糜太倉粟，夜聞邪許淚滂沱〔二〕。

五月十二日抵淮浦作〔三〕。

〔一〕「只籌」兩句：光是應付一條船過閘，就要十個人以上，算一算一千條船該需要多少人力啊！一纜：一條船拉縴過閘時，要用一條巨纜，一纜即一條船。

〔二〕「我亦」兩句：我也曾在北京消耗過官倉的糧食，如今聽到晚上縴夫拉糧船過閘的號子聲，想起老百姓的痛苦，眼淚忍不住像雨點一樣掉下來。糜：消耗。太倉：政府的糧倉。邪許：拉縴時出力吆喝的號子聲。《淮南子·道應訓》：「今夫舉大木者，前呼邪許，後亦應之。」滂沱：形容眼淚流得很多。

〔三〕淮浦：江蘇省清江市舊又名清江浦。嘉慶《清一統志》：「運河在淮安府城西，自揚州府寶應縣北至府城南六十里黄埔，入山陽縣，又北至府城西清江浦，折西北，入清河縣界，達清口，逾黄河。」包世臣於道光九年六月南下時曾撰《閘河日記》，中云：「二十日入清河境。二十一日抵楊家莊，即晚渡黄河覓舟。對渡即攔黄壩。二十二日搬取行李過船，十五里至清江浦，又十五里至淮關，入山陽境。十五里至淮安。四十里至平橋，入寶應境。」龔氏當日南行，亦是遵此程途。

按，清王朝向農民徵收田賦，其中一種稱爲「漕糧」，徵收白米。東南各省的漕糧，當時主要是通過運河北上，稱爲漕運。運河在進入黄河前，因水位高低不同，在附近設立水閘多座，船隻通過時，由縴夫拉船過閘，每船需用水手十人，縴夫十人以上。漕運到了清代中葉，弊病百出，老百姓受害極大。單是役使縴夫，就使人傷心慘目。有一首觀漕船過閘的詩，描寫較具體，節録一段：「漕船造作異，高大過屋脊。一船萬斛重，百夫不得拽。上閘登嶺難，下閘流矢急。頭工與水手，十人有定額。到此更不動，乃役民夫力。鳴鉦集酋豪，紛紛按部立。短繩齊挽臂，繞向繳輪密。邪許萬口呼，共拽一繩直。死力各掙前，前起或後跌。設或一觸時，倒若退飛鷁。再拽愈難動，勢拗水更逆。大官傳令來，催儹有限刻。閘吏奉令行，鞭棒亂敲擊。可憐此民苦，力盡骨復折。」（《清詩鐸》卷三鄒在衡《觀船艘過閘》）老百姓災難如此深重，毋怪作者忍不住「淚滂沱」了。

八四

白面儒冠已問津，生涯只羡五侯賓〔一〕。蕭蕭黄葉空村畔，可有攤書閉户人〔二〕？

〔一〕「白面」兩句：白面書生們如今已紛紛走向關津渡口找尋生活出路；而且他們都羡慕幕客的職位，要去投靠大官僚。白面：《南史·沈慶之傳》：「耕當問奴，織當問婢。陛下今欲伐國，而與白面書生謀之，事何由濟？」問津：津，渡口。《論語·微子》：「使子路問津焉。」這裏的津指交通發達、人口集中的商埠。道光年間，由於農村破産，經濟衰敗，東南各省尤甚。讀書人無法安心讀書，都跑到江邊海濱的都市找尋生活出路，作者稱這種現象爲「問津」。五侯賓：西漢末年，王譚、王商、王立、王根、王逢時五個皇親國戚同日封侯。世稱五侯。《西京雜記》卷二：「五侯不相能，賓客不得來往。婁護、豐辯傳食五侯間，各得其歡心，競致奇膳。護乃合以爲鯖，世稱五侯鯖，以爲奇味焉。」漢代以來，政府高級官吏聘用有名望的讀書人協助辦理政務或軍務，稱爲掾史。唐、宋以後則稱爲幕僚。明、清兩代此風更爲發展，由公家聘用進爲私人聘用。凡知縣以上，都有幕客，民間稱這些人爲師爺。有錢糧師爺、刑名師爺及徵比、掛號、書啓等名目。《清經世文編》有何桂芳《請查禁謀薦幕友片》云：「各省州縣到任，院司幕友必薦其門生故舊，代辦刑名、錢穀。該州縣不問其人例案精熟與否，情願厚出束脩，延請入幕。只因上下通聲氣、中文免駁詰起見。而合省幕友，從此結黨營私，把持公事，弊端百出，不可枚舉。」可見當時風氣一斑。

〔二〕「蕭蕭」兩句：在黄葉蕭蕭的空村附近，如今還能有閉門讀書的人嗎？這是作者看到當時農村破産的嚴重情況，連讀書人都無法再呆在農村了，因而發出這種感嘆。

按，作者曾有《吴市得舊本制舉之文忽然有感書其端》詩四首之一：「紅日柴門一丈開，不須逾濟與逾淮。家家飯熟書還熟，羨殺承平好秀才。」指康熙年間的情況，正可與此詩互參。

八五

津梁條約遍南東〔一〕，誰遣藏春深塢逢〔二〕？不枉人呼蓮幕客，碧紗幮護阿芙蓉〔三〕。阿，讀如人痾之痾〔四〕。出《續本草》。

〔一〕「津梁」句：禁止鴉片入口的明令遍於東南各省港口。津梁：指準許外國船隻進行貿易的港口。清康熙二十四年，重開海禁，開放廣東澳門、福建漳州、浙江寧波、江蘇雲臺山四地，准許外國輪船停泊。雍正時，又增浙江定海海關。乾隆二十二年，曾縮小爲廣州一口。

但事實上，西班牙商人仍不時到廈門進行貿易。以後禁令弛緩，閩、浙各港又以半公開形式與外商進行貿易。　條約：指進行中外貿易的規定和辦法，這裏具體指禁止鴉片入口的規定。嘉、道年間，鴉片走私入口逐漸猖獗。《清宣宗實録》：「道光十二年二月上諭：嗣後洋人來粤貿易，該督等剴切出示曉諭洋人，并嚴飭洋商向洋人開導，勿將烟土夾帶貨艙。倘經查出，不准該商開艙賣貨，立即逐回。并著直隸、閩、浙等省各督撫嚴飭海口各地方官，凡出洋販貿船隻，逐一給與牌票，查驗出入貨物，毋許仍前偷販情弊。」但事實上這不過是一紙具文。利之所在，鴉片走私之風仍然十分猖獗。梁章鉅《浪跡叢談》卷五《鴉片》引太常寺少卿許乃濟道光十六年奏摺有云：「比歲，夷船周歷閩、浙、江南、山東、天津、奉天各海口，其意即在銷售鴉片，雖經各地方官隨時驅逐，然聞私售之數，亦已不少。」其實那些地方官許多正是走私的包庇縱容者。作者下文用「誰遣」二字，深有所指。

〔二〕「誰遣」句：誰又讓這些毒品在幽深的屋子裏跟人們見面呢？　藏春：鴉片用罌粟的蒴果製成，罌粟花别名麗春（見《花木考》）。鴉片由走私入口，所以作者稱爲「藏春」。深塢：四面高中央低的地方叫塢。北宋有個官僚刁約，晚年築室潤州，號藏春塢。《江南通志》：「藏春塢在鎮江府丹徒縣清風橋東，中有逸老堂。」蘇軾《贈張刁二老》詩，有句云：「藏春塢裏鶯花鬧。」作者借此隱指鴉片烟館。

〔三〕「不枉」兩句：難怪人家都叫那些幕僚爲蓮幕客，原來他們在碧紗幮裏護理着阿芙蓉呢！

蓮幕客：《南史·庾杲之傳》：「杲之字景行，爲王儉長史。蕭緬與儉書曰：景行泛緑波，依芙蓉，何其麗也！」後人因稱幕僚爲蓮幕客。碧紗幮：用木作間架，上施紗帳，以防蚊蚋。《西厢記·酬簡》：「今宵同會碧紗幮，何時重解香羅帶。」阿芙蓉：《本草綱目·穀部》：「李時珍曰：阿芙蓉前代罕聞，近方有用者，云是罌粟花之津液也。」王之春《國朝柔遠記》：「鴉片烟，一曰波畢，一曰阿芙蓉，一曰阿片。」

〔四〕人痾之痾：《漢書·五行志》中之上：「及人，謂之痾。痾，病貌，言寖深也。」作者此注亦隱含諷意。

八六

鬼燈隊隊散秋螢〔一〕，落魄參軍淚眼熒〔二〕。何不專城花縣去〔三〕？春眠寒食未曾醒〔四〕。

〔一〕「鬼燈」句：吸食鴉片的人，顛倒晝夜，晚上特别活躍。他們提着燈籠，進出烟館，一隊隊鬼燈，有如散落在街巷中的秋螢。一説，鬼燈指鴉片烟燈，在烟館中一盞盞烟燈，有如散落的秋螢。

〔二〕「落魄」句：那些倒霉的烟鬼，吃不上鴉片，烟癮發作，眼淚鼻涕直流。落魄參軍：指曾經作過幕客的倒霉烟鬼。《苕溪漁隱叢話後集》卷十六引《復齋漫録》：「本朝張景……斥爲房州參軍。景爲《屋壁記》，略曰：近置州縣參軍，無員數，無職守，悉以曠官敗事、違戾政教者爲之……外人一見之，必指曰：參軍也，嘗爲某罪矣。至於倡優爲戲，亦假而爲之，以資戲玩，况真爲者乎！宜爲人之輕視。」

〔三〕「何不」句：他們何不到種花的縣去專城而居呢？專城：一城之主。《古樂府》：「三十侍中郎，四十專城居。」後人用以指州縣長官。這裏借用「專城居」意在諷刺。花縣：指種罌粟花的縣。道光年間，已有些邊遠省縣如廣西、四川、雲南、貴州，私種罌粟花來熬製鴉片。見《宣宗實録》道光十八年十二月諭内閣。

〔四〕「春眠」句：他們大可以躺在床上吸烟，直到寒食節也不用醒過來了。寒食：古代以冬至後一百零五日爲寒食節，禁止生火三天，稱爲禁烟。唐韓鄂《歲華紀麗》：「寒食，禁其烟。周之舊制。」清王士禛《真州絶句》：「江鄉春事最堪憐，寒食清明欲禁烟。」作者把烟火的烟和鴉片烟的烟牽合使用，語帶雙關，諷刺吸鴉片的人，即使別人過禁烟節，他還照樣可以吸鴉片烟。

按，作者友人蔣湘南有與黄爵滋《論禁烟書》，曾指出：「今之食鴉片者，京官不過十之一二，外官不過十之二三，刑名錢穀之幕友，則有十之五六。」原來這些「蓮幕客」有一半以上是鴉片烟鬼，無怪作者在詩中特別提出加以抨擊。

八七

故人横海拜將軍〔一〕，側立南天未蕆勳〔二〕。我有陰符三百字，蠟丸難寄惜雄文〔三〕。

〔一〕故人：指林則徐。道光十八年（一八三八）十一月，湖廣總督林則徐入京，向道光帝陳述禁止鴉片事宜，奉旨以欽差大臣身份到廣東查辦鴉片，水師亦歸節制。　横海將軍：漢官名。《史記·衛將軍傳》：「將軍韓説以待詔爲横海將軍，擊東越有功。」這裏借指林則徐的新任命。

〔二〕側立：側足而立，借指辦事辛勞。《後漢書·吴漢傳》：「漢性强力，每從征伐，帝未安，恒側足而立。」　蕆勳：大功告成。

〔三〕「我有」兩句：我有一篇文章向林則徐陳述戰守的計劃，可惜没有辦法寄去，白費了這篇不尋常的文章。　陰符：古兵書名。《雲笈七籤》卷一百《軒轅本紀》：「玄女教（軒轅）帝三官秘略、五音權謀、陰陽之術。玄女傳《陰符經》三百言。帝觀之十旬，討伏蚩尤。」《隋書·經籍志》有《周書陰符》九卷，入兵家類，今未見傳本。　蠟丸：古代傳遞軍事文書，爲了保密，用蠟丸封裹。又稱蠟彈。宋趙升《朝野類要》四：「蠟彈：以帛寫機密事，外用蠟固，陷於股肱皮膜之間，所以防在路之浮沉漏泄也。」《孫子十家注·用間篇》引張預曰：「我朝曹太尉嘗貸人死，使僞爲僧，吞蠟彈入西夏。至則爲其所囚。僧以彈告，即下之。開讀，乃所遺彼謀臣書也。戎主怒，誅其臣，并殺間僧。」可見蠟丸的保密作用。

按，道光十八年十一月，作者在《送欽差大臣侯官林公序》中，對廣東禁烟和抗英曾提出自己的意見，又打算到廣東參加策劃。因朝廷内部鬥争複雜，未能成行。次年六月，林則徐在虎門銷毁鴉片二萬餘箱後，英殖民主義者準備動用武力，林亦積極進行戰備。作者又提出對付敵人的政策，亦因故未能寄出，作者對此深爲惋惜。

八八

河干勞問又江干〔一〕，恩怨他時邸報看〔二〕。怪道烏臺牙放早，幾人怒馬出長安〔三〕？

〔一〕「河干」句：此人到了黄河岸邊，有人向他慰勞問候；到了長江邊上，又有人向他慰勞問候。河干：河邊。《詩·魏風·伐檀》：「置之河之干兮。」江干：江邊。杜甫《賓至》詩：

「漫勞車馬駐江干。」

〔二〕「恩怨」句：他向誰報恩，又向誰報怨，以後在官報上就可以看出來了。　邸報：封建時代傳鈔官方消息，類似官報的東西。漢代郡國和唐代藩鎮，都在京師設置邸舍，由專人鈔録朝廷的詔令章奏，向郡國諸侯或地方軍政長官報告，因稱邸報或邸抄，又稱留邸狀報。明、清時又有所謂閣鈔、科鈔，其中不少是有關官員升降調動的消息。孟棨《本事詩·情感第一》：「一日，夜將半，韋叩門急，韓（翃）出見之。賀曰：員外除駕部郎中知制誥。韓大愕然，曰：必無此事，定誤矣！　韋就坐曰：留邸狀報：制誥闕人，中書兩進名，御筆不點出。又請之，且求聖旨所與。德宗批曰：與韓翃。」

〔三〕「怪道」兩句：難怪御史臺下班會那麼早，原來有幾位大員都騎馬走出長安，到各地調查去了。　烏臺：即御史臺，是封建時代糾察官吏的機構。《漢書·朱博傳》：「御史府中列柏樹，常有野烏數千，棲宿其上，晨去暮來，號曰朝夕烏。」後人因稱御史臺爲烏臺。　牙放：即放衙，等於現代語的下班。白居易詩：「暖閣謀宵宴，寒庭放晚衙。」　怒馬：《後漢書·桓榮傳》：「桓典爲侍御史，執政無所回避，常乘驄馬，京師畏憚，爲之語曰：行行且止，避驄馬御史。」李商隱詩：「赫奕君乘御史驄。」作者用「怒馬」暗示此人是御史身份。

按，這首詩是諷刺一位御史的劣迹。他從京師南下，一路上作威作福，地方官吏只好盡量送禮討好。有人送了厚禮，但也有人不肯奉承，他都一一記在心裏，準備回京時隨意抑揚，向上報告。於是在邸抄上就可以看到有人升官或嘉獎，有人降職或處分了。

又按，黃安濤《山東齊河知縣蔣君墓志銘》記作者友人蔣因培事云：「因培初至汶上，會有巡漕御史某，家人婪索供帳，勢張甚，所過咸趨承惟謹。至汶上，君方詣行館謁，及門，聞詬厲，廉知橫行狀……遽令撤所張燈及供膳，拂衣徑歸。御史遂中夜蒼黄去。後事發（御史）見法，以賄賂牽連被斥者數輩。」由此一事，可見當時御史橫行不法之一斑。

八九

學羿居然有羿風，千秋何可議逢蒙〔一〕？絶憐羿道無消息，第一親彎射羿弓〔二〕。

〔一〕「學羿」兩句：逢蒙向羿學習，居然把羿的作風都學得十足，我們在千載之下，怎可以非議逢蒙呢！羿：遠古時代善射的人，有許多傳説。或説是帝堯時人，或説是帝嚳時人，或説是夏代人。作者用《孟子》的記載：「逢蒙學射於羿，盡羿之道，思天下惟羿爲愈己，於是殺羿。」

〔二〕「絶憐」兩句：最可惜的是，所謂「盡羿之道」的「道」，到底是些什麽，我們找不到一點踪影，只知道他的學生首先拉弓把羿殺死。射羿弓：《宋朝事實類苑》卷七十二《蔣之奇》：「士大夫以濮議不正，咸疾歐陽修，有謗其私於外子婦者。御史中丞彭思永、殿中侍御史蔣之奇承流言，劾奏之。……先是，之奇盛稱濮議之是，以媚修，由是薦爲御史。既而反攻修，修尋亦外遷。其謝上表曰：『未乾薦禰之墨，已關射羿之弓。』」關、彎通。

按，作者在詩中顯有所影射。當時可能有個學者受到門生弟子的强烈攻擊，所以作者拿羿的故事作比，言下頗有諷刺的意味。

九〇

過百由旬烟水長〔一〕，釋迦老子怨津梁〔二〕。聲聞閉眼三千劫〔三〕，悔慕人天大法王〔四〕。

〔一〕「過百」句：我走了上百由旬的烟水悠長的道路。由旬：古代印度計算道里的單位，又譯作由巡、由延、喻繕那、諭闍那。《翻譯名義集》：「一大由旬八十里，一中由旬六十里，一小由旬四十里。」《大唐西域記》卷二：「舊傳一喻繕那四十里，印度國俗乃三十里，聖教所載惟十六里。」

〔二〕「釋迦」句：便算是釋迦牟尼，也會因爲走那麽多關津渡口而感到疲倦。釋迦老子：即釋迦牟尼。印度佛教創立人，生於中印度憍薩羅國迦毗羅衛城，是净飯王的太子。二十九歲出家修道，剃髮爲沙門。後在鉢羅樹下成道，稱爲大覺世尊、人天大導師。周游四方傳布佛教四十餘年，卒於拘尸那城跋提河邊娑羅雙樹下。中國佛教徒有時也稱他爲釋迦老子。《五燈會元》卷七：《宣鑒禪師》：「這裏無祖無佛，達摩是老臊胡，釋迦老子是乾屎橛，文殊普賢是擔屎漢。」津梁：本意爲橋梁，引申爲關津渡口，亦引申爲濟導衆人的手段。《華嚴經·入法界品》：「如船師示導法海津濟處故。如橋梁令其得度生死海故。」《世説·言語》：「庾公（按，庾亮）嘗入佛圖，見卧佛。曰：此子疲於津梁。於時以爲名言。」

〔三〕聲聞：佛教五乘之中，有聲聞乘，它是「聞佛聲教，悟四諦理而得阿羅漢果者。」也就是遵照佛的説教修行，并唯以達到自身解脱爲目的的人。《法華經·譬喻品》：「若有衆生，内有智性，從佛世尊聞法信受，殷勤精進欲速出三界，自求涅槃，是名聲聞乘。」道安（北周）《二教論》一：「且聲聞之與菩薩，俱越妄想之鄉；菩薩則惠兼九道，聲聞則獨善一身。」三千劫：吕巖《仙樂侑席》詩：「曾經天上三千劫，又在人間五百年。」

〔四〕人天大法王：指釋迦牟尼。《圓覺經》：「佛爲萬法之王，又曰空王。」憨山《三教源流同異論》：「聲聞緣覺，超人天之聖也，故高超三界，遠越四生，棄人天而不入。佛則超聖凡之聖也，故能聖能凡，在天而天，在人而人，乃至異類分形，無往而不入。」

按，詳詩意，似是慨嘆自己曾立下革新變法的大願，有似效法釋迦，出入人天，救渡世界。但是這種願望遭到無數打擊，終於落空。倒不如像聲聞的人那樣，高超三界，遠越四生，把人天都置之度外更好了。

九一

北俊南孅氣不同〔一〕，少能炙轂老能聰〔二〕。可知銷盡勞生骨，即在方言兩卷中〔三〕。

凡翳卒〔四〕，謂予燕人也；凡舟子〔五〕，謂予吴人也。其有聚而轇轕者〔六〕，則兩爲之舌人以通之〔七〕。

〔一〕「北俊」句：北方方言的特色是俊，南方方言的特色是孅，由於天地之氣不同。孅：同靡，柔細的美。揚雄《方言》：「齊言布帛之細者曰綾，秦晉曰靡。」注：「靡，細好也。」《文心雕龍·章句》：「歌聲靡曼，而有抗墜之節。」

〔二〕「少能」句：少時口才很好，老了耳朵也仍然聰靈。炙轂：轂是車輪中心包軸的圓環，爲使輪子轉動靈活，常要用燒熔的油脂塗抹它，稱爲炙轂。《史記·荀卿傳》：「炙轂過髡。」這是齊國人稱贊淳于髡口才極好，像炙轂的鍋子，流暢不盡。《史記集解》引劉向《别録》說，「過」同「輠」，即裝油脂的鍋。把它炙熱，油脂流盡，還有餘瀝流出。比喻談話機智而有口才。聰：《春秋繁露·五行五事》：「聽曰聰。聰者，能聞事而審其意也。」

〔三〕「可知」兩句：可知道「積毀銷骨」這個道理，就在兩卷《方言》裏也可以體會出來。《史記・張儀傳》：「衆口鑠金，積毀銷骨。」意思説，集中衆人的話，能够熔化金屬；積聚毀謗語言，硬骨頭也能消蝕盡净。作者據此認爲由於語言不通，勢必産生誤解，假如是許多人的誤解，就能毀掉一個無辜的人。所以溝通方言并不是微不足道的事。勞生：辛勞的人生。《莊子・大宗師》：「夫大塊載我以形，勞我以生。」按，作者曾撰《今方言》，把滿洲、十八行省、琉求、高麗、蒙古、喀爾喀等方言，依聲分類，旁注字母，并及古今變遷，合成一書。可惜已經失傳。現文集中僅存《擬上今方言表》一文。

〔四〕騶卒：馬車夫，當時多數是北方人。

〔五〕舟子：撑船的，當時多數是南方人。

〔六〕轇轕：糾纏不清。

〔七〕舌人：翻譯者，通譯。《國語・周語》：「使舌人體委與之。」

按，作者此詩是借方言抒發個人感慨。作者曾遭「貴人一夕下飛語」之陷害；又有詩云：「一夫怒用目，萬夫怒用耳。目怒活猶可，耳怒殺我矣。」可見流言蜚語之能使人「銷骨」，并非不可思議。

九二

不容水部賦清愁，新擁牙旗拜列侯〔一〕。我替梅花深頌禱，明年何遜守揚州〔二〕。同年何亦民俊〔三〕，時以知府銜駐黄河。

〔一〕「不容」兩句：現在可不容許你這個何水部賦詩説愁了，因爲你新接了朝廷任命，牙旗簇擁，被拜爲列侯。水部：何遜，南朝梁人，工詩，官尚書水部郎。有《下方山》詩云：「誰能百里地，縈繞千端愁。」牙旗：官府衙門前樹立的旗。拜列侯：指何俊以知府銜駐守黄河，負責河防工作。光緒《清河縣志》載：「何俊，道光二十年三月署裏河同知。」可能是先上任，所以時間上有出入。列侯：古代知府也可稱侯。《詩·邶風·旄丘》序箋：「五侯九伯，侯爲牧也。」儲光羲《同張侍御宴北樓》詩：「今之太守古諸侯。」李商隱《爲李懷州祭太行山文》：「今刺史乃古之諸侯。」

〔二〕「我替」兩句：我替梅花向你深深祝禱，預祝你明年就到揚州做太守(知府)。梅花：杜甫《和裴迪登蜀州東亭》詩：「東閣官梅動詩興，還如何遜在揚州。」因爲何遜寫過《揚州法曹梅花盛開》詩很有名，作者借此預祝何俊很快升官到揚州去。古人寫詩，拿同姓的前代人比擬現在的人，是常有的事。作者以何遜比何俊，下篇以盧仝比盧元良，都屬於這一類。

〔三〕何亦民：何俊，字晉孚，號亦民，安徽望江人，道光九年進士，由庶吉士改工部主事，官至江蘇布政使。著有《夢約軒詩存》。《寄心庵詩話》：「魯君通父嘗爲予言：亦民方伯詩，乃今之元道州（按，唐詩人元結，字次山，曾任道州刺史）。丙辰至京師，其嗣君汝持郎中出所刊稿，讀之，真如出次山手。其思摯處逼近香山（按，白居易），而其愛民之念，溢於楮墨間。」

九三

金鑾并硯走龍蛇〔一〕，無分同探閬苑花〔二〕。十一年來春夢冷〔三〕，南游且吃玉川茶〔四〕。同年盧心農元良〔五〕，時知甘泉〔六〕。

〔一〕「金鑾」句：記得我同你在金鑾殿上并排筆硯共寫文章。金鑾：唐代長安大明宮内有金鑾殿。清乾隆五十四年後，進士殿試在北京保和殿舉行。作者借用，指殿試地點。走龍蛇：形容寫文章時下筆敏捷。張謂《贈懷素》詩：「奔蛇走虺勢入座，驟雨旋風聲滿堂。」

〔二〕「無分」句：可惜你我二人都没有福氣進入翰林院。閬苑：即閬風之苑。古代方士胡説閬苑是仙人居住的地方。《續仙傳・殷七七傳》：「此花在人間已逾百年，非久即歸閬苑去。」後人因翰林院地位清貴，比作閬風之苑。按，清代考試制度，進士考試須經歷初試、復試、殿試、朝考四次。入選者又按次第分爲一、二、三甲。除一甲三人不須朝考照例得官翰林院外，二甲、三甲進士還要經朝考一關，稱爲選庶吉士。庶吉士學習三年後再按情況授官。乾隆三十一年以後，規定既要看考取的高下，又要照顧各省人數大致平衡。例如考得是「四」（即殿試二甲，復試、朝考都列一等，合共爲四），照例能入翰林院；如果得「五」（如殿試二甲，復試一等，朝考二等之類），就看這個士子的原籍省份選入翰林院的已有多少，額滿即排除。但有些省因考選人數不多，爲了照顧省份，士子得六得七的（例如殿試三甲，復試、朝考均爲二等）也可以入翰林院。

〔三〕十一年：作者於道光九年考中進士，道光十九年辭官南歸，前後共十一年。春夢冷：指在官場上很不得意，夢想破滅。

〔四〕「南游」句：這次南行，我要到甘泉縣去，喝你盧仝的茶。玉川：唐詩人盧仝，號玉川子，善品茶。曾寫《走筆謝孟諫議寄新茶》詩，有「七碗吃不得也，唯覺兩腋習習清風生」句，後人因稱「盧仝七碗茶」。

〔五〕盧心農：盧元良，字心農，江西南康人。道光九年進士。由知縣官至知府。

〔六〕甘泉：清代將江蘇省江都縣析出一部分置甘泉縣。縣中有甘泉山，山有七峰，錯落平地上，形如北斗。山有井泉，水味甘美。

九四

黄金脱手贈椎埋，屠狗無悰百計乖〔一〕。僥幸故人仍滿眼，猖狂乞食過江淮〔二〕。過江淮間不困厄，何亦民、盧心農兩君力也。

〔一〕「黄金」兩句：我過去隨手把黄金送給那些椎埋之徒，如今我這屠狗輩既失去歡樂，又百事無成。椎埋：盜墓者。《史記·王温舒傳》：「少時椎埋爲奸。」徐廣注：「椎殺人而埋之；或謂發冢。」王先謙《漢書補注》認爲作發冢解較優。屠狗：賣狗肉的人。《後漢書·二十八將傳論》：「至於翼扶王運，皆武人崛起，亦有鬻繒、屠狗、輕猾之徒。」作者曾以「屠狗」自比。《湘月》詞：「屠狗功名，雕龍文卷，豈是平生意？」悰：歡樂。乖：差錯，不順利。

〔二〕「僥幸」兩句：幸而老朋友還滿眼都是，因而我經過江淮之間，就肆無忌憚地向朋友告貸了。猖狂：隨心自由之意。《莊子·在宥》：「鴻蒙曰：浮游，不知所求；猖狂，不知所往。」乞食：此指要求經濟援助。

按，魏季子《羽琌山民軼事》云：「山民不喜治生，交游多山僧、畸士，下逮閨秀、倡優，揮金如土，囊罄，輒又告貸。」

九五

大宙南東久寂寥〔一〕，甄陀羅出一枝簫〔二〕。簫聲容與渡淮去〔三〕，淮上魂須七日招〔四〕。袁浦席上〔五〕，有限韻賦詩者〔六〕，得簫字，敬賦三首。

〔一〕大宙：宇宙。上下四方曰宇，往古來今曰宙。見《尸子》。「大宙南東」，指中國的東南各省。

〔二〕甄陀羅：佛經中記述的似人似神的東西。又譯爲緊那羅、真陀羅；又意譯爲「人非人」或「疑神」。慧琳《一切經音義》：「真陀羅，音樂天也，有微妙音響，能作歌舞。男則馬首人身，能歌；女則端正，能舞。」　一枝簫：指作者在袁浦遇見的妓女靈簫。

〔三〕簫聲：《華嚴經・賢首品》：「海中兩山相擊聲，緊那羅中簫笛聲。」　容與：徘徊。《楚辭・九歌》：「聊逍遥兮容與。」

〔四〕淮上魂：指作者自己的心魂。時作者在淮河畔。　七日招：王逸《楚辭招魂序》：「宋玉憐哀屈原忠而斥棄，愁懑山澤，魂魄放佚，厥命將落，故作《招魂》，欲以復其精神，延其年壽。」趙翼《陔餘叢考》卷三二：「田藝蘅《春雨逸響》云：人之初生，以七日爲臘；死，以七日爲忌。一臘而一魄成，一忌而一魄散。」

〔五〕袁浦：舊稱清江浦，清代爲清河縣治，即今江蘇省清江市。《清河縣志》：「崇禎末，縣治在甘羅城，本朝因之。康熙中，屢圮於水。乾隆二十六年，江蘇巡撫陳宏謀疏請移治山陽之清江浦，而割山陽近浦十餘鄉并入清河，是爲新縣治。」乾、嘉、道數十年間，清江浦是南北往來要道，市面十分熱鬧。清人筆記記載：「清江浦爲南北孔道，當乾隆、嘉慶時，河工極盛。距二十里即湖咀，乃淮北鹽商聚集之地；再五里爲淮城，乃漕船必經之所。故河、漕、鹽三途并集一隅。人士流寓之多，賓客燕宴之樂，除廣東（按，指廣州）、漢口外，雖吴門亦不逮也。」清江浦别稱袁浦、公路浦。《水經注·淮水》：「淮水右岸，即淮陰也。城西二里有公路浦。袁術向九江，將東奔袁譚，路出斯浦，因以爲名焉。」清姚承望《袁浦》詩云：「畚鍤經營苦，帆檣日夜過。水争廛市繞，官比士民多。南北舟車界，淮黄裏外河。年年資巨帑，保障竟如何？」頗能概括袁浦當日景況。

〔六〕限韻賦詩：舊時文人在宴會上作詩，臨時抽籤定韻，不許自由揀選，稱爲限韻或得韻。或指定用某韻，也稱爲限韻。

九六

少年擊劍更吹簫，劍氣簫心一例消〔一〕。誰分蒼涼歸棹後〔二〕，萬千哀樂集今朝。

【校】

「萬千哀樂集今朝」：吴本、「四部」本、「文庫」本、王本、類編本、王校本並同。「集」字下王本、類編本注：「一本作『及』，又作『是』。」「今」字下王本、類編本注：「一本作『明』。」堂本、邃本、「續四庫」本此句作：「萬千哀曲是明朝。」句下邃本注：「一作『萬千哀樂及今朝。』」本書從吴本。

〔一〕「少年」兩句：作者《湘月》詞有「怨去吹簫，狂來説劍，兩樣消魂味」句。《漫感》詩又有「一簫一劍平生意，負盡狂名十五年」句。　劍氣：指狂俠之氣。　簫心：指怨抑之心。　一例：毫無區别。

〔二〕誰分：誰能想到。王昌齡《西宫秋怨》詩：「誰分含啼掩秋扇，空懸明月待君王。」　棹：船槳，亦作船的泛稱。歸棹即歸舟。

九七

天花拂袂著難銷，始愧聲聞力未超〔一〕。青史他年煩點染，定公四紀遇靈簫人名〔二〕。

〔一〕「天花」兩句：天花掉在我的衫袖上很難把它消除，我這才慚愧自己學佛修道并没有獲得超脱情感的本領。　天花：《維摩詰所説經》：「天女即以天花散諸菩薩、大弟子上。花至諸菩薩，即皆墮落；至大弟子，便著不墮。天女曰：結習未盡，花著身耳；結習盡者，花不著也。」結習，指世俗的思想感情。作者運用這個佛教故事，比喻自己還有世俗的想念，所以在袁浦碰見靈簫，便産生感情。　聲聞：見第九〇首注。

〔二〕「青史」兩句：將來的史書上要煩勞史家捎帶一筆：龔定庵四十八歲時遇見了靈簫。青史：史册。　《文選》江淹《詣建平王上書》：「俱啓丹册，并圖青史。」　點染：崔道融《謝朱常侍寄貺蜀茶剡紙》二首之二：「不應點染閑言語，留記將軍蓋世功。」這裏是順筆點綴一下的意思。　四紀：古人以十二年爲一紀，作者這年四十八歲，所以説「四紀」。

九八

一言恩重降雲霄，塵劫成塵感不銷〔一〕。未免初禪怯花影〔二〕，夢回持偈謝靈簫〔三〕。

翌晨報謝一首。

〔一〕「一言」兩句：你那一句話就像天上降下恩旨。就算經過微塵那樣多的劫，而這些劫又化成無數微塵，我仍然不會忘記你的厚意濃情。　塵劫：比喻悠長的時間。《法華經·化城喻品》：「磨一三千大千世界所有之物而爲墨，每經一三千大千世界，下一點，竟盡其墨，而其所經過之世界悉碎爲微塵，記其一塵爲一劫。」佛家稱這是「三千塵點劫」，即極久長的時間。

〔二〕初禪：佛教徒修煉的一種過程。有初、二、三、四禪之分。《楞嚴經》卷九：「清浄心中，諸漏（按，即煩惱）不動，名爲初禪。」《有明大經》：「若有比丘，離諸欲，離不善法，有尋有伺，成就離生喜樂而住初禪，是謂初禪。」「尋」義爲探訪，即對於一物用心。「伺」義爲細勘，即對於一物不懈地進行考察。作者此處借用「初禪」指初度定情。　花影：隱指靈簫。元稹《鶯鶯傳》：「拂牆花影動，疑是玉人來。」

〔三〕持偈：偈原是佛經文體之一，這裏借用指寫詩送給靈簫。

九九

能令公慍公復喜〔一〕，揚州女兒名小雲〔二〕。初弦相見上弦別〔三〕，不曾題滿杏黄裙〔四〕。

〔一〕公慍公喜：《世説·寵禮》：「（郗）超爲人多鬚，（王）珣狀短小。於時荆州爲之語曰：髯參軍，短主簿，能令公喜，能令公怒。」按，詩中「公」乃作者自指。

〔二〕小雲：作者這次南歸時，在揚州遇見的一個妓女。

〔三〕初弦：農曆每月初三日。　上弦：農曆每月初八日。

〔四〕題裙：羊欣，南朝宋人。十二歲時，很受書法家王獻之的鍾愛。有一回羊欣睡着，王獻之在他脱下的裙子上寫了幾幅字。陸龜蒙《懷楊臺文楊鼎文二秀才》詩：「重思醉墨縱横甚，書破羊欣白練裙。」作者借用這個典故，表示對小雲的鍾愛。

按，王文濡校本此詩眉上有注云：「小雲後歸定公，其人放誕殊甚。辛丑，定公至丹陽，暴疾捐館，或言小雲鴆之。」查小雲歸定盦事，并無確證。此注或係將小雲與靈簫混爲一人。至於靈簫鴆殺定盦的傳説，則有柴蕚《梵天廬叢録》記載。此事内幕如何，未能詳悉。

一〇〇

坐我三薰三沐之〔一〕，懸崖撒手别卿時〔二〕。不留後約將人誤，笑指河陽鏡裏絲〔三〕。

〔一〕三薰三沐：《國語·齊語》：「魯莊公將殺管仲，齊使者請曰：寡君欲以親爲戮，請生之。於是莊公使束縛以予齊使，齊使受之而退。比至，三釁三浴之。」韋昭注：「以香塗身曰釁。」當時齊桓公打算任用管仲，設計向魯國索回，齊使接收以後，就給管仲薰香沐浴，表示愛護和尊敬。韓愈《答吕毉山人書》：「方將坐足下三浴而三薰之。」元好問《懷叔能》詩：「三沐三薰知有待，一鳴一息定誰先。」

〔二〕懸崖撒手：意謂决心已定，退步轉身，更無反顧。耶律楚材《太陽十六題·背舍》詩：「人亡家破更何依？退步懸崖撒手時。」又《洞山五位頌·兼中到》詩：「水窮山盡懸崖外，海角天涯雲更遮。撒手轉身人不識，回途隨分納些些。」

〔三〕「不留」兩句：我笑指鏡中的白髮，不肯約定再來的日子，以免耽誤了小雲。吴偉業《圓圓曲》：「恨殺軍書抵死催，苦留後約將人誤。」河陽：東晉潘岳，曾官河陽令，頭髮早白，有

《秋興賦序》云：「晉十有四年，余春秋三十有二，始見二毛。」

一〇一

美人才調信縱橫〔一〕，我亦當筵拜盛名〔二〕。一笑勸君輸一著〔三〕，非將此骨媚公卿〔四〕。友人訪小雲於揚州，三至不得見，慍矣。箴之〔五〕。

〔一〕才調：才氣格調。縱橫：不受拘束管制，任性而行。

〔二〕當筵：指在几席之前。筵：古人鋪坐的席子。

〔三〕一著：下棋一子，稱爲一著。《世説補》：「（蘇）養直拈一子，笑視（徐）師川曰：今日還須讓老夫下一著。師川有愧色。」

〔四〕此骨：這把骨頭。指小雲自有她的骨氣。也可以解作此心。江淹《恨賦》：「心折骨驚。」句意謂小雲所以不見，非爲取媚於公卿。故作者勸友人且輸一著。

〔五〕箴：文體的一種。這裏作動詞用，意爲規勸。

一〇二

網羅文獻吾倦矣〔一〕，選色談空結習存〔二〕。江淮狂生知我者〔三〕，綠箋百字銘其言〔四〕。讀某生與友人書，即書其後。

附録某生《與友人書》：

某祠部辯若懸河〔五〕，可抵之隙甚多，勿爲所懾。其人新倦仕宦，牢落歸，恐非復有羅網文獻、搜輯人才之盛心也。所至通都大邑，雜賓滿户，則依然渠二十年前承平公子故態。其客導之出游，不爲花月冶游，即訪僧耳，不訪某輩，某亦斷斷不繼見。某頓首。

〔一〕網羅文獻：收集一代歷史資料，以便於後人的研究參考。文：指保存書面資料的典籍。獻：指保存口頭資料的宿賢。《論語·八佾》：「文獻不足故也。」朱注：「文，典籍也；獻，賢也。」

〔二〕選色：找合意的女人。即某生書中的「花月冶游」。談空：談論佛教義理。即某生書中的「訪僧」。陶弘景《題所居壁》詩：「夷甫任散誕，平叔坐談空。」黄庭堅《謝胡藏之送栗鼠尾畫維摩》詩：「只今爲君落筆，他日聽我談空。」結習：佛教用語，指世俗的思想感情以至行爲習慣。參見第九七首「天花」注。

〔三〕江淮狂生：未詳何人。

〔四〕「緑箋」句：把某生上百字的信箋作爲我的座右銘。

〔五〕某祠部：指龔自珍。龔曾任禮部主事。

按，這首詩反映了作者的複雜心情。一方面，自己確有網羅文獻的打算，但另方面也頗有倦意；而且平日應酬很多，時間精力都浪費不少，大有力不從心之感，所以看到某生的信，又引起自己的警惕。作者同一時期有《己亥六月重過揚州記》一文，曾説：「抑予賦側艷則老矣，甄綜人物，搜輯文獻，仍以自任，固未老也。」可見作者頗有雄心壯志，可惜平日的「結習」又一時難去。《古學彙刊》第六編引繆荃蓀云：「定盦交游最雜，宗室、貴人、名士、緇流、傖儈、博徒，無不往來。出門則日夜不歸，到寓則賓朋滿座。星伯先生（按，徐松）目之爲無事忙。又曰：以定庵之才，潛心讀書，當不在竹垞（按，朱彝尊）、西河（按，毛奇齡）之下。」這話固然不盡正確，因爲龔氏并不願意以學者自足，但那些「結習」也確實妨礙他網羅文獻的願望。

一〇三

梨園爨本募誰修〔一〕？亦是風花一代愁〔二〕。我替尊前深惋惜，文人珠玉女兒喉〔三〕。元人百種〔四〕，臨川四種〔五〕，悉遭伶師竄改〔六〕，崑曲俚鄙極矣〔七〕！酒座中有徵歌者，予輒撓阻。

〔一〕梨園：戲班子。唐玄宗開元二年，設置教坊，選擇有音樂才能的青年，由玄宗親自指導，稱爲梨園弟子。後人因稱戲班爲梨園。　爨本：劇本。宋代有一種戲劇，通常由五人演唱，稱爲「五花爨弄」。　募：招雇。

〔二〕「亦是」句：這也是一代演唱藝術中使人發愁的事。　風花：楊憲《折楊柳》詩：「露葉憐啼臉，風花思舞巾。」本是形容歌舞者的姿勢，引申爲舞臺藝術，包括劇本、唱本、表演等。

〔三〕「我替」兩句：每當筵席上有人演唱，我便感到非常可惜：簡直把文人珠玉似的文字和女郎美好的歌喉都給糟踏了。作者對於戲班的改編者胡亂删改前人的文字十分不滿。

〔四〕元人百種：元代一百種雜劇劇本。雜劇是元代民間盛行的戲劇，全劇通常只由「末」或「旦」一人主唱，整個劇情大多數是分成四折演出，唱詞通俗優美，代表元代文學的藝術特色。明末，臧晉叔輯集雜劇劇本一百種，編成《元曲選》。

〔五〕臨川四種：明人湯顯祖撰作的南曲四種，即《牡丹亭》、《邯鄲記》、《紫釵記》、《南柯記》，湯是江西臨川人，後人把上述四劇稱爲「臨川四夢」。

〔六〕伶師：戲班裏授曲、改編或自撰劇本的人。

〔七〕崑曲：用崑山腔演唱的曲子。明代嘉靖、隆慶年間，魏良輔把南曲舊腔改唱崑山腔，後來梁辰魚又撰《浣紗記》供應演出，此後崑曲大行，直至清中葉以後逐漸衰落。

一〇四

河汾房杜有人疑〔一〕，名位千秋處士卑〔二〕。一事平生無齮齕〔三〕，但開風氣不爲師〔四〕。予生平不蓄門弟子。

〔一〕河汾：指王通。隋朝末年，山西龍門人王通，隱居河、汾之間（現在山西省西南部），教授學生。據説門生有千多人，其中不少是後來唐朝的開國功臣，如房玄齡、杜如晦、魏徵、薛收等，稱爲「河汾門下」。王通著有《中説》，模仿《論語》的格式。學生尊稱他爲文中子。杜淹《文中子世家》：「文中子王氏，諱通，字仲淹……續詩書，正禮樂，修元經，贊易道。九年而六經大就，門人自遠而至。河南董常、太山姚義、京兆杜淹、趙郡李靖、南陽程元、扶風竇威，河東薛收、中山賈瓊、清河房玄齡、鉅鹿魏徵、太原温大雅、潁川陳叔達等，咸稱師北面，受王佐之道焉。如往來受業者，不可勝數，蓋千餘人。隋季，文中子之教興於河汾，雍雍如也。」　河：黄河。　汾：汾水。　房杜：唐朝兩個開國功臣。房，房玄齡，臨淄人。李世民爲秦王時，署行軍記室參軍，封臨淄侯。博學能文，在軍中草擬文書，駐馬立辨。後來李世民登位，任宰相達十五年，與杜如晦同理朝政，世稱「房杜」。杜，杜如晦，杜陵人。官至尚書右僕射，封萊國公。爲人多謀善斷。　有人疑：房、杜是王通的弟子一事，後世有人懷疑。如宋代司馬光、朱熹、洪邁、晁公武等，都不相信房、杜等人是王通的弟子。司馬光《文中子補傳》云：「其所稱朋友門人，皆隋唐之際將相名臣……考及舊史，無一人語及通名者。隋史，唐初爲也，亦未嘗載其名於儒林、隱逸之間。豈諸公皆忘師棄舊之人乎！何獨其家以爲名世之聖人，而外人皆莫知之也。」《朱子語類》卷一三七載朱熹的話説：「文中子議論，多是中間暗了一段，無分明。其間子弟問答姓名，多是唐輔相，恐亦不然。蓋諸人更無一語及其師。」清初姚際恒也説：「若夫揑造唐初宰相以爲門人，當時英雄勳戚輩直斥之無婉詞，又何其迂誕不經也。」

〔二〕名位千秋：房、杜兩人功業載在史册，聲名地位流傳千古。　處士卑：王通地位卑微，不過是一個處士(即一般的讀書人)。這句是申述「有人疑」的原因。

〔三〕「一事」句：我有一件事情，從我的生平來説，是没有人能够加以損害的。　齮齕：牙齒相咬，引申爲傷害。《史記·田儋列傳》：「且秦復得志於天下，則齮齕用事者墳墓矣。」索隱：「齮，側齒咬也。」

〔四〕「但開」句：我只用言論、著作來開啓一代風氣，却不招收學生，不當老師。意説這就少了一件受人指摘攻擊的藉口。

按，作者所謂「開風氣」，就是議論時政、提倡變革的風氣。在此之前，一般讀書人震於封建統治者的淫威，大都埋頭於古籍的研究，一頭鑽入故紙堆中，不問世事，不顧國家人民的死活。作者對此深感不滿。爲了打破「萬馬齊喑」的局面，他第一個勇敢地站出來，把他的著述和言論變成社會批判的武器，變成呼唤未來的號角。這種勇敢行動，確實開創了一代新風。梁啓超曾經指出：「晚清思想之解放，自珍確與有功焉。」從他開始，乾、嘉的考據之學變得黯然失色，代之而興的是面向現實，面向世界；是推翻偶像，破棄陳規；是擺脱因習，尋找未來。這固然不是龔自珍個人有如此宏大的力量，而是社會發展的趨勢已進入一個新的階段。但是作者恰巧站在這個歷史轉折點的前列，因而他的功績又是必須肯定的。

一〇五

生還重喜酹金焦〔一〕，江上騷魂亦可招〔二〕。隔岸故人如未死，清樽讀曲是明朝〔三〕。

〔一〕「生還」句：能够活着回來，再一次向金山、焦山奠酒，我十分高興。生還：《後漢書・班超傳》：「故敢觸死爲超求哀，丐超餘年，一得生還，復見庭闕。」酹：向某一對象（山水或亡靈之類）拿酒澆奠，表示敬意或祝願。金：金山，在江蘇丹徒縣西北七里。清中葉以前，孤立江中，有江天寺（即金山寺）、中泠泉等名勝。焦：焦山，距金山約十里，屹立江中，同金山對峙，風景佳勝。

按，金山在清末已同南岸陸地連接。《光緒丹徒縣志・摭餘》：「金山，《正志》謂在大江中，其時沙雖淤結，尚未成陸，今已四面皆洲，非復大江環繞。」南社詩人傅尃有一首詩，題云：「金山舊聳江心，今南接陸，可徒往。」下又注云：「此詩既出，吴江陳佩忍（按，陳去病）自廣州移書見告云：金山浮峙江中，洪楊之役，太平軍運江西木篺爲舟航，期以東下，不圖事敗，遂悉棄其筏於山麓，綿亘數里，南北充塞，日久沙積，竟成平陸。此光緒己巳冬親得之鎮江一老儒所口述者。」（《南社詩集》册五）這個傳聞，可備一説。

〔二〕「江上」句：金山、焦山向來是文人集會之所，歷代都有詩人在這裏寫下詩篇，所以作者這樣説。騷魂：詩人之魂。李商隱《贈劉司户》詩：「已斷燕鴻初起勢，更驚騷客後歸魂。」

〔三〕清樽讀曲：持酒聽歌。

按，這一首和下面三首都是作者從甘泉縣渡江到丹徒時，在船上有感而寫的。作者這次南歸，在詩中不止一次使用「生還」字樣，值得注意。「生還」，通常都含有僥幸不死的意思。作者同官僚大地主頑固派以及其他保守勢力的鬥争，其激烈程度，由此亦可見一斑。

一〇六

西來白浪打旌旗，萬舶安危總未知。寄語瞿塘灘上賈〔一〕：收帆好趁順風時〔二〕。

〔一〕瞿塘灘：長江三峽的第一峽，在四川奉節縣東，全長八公里，江面最狹處不到百米，最寬處不超過一百五十米，而主要山峰海拔則達千米至千五百米。以此峽谷窄如走廊，崖壁削如城垣。江心有著名巨礁灩澦堆，長約四十米，寬約十五米，高二十五米。江水漲時，僅小部露出水面，故自古有「灩澦大如象，瞿塘不可上；灩澦大如馬，瞿塘不可下」的民謠。舟行至此，常有覆没危險。今礁石已炸去。賈：商人。

〔二〕「收帆」句：在順風的時候就要收帆。暗示在順利的時候危險性有時會更大。袁枚《示兒》詩：「騎馬莫輕平地上，收帆好在順風時。」

按，這首詩似隱有喻意，但所指何人何事，未能詳考。也許當時有人勸告作者不要太早退隱；也許有人因宦途順利而揚揚得意。

一〇七

少年攬轡澄清意〔一〕，倦矣應憐縮手時〔二〕。今日不揮閑涕淚〔三〕，渡江只怨別蛾眉〔四〕。

〔一〕「少年」句：年青的時候，自己曾立下志願，要革新政治，使混濁的局面變爲澄清。攬轡澄清：《後漢書·范滂傳》：「時冀州饑荒，『盗賊』群起，乃以滂爲清詔使，按察之。滂登車攬轡，慨然有澄清天下之志。」轡：套馬的繮繩。

〔二〕縮手：指棄官歸隱。韓愈《祭柳子厚文》：「不善爲斫，血指汗顔。巧匠旁觀，縮手袖間。」

〔三〕閑涕淚：原指對國家社會不良現象和人民所受苦難灑下的眼淚，但由於自己終於無能爲力，也就成爲無關重要的閑涕淚了。按，張祖廉《定庵先生年譜外紀》載，作者於嘉慶廿二年，署其文集曰《竚泣亭文》。王芑孫認爲「泣」字不妥，以書規之。

〔四〕「渡江」句：如今渡過長江，我只是爲了離開那個女郎而傷感。

按，這是對大地主頑固派憤恨至極的反話。意説：你們這幫家伙可以放心了吧，我居然顯得如此無聊。

一〇八

六月十五别甘泉〔一〕，是夕丹徒風打船〔二〕。風定月出半江白，江上女郎眠未眠〔三〕？

〔一〕甘泉：清代縣名，見第九三首注。

〔二〕丹徒：清代縣名。《元和郡縣志·江南道一》：「丹徒縣：本朱方地，後名谷陽。初，秦以其地有王氣，始皇遣赭衣徒三千人鑿破長壟，故名丹徒。」今爲江蘇鎮江市。

〔三〕江上女郎：未詳何人。

一〇九

四海流傳百軸刊〔一〕，皤皤國老尚神完〔二〕。談經忘却三公貴，只作先秦伏勝看〔三〕。

重見予告大學士阮公於揚州〔四〕。

〔一〕「四海」句：阮元編輯、撰作、刊刻的書籍，在國内廣泛流傳達百軸之多。軸：書籍的卷數。我國唐代以前，書籍都是卷裝，也就是拿一長幅的紙裝成一卷，略似現代書畫裝裱成的手卷。每卷中心有一圓軸，因此稱書一卷爲一軸。

〔二〕「皤皤」句：滿頭白髮的國家元老，神氣仍然健旺。皤：形容滿頭白髮。國老：對年老辭官而有政治地位的人的尊稱。《禮·王制》：「有虞氏養國老於上庠。」疏引熊氏云：「國老，謂卿大夫致仕者。」神完：精神强健。蘇軾《鳳翔八觀·題楊惠之塑維摩像》詩：「此叟神完中有恃。」

〔三〕「談經」兩句：我同他談論經學，忘掉他是高貴的三公身份，只拿他當作傳授《尚書》的伏勝看待。　三公：周代以太師、太傅、太保爲三公；西漢以大司馬、大司徒、大司空爲三公。阮元官至大學士，相當於古代三公的地位。　伏勝：秦朝的博士，濟南人，漢初傳授今文《尚書》時，已是九十多歲的老人。參見第五六首注。

〔四〕予告：大臣年老不能任事，皇帝准予退休，稱爲予告。大學士阮公：阮元，字伯元，號芸臺，江蘇儀徵人。乾隆五十四年進士。歷官禮、兵、户、工等部仕郎，兩廣、湖廣、雲貴等總督，終體仁閣大學士。道光十八年以大學士銜退休，二十九年卒，年八十六，謚文達。生平精研經籍，以提倡學術自任，在廣東設立學海堂，在浙江設立詁經精舍，招士子學習進修。校刊《十三經注疏》，匯刻《學海堂經解》，又輯《經籍纂詁》等，流布海内。著有《研經室全集》。《清史稿》三六四卷有傳。作者文集中有《阮尚書年譜第一序》，可參看。

按，關於作者和阮元的交情，魏季子《羽琌山民軼事》有一段生動的記述：「山民故簡傲，於俗人多側目，故忌嫉者多。阮文達家居，人有以鄙事相浼，則僞耳聾以避之。山民至揚，一談必罄日夕。揚人士女相嘲曰：阮公耳聾，見龔則聰；阮公儉嗇，交龔必闊。兩公聞此大笑，勿恤也。」由此可知作者此詩後兩句并不是隨便比擬。

二一〇

蜀岡一老抱哀弦〔一〕，閱盡詞場意惘然〔二〕。絶似琵琶天寶後，江南重遇李龜年〔三〕。

重晤秦敦夫編修恩復〔四〕。

〔一〕蜀岡：在江蘇揚州城外西北。嘉慶《清一統志》：「蜀岡延亘四十餘里，西接儀徵及六合縣界，東北抵茱萸灣。」李斗《揚州畫舫録》：「蜀岡在郡城西北大儀鄉豐樂區，三峰突起，中峰有萬松嶺、平山堂、法净寺諸勝；西峰有五烈墓、司徒廟及胡范二祠諸勝；東峰最高，有觀音閣、功德山諸勝。岡之東西北三面圍九曲池於其中，池即今之平山堂塢，其南一綫河路通保障湖。」弦：琴瑟之類，此借指秦恩復的詞學。

〔二〕「閱盡」句：看盡了幾十年間文壇詞場的興衰以後，如今只剩下悵惘的心情。秦恩復喜歡填詞，并且以精於聲律自命。《揚州府志》載：「生平喜填詞，每拈一調，參考諸體，必求盡善，無一曼聲懈字者。著有《享帚詞》三卷。」又曾刊刻《詞學叢書》，所收《樂府雅詞》、《陽春白雪》、《元草堂詩餘》等，校刻精審。他在《詞源》跋尾中曾説：「竊謂樂曲一變而爲詞，詞一變而爲令，令一變而爲北曲，北曲一變而爲南曲。今以北曲之宫譜，考詞之聲律，十得八九焉。」又指摘時人填詞不懂音律，説：「蓋聲律之學，在南宋時知之者已尠，故仇山村曰：『腐儒村叟，酒邊豪興，引紙揮筆，動以東坡、稼軒、龍洲自況。極其至四字《沁園春》、五字《水調歌頭》、七字《鷓鴣天》、《步蟾宫》，拊几擊缶，同聲附和，如梵唄，如步虚，不知宫調爲何物，令老伶俊倡面稱好而背竊笑。是豈足與言詞哉！』近日大江南北，盲詞啞曲，塞破世界，人人以姜（夔）張（炎）自命者，幸無老伶俊倡竊笑之耳。」

〔三〕「絶似」兩句：如今我回到揚州，再見到秦恩復，很像是杜甫在天寶之亂以後，在江南重新遇見歌者李龜年。琵琶：元稹《元昌宫詞》：「賀老琵琶定場屋。」按賀老名懷智，天寶年間著名琵琶能手，據説他「以石爲槽，鵾鷄筋作弦，鐵撥彈之」。杜甫《江南逢李龜年》詩：「正是江南好風景，落花時節又逢君。」天寶：唐玄宗年號（七四二—七五六）。李龜年：開元、天寶年間著名歌者和羯鼓手，受到玄宗的特殊知遇。天寶亂後，流落江南，「每遇良辰勝賞，爲人歌數闋，座中聞之，莫不掩泣罷酒。」見《明皇雜録》。

〔四〕秦敦夫：秦恩復，字近光，號敦夫，又號澹生居士。江蘇江都人。乾隆五十二年進士，授編修。嘉慶中主講杭州詁經精舍，助阮元校刊《全唐文》。家多藏書，曾校刊《列子》、《三唐人集》等，稱爲善本。《寄心庵詩話》：「敦父先生精校勘，延顧千里於家，共相商榷，多搜古本刊之，號爲『秦板』，後半毁於火。」

按，光緒年間，詩人潘飛聲有手批《己亥雜詩》，在這首詩上批云：「比擬不倫。」潘氏似未詳審龔氏詩中含意。按秦恩復生於乾隆二十五年（一七六〇），卒於道光二十三年（一八四三）。他的少年和壯年期，正處在所謂「乾嘉盛世」，封建社會的表面繁榮，還能支撐下去，正如唐代開元、天寶之間，也有過一段繁華熱鬧景象。然而好景不常，到作者此次南歸，秦恩復已是年近八十的老人，而清王朝的衰敗混亂，危機四伏，再也無法粉飾。正如唐代經歷天寶之亂，往日風流，一去不返。在作者已有這種感覺，秦恩復自然感慨更深，所以作者才寫下「絶似」兩句。借題發揮，含蓄甚深。潘氏以爲作者比秦恩復爲歌手李龜年，所以説「比擬不倫」，是未體會作者本意。

一一一

家公舊治我曾游，只曉梅村與鳳洲〔一〕。收拾遺聞浩無涘，東南一部小陽秋〔二〕。太倉邵子顯輯《太倉先哲叢書》八帙〔三〕，起南宋，迄乾隆中。使予序之。

〔一〕「家公」兩句：家父從前管治的地方，我曾經游歷過，但只知道有吴梅村、王鳳洲兩個人物。家公：家父，指龔麗正。麗正於嘉慶二十年升江南蘇松太兵備道，衙署在上海。次年，作者也到上海居住。舊治：指太倉縣，在上海西北。梅村：吴偉業，字駿公，號梅村，江蘇太倉人，清初著名詩人。明末官翰林院編修，入清官國子監祭酒。著有《梅村集》

等。張大純《姑蘇采風類記》：「梅村在太倉衛西，本王銓部士騏舊業，名賁園，吴祭酒偉業斥而新之，因改今名。中有樂志堂、梅花庵諸勝。」　鳳洲：王世貞，字元美，號鳳洲，太倉人，著名詩人。明嘉靖間進士，官至刑部尚書。著有《弇州山人四部稿》等。《姑蘇采風類記》：「弇山園，亦名弇州園，初稱小祇園，在龍福寺西，王司寇世貞所築也。廣七十餘畝，中爲山者三：曰西弇、東弇、中弇。」

〔二〕「收拾」兩句：邵子顯把太倉縣的遺聞舊事搜輯起來，多到無邊無際，稱得上是東南地區一部小小的《春秋》了。　涘：水邊。　陽秋：即《春秋》。見第七〇首注。按，晉孫盛曾仿《春秋》義例著《晉陽秋》。因晉簡文帝鄭后小名阿春，遂諱「春」作「陽」。見葉紹翁《四朝聞見録》。

〔三〕邵子顯：邵廷烈，字伯揚，一字子顯，江蘇鎮洋縣（今太倉市）人。廩貢生。官揚州府學、邳州學訓導。著有《竹西吟草》。《寄心庵詩話》：「子顯好古博學，嘗搜輯婁江前輩所著，爲《棣香齋叢書》刊以行世。獎掖風雅，才士多集其門。」

按，作者另有《邵子顯校刊婁東雜著序》，此詩自注説是《太倉先哲叢書》，或是後來改名，與《棣香齋叢書》同屬一書。

一一二

七里虹橋腐草腥〔一〕，歌鐘詞賦兩飄零〔二〕。不隨天市爲消長，文字光芒聚德星〔三〕。

時上元蘭君、太倉邵君爲揚州廣文〔四〕，魏默深舍人、陳静庵博士僑揚州〔五〕，又晤秦玉笙、謝夢漁、劉楚楨、劉孟瞻四孝廉、楊季子都尉〔六〕。

〔一〕虹橋：在揚州城外七里。徐釚《詞苑叢談》卷九：「紅橋在平山堂法海寺之側。王貽上司理揚州日，與諸名士游宴，酒間小有應酬，江南北頗流傳之，於是過廣陵者多問紅橋矣……附録阮亭游記略云：出鎮淮門，循小秦淮折而北，陂岸起伏多態，竹木蓊鬱，清流映帶，人家多因水爲園亭臺榭，溪塘幽窈而明瑟，頗盡四時之美。拏小艇循河西北行，林木盡處有橋，宛然如垂虹，下飲於澗，又如麗人靚妝袨服，流照明鏡中，所謂虹橋也。游人登平山堂，率至法海寺，舍舟而陸，徑必出虹橋下，橋四面皆人家荷塘，六七月間，菡萏作花，香聞數里。青簾白舫，絡繹如織，良謂勝游矣。」此爲康熙年間情況。李斗《揚州畫舫録》卷十：「虹橋即紅橋，在保障湖中。《鼓吹詞序》云：朱欄數丈，遠通兩岸，彩虹卧波，丹蛟截水，不足以喻；而荷香柳色，曲檻雕楹，鱗次環繞，綿亘十餘里。春夏之交，繁弦急管，金勒畫船，掩映出没於其間。」同書卷十一：「虹橋爲北郊佳麗之地。《夢香詞》云：揚州好，第一是虹橋。楊柳緑齊三尺雨，櫻桃紅破一聲簫。處處住蘭橈。」這是乾隆年間的情況。此後隨着清廷政治的日益腐敗，社會矛盾的日益發展，揚州逐步衰落，虹橋也大不如前，所以作者有「腐草腥」的形容。

〔二〕「歌鐘」句：富貴人家的歌舞排場，文人學士的詞賦集會，如今都衰落得很了。按，作者另有《己亥六月重過揚州記》一文可參閲。歌鐘，原是古代貴族專用的樂器，這裏借指歌舞音樂。參見第二一〇首注。詞賦：吟詩填詞之類的文藝活動。李斗《揚州畫舫録》卷十：「王士禄曰：貽上（按，王士禛）爲揚州法曹日，集諸名士於蜀岡、紅橋間，擊鉢賦詩，香清茶熟，絹素横飛。故陽羨陳其年有『兩行小吏艷神仙，争羨君侯腸斷句』之咏。至今過廣陵者，道其遺意，仿佛歐、蘇，不徒憶樊川之夢也。」

〔三〕「不隨」兩句：天市星象發生變化，地上的商業也會隨之或消或長；可是朋友們的聚會没有隨同消長；文人學者們還聚在一起，有如天上的德星聚會。天市：中國古代天文學家把天北極周圍的星劃分爲三垣，即紫微垣、太微垣、天市垣。按照古代迷信説法，天市垣是同人類商業活動有關的。《史記・天官書》：「房爲府」注云：「天市垣二十二星，在房、心東北，主國市聚交易之所，一曰天旗。明，則市吏急，商人無利；忽然不明，反是；市中星衆，則實；稀，則虚空。」德星：《史記・天官書》：「天晴而見景星，景星者，德星也。

其狀無常，常出於有道之國。」作者借以比喻朋友們聚集在一起。劉敬叔《異苑》：「陳仲弓從諸子侄共造荀季和父子。於時德星聚，太史奏：五百里内有賢人聚。」

〔四〕上元蘭君：其人未詳。太倉邵君：即邵子顯，見前首注。

〔五〕魏默深：魏源，字默深，一字墨生，湖南邵陽人。道光二十五年進士。官高郵州知州。今文經學家，精於史地學，有志改革社會，刷新政治，反對復古保守，主張吸取外國先進科學技術。與龔自珍齊名，并稱「龔魏」。著有《詩古微》、《聖武記》、《海國圖志》、《古微堂詩文集》等。《清史稿》四八六卷有傳。按，魏源此時官内閣中書，所以作者稱他爲「舍人」。陳静庵：陳杰，字静庵，浙江烏程人。天算學家。嘉慶間，官欽天監博士，轉國子監算學助教。著有《算法大成》上下編，《緝古算經細草》、《彗星譜》等。《清史稿》五〇七卷有傳。

〔六〕秦玉笙：秦瓛，字玉笙，秦恩復之子。道光元年舉人，不仕。善醫術，工畫山水，晚年以填詞著名。著有《意園酬唱集》、《思秋吟館詩文詞集》。況周頤《選巷叢譚》引徐穆詩跋尾：「吾揚言詞學，以秦氏爲山斗。西巖先生（按，秦恩復）有《詞學叢書》行世。令子玉生孝廉有《詞繫》，未刻。道光季年，曾聯淮海詞社，不下二十人，見存者僅穆而已。刻有《意圖酬唱集》收入郡志。《八十自遣》末章有：頗知明眼交豪士，留取餘年讀異書。愛聽仙韶思雅樂，飽嘗世味重園疏。耄荒自古貽明訓，好養心頭活水魚。可以知其志矣。」謝夢漁：謝增，字晉齋，號夢漁，一號孟餘，江蘇儀徵人。道光十四年舉人，三十年探花及第。由翰林院編修轉户科掌印給事中，歷官二十年不遷，卒於光緒五年。李慈銘《越縵堂日記》光緒五年五月初六日條：「謝夢漁今日開吊。夢漁名增，字孟餘，儀徵人，未堂侍郎溶生之孫。幼及見乾、嘉諸宿，有時名。官給事中二十年不遷，以前月十三日卒，其訃告云年六十九，聞其實已七十外也。余與之交游廿餘年，雖性情非契，而文字可談。老輩凋零，亦爲可惜。」

劉楚楨：劉寶楠，字楚楨，號念樓，江蘇寶應人。道光二十年進士。歷任文安、寶坻、固安等知縣。著有《論語正義》、《韞山樓詩文集》。《清史稿》四八二卷有傳。張舜徽《清人文集別録》卷十四：「寶楠以經學名，顧雅善吟咏。余尤喜誦其五言詩，以爲高者直逼陶、謝，次亦不落盛唐以下。揚州諸儒，以學人而兼工詩者，自江都黄承吉外，要當以寶楠爲巨擘。」　劉孟瞻：劉文淇，字孟瞻，江蘇儀徵人，嘉慶二十四年優貢生。精熟《春秋左氏傳》，取賈、服、鄭三家舊注，疏通證明，糾正杜注錯失，著《左傳舊注疏證（長編）》八十卷，《左傳舊疏考正》八卷。此外尚有《揚州水道記》四卷及《青溪舊屋文集》等。《清史稿》卷四八二有傳。《清人文集別録》卷十四：「儀徵劉文淇，少時家貧，舅氏凌曙憐其穎悟，自課之。年未及壯，即以淹通經史知名江淮間。年甫十八，即開門授徒，且教且學，以至於大成。與寶應劉寶楠齊名，有揚州二劉之目。《左傳舊疏考正》雖行世已早，而《舊注疏證》迄未竟功。其子若孫繼志述事，三世爲之，而猶未克畢其功（此書近年雖已出版，仍屬未完之作也）。」按，《左傳舊注疏證》，一九五九年由科學出版社出版，起隱公元年，盡襄公五年。楊季子：楊亮，原名大承，字季子，江蘇甘泉人。世襲三等輕車都尉。熟悉西北地理，著有《內蒙古道里表》、《西域沿革圖表》、《世澤堂詩文集》等。《增修甘泉縣志》：「亮早工詩古文詞，取法漢魏。游京師，從大興徐松受西域輿地之學，研究精審，松謂其學有替人。」

一一三

公子有德宜置諸，有德公子毋忘諸〔一〕。我方乞糴忽誦此，箴銘磊落肝脾虛〔二〕。

〔一〕「公子」兩句：你有恩惠給予別人，你可不要記在心上；若是別人有恩惠給你，你却不要把它忘記。《史記·信陵君傳》：「客有説公子曰：物有不可忘，或有不可不忘。夫人有德於公子，公子不可忘也；公子有德於人，願公子忘之也。」句意本此。

〔二〕「我方」兩句：我正要向朋友告貸，忽然記起這兩句話，我覺得它就像針對我而發的忠告，心裏虛怯，引起警惕。　乞糴：向人借穀。《左傳·僖公十三年》：「冬，晉薦饑，使乞糴於秦。」引申爲向人借錢。　箴銘：古代兩種文體。箴有規勸作用，銘有警惕勉勵作用。　磊落：形容石塊很多，也形容清楚分明，如「行事磊落」。

按，作者《己亥六月重過揚州記》有云：「明年（按，己亥年），乞假南游，抵揚州，屬有告糴謀，舍舟而館。」知當時作者到揚州打算向朋友借錢。

一一四

詩人瓶水與謨觴〔一〕，鬱怒清深兩擅場〔二〕。如此高才勝高第，頭銜追贈薄三唐〔三〕。

鬱怒橫逸，舒鐵雲瓶水齋之詩也〔四〕。清深淵雅，彭甘亭小謨觴館之詩也〔五〕。兩君死皆一紀矣。

〔一〕瓶水：即舒位。詳下。　謨觴：即彭兆蓀。詳下。

〔二〕鬱怒：作者認爲舒位的詩風格是鬱怒橫逸。鬱怒，鬱勃感憤。橫逸，不受羈束。　清深：作者認爲彭兆蓀的詩風格是清深淵雅。清深，清峭深刻。淵雅，典奥古雅。　擅場：原是全場壓一的意思，這裏作高手解。錢易《南部新書》：「昇平公主宅即席，李端擅場；送王相之鎮，韓翃擅場；送劉相巡江淮，錢起擅場。」

〔三〕「如此」兩句：這樣高的才華，勝於高中科舉。我是鄙薄唐代把進士、補闕之類的頭銜追贈給有名詩人的。　高第：科舉時代，考中進士稱爲取得高第。舒位只是一名舉人，彭兆蓀只是一名貢生，都不屬高第之列。　頭銜追贈：洪邁《容齋三筆》卷五《唐昭宗恤録儒士》：「唐昭宗光化三年十二月，左補闕韋莊奏：詞人才子，時有遺賢，不沾一命於聖明，没作千年之恨骨，據臣所知，則有李賀、皇甫松、李群玉、陸龜蒙、趙光遠、温庭筠、劉德仁、陸逵、傅錫、平曾、賈島、劉稚珪、羅鄴、方干，俱無顯過，皆有奇才，麗句清詞，遍在詞人之口，銜冤抱恨，竟爲冥路之塵，伏望遥賜進士及第，各贈補闕拾遺。」又見《唐摭言》卷十。《唐詩紀事》卷六十三：「唐末，宰臣張文蔚、中書舍人封舜卿奏：名儒不遇者十有五人，請賜一官，以慰冥魂。」作者嘲笑這種做法。三唐：前人對唐詩的分期，即初唐、盛唐、晚唐。玄宗開元以前爲初唐，憲宗元和以後爲晚唐。但又有人分爲初、盛、中、晚四期。

〔四〕舒鐵雲：舒位，字立人，號鐵雲，順天大興人。乾隆五十三年舉人。曾參加雲貴總督勒保的幕府工作，後歸吴中，貧困力學，以詩聞名。著有《瓶水齋詩集》。陳文述《舒鐵雲傳》：「君之爲詩，專主才力，每作必出新意。嘗言：自漢魏至近人詩，鮮不讀者，非盡其才，無以立也，不作可也。作而不傳，猶不作也。故君所作《瓶水齋詩》，不沿襲古法，而精力所到，他人百思不能及。乾隆嘉慶之際，詩人相望，歸愚守宗法，隨園言性靈，學之者衆，未有能盡其才者。君獨以奇博創獲橫絶一世。余所識詩人衆矣，必以君爲巨擘焉。」張維屏《聽松廬詩話》：「舒鐵雲詩，出筆則雷霆精鋭，運思則冰雪聰明，使事則觸手成春，用書則食古能化。」《晚晴簃詩話》：「鐵雲小字犍禪，少工詩古文，年十四，隨父任之永福，賦《銅柱》詩，安南國人傳誦之。豐神散朗，如魏晉間人。喜觀仙佛怪誕九流稗官之書，能度曲，所作樂府院本，老伶皆可按歌，不煩點竄。故爲詩奇博宏恣，橫絶一世。法時帆（按，法式善）常以鐵雲與王仲瞿（按，王曇）、孫子瀟（按，孫原湘）并稱，作《三君咏》。」

〔五〕彭甘亭：彭兆蓀，字湘涵，一字甘亭，江蘇鎮洋（今太倉縣）人。乾隆貢生。道光元年舉孝廉方正。曾作江蘇布政使胡克家幕客，晚依兩淮鹽運使曾燠。精駢體文，詩詞并著名。著有《小謨觴館集》、《潘瀾筆記》等。《清史稿》四八五卷有傳。姚椿《彭甘亭墓志銘》：「君字湘涵，又字甘亭，少隨父官山西，神俊有聲。年十五，應順天鄉試，諸公卿争欲招致，然竟十餘年無所遇。嘉慶丁卯，所知者主江南試，必欲得君，君聞之遂不復應。父殁，自鞠幼弟，隻身客游以爲奉。諸大吏多賢其才。君文章鴻博沈麗，力追六朝三唐之作者，尤長於詩。始務琦瑰，晚乃益慕澄淡孤敻，深得古人意旨。中年後務觀儒書，復耽竺氏籍，研究覃奥，世之爲内學者莫能窺其際也。」李慈銘《越縵堂讀書記》：「甘亭一身坎壈，詩多鬱抑忼慨之辭，骨力遒上，采色亦足。《樓煩》一集，狀塞上風景，尤多名篇，乾嘉以還莫能及也。」《晚晴簃詩話》：「甘亭早慧，其父官於寧武，侍游塞上，朔管霜笳，文情壯越。居十年，奉親南還。家中落，客江淮間，聲譽益起。其詩藻采似淵穎（按，元詩人吴萊），風骨亞青邱（按，明詩人高啓），氣局音律效空同（按，李夢陽）、大復（按，何景明）。邵荀慈論文，謂當於藻麗豐縟之中存簡質清剛之制。甘亭殆近之。撰《駢體正宗》，傳誦於時。又與顧千里同校《通鑒》、《文選》，并爲善本。晚年學道，旁及内典，有《懺摩録》之作。」

按，先生殆借瓶水、謨觴以自譽其詩乎？「鬱怒」八字，亦先生詩之主要風格也。

一一五

荷衣説藝鬥心兵〔一〕，前輩鬚眉照座清〔二〕。收拾遺聞歸一派，百年終恃小門生〔三〕。

少時所交多老蒼。於乾隆庚辰榜過從最親厚；次則嘉慶己未，多談藝之士。兩科皆大興朱文正爲總裁官〔四〕。

〔一〕「荷衣」句：自己年少時，就同老輩們談經論藝，彼此也有思想交鋒。　荷衣：平民穿的衣服。參見第四七首注。《唐摭言》：「李賀年七歲，以長短之製，名動京華。時韓文公與皇甫湜覽賀所業，奇之，而未知其人。因連騎造門請見，既而（李賀）總角荷衣而出。」　藝：經藝、文藝、制藝（八股文）都可稱藝。這裏應是泛指。　心兵：思想鬥争活動。　韓愈《秋懷》詩：「詰屈避語阱，冥茫觸心兵。」

〔二〕「前輩」句：老一輩的聲音笑貌，照耀座上，顯出清雅氣氛。　鬚眉：借指人物的風采。　蘇軾《泛潁》詩：「忽然生鱗甲，亂我鬚與眉，化爲百東坡，頃刻復在兹。」

〔三〕「收拾」兩句：把前輩的遺聞軼事收集起來，使它歸爲一派，不致漫滅喪失，百年之後還是要靠我這個小門生的。　百年：乾隆二十五年庚辰（一七六〇）中進士的人物，到作者寫此詩時（一八三九），應有百歲以上。　門生：原意是學生，這裏是作者自謙之詞。

〔四〕朱文正：朱珪，字石君，順天大興人。乾隆十三年進士。歷官侍讀學士、兩廣總督、體仁閣大學士，卒謚文正。乾隆二十五年庚辰（一七六〇）及嘉慶四年己未（一七九九）兩科均任總裁官（進士考試的總負責人）。《清史稿》三四〇卷有傳。陳康祺《郎潛紀聞》：「朱石君先生每握文衡，必合觀經策，以精博求士。乾隆丙午典試江南，一榜多名士宿學。嘉定李許齋方伯賡芸，以第二人中式，儀徵阮文達公以第八人中式，尤爲先生所奇賞。」

一一六

中年才子耽絲竹〔一〕，儉歲高人厭薜蘿〔二〕。兩種情懷俱可諒，陽秋貶筆未宜多〔三〕。

〔一〕「中年」句：據説，才子到了中年，就愛好閑適生活，喜歡玩玩伎樂。中年：按照過去一般説法，人到四十歲以上就是進入中年。絲竹：管弦音樂，這裏含有伎樂的意思。《晉書·王羲之傳》：「謝安嘗謂羲之曰：中年以來，傷於哀樂，與親友别，輒作數日惡。羲之曰：年在桑榆，自然至此，須正賴絲竹陶寫。」

〔二〕「儉歲」句：歉收的年頭，隱逸的人也厭棄貧困生活，想另找謀生之路。薜蘿：薜荔和女蘿，是山中常見的蔓生植物。後借指隱士的服裝，也可指代隱者的住處。謝靈運《從斤竹澗越嶺溪行》詩：「想見山阿人，薜蘿若在眼。」劉長卿《使回次楊柳過元八所居》詩：「薜蘿誠可戀。」

〔三〕「兩種」兩句：這兩種人的心情都可以諒解，人們正不必運用《春秋》筆法去過分貶責他們。陽秋：見第一一一首注。儒家認爲《春秋》這部書隱寓了對人和事的褒貶用意，後人對於一些暗藏褒貶的文字也因此稱爲《春秋》筆法。

一一七

姬姜古妝不如市〔一〕，趙女輕盈躡鋭屣〔二〕。侯王宗廟求元妃，徽音豈在纖厥趾〔三〕？偶感。

〔一〕「姬姜」句：古代的貴族女子，她們的打扮就不像倚市門的輕佻女人。姬：周代帝王的姓。姜：齊國諸侯的姓。兩者借指貴族女子。《左傳·成公九年》：「雖有姬姜，無棄蕉萃。」注：「姬姜，大國之女。」不如市：《史記·貨殖傳》：「刺綉文不如倚市門。」意説辛苦刺綉的女子，她的生活還及不上倚着市門賣弄美色的。

〔二〕「趙女」句：像趙女之流，她們爲了體態輕盈，才穿着尖頭鞋子。趙女：指賣弄美色的女子。《史記·貨殖傳》：「趙女鄭姬，設形容，揳鳴琴，揄長袂，躡利屣，目挑心招，出不遠千里，不擇老少者，奔富厚也。」

〔三〕「侯王」兩句：侯王爲了祭祀宗廟，選擇自己的配偶，配偶的美德難道就在這雙小脚上面嗎？　侯王宗廟：封建王侯歷來都建立宗廟祭祀祖先。儒家又認爲侯王選擇配偶也是爲了奉祀祖先。《禮·昏義》：「昏（婚）禮者，將合二姓之好，上以事宗廟，而下以繼後世也。」　元妃：元配，嫡妻。《晉書·后妃傳序》：「爰自夐古，是謂元妃；降及中年，乃稱王后。」　徽音：美好的品德。《詩·大雅·思齊》：「大姒嗣徽音。」　纖厥趾：指婦女裹小脚的陋習。

按，作者對於婦女纏足的陋習，一向抱着反對態度，并在詩中一再表示自己的意見。除了這首詩之外，他在《婆羅門謡》中，贊頌了不纏足的少數民族婦女，有「娶妻幸得陰山種，玉顔大脚其仙乎」句。在《菩薩墳》詩中，又有「大脚鸞文勒」的贊語。這首詩語氣更爲激烈，甚至拿「倚市門」和「奔富厚」的女子相比，可見作者對這種摧殘婦女身心的惡習何等痛惡。

一一八

麟趾褭蹄式可尋〔一〕，何須番舶獻其琛〔二〕？漢家平準書難續〔三〕，且仿齊梁鑄餅金〔四〕。近世行用番錢，以爲携挾便也。不知中國自有餅金，見《南史・褚彥回傳》，又見唐韓偓詩。

〔一〕「麟趾」句：漢代曾經鑄造過像麟趾和馬蹄的金幣，它的形式還可以追尋。《漢書・武帝紀》：「（太始）二年，詔曰：有司議曰：往者朕郊見上帝，西登隴首，獲白麟以饋宗廟；渥洼水出天馬；泰山見黃金，宜改故名。今更黃金爲麟趾、褭蹄，以協瑞焉。」　褭：《漢書》注引應劭曰：「古有駿馬名要褭，赤喙黑身，一日行萬五千里。」按，馬蹄金和麟趾金重新出土，唐宋均有記載，見唐顔師古《漢書・武帝紀注》及宋沈括《夢溪筆談》卷二一。解放後又續有發現。如一九七四年至一九七五年在西安市西南郊就發現六枚。馬蹄金外形如馬蹄，中空，底面呈橢圓形，後壁左側有孔。麟趾金形體較小，底面呈圓形，後右側有孔。重量由二四五點六克至二六一點九克不等。含金量爲百分之七七及百分之九七。銘刻有「斤六銖」、「十五兩廿二銖」、「王」、「閻」等。

〔二〕「何須」句：我們何必讓外國船舶貢獻他們的珍寶呢？　番舶：指當時歐洲國家的輪船。清代初葉和中葉，大量出口茶葉、絲綢等産品，換回銀幣，這些銀幣也在市場通行。　琛：珍寶。這裏指外國銀元。《詩・魯頌・泮水》：「憬彼淮夷，來獻其琛。」

〔三〕「漢家」句：如果説，漢朝《平準書》所記載的辦法，我們難以照搬到今天來。　平準書：司馬遷《史記》裏面的一章，記載漢代財政經濟方面的史實。

〔四〕「且仿」句：姑且仿照齊、梁鑄造餅金的辦法鑄造自己的銀幣吧。　餅金：餅狀硬幣。《南史·褚彦回傳》："有人求官，密袖中將一餅金，因求請間，出金示之曰：人無知者。"韓偓《咏浴》詩："豈知侍女簾幃外，剩取君王幾餅金。"

按，外國銀元流入中國，最早可上溯到明代末葉，但數量甚微。清初海禁開放以後，廣州商人組織公行，外國船隻來華漸多，這些商船把銀元運來，换取我國茶葉、絲綢等商品，而且洋貨輸入很少，所以那時我國一直是出超國。據英國東印度公司的紀録，自康熙二十年到道光十三年的一百五十三年間，歐洲船隻運到中國的白銀，總計在七千萬兩以上。但自鴉片大量侵入後，情形逆轉，白銀反而外流，以致形成中國銀荒現象。鴉片戰爭前後數十年間，在我國最通行的外幣，是在墨西哥鑄造的西班牙銀元，種類有雙柱、兩種查理銀元和費迪南七世銀元。這些銀元之所以受到歡迎，主要是携帶、交易都比較方便。作者感到這是不正常現象，於是有自鑄銀元的建議。

一一九

作賦曾聞紙貴誇〔一〕，誰令此紙遍京華〔二〕？不行官鈔行私鈔，名目何人餉史家〔三〕？

〔一〕"作賦"句：聽説，晉朝文學家左思寫成《三都賦》，富貴人家争着抄寫，使得洛陽紙價都貴起來。《晉書·左思傳》：「(思)後欲賦三都，遂構思十年……司空張華見而嘆曰：班張之流也，使讀之者盡而有餘，久而更新。於是豪貴之家競相傳寫，洛陽爲之紙貴。」

〔二〕「誰令」句：現在却是什麽原因使紙張這樣貴重，在京師到處流通呢？此紙：指私人商業自己發出的錢票之類。嘉慶、道光年間，私營錢莊和典當商號有自己發行的錢票(定期兑現的本票)。據道光十八年山西巡撫申啓賢奏：「查民間貿易貨物，用銀處少，用錢處多……直隸、河南、山東、山西等省，則用錢票。若一旦禁絶錢票，勢必概用洋錢。」作者指的就是這種錢票。

〔三〕「不行」兩句：不發行官府鈔票，却發行私人鈔票，這些私鈔在史書上是找不到先例的。是誰提供這個名堂讓史家寫進史書上呢？餉：贈與。名目：名號，名堂。

按，作者的意思，以爲與其讓商人自己發行私鈔，還不如由政府統一發行官鈔。

一二〇

促柱危弦太覺孤〔一〕，琴邊倦眼眄平蕪〔二〕。香蘭自判前因誤，生不當門也被鋤〔三〕。

〔一〕促柱危弦：箏瑟上面擱弦的橋狀物稱爲柱，可以調節弦的鬆緊。如果把柱調到使弦拉得極緊，彈奏時，聲音便顯得哀而急，稱爲「促柱危弦」。朱灣《箏柱子》詩：「力微慚一柱，材薄仰群弦。且喜聲相應，寧辭迹屢遷？」甚得物情。汪烜《樂經律吕通解》卷四：「大瑟立柱，一弦之柱，去尾九寸，去首七尺二寸。弦應黄鐘之宫。由此三分損益，以立十二弦之柱，應十二律。」《文選》張協《七命》：「撫促柱則酸鼻，揮危弦則涕流。」作者借此比喻自己關心國事、主張改革的言論，猶如促柱危弦，聲哀而急。　太覺孤：調子太高，没有多少人懂得欣賞。

〔二〕「琴邊」句：我坐在琴邊，抬起困倦的眼睛，向長滿雜草的原野望去。屈原《離騷》：「哀衆芳之蕪穢。」朱熹注：「傷善道不行如香草之蕪穢。」按，箏、瑟有柱，琴則無柱。但詩家行文不拘。

〔三〕「香蘭」兩句：這是暗用三國時代的典故。當時西蜀有個叫張裕的占星家，私下對人説，劉氏將要滅亡，劉備的西川也保不住。這話給劉備知道，十分惱火，再加上張裕還犯了别的事，劉備便借口把他殺掉。諸葛亮曾問：張裕到底犯了什麼死罪？劉備答説：「芳蘭生門，不得不鋤。」見《三國志·周群傳附張裕傳》。　香蘭：指蘭草或澤蘭，即《離騷》説的「秋蘭」、「幽蘭」，菊科植物，多年生草本，高三四尺，莖葉均有香氣，秋末開淡紫色小花，同現在一般説的蘭花是兩回事。　自判：自己判斷。　前因：佛家認爲人有過去、現在、未來三世，今世發生的事情是由於前世造下的因。

按，作者由於議論時政，受到頑固派的接連打擊，因而產生這種慨嘆。無以自解，只好推之於不可知論。這也反映了作者思想上的局限性。

一二二

荒青無縫種交加〔一〕，月費牛溲定幾車〔二〕？只是場師消遣法，不求秋實不看花〔三〕。所僦寓有治圃者〔四〕，戲贈。

〔一〕「荒青」句：在長滿野草的地上，你縱横交錯地種了許多蔬菜。荒青：荒廢的草地。縫：讀去聲，縫隙。吴長元《宸垣識略》卷十六引李笠翁句云：「此令一下植者衆，芳塍漸覺青無縫。十萬纖腰細有情，三千粉黛渾無用。」交加：縱横。《文選》宋玉《高唐賦》：「交加累積，重疊增益。」杜甫《春日江村》五首之三：「種竹交加翠，栽桃爛熳紅。」

〔二〕「月費」句：每月消耗牛尿説不定要好幾車啊。牛溲：牛尿。韓愈《進學解》：「牛溲馬勃，敗鼓之皮，俱收并蓄。」

〔三〕「只是」兩句：這是園藝家拿來消磨日子的，其實你不想要它的果實，也不想欣賞它的花。場師：園藝家。《孟子·告子》：「今有場師，舍其梧檟，養其樲棘。」

〔四〕僦寓：租賃房子。　治圃：種植蔬菜。

按，這首詩看來也有寓意。地上早已長滿野草，硬要在上面種菜，而目的又不在於看花或收實。比喻自己改革社會政治的主張，既費力，又不討好，更不是打算撈取個人利益。無以名之，只好説是「消遣法」了。言外顯有自嘲意味。

一二三

六朝古黛夢中横〔一〕，無福秦淮放棹行〔二〕。想見鍾山兩才子〔三〕，詞鋒落月互縱横〔四〕。欲如江寧〔五〕，不果；亦不得馬湘帆户部、馮晉漁比部兩同年消息〔六〕。

〔一〕「六朝」句：六朝：吴、東晉、宋、齊、梁、陳六朝都在南京建都。　古黛：黛是青黑色顔料，古代婦女拿來畫眉。又古人常稱山色爲黛色。古黛是泛指南京歷史上的山川人物。

〔二〕秦淮：南京著名河流，秦代開鑿，源出江蘇溧水縣，向北流入南京，穿城而過，注入長江。舊時歌樓舞館，并列城區兩岸，畫船游艇，紛集其中，是豪富們徵歌逐色的地方。

〔三〕鍾山：即南京紫金山。　兩才子：指馬湘帆、馮晉漁。

〔四〕詞鋒：議論風發，有如兵刃。　縱横：姚合《送盧拱游魏州》詩：「官閑身自在，詩逸語縱横。」

〔五〕江寧：舊縣名，在今南京市南。

〔六〕馬湘帆：馬沅，字湘帆，號韋伯，江蘇上元人。道光九年進士。由庶吉士改户部主事，官至湖廣道監察御史。著有《塵定軒稿》。《國朝正雅集》引姚瑩云：「湘帆詩才情艷發，新俊絶倫，似楊升庵而氣骨遒健，殆欲過之。偶學昌黎，亦皆神似。」《寄心庵詩話》：「湘帆侍御善爲小詩，有齊、梁遺意。《楊花曲》云：江頭楊柳花，隨郎渡江去。莫厭粘郎衣，是妾門前樹。」　馮晉漁：馮啓蓁，字晉漁，廣東鶴山人（作者在《齊天樂》詞序中説馮是海南人，誤記。）嘉慶十五年舉人（見嘉慶《鶴山縣志》）。初官咸安宫教習、内閣中書、兼國史館分校。離北京後，寓居南京。後赴山西任某州知州。《同治江寧府志・寓賢》：「馮啓蓁，字晉漁，以内閣中書主鳳池書院，喜獎拔好古之士，高澤、張寶德其尤也。居明瓦廊欣欣園，其園有綯雲峰、櫻桃磚舍，古木百餘株，皆大合抱，干霄直上；又有瓔珞松，森森偃蓋，尤世所罕睹。性好金石古泉，收藏頗夥。後牧晉中某州，卒。」

一二三

不論鹽鐵不籌河〔一〕，獨倚東南涕淚多〔二〕。國賦三升民一斗，屠牛那不勝栽禾〔三〕？

〔一〕「不論」句：我既不議論鹽鐵，也無權籌劃治理黃河。　鹽鐵：西漢時代，鹽和鐵都由政府專賣。昭帝時，代表地方豪强的「文學之士」，同代表中央政權的御史大夫桑弘羊展開一場應否專賣的大辯論。這些辯論，後由桓寬結集成書，稱爲《鹽鐵論》。　籌河：黃河自古就經常泛濫遷徙，造成極大禍害。東漢時，賈讓曾提出治河三策，以後歷代都有人提出治河方略，但始終未能根治河患。清代由於南糧北運，每年有大量穀米通過運河輸往京師（稱爲漕運），中途要横越黃河，黃河出事，漕運便要中斷，清政府爲此設置河道總督加以管理。作者由於不在其位，所以有「不論」「不籌」的話。

〔二〕「獨倚」句：回到江南，耳聞目見農民生活的痛苦，使我灑下許多眼淚。　倚：倚身而立，意即置身其中。倚有立義。《荀子·性惡》：「倚而見天下民人之相與也。」王念孫云：「倚者，立也。言立而觀之。」　東南：指江蘇、浙江等東南沿海省份。

〔三〕「國賦」兩句：國家賦税規定三升，農民實際上要交納一斗糧食，這就難怪幹屠牛的營生，都要比種田好多了。　國賦三升：清政府明文規定的田賦，據馮桂芬《請減蘇松太浮糧疏（代作）》云：「伏查大清户律載：官田起科每畝五升三合五勺，民田每畝三升三合五勺，重租田每畝八升五合五勺，没官田每畝一斗二升。是官田亦有通額。獨江蘇則不然……今蘇州府長洲等縣，每畝科平糧三斗七升以次不等，折實粳米，多者幾及二斗，少者一斗五六升，遠過乎律載官田之數。」因此，所謂「國賦三升」，從來都是一紙具文，江蘇的農民一向都要交納一斗甚至二斗的數額。馮桂芬又指出：乾、嘉年間，農民之所以還能勉强完稅，是由於辛勤經營各種副業，用副業收入來折銀納稅。「無論自種、佃種，皆以餘力業田，不關仰給之需。」「至道光癸未大水，元氣頓耗，商利减而農利從之，於是民漸自富而之貧。然猶勉强支吾者十年。迨癸巳大水，而後始無歲不荒，無縣不緩，以國家蠲减曠典，遂爲年例。」（見《清經世文續編》卷三十一）

按，作者《昇平分類讀史雅詩自序》云：「至於南河，國家痔漏，所費者國之帑金也，所救者民之田廬也，似宜藉民力。乃役夫歲數百萬，無空役者。是故本朝絶無力役之事。」朝廷當時以治河爲大事，龔氏亦予肯定。或謂龔氏此詩乃譏朝廷不論鹽鐵，亦不籌河，大誤。

一二四

殘客津梁握手欷〔一〕，多君鄭重問烏衣〔二〕。故家自怨風流歇〔三〕，肯罵無情燕子飛〔四〕！重晤段君果行、沈君錫東於逆旅，執手言懷。兩君，家大人舊賓客也。

〔一〕殘客：舊日的門客。從前官宦人家，常有貧苦的知識分子投靠，稱爲門下客。《南史·張纘傳》：「初，纘與參掌何敬容意趣不協，敬容居權軸，賓客輻輳。有詣纘，纘輒拒不前，曰：吾不能對何敬容殘客。」　津梁：關津渡口。　欷：傷心嘆氣。

〔二〕多：稱美，引申爲感謝。參見第三六首注。　鄭重：有頻煩、殷勤兩義。《漢書·王莽傳》：「然非皇天所以鄭重降符命之意。」師古曰：「鄭重，猶言頻煩也。」《廣韻》：「鄭重：殷勤。」　烏衣：南京的烏衣巷，南朝時是王、謝兩姓大族聚居的地方，後人因以烏衣子弟比喻舊家大族的子弟。

〔三〕風流：即流風餘韻，指世代相傳的風習。這裏直指好的光景。《漢書·趙充國傳贊》：「其風聲氣俗，自古而然，今之歌謡慷慨，風流猶存耳。」

〔四〕燕子：比喻從前投靠過富貴人家的人。劉禹錫《烏衣巷》詩：「舊時王謝堂前燕，飛入尋常百姓家。」

一二五

九州生氣恃風雷〔一〕，萬馬齊喑究可哀〔二〕。我勸天公重抖擻，不拘一格降人材〔三〕。

過鎮江，見賽玉皇及風神、雷神者〔四〕，禱祠萬數〔五〕。道士乞撰青詞〔六〕。

〔一〕九州：古地理書《禹貢》把我國劃分爲九州，即冀、兖、青、徐、揚、荆、豫、梁、雍，後代因以九州指中國。　生氣：蓬勃生鮮的氣象。

〔二〕「萬馬」句：作者借指朝廷上下雖然也有許多大大小小的官員，可是他們都像啞巴一樣，自己默不作聲，甚至禁止别人作聲，這是可悲的事。　萬馬齊喑：蘇軾《三馬圖贊》：「振鬣長鳴，萬馬皆喑。」陳維崧《賀新凉》詞：「萬馬齊喑蒲牢吼。」

〔三〕「我勸」兩句：我勸天老爺還是重新振作精神，不要拘限什麽資格，讓人材大量在社會上涌現。　抖擻：把附着的東西抖掉，引申爲振作、振奮。　一格：這裏指清王朝拿種種所謂資格來限制人材。例如科舉制度，表面上説是選用人材，其實正是限制人材；又如官員升調，也有種種資格限制。作者在《明良論三》指出：「今之士，進身之日，或年二十至四十不等，依中計之，以三十爲斷。翰林，至榮之選也，然自庶吉士至尚書，大抵須三十年或三十五年，至大學士又十年而弱；非翰林出身，例不得至大學士。而凡滿洲、漢人之仕宦者，大抵由其始宦之日，凡三十五年而至一品，極速亦三十年，賢智者終不得越，而愚不肖者亦得以馴而到。此今日用人論資格之大略也……一限以資格，此士大夫所以盡奄然而無有生氣者也。」

〔四〕賽玉皇：玉皇是道教所謂最高的天神。每年在玉皇神誕這一天，道士們拚命活動，哄騙迷信的男女到神殿求福致祭，借此斂財。　風神：又稱風伯，風師。傳説名飛廉。《吕氏春秋》：「風師曰飛廉。」雷神：又稱雷師，傳説名豐隆。《離騷》：「吾令豐隆乘雲兮。」

〔五〕禱祠萬數：參加祭神求福活動的人數以萬計。

〔六〕青詞：道士在祭神時獻給天神的祝文，照例用青藤紙寫朱色字，稱爲青詞。徐師曾《文體明辨序説》：「陳繹曾云：青詞者，方士懺過之詞也，或以祈福，或以薦亡，唯道家用之。」

按，作者根本不是撰寫什麼青詞，而是借題發揮，表達了對清王朝上下一片死氣沉沉的不滿，對清統治者用所謂資格限制人材的反感。他希望大風大雷出現，掃蕩一切污濁，打破一切桎梏，讓社會上下呈現蓬勃生鮮的氣象，讓人材無限制地生長起來。但是作者這種美好的理想，在那個時代當然是没有可能實現的。

一二六

不容兒輩妄談兵，鎮物何妨一矯情〔一〕。別有狂言謝時望，東山妓即是蒼生〔二〕。

〔一〕「不容」兩句：東晉初年，北方氐族奴隸主苻堅，親率九十餘萬大軍，沿淮水南下。企圖一舉滅亡東晉。東晉大臣謝安派將軍謝玄、謝石率兵八萬迎戰，在淝水大敗敵軍，史稱「淝水之戰」。據《晉書·謝安傳》載：「玄等既破苻堅，有驛書至。安方對客圍棋，了無喜色。既罷還内，過户限，不覺屐齒之折。其矯情鎮物如此。」應該大喜的事，謝安故意違反常情，表示與衆不同，這就叫「矯情鎮物」。作者則認爲，謝安原是不讓謝玄等兒輩因勝而驕，妄談用兵，所以有意這樣矯情。

〔二〕「别有」兩句：我還有一句狂妄的話告訴時賢們：東山的歌妓也就是蒼生啊！時望：當代有名望的人。《晉書·簡文帝紀》：「太常職奉天地，兼掌宗廟，其爲任也，可謂重矣。是以古今選建，未嘗不妙簡時望，兼之儒雅。」東山妓：謝安隱居東山，經常携帶妓女游山玩水，當時曾有人説：「安石不出，如蒼生何？」《世説·識鑒》：「謝公在東山畜妓，簡文曰：安石必出，既與人同樂，亦不得不與人同憂。」

按，作者的「花月冶游」，很可能受到某些人的譏諷，因此作者在這裏加以答覆。詩中借謝安的行爲替自己辯解。意思説，表面的行爲舉動，有時只是矯情，并不一定真實反映内心世界。

一二七

漢代神仙玉作堂〔一〕，六朝文苑李男香〔二〕。過江子弟傾風采〔三〕，放學歸來祀衛郎〔四〕。

〔一〕「漢代」句：漢代有玉堂署。《漢書·李尋傳》：「臣隨衆賢待詔，久汚玉堂之署。」王先謙補注：「何焯曰：漢時待詔於玉堂殿，唐時待詔於翰林院，至宋以後翰林遂并蒙玉堂之號。」王錡《寓圃雜記》：「翰林院官，職清務閑，優游自如，世謂之玉堂仙。」這是翰林的典故。又《漢書·谷永傳》：「抑損椒房玉堂之盛寵。」師古注：「玉堂，嬖妾之舍也。」這是嬖幸者的典故。作者在此兩義合用，詳下。

〔二〕六朝文苑：這裏專指南朝宋、齊、梁、陳時代的綺靡淫麗文體而言。詳下。李男：指乾隆年間京師寶和部的崑曲旦角李桂官。李字秀章，吴縣（今屬蘇州）人，容貌俊美，同畢沅昵好，畢氏未中狀元前，李曾大力給以資助。畢氏大魁後，李桂官聲名大著，被一些大官僚如史貽直之流稱爲「狀元夫人」，趙翼、袁枚均有《李郎曲》記述此事。趙翼《檐曝雜記》卷二：「京師梨園中有色藝者，士大夫往往與相狎。庚午、辛未間，慶成班有方俊官，頗韶靚，爲吾鄉莊本淳舍人所昵。本淳旋得大魁。後寶和班有李桂官者，亦波峭可喜，畢秋帆舍人狎之，亦得修撰。故方、李皆有狀元夫人之目。余皆識之。二人故不俗，亦不徒以色藝稱也。本淳殁後，方爲之服期年之喪。而秋帆未第時頗窘，李且時周其乏。以是二人皆有聲縉紳間。後李來謁余廣州，已半老矣。余嘗作《李郎曲》贈之。」參考吴長元《燕蘭小譜》。

〔三〕過江子弟：指江南一帶的貴族富豪人家子弟。按，晉懷帝永嘉五年，劉曜、石勒率兵攻陷洛陽，擄去懷帝。中原地區豪室貴族紛紛南逃，在長江下游一帶定居。這些人稱爲過江人士，他們的子弟就稱爲過江子弟。作者這裏指的則是嘉、道年間江南一帶的花花公子們。傾風采：傾慕像「李男」一類人物的風度神采。

〔四〕衛郎：美男子的代稱。東晉人衛玠，字叔寶，風神清秀，容貌俊美，被稱爲璧人。《世説·容止》注引《玠别傳》：「玠在群伍之中，實有異人之望。齠齔時，乘白羊車於洛陽市上，咸曰：『誰家璧人？』於是家門州黨號爲璧人。」《晉書·衛玠傳》：「(玠)總角乘羊車入市，見者皆以爲玉人，觀之者傾都。」

按，這首詩是諷刺當時貴族官宦子弟玩戲子的惡劣風氣。開頭兩句借畢沅和李桂官的男色關係作引子。因不便明言，故行文頗爲隱晦。「玉作堂」，既指畢沅中狀元入翰林院的事，也暗含李桂官是畢氏的男嬖。「六朝文苑」指袁、趙等人的《李郎曲》，兩詩描寫淫穢，都是靡靡之音。作者以「香」字隱含諷意。末後兩句，即指在作者當時，江南富豪子弟很多還玩弄男戲子，「傾風采」「祀衛郎」，寓意明顯。又按：梁紹壬《兩般秋雨盦隨筆·李郎》四：「畢秋帆尚書沅、李郎之事，舉世艷稱之，袁大令、趙觀察俱有《李郎曲》，而袁勝於趙。余最愛其中一段云：『果然臚唱半天中，人在金鰲第一峰。賀客盡携郎手揖，泥箋翻向李家紅。若從内助論勳伐，合使夫人讓誥封。』寫得有景有色。溧陽相公呼李郎爲狀元夫人，真風流佳話也。」梁氏所謂「風流佳話」，正是作者所深惡痛絶的，所以不惜用尖刻的筆墨進行譏諷。爲便於讀者了解詩意，現將趙翼的《李郎曲》抄録一節於下，可見「六朝文苑」云云，確非泛指：

「李郎昔在長安見，高館張燈文酒宴。烏雲斜綰出堂來，滿堂動色驚絕艷。得郎一盼眼波留，千人萬人共生羡。人方愛看郎顔紅，郎亦看人廣座中。一個狀元猶未遇（原注：秋帆時爲舍人），被郎瞥眼識英雄。每當舞散歌闌後，來伴書幃琢句工。畢卓甕頭扶醉起，鄂君被底把香烘。但申嚙臂盟言切，并解纏頭旅食供。明年對策金門射，果然榜發魁天下。從此鷄鳴内助功，不屬中閨屬外舍。五花官誥合移封，郎不言勞轉謙謝。專恩肯作鄭櫻桃，盡許後房多粉麝……」（見《甌北詩鈔》）

一二八

黄河女直徙南東，金明昌元年〔一〕。我道神功勝禹功〔二〕。安用迂儒談故道，犁然天地劃民風〔三〕。渡黄河而南，天異色，地異氣，民異情。

〔一〕「黄河」句：金章宗明昌五年（一一九四），黄河在陽武縣（今河南原陽縣）舊堤缺口，淹過封丘縣向東注入梁山泊，再分兩支，一支由北清河（即大清河）入海，一支由南清河（即泗水）入淮河。這是歷史上記載的黄河第四次大遷徙。到元代，北流日漸微弱；明代弘治七年，築斷黄陵岡支渠，北流斷絕，黄河全部南流。清代中葉，黄河下游由河南蘭封縣東南流經江蘇碭山、銅山、宿遷、泗陽、淮陰等縣出海，即作者當時所見的情況。（作者自注「明昌元年」，誤記。） 女直：金族原稱女真，後改爲女直。《文獻通考》三二七：「女真，蓋古肅慎氏，世居混同江之東，長白山鴨渌水之源……後漢謂之挹婁，元魏謂之勿吉，隋唐謂之靺鞨……唐貞觀中，靺鞨來朝，太宗問其風俗，因言及女真之事，自是中國始聞其名……訖唐世貢不絶。五代時始稱女真，後避契丹主宗真諱，更爲女直。」

〔二〕「我道」句：我認爲自然界的力量勝於大禹的力量。 禹功：傳説帝堯時代，大禹治理黄河，平息了嚴重的水患。

〔三〕「安用」兩句：何須迂腐不通的儒生議論什麽黄河故道，現在黄河南北的天氣、地貌與人民的風氣都截然不同，就像犁溝那様清楚。 故道：黄河遷徙後留下的舊河床。 犁然：清楚分明。《莊子・山木》：「犁然有當於人心。」

按，作者這首詩嘲笑食古不化的迂儒，因爲他大談夏禹時代的黄河，主張人爲地恢復這條故道。這個「迂儒」大抵就是康熙年間著《禹貢錐指》的胡渭。胡渭在《論河》一節中，先説東漢王景治河，使「禹迹蕩然無存，君子於此有遺憾焉」。再談了一番歷史，就危言聳聽地説：「（黄河）怒不得泄，則又必奪邗溝之路，直趨瓜洲，南注於江，至通州入海，四瀆併爲一瀆，拂天地之經，奸南北之紀，可不懼歟。」然後提出自己的主張：「欲絶此患，莫如復禹舊迹。」他的辦法是：「先期戒民，凡田廬冢墓當水之衝者，悉遷於他所，官給其費，且振業之。西岸之堤，增卑培薄，更於低處創立遥堤，使暴水至，得左右游波，寬緩而不迫。諸事已畢，然後縱河之所之，决金龍、注張秋而東北，由大清河入於渤海，殊不煩人力也。」作者説他是「迂儒談故道」，因爲他著眼只在於復古。但黄河南流，害處甚大，而導向北流，從地勢來説較爲合理。這却不是單純地「恢復禹迹」。

一二九

陶潛詩喜説荆軻〔一〕，想見停雲發浩歌〔二〕。吟到恩仇心事涌，江湖俠骨恐無多〔三〕。

舟中讀陶詩三首。

〔一〕陶潛：東晉著名詩人，字淵明（或説字元亮，名淵明；或説字淵明，名元亮，説法不一），尋陽柴桑人，曾官彭澤令。自稱不爲五斗米折腰，棄官歸隱，以詩酒自娱，世稱靖節先生。有《陶淵明集》。荆軻：戰國時代的刺客，接受燕太子丹的委托，入秦企圖行刺秦始皇，被殺。按，陶潛有《咏荆軻》詩。

〔二〕停雲：陶潛有《停雲》四言詩一首，序云：「《停雲》，思親友也。」

〔三〕「吟到」兩句：作者認爲，陶潛喜歡提到荆軻，是因爲本身有恩仇的事，借古喻今，他那時江湖上行俠仗義的人怕已經不多了。

按，作者在詩中也是借古喻今，他本人就有些恩仇未了的事，所以有「俠骨無多」的感慨。

一三〇

陶潛酷似卧龍豪，語意本辛棄疾〔一〕。萬古潯陽松菊高〔二〕。莫信詩人竟平淡，二分梁甫一分騷〔三〕。

〔一〕「陶潛」句：酷似：十分相似。卧龍：徐庶稱贊諸葛亮爲卧龍。《三國志·諸葛亮傳》：「徐庶見先主，先主器之，謂先主曰：諸葛孔明者，卧龍也，將軍豈願見之乎？」辛棄疾《賀新郎》詞：「把酒長亭説，看淵明風流酷似，卧龍諸葛。」

〔二〕潯陽：即尋陽，郡名，晉時治柴桑，在今江西九江縣西南。松菊：陶潛《歸去來兮辭》：「三徑就荒，松菊猶存。」

〔三〕「莫信」兩句：不要相信詩人那種表面的平淡，其實，他的詩三分之二像諸葛亮的《梁甫吟》，三分之一是屈原《離騷》的情味。意思説，陶潛既有政治抱負，又是熱愛祖國、感情激烈的人。平淡：梁鍾嶸在《詩品》中稱陶潛是「古今隱逸詩人之宗」。後來不少詩評家沿用此説，大談陶詩如何平淡，如葛常之《韻語陽秋》、蔡寬夫《西清詩話》等都是。梁甫：

《三國志·諸葛亮傳》：「亮躬耕隴畝，好爲《梁父吟》。」甫、父通。

一三一

陶潛磊落性情温〔一〕，冥報因他一飯恩〔二〕。頗覺少陵詩吻薄，但言朝叩富兒門〔三〕。

〔一〕「陶潛」句：陶潛胸懷磊落，有豪俠的氣質，但性情又是温厚的。磊落：形容清楚分明。古樂府《善哉行》：「磊磊落落向曙星。」

〔二〕「冥報」句：吃了人家一頓飯、就表示死後還要報答恩惠。陶潛有《乞食》詩，最後幾句説：「感子漂母惠，愧我非韓才。銜戢（按，藏在心裏）知何謝？冥報以相貽。」冥報：古人迷信説法，認爲人在死後還可以報答恩惠或報復仇恨。

〔三〕「頗覺」兩句：杜甫《奉贈韋左丞丈二十二韻》詩：「朝叩富兒門，暮隨肥馬塵。殘杯與冷炙，到處潛悲辛。」作者認爲，杜甫吃了人家的酒飯，倒反説是「殘杯冷炙」，口吻未免輕薄。

一三二

江左晨星一炬存〔一〕，魚龍光怪百千吞〔二〕。迢迢望氣中原夜，又有湛盧劍倚門〔三〕。

江陰見李申耆丈、蔣丹棱茂才〔四〕。丹棱，申耆之門人也。

〔一〕「江左」句：李申耆是江左一顆晨星，像火炬一樣燦然發光。江左：長江下游地區。晨星：晨早的星，小的隱没，只有大的還在發光。也比喻人才寥落。一炬：像火炬的星體。《晉書·天文志》：「國星大而赤，類南極老人星，或曰：去地一二丈，如炬火。」

〔二〕「魚龍」句：李申耆學問淵深博大，不論是海上魚龍還是天上光怪，百種千般都吞在胸中。

〔三〕「迢迢」兩句：中原的天文學者夜晚向天上望氣，還可以看到寶劍的光氣倚在李申耆的門旁。望氣：古代天文家夜間觀察天空光氣，稱爲望氣。《太平御覽》三四四卷引《豫章記》：「斗牛之間，常有紫氣。張華聞雷焕妙達緯象，問之，焕曰：寶劍之精，在豫章豐城。即補焕豐城令，到縣，掘獄屋基下，得一石函，中有雙劍，并刻題，一龍泉，一太阿。」湛盧：古劍名。《吴越春秋》：「越王允常使歐冶子造劍五枚，曰純鈎、湛盧、豪曹、魚腸、巨闕。以湛盧獻吴。吴公子光以弑其君僚。湛盧夜飛入楚。」倚門：作者以寶劍比擬蔣丹棱，并藉「倚門」作爲及門弟子的意思。

〔四〕李申耆：李兆洛，字申耆，號紳埼，晚號養一老人，江蘇陽湖人，嘉慶十年進士，官安徽鳳臺知縣。父死去官，主講江陰暨陽書院幾二十年。學問極博，經學、音韻、訓詁、地理、天文、曆算、古文辭均有造詣。著有《養一齋文集》、《歷代地理志韻編今釋》，又輯《皇朝文典》、《大清一統輿地全圖》，自鑄天球銅儀，日月行度銅儀，又手創地球儀。《清史稿》卷四八六有傳。包世臣《李申耆先生傳》：「君短身碩腹，豹顱剛目，望之峻聳若不可近，而就之和易。終日手口無停輟，而未嘗有疾言遽色。其所藏書，卷逾五萬，皆手加丹鉛，校羨脱，正錯誤，矢口舉十三經辭無遺失。上自漢唐，下及近世諸儒説，條别得失不檢本。尤嗜輿地學，備購各省通志，互校千餘年來水地之書，證以正史。刊定顧祖禹《讀史方輿紀要》之與原史不符者。……奉諱去官，江陰延主暨陽書院。江陰人士頗能信受，毗陵之雋亦從而假館。四方艤舟問字者無虚日。君乃得各就性情之所近，分途講授。就染既久，多有能得其一體者。」蔣彤《養一子述》云：「聞諸先達推服之言，見諸文章，沈先生欽韓曰：申耆强識敦讓，博物多能。劉先生逢禄曰：博綜今古，若無若虚，吾不如申耆。江都汪先生喜孫曰：申耆先生有體有用，知古知今，學該漢宋，識貫天人。寶山毛先生岳生曰：吾自見李先生，學問之道，乃得實地，其賢當越唐宋以上而求之。大興徐星伯松、仁和龔君鞏祚，今代碩彦，皆欲以師事。雖慎伯（按，包世臣）、介存（按，周濟），擅博辨，喜評騭人物，獨於子始終無間言。」蔣丹棱：蔣彤，字丹棱，江蘇陽湖人。李兆洛弟子。曾述兆洛平日言行，撰《暨陽答問》二卷，又撰《養一子年譜》一卷。著有《丹棱文鈔》、《史徵》。張舜徽《清人文集别録》卷十二：「彤字丹棱，諸生，少從李兆洛游。兆洛治經宗公羊，而不喜鄭氏（鄭玄）。彤亦大張常州今文學派之遺緒，而考《禮》好與鄭氏立異。顧彤之爲學，承李兆洛遺風，主博綜而蔑據守，不期以專門名家……於經史之外，亦喜涉獵諸子百家之書……師事李兆洛既久，於其言無所不悦，尊稱之爲養一子。是集（按，《丹棱文鈔》）卷三有《養一子述》，於兆洛學術行事，叙記爲詳，文長至八千餘字，可謂盡矣。」

按，李兆洛曾稱龔自珍爲絶世奇才。其《養一齋文集》有與鄧生守之書，中有云：「默深（按，魏源）初夏過此，得暢談。又得讀《定盦文集》。兩君皆絶世奇才，求之於古，亦不易得。恨不能相朝夕也。」

一三三

過江籍甚顔光禄〔一〕，又作山中老樹看〔二〕。賴是元龍樓百尺，雄談夜半斗牛寒〔三〕。

陳登之别駕座上〔四〕，重晤盛午洲光禄〔五〕。

〔一〕「過江」句：在過江名士中，聲名響亮的，有你這位顔光禄。　過江：《世説·品藻》：「世論温太真是過江第二流之高者。時名輩共説人物，第一將盡之間，温常失色。」　籍甚：《漢書·陸賈傳》：「賈以此游漢廷公卿間，名聲籍甚。」意説陸賈名聲因游於公卿之間而藉此更盛。　顔光禄：顔延之，南朝宋人，善文章。《宋書·顔延之傳》：「延之與陳郡謝靈運俱以詞彩齊名，江左稱顔謝焉。」作者以顔延之比擬盛午洲。因顔延之曾官光禄大夫，盛午洲也在光禄寺任職。

〔二〕「又作」句：如今你又像山中老樹那樣，放在無用的地位。　山中老樹：《莊子·山木》：「莊子行於山中，見大木，枝葉盛茂。伐木者止其旁而不取也。問其故，曰：無所可用。」杜甫《懷錦水居止》詩：「老樹飽經霜。」

〔三〕「賴是」兩句：幸而還有陳元龍這樣豪氣的人物，彼此高談闊論，直到深夜，連天上的星辰都凛然感到寒意。　元龍：陳登，字元龍，東漢末年爲廣陵太守。曹操擒吕布時，有功，加伏波將軍。作者借以比擬陳登之。　樓百尺：東漢末年，劉備在劉表座上與許汜議論當時人物，許汜詆毁陳登，説「元龍湖海之士，豪氣不除」。劉備問他什麼理由，許汜説：「昔過下邳，見元龍無主客禮，自上大床卧，使客卧下床。」劉備説：「君有國士名，而不留心救世，乃求田問舍，言無可采，是元龍所諱也。如小人（按，劉備自稱）當卧百尺樓上，卧君於地，何但上下床之間耶！」（見《三國志·陳登傳》）「百尺樓」原是劉備的假設，但後人都拿來作陳登的典故使用。　斗牛：二十八宿中有斗宿和牛宿，每年夏秋間在南方出現。

〔四〕陳登之：陳延恩，字登之（一作敦之），江西新城人。監生，候補通判。道光十八年署江陰知縣，曾纂修《江陰縣志》。梁章鉅《浪跡叢談》三：「陳敦之郡丞延恩，前侍御玉方先生之子，文采書名，克繼前武，而才氣通達，則有跨竈之稱，不似侍御之古執也。」

〔五〕盛午洲：盛思本，字詒安，號午洲，江蘇陽湖人。嘉慶十九年進士。授編修，改主事，官至光禄寺少卿。

一三四

五十一人忽少三〔一〕，我聞隕涕江之南。篋中都有舊墨迹，從此襲以玫瑰函〔二〕。聞都中狄廣軒侍御、蘇賓嵎吏部、夏一卿吏部三同年忽然同逝〔三〕。

〔一〕五十一人：見第三八首作者自注。

〔二〕襲：拿衣服套在外面叫襲。這裏是珍重包藏的意思。玫瑰函：用寶石裝飾的箱子。《漢書·司馬相如傳·子虛賦》：「其石則赤玉、玫瑰。」注：「晉灼曰：玫瑰，火齊珠也。」函：藏物的匣。玄應《一切經音義》：「函，謂以木盛物者也。」

〔三〕狄廣軒：狄聽，字詢岳，號廣軒，江蘇溧陽人。道光九年進士。官刑部廣東司郎中，江西道監察御史。《溧陽續志·人物志》引戴絅孫《狄烈婦傳》：「溧陽狄廣軒侍御，絅孫己丑同歲生也。以刑部郎改官御史，勤於其職。道光十九年己亥七月卒於官。時淑配王恭人生子驄，甫八閱月，未幾殤。恭人即部署家事，爲二書，一以貽嗣子豫，一留致侍御諸友人，中夜投繯死。」按，狄聽妻名甥桐，江蘇江陰人。《清史稿》五一一卷有傳。蘇賓嵎：蘇孟暘，字震伯，號賓嵎，江西鄱陽人。道光九年進士。由庶吉士授吏部主事。工詩，與弟仲鴻并有名於時。徐榮《懷古田舍詩鈔》卷一：「蘇賓嵎庶常庭春，來游羅浮，其歸也，同人集海幢寺送之。笛江爲作《黄龍觀瀑圖》，屬予亦墨其上。」據此，知蘇又名庭春。夏一卿：夏恒，原名慶雲，字裔瑞，號益卿，湖南攸縣人。道光九年進士。由庶吉士授吏部考功司主事。《湖南通志・列傳》：「夏恒少孤貧，性敏好學，成進士，官吏部考功司主事，偕使江南，還京卒。所著皆講求經濟，爲同輩推服。中道殞折，人咸惜之。」

一三五

偶賦凌雲偶倦飛〔一〕；偶然閑慕遂初衣〔二〕；偶逢錦瑟佳人問〔三〕，便説尋春爲汝歸。

〔一〕凌雲：《史記・司馬相如傳》：「相如奏《大人》之頌，天子大悦，飄飄有凌雲之氣，似游天地之間意。」江淹《别賦》：「賦有凌雲之稱。」原指司馬相如寫的《大人賦》，這裏是指作者自己參加殿試，中了進士。　倦飛：陶潛《歸去來兮辭》：「鳥倦飛而知還。」指對做官不感興趣。

〔二〕遂初衣：《離騷》：「退將復修吾初服。」李白《送賀監歸四明應制》詩：「久辭榮禄遂初衣。」指辭官回家，穿上原來的衣服。

〔三〕錦瑟佳人：杜甫《曲江對雨》詩：「何時詔此金錢會，暫醉佳人錦瑟旁。」這裏的佳人，指歌女之類。

按，在這首詩裏，作者運用極簡練的筆墨，概括自己的前半生，手法是很高明的。值得注意的是，詩中一連下了幾個「偶」字，好像這一切都出於偶然。其實作者明明知道，由於自己議論時政，主張變革，得罪了大地主頑固派，受到一連串意外打擊，終於只好辭官。這些都絶非偶然，而是必然。然而，眼下能有多少人理解這個必然？而且，又何必説它必然，何必不説它是偶然呢？作者感慨深沉，終於提筆寫下幾個「偶」字，憤怒至極，出諸冷嘲，痛哭無從，遂成慘笑，是心情極度痛苦的變形，比之「天問有靈難置對」可謂更爲深刻。有人既不理解作者的深意，甚至對作者抱持成見，僅僅看見幾個「偶」字，就胡説什麼「其人之儇薄無行，躍然紙墨間」（王國維《人間詞話》）。這真是差之毫釐，謬以千里。

一三六

萬卷書生颯爽來〔一〕，夢中喜極故人回。湖山曠劫三吴地，何日重生此霸才〔二〕？

夢顧千里有作〔三〕。憶己丑歲與君書，訂五年相見。君報書云：「敢不忍死以待〔四〕。」予竟爽約〔五〕，君以甲午春死矣〔六〕。

〔一〕萬卷書生：指顧千里。李兆洛《澗薲顧君墓誌銘》：「弱冠從張白華先生游，館於程氏，程氏富於藏書，君遍覽之。學者稱爲萬卷書生焉。不事科舉業，年三十，始補博士弟子員。」唐劉魯風《江西投謁所知爲典客所阻因賦》詩：「萬卷書生劉魯風，烟波萬里謁文翁。」颯爽：氣概軒昂的樣子。杜甫《丹青引贈曹霸》詩：「褒公鄂公毛髮動，英姿颯爽來酣戰。」

〔二〕「湖山」兩句：經歷了許多世代的三吴湖山，什麼時候才能再出現這樣一個霸才呢？曠劫：許多世代。見第三四首注。　三吴：相當於江蘇南部和浙江北部地區。《元和郡縣志》：「蘇州吴郡與吴興、丹陽，號爲三吴。」　霸才：有橫逸傑出才能的人。温庭筠《過陳琳墓》詩：「詞客有靈應識我，霸才無主始憐君。」

〔三〕顧千里：顧廣圻，字千里，號澗薲，江蘇元和（今屬蘇州）人。縣學生。讀書過目萬卷，經史訓詁，天算輿地，莫不貫通，尤精於目録學，又善校讎。受孫星衍、張敦仁、黄丕烈、胡克家聘請，校定宋本《説文》、《禮記》、《儀禮》、《國語》、《國策》、《文選》及其他古籍數十種，并寫成札記。著有《思適齋文集》十八卷。《清史稿》卷四八一有傳。李慈銘《越縵堂讀書記》：「顧氏校讎之學實爲古今第一。其時，年輩在前者如盧抱經、孫淵如，皆於此事專門，深相引重；至高郵王氏父子，尤善讀古書，而於澗薲極口推服。蓋其交好有張古餘、胡果泉、秦敦夫、顧抱沖、黄蕘圃，皆經苑老宿，收藏極富，賞奇析疑，不遺餘力，而又多見錢遵王、毛斧季、季滄葦三家藏書，故獨步一時，無慚絶學。」

〔四〕忍死以待：年老多病的人，隨時都可能死亡，但爲了等候某些重要的人或事，希望不讓自己死去，就叫「忍死以待」。《晉書·宣帝紀》：「天子執帝手，目齊王曰：以後事相托。死乃復可忍，吾忍死待君。」

〔五〕爽約：失約。

〔六〕甲午春死矣：王佩諍校本云：「按《顧千里年譜》，（顧氏）乙未（一八三五）二月十九日卒。」作者誤記爲甲午（一八三四）。又蕭一山《清代學者著述表》記顧卒於道光十九年（一八三九），則係據李兆洛所撰《墓誌銘》而誤。《清史稿》四八一卷《顧廣圻傳》及姜亮夫《歷代人物年里碑傳綜表》亦同此誤。

一三七

故人有子尚饘粥〔一〕，抱君等身大著作〔二〕。劉向而後此大宗，豈同陳晁競目録〔三〕。

千里著《思適齋筆記》，校定六籍、百家〔四〕，諟其文字〔五〕。且生陳、晁後七百載，目録方駕陳、晁，亦足豪矣。嗣君守父書〔六〕，京師傳聞誤也。

〔一〕「故人」句：顧千里的兒子還只能喝粥。意思是生活貧困。　饘粥：粥類，稠的叫饘，稀的叫粥。《禮記·檀弓》：「饘粥之食。」疏：「厚曰饘，稀曰粥。」

〔二〕「抱君」句：保存着他父親繁富的大著作。　等身：同身體一樣高。《宋史·賈黄中傳》：「黄中幼聰悟，方五歲，父玭，每旦令正立，展書卷比之，謂之等身書，課其誦讀。」後人稱人家著述很多叫「著作等身」。

〔三〕「劉向」兩句：顧千里的校勘學，是漢代劉向以後一大宗匠，豈能同陳振孫、晁公武鈔寫目録的工作相比？　劉向：西漢宗室，字子政，刻苦學問，曾校定朝廷所藏古籍，每成一書，撮舉内容大旨寫成提要，稱爲《别録》，成爲中國目録學的創始者。　陳振孫：宋吉安人，字伯玉，號直齋。在福建莆田縣傳録鄭氏、方氏、林氏、吴氏的藏書五萬一千餘卷，撰成《直齋書録解題》。　晁公武：宋鉅野人，字子止，曾官臨安府少尹。著有《郡齋讀書志》。以上兩人都是宋代重要的目録學家。

〔四〕六籍、百家：六經和諸子百家。《漢書·班固傳》：「蓋六籍所不能談，前聖靡得而言也。」《史記·五帝紀贊》：「尚書獨載堯以來，而百家言黄帝，其文不雅馴。」

〔五〕諟其文字：校正古籍的文字錯誤。　諟：糾正。《陳書·姚察傳》：「尤好研核古今，諟正文字。」

〔六〕嗣君：指顧千里的兒子。李兆洛《澗蘋顧君墓誌銘》：「（顧千里）子鎬、孫瑞清從予游。君所著多零星，瑞清能守護之者。」

一三八

今日閑愁爲洞庭〔一〕，茶花凝想吐芳馨〔二〕。山人生死無消息〔三〕，夢斷查灣一角青〔四〕。擬尋洞庭山舊游，不果；亦不得葉山人昶消息。

〔一〕閑愁：静中突然涌現的愁情。杜荀鶴《山居自遣》詩：「此中一日過一日，有底閑愁得到心。」洞庭：太湖内有兩座著名的山，即東洞庭山和西洞庭山。張大純《姑蘇采風類記》：「洞庭東山周五十餘里，一名莫鳌山，相傳莫鳌將軍居之，因名；一名胥母，謂子胥嘗迎母於此。其山莫鳌峰最高。」又云：「洞庭西山周八十餘里，一名林屋山，以有林屋洞，故名；一名包山，則又以包公居此而名也。其稱洞庭，則以湖中有金庭玉柱。左太冲賦：『指包山以爲期，集洞庭而淹留。』山踞太湖中，望若一島，而重岡複嶺，縈洲曲嶼，殆不可窮。房琯云：不游洞庭，未見山水。信非虚也。」

〔二〕茶花：洞庭山茶花，以王家園最勝，見作者《哭洞庭葉青原昶》詩自注。《吴縣志·物産考》：「山茶，一名曼陀羅樹，高丈餘，低者二三尺，枝幹交加，葉似木棉，梗有棱，稍厚，中闊寸餘，而頭尖，面深緑光滑，經冬不脱。以葉類茶，又可作飲，故得茶名。花有數種，十月開至二月。」

〔三〕山人：隱者的别稱。這裏指葉昶。葉字青原，太湖洞庭山東里人，能詩，好客，隱居不仕。

〔四〕查灣：在洞庭東山碧螺峰之南，又名槎灣。《蘇州府志》：「查灣在吴縣二十九郡。」

按，作者曾於嘉慶二十三年（一八一八）及二十五年（一八二〇）兩度游覽洞庭兩山，有紀游詩。見作者與徐廉峰書。又作者曾同葉昶訂約，假如不在洞庭山買一塊歸隱地方，彼此決不相見。如今買山的諾言未能實現，作者便不願再到洞庭山。詩中所謂「閑愁」，即指此事。參見作者編年詩《哭洞庭葉青原昶》。

一三九

玉立長身宋廣文〔一〕，長洲重到忽思君〔二〕。遥憐屈賈英靈地〔三〕，樸學奇才張一軍〔四〕。奉懷宋于庭丈作〔五〕。于庭投老得楚南一令。「奇才樸學」，二十年前目君語〔六〕，今無以易也。

〔一〕玉立：形容人的風度高峻整潔。黄庭堅《次韻錢穆父贈松扇》詩：「丈人玉立氣高寒。」

宋廣文：指宋于庭。廣文：官名。唐玄宗時，開設廣文館，安置文士，置廣文博士，後世因稱州縣教官爲廣文。宋于庭曾官泰州學正,作者因稱他爲廣文。

〔二〕長洲:舊縣名,屬江蘇蘇州府,辛亥革命後廢入吴縣,今屬蘇州市。

〔三〕屈賈英靈地:指湖南省。屈原、賈誼都爲湖南增色,所以説「英靈地」。《隋書·文學傳序》:「江漢英靈,燕趙奇俊,並該天網之中,俱爲大國之寶。」

〔四〕樸學:清人稱經學爲樸學,以區别於文學的華彩,故稱爲「樸」。《漢書·儒林傳》:「兒寬初見武帝,語經學。上曰:吾始以《尚書》爲樸學,弗好。」張一軍:建立一支部隊。指宋于庭到湖南當官後,又可以在那邊建立一支今文經學的隊伍。《左傳·桓公六年》:「我張吾三軍而被吾甲兵。」

〔五〕宋于庭:宋翔鳳,字虞廷,一字于庭,江蘇長洲人,早年處境艱困,堅苦力學,隨母歸寧,在常州從舅父莊述祖受業,熟知今文經學;又從段玉裁治《説文》,明文字訓詁。嘉慶五年中式舉人,官泰州學正,旌德縣訓導,晚年補授湖南興寧、耒陽等縣知縣(興寧即今資興,作新寧者誤),以老辭官,卒於咸豐十年(一八六〇),年八十五。平生著作甚多,有《尚書略説》、《尚書譜》、《周易考義》、《大學古義説》等,輯爲《浮溪精舍叢書》;又能駢文、詩、詞,有《樸學齋文録》、《憶山堂詩録》。《清史稿》卷四八二有傳。鍾駿聲《養自然齋詩話》:「長洲宋于庭(翔鳳)年四十,始選爲學博,先編其少作爲《憶山堂詩》,後又著《洞簫樓詩紀》,凡地域古今,殊風異俗,悉見於其間。」

〔六〕目君語：作者評價宋于庭的話。

一四〇

太湖七十漊爲墟〔一〕，三泖圓斜各有初〔二〕。恥與蛟龍競升斗〔三〕，一編聊獻郟僑書〔四〕。陳吳中水利策於同年裕魯山布政〔五〕。郟僑，郟亶之子〔六〕，南宋人，父子皆著三吳水利書。

〔一〕太湖：張大純《姑蘇采風類記》：「太湖在郡（按，蘇州）西六十里。東西二百里，南北一百三十里，周五百里，廣三萬六千頃。襟帶湖、蘇、常三州，東南諸水皆歸焉。一名震澤，一名具區，一名笠澤，一名五湖。」　七十漊：湖州府從前有七十餘漊，縱横分布在太湖之南。明伍餘福《三吳水利論·六論七十三漊》：「按諸漊界烏程、長興之間。岐而視之，烏程三十有九，長興三十有四。總而論之，計七十有三。大者如溪河，小者如石澗。皆有桑麻蘆葦之類以扼其流。」清王同祖《太湖考》：「又以荆溪不能當西來衆流奔注之勢……又於烏程、長興之間，開七十二漊。在烏程者三十有八，在長興者三十有四，皆自七十二漊通經遞脈，以殺其奔衝之勢而歸於太湖也。」漊：排水溝。　爲墟：成爲平地。

〔二〕三泖圓斜：江蘇松江縣北舊有三泖，又稱泖湖。分上、中、下三泖。《讀史方輿紀要·江南婁縣》：「泖湖，府西三十五里，亦曰三泖。《吴地志》：泖有上、中、下三名。《圖經》：水形圓者曰圓泖，亦曰上泖；南近泖橋水勢闊者曰大泖，亦曰下泖；自泖橋以上縈繞百餘里曰長泖，一名谷泖，亦曰中泖。泖湖之水，上承澱湖，凡嘉、湖以東，太湖以南諸水多匯入焉，下流合黄浦入海。」各有初：各有原來的樣子，但如今已經面目全非。

〔三〕「耻與」句：我認爲，同魚類争奪一升一斗的水是可耻的。蛟龍：借指魚鱉之類。杜甫《君不見簡蘇徯》詩：「百年死樹中琴瑟，一斛舊水藏蛟龍。」升斗：升斗之水。《莊子·外物》：「鮒魚曰：吾得升斗之水然活耳。」按，江南原有河溝，歷年因被豪强地主侵占，有些已變成私人的田，有些由闊變狹，蓄泄能力大減。早在乾隆二十八年，莊有恭在《奏濬三江水利疏》中指出：「又如入吴淞之龐山湖、大斜港、九里湖、淑浦等處，向稱寬闊深通，大資宣泄者，邇來民間貪圖小利，遍植茭蘆，圈築魚蕩，亦多所侵占。」作者在《乙丙之際塾議第二十》也説：「今問水之故道，皆已爲田……湖州七十二漊之亡，松江長泖、斜泖之亡，咎坐此等。」作者反對這種破壞水利的做法。

〔四〕「一編」句：我姑且仿效郟亶、郟僑的做法，向當局貢獻治理三吴水利的計劃。明歸有光《三吴水利書》收録《郟亶書二篇》及《郟僑書一篇》，可略窺郟氏父子對蘇南水利主張一斑。

〔五〕裕魯山：裕謙，姓博羅忒氏，原名裕泰，字魯山，蒙古鑲黄旗人，嘉慶二十二年進士，道光十九年官江蘇布政使。二十年，代署兩江總督。英國侵略者攻陷浙江定海，裕謙劾琦善誤國五罪。二十一年，英侵略軍攻陷鎮海，裕謙投池死。《清史稿》三七二卷有傳。

〔六〕郟亶、郟僑：郟亶，字正夫，北宋崑山人。仁宗嘉祐年間進士。神宗熙寧初爲廣東安撫使機宜，上書論吴中水利六得六失，任司農丞，從事水利興修，因吕惠卿劾他措置失當，解官回家，在崑山整治西水田，大獲成效，再上書説明前法可用，復任司農丞。見《宋史翼》卷二。他的兒子郟僑，字子高，才能特出，受到王安石的器重，繼父親撰輯三吴水利書，并有所發明。見《尚友録》卷二三。（作者説郟僑是南宋人，誤記。）龔明之《中吴紀聞》卷三：「郟亶，字正夫，太倉人。起於農家。年甫冠，登嘉祐二年進士第，崑山自國朝以來，無登第者，正夫獨破天荒。後往金陵，遣其子僑就學於王荆公。嘗有贄見詩云：十里松陰蔣子山，暮烟收盡梵宫寬。夜深更向紫微宿，坐久始知凡骨寒。一派石泉流沆瀣，數庭霜竹顫琅玕。大鵬泛有摶風便，還許鷦鷯附羽翰。荆公一見奇之。熙寧中爲司農寺丞，上書言水利，朝廷以其功大役重，頗難之。正夫條水之利害，著成一書，今刊行於世。」《宋史·河渠志》：「熙寧六年，杭州於潛縣令郟亶言：蘇州環湖地卑多水，沿海地高多旱，故古人治水之迹，縱則有浦，横則有塘，又有門堰涇瀝而棋布之。今總二百六十餘所，欲略循古人之法，七里爲一縱浦，十里爲一横塘；又因出土以爲堤岸。度用夫二十萬，水治高田，旱治下澤，不過三年，蘇之田畢治矣。」可見郟亶治水主張之一斑。

一四一

鐵師講經門徑仄〔一〕，鐵師念佛頗得力。似師畢竟勝狂禪〔二〕，師今遲我蓮花國〔三〕。

江鐵君沅是予學佛第一導師〔四〕，先予歸一年逝矣。千劫無以酬德，祝其疾生净土〔五〕。

〔一〕門徑仄：門路狹窄。《廣雅·釋詁》：「仄，狹也。」

〔二〕狂禪：見第七八首注。

〔三〕遲：等待。《後漢書·章帝紀》：「朕思遲直士。」王先謙《集解》引何若瑶曰：「遲者，待也。」　蓮花國：佛國，即佛家所謂「西方極樂世界」。

〔四〕江沅：字子蘭，一字鐵君，江蘇吴縣（今屬蘇州）人。嘉慶十二年優貢生。出入段玉裁之門數十年，精於古文字學。著有《説文釋例》、《入佛問答》、《染香閣詞鈔》等。曾與龔自珍共同校刊《圓覺經略疏》。又自稱净業學人。《蘇州府志》：「江沅，聲之孫，優貢生，屢試於鄉不得售。平生最精《説文》，篆書自名一家，又工填詞。一游閩、粤，餘則里居教授時爲多。」

〔五〕疾生净土：佛教徒認爲生前行善信佛的人，死後可生於佛國。作者以此祝江沅疾生净土。净土即佛國。《大乘義章》：「經中或時名佛地，或稱佛界，或云佛國，或云佛土，或復説爲佛刹、净國、净土。」

一四二

少年哀艷雜雄奇〔一〕，暮氣頹唐不自知〔二〕。哭過支硎山下路〔三〕，重鈔梅冶一奩詩〔四〕。舅氏段右白〔五〕，葬支硎山。平生詩晚年自塗乙盡〔六〕。予尚抱其《梅冶軒集》一卷〔七〕。

〔一〕「少年」句：段右白少年時代寫的詩，在哀艷之中雜以雄奇。

〔二〕暮氣頹唐：對新事物不感興趣，精神也振作不起。作者曾説：「一則暮年頹唐，新亦無所見聞，而舊時所得，與精力而俱謝。」（見文集中《語録》）可作此四字注脚。

〔三〕支硎山：在江蘇蘇州市。唐陸廣微《吴地記》：「支硎山在吴縣西十五里。」清張大純《姑蘇采風類記》：「支硎山距城西二十五里，以晉支遁嘗居此，有石磅礴平廣，泉流其上，如磨刃石，故名。亦名楞伽山。」

〔四〕奩：方形匣子。

〔五〕段右白：作者舅父，段玉裁長子，名驤，國子監生，喜收藏古文物，著《梅冶軒集》一卷。

〔六〕塗乙：塗改删削。

〔七〕抱：收藏緊密。

一四三

温良阿者淚漣漣〔一〕，能説吾家六十年。見面恍疑悲母在〔二〕，報恩祝汝後昆賢〔三〕。

金媪者〔四〕，嘗保抱予者也。重見於吴中，年八十有七。阿者，出《禮記·内則》，今本誤爲可者。悲母，出《本生心地觀經》。

〔一〕阿者：古代貴族子弟的褓姆。《禮記·内則》：「異爲孺子，室於宫中，擇於諸母與可者，必求其寛裕、慈惠、温良、恭敬、慎而寡言者，使爲子師；其次爲慈母，其次爲保母，皆居子室。」注：「可者，傅御之屬也。」但作者認爲「可者」應作「阿者」。

〔二〕悲母：《大乘本生心地觀經》卷二：「父母恩者，父有慈恩，母有悲恩。母悲恩者，若我住世，於一劫中説不能盡……一切衆生輪轉五道，經百千劫，於多生中互爲父母，以互爲父母故，一切男子即是慈父，一切女人即是悲母。」

〔三〕後昆：後代。《書·仲虺之誥》：「垂裕後昆。」

〔四〕金媪：作者的褓姆，丈夫姓金。

一四四

天教檮杌降家門〔一〕，骨肉荆榛不可論〔二〕。賴是本支調護力〔三〕，若敖不餒怙深恩〔四〕。到秀水縣重見七叔父作〔五〕。

〔一〕「天教」句：老天把一個災星降到家門裏來。　檮杌：傳説是古代一個壞人。《左傳·文公十八年》：「顓頊氏有不才子，不可教訓，不知語言，天下之民謂之檮杌。」

〔二〕「骨肉」句：骨肉兄弟變成荆棘野草，痛心之極，無從理論。　荆榛：《後漢書·馮異傳》：「爲吾披荆棘，定關中。」注：「荆棘，榛梗之謂，以喻紛亂。」

〔三〕本支：本族的人，這裏指七叔父。

〔四〕「若敖」句：龔氏宗族不致覆滅，祖先神靈不致飢餓，這是靠了七叔父的恩惠。《左傳·宣公四年》：「鬼猶求食，若敖氏之鬼，不其餒而？」這是楚國令尹子文的話。子文是若敖氏後裔，他擔心子越椒會覆滅自己宗族，所以這樣説。　餒：飢餓。　怙：依靠。

〔五〕秀水：舊縣名，在浙江北部，辛亥革命後併入嘉興縣。　七叔父：疑即龔繩正，禔身第三子。「七叔父」當係大排行。《國朝杭郡詩三輯》：「龔繩正，字蓉溆，麗正之弟，仁和廪貢生。曾任秀水縣校官，後移鄞縣訓導。」龔守正《季思自定年譜》：「繩正，字從之，嘉興府秀水縣教諭。」

一四五

徑山一疏吼寰中〔一〕，野燒蒼凉吊達公〔二〕。何處復求龍象力？金光明照浙西東〔三〕。明紫柏大師刻《大藏》〔四〕，板在徑山〔五〕。康熙中，由徑山遷嘉興之楞嚴寺〔六〕。今什不存四矣。求天台宗各書印本，亦無所得。

〔一〕徑山一疏：明代萬曆年間，僧人紫柏在徑山刻印佛經五千卷。蔣維喬《中國佛教史》：「紫柏（真可）大師念《大藏經》卷帙重多，外間不易得見，因改刻方册，俾易流通。命其弟子密藏、幻予，先後任刊刻之事。貯板於徑山寂照庵，世所稱《徑山藏》是也。」此書歷經德清、袁了凡、陸光祖、馮夢禎等支援刻成。又《吴（梅村）詩補注》卷四：「程箋：紫柏大師刻《大藏》方册於吴中，卷帙未半。子晉（按，毛晉）爲續之。」疏：雕刻。此指書籍的雕板。吼寰中：徑山刻印《大藏經》的聲名，如獅子怒吼，傳遍國内。

〔二〕「野燒」句：如今徑山到處是野火燒過的痕迹，我在荒凉的山上憑吊達公和尚。燒，讀去聲。放火燒野草。　達公：紫柏字達觀，故作者稱爲達公。

〔三〕「何處」兩句：到哪裏再找如龍似象的宏大力量，讓佛經的金光明亮照耀浙西、浙東呢？　龍象：佛教稱修行勇猛有宏大能力的僧人。《智度論》：「是五千阿羅漢，於諸阿羅漢中最大力，以是故言如龍如象。」　金光：形容佛法的力量。

〔四〕紫柏：明代僧人，名真可，字達觀，俗姓沈，十七歲剃度出家，以後在嘉興縣恢復楞嚴廢寺，在徑山刻印《藏經》，到廬山恢復歸宗古寺。神宗萬曆間赴北京，在皇室及大官僚群中活動。萬曆三十一年，北京忽發生所謂妖書案（有人僞造一書，名《續憂危竑議》，詐稱神宗將更换太子），神宗下令全城大搜，紫柏牽連被捕，死於獄中。詳見《明史·沈鯉傳》及《郭正域傳》。又錢謙益《列朝詩集小傳·閏集》有傳。

〔五〕徑山：在浙江餘杭縣西北，有東西二徑，盤折上山，各長十里許，可通天目山。《輿地紀勝》：「徑山寺在臨安縣北五十里，有寺曰能仁禪院。五峰周抱，中有平地。」

〔六〕楞嚴寺：在嘉興縣城西北二里，始建於宋代，明萬曆中重建，敕賜《藏經》五千卷。

按，謝國楨《明末清初的學風》（三）「清初利用漢族地主集團所施行的統治政策」一段有云：「還有在明朝末年所刻的佛經《徑山藏》（也叫做《嘉興藏》）中，刊刻明末遺民當了和尚所著的《語録》，其中頗含有反清的思想……雍正帝……看到《徑山藏》經上密雲法師之徒法藏、弘忍的《語録》不合其師的法規，全是些『迷失本性，無知妄語，甚至飲酒食肉，毁戒破律。唯以吟詩作文，媚悦士大夫，若不剪除，則諸佛法眼，衆生慧命，所關非細。』因而除了將經板焚毁以外，還御製《揀魔辨異録》一書，以闡明佛教禪宗的真旨。」可見《徑山藏》在雍正時已有焚毁。詩中所謂「野燒蒼涼」云云，當有所指。

一四六

有明像法披猖後〔一〕，荷擔如來兩尊宿〔二〕。龍樹馬鳴齊現身〔三〕，我聞大地獅子吼〔四〕。拜紫柏、蕅益兩大師像〔五〕。

〔一〕有明：明代。有：語首助詞，無義。像法：佛法。佛教又稱像教，故佛法亦稱像法。《魏書·釋老志》：「太延中，凉州平，徙其國人於京邑。沙門佛事皆俱東，像教彌增矣。」《藝文類聚》卷七六江總《建初寺瓊法師碑》：「荷持像法，汲引人倫，惟此法師，心力備矣。」披猖：破敗、衰落。《北齊書·王晞傳》：「人主恩私，何由可保？萬一披猖，求退無地。」按，明代佛教衰落，拋棄經義不講，戒律也不修持，强調「機鋒」、「棒喝」，走入極端神秘主義，作者對此十分不滿，在詩中屢加指摘。

〔二〕荷擔如來：把闡揚佛法的責任承擔起來。《金剛經》：「則爲荷擔如來阿耨多羅三藐三菩提。」《五燈會元》卷七：「皎然禪師久依雪峰，峰問師：持經者能荷擔如來，作麽生是荷擔如來？師乃捧雪峰向禪床上。」尊宿：年高德劭的人。《觀經序分義》：「德高曰尊，耆年曰宿。」

〔三〕龍樹：即龍猛，見第三四首注。馬鳴：佛教菩薩之一，居於中印度，出生約在佛滅後五六世紀。先奉婆羅門教，後受脅尊者（一説脅尊者弟子夜奢尊者）感化，改奉佛法。印度大乘佛法得他的闡揚，大爲發展。著有《大乘起信論》，成爲大乘教派的權威著作。《五燈會元》卷一：「此大士者，昔爲毗舍利國王。其國有一類人，如馬裸露，王運神力，分身爲蠶，彼乃得衣。王後復生中印度，馬人感戀悲鳴，因號馬鳴焉。」

〔四〕獅子吼：作者以龍樹、馬鳴比喻紫柏、藕益，認爲他兩人推揚佛法，如獅子怒吼，群邪懾伏。《獅子吼小經》：「世尊説言：諸比丘，汝等應作獅子吼，曰：是處有沙門，有第二沙門，第三沙門，第四沙門；但無外道得稱沙門者。」

〔五〕藕益：明代僧人智旭，字藕益，自號八不道人。俗名鍾始聲，字振之，蘇州人。生萬曆二十七年，少時曾作辟佛論數十篇，十七歲時，讀蓮池（袾宏）的《自知叙録》、《竹窗隨筆》，遂改信佛教。後入徑山寺參禪，透悟性相二宗學説，因見律學頽壞，以興復戒律自任，作《毗尼集要》，又研究天台宗教義。晚年住靈峰，著述達四十餘種。

一四七

道場馣馤雨花天〔一〕，長水宗風在目前〔二〕。一任揀機參活句，莫將文字换狂禪〔三〕。

示楞嚴講主逸雲〔四〕。講主新刻明人《楞嚴宗通》一書，故云。

〔一〕道場：講道的場所。《大唐西域記》：「證聖道所，亦曰道場。」馣馤：香氣。見《正字通》。雨花天：天上落下香花。《楞嚴經》卷六：「即時天雨百寶蓮花，青黄赤白，間錯紛揉，十方虚空，成七寶色。」《法苑珠林》三三：「唐西京勝光寺釋道宗，每講大論，天雨衆華，繞旋講堂，飛流户内，既不委地，久之遠去。」

〔二〕長水宗風：長水大師的宗派風格。蔣維喬《中國佛教史》：「華嚴宗，宋初有長水子璿，即世所稱長水大師是也。居長水，説《華嚴》，其徒多及千人。以賢首教義著《首楞嚴經義疏》、《大乘起信論疏筆削記》等書知名於世。」長水：舊縣名。《元和郡縣志·江南道一》：「嘉興縣：本春秋時長水縣，秦爲由拳縣，漢因之。吴時有嘉禾生，改名禾興，後以孫皓父名，改爲嘉興縣也。」即今浙江嘉興縣。宗風：宗派的獨特風格。

〔三〕「一任」兩句：任憑俗僧揀機鋒、參活句去吧，我却同意逸雲重刻《楞嚴宗通》，不把文字去換那些狂禪伎倆。司空圖《與伏牛長老偈二首》之二：「推倒我山無一事，莫將文字縛真如。」揀機參活句：佛教禪宗後期，法師爲了啓發門徒，把自己的語言説得恍惚迷離，不可捉摸，叫作「機鋒語」。機是弩牙，用以發箭；鋒是箭鋒，比喻鋭利。又他們開示門徒時，所用語句絶無意義可通的稱爲活句，反之便是死句。宋惠洪《林間録》：「洞山初禪師云：語中有語，名爲死句；語中無語，名爲活句。」作者對這些傳教方式極爲反對。文字：指用文字闡揚佛法。狂禪：見第七八首注。

〔四〕楞嚴：佛經名。全稱爲《大佛頂如來密因修證了義諸菩薩萬行首楞嚴經》。此書在唐、宋、元、明四大佛藏中不收，所以有人認爲是唐代房融僞作。但明代僧人袾宏《竹窗隨筆》極力爲它辯護，説：「有見《楞嚴》不獨義深，亦復文妙，遂疑是丞相房融所作。而考《唐史》，融之才智，尚非柳、韓、元、白之比，何其作《楞嚴》也？」逸雲：僧人，名正感，字念亭，江蘇長洲人。弱冠出家，住支硎山中峰寺。能詩，著有《嘯雲山房詩鈔》。王昶《蒲褐山房詩話》：「念亭住中峰，不與時俗往還，性喜吟咏。吴竹嶼（按，吴泰來）愛之，故常造其廬，且於峰前池上，作水平樓以居之。時偕予輩游宴。其詩幽閑澄迥，如染香人身有香氣者是也。」

一四八

一脈靈長四葉貂〔一〕，談經門祚鬱岧嶢〔二〕。儒林幾見傳苗裔〔三〕？此福高郵冠本朝〔四〕。訪嘉興太守王子仁〔五〕。子仁，文肅公曾孫〔六〕，石臞孫〔七〕，吾師文簡公子〔八〕。

〔一〕「一脈」句：高郵王氏一脈相傳，四世都是高官顯宦。　靈長：福澤綿長。《廣雅・釋言》：「靈，福也。」《晉書・王敦傳論》：「賴嗣君英略，晉祚靈長。」　四葉：四世。　貂：貂尾。漢代高級官員冠上用貂尾裝飾。《後漢書・輿服志》：「武冠，一曰武弁大冠，諸武官冠之。侍中、中常侍加黄金璫，附蟬爲文，貂尾爲飾，謂之趙惠文冠。」

〔二〕「談經」句：王氏祖孫幾代都研究經學，家門名聲像山那樣高。　門祚：家運。《唐書・柳玭傳》：「喪亂以來，門祚衰落。」　鬱岧嶢：深茂高峻。宋之問《靈隱寺》詩：「鷲嶺鬱岧嶢，龍宫鎖寂寥。」

〔三〕「儒林」句：在儒林之中，能够幾代都有學者，那是很少見的。　苗裔：後代。《離騷》：「帝高陽之苗裔兮。」

〔四〕「此福」句：高郵王氏這樣的福澤在本朝稱得上是首屈一指。

〔五〕王子仁：王壽昌，字子仁，江蘇高郵人。王引之長子。官嘉興知府，廣西按察使。

〔六〕文肅公：王安國，字書城，王壽昌曾祖。雍正二年殿試第二名及第。官至吏部尚書，謚文肅。《清史稿》三〇四卷有傳。

〔七〕石臞：王念孫，字懷祖，號石臞，安國子。乾隆四十年進士。官至永定河道。精音韻學，善校古籍。著《讀書雜志》八十二卷，訂正先秦古籍如《逸周書》、《戰國策》、《管子》、《荀子》、

《墨子》及《史記》、《漢書》文字的訛誤，每證一字，廣引群籍，世稱名著；又撰《廣雅疏證》三十卷，世稱精核。《清史稿》卷四八一有傳。

〔八〕文簡公：王引之，字伯申，念孫子。嘉慶四年殿試第三人及第。歷官吏部、户部、工部、禮部尚書，卒謚文簡。精研經學及小學，著《經義述聞》三十一卷，《經傳釋詞》十卷，解釋古籍文字，也稱精確。《清史稿》卷四八一有傳。

一四九

只將愧汗濕萊衣〔一〕，悔極堂堂歲月違〔二〕。世事滄桑心事定，此生一跌莫全非〔三〕。

於七月初九日到杭州。家大人時年七十有三〔四〕，倚門望久矣〔五〕。

〔一〕「只將」句：我只有把慚愧的汗水浸濕我這做兒子的衣服。萊衣：春秋時，楚國有老萊子，孝養雙親，七十歲還身穿五彩衣服，作兒童狀態。見劉向《列女傳》。儒家認爲他是孝子的典範之一。作者這裏借用，作兒子的衣服解。

〔二〕「悔極」句：我非常後悔把大好的時光錯過了。按，作者這裏有兩種意思。一是自己的事業毫無成就，白白浪費光陰。一是離開父親很久，疏於奉侍。堂堂：形容盛壯，又有公然不客氣義。薛能《春日使府寓懷》詩：「青春背我堂堂去。」

〔三〕「世事」兩句：世事如同滄海桑田，變幻不定，我的平生心事已經決定下來；這一次在官場上的閃跌并不完全是壞事情。一跌：揚雄《解嘲》：「客徒欲朱丹吾轂，不知一跌將赤吾之族也。」《後漢書·崔駰傳》：「子苟欲勉我以世路，不知其跌而失吾之度也。」

〔四〕家大人：作者父親麗正，字暘谷，號闇齋，嘉慶元年進士。歷官内閣中書、軍機章京、江南蘇松太兵備道等。著有《三禮圖考》、《國語補注》、《兩漢書質疑》、《楚辭名物考》。《國朝杭郡詩三輯》：「闇齋爲金壇段茂堂女夫，獨得漢學之傳。官祠部，入直樞垣，旋典試廣西，出守徽州，調安慶，擢蘇松太道，權臬司，督理滬關。所得盡贍親族，解組歸田，敝貂糲食，處之泰如。主講紫陽書院，每勖諸生，必曰：先器識，後文藝。校課綦嚴，論題輒數百字。著有《國語韋昭注疏》。」梁章鉅《楹聯叢話》卷十二：「龔闇齋觀察麗正，七十生辰，其子定庵儀部求壽聯於春海（按，程恩澤）。春海信筆書與之云：『使君政比龔渤海；有子才如班孟堅。』予亦寄一聯云：『累世紀群交，憶蘭省樞垣，齊向後塵趨軌範；傳家召杜譜，喜皖峰滬瀆，共聽兩地頌臺萊。』蓋觀察初由禮部入軍機，於余皆爲前輩，而余宦江南，又適值觀察由安慶守擢蘇松監司也。」

〔五〕倚門望：作者的父親麗正在道光七年稱疾辭官，回杭州主講紫陽書院，這時正在盼望兒子歸來相見。《戰國策·齊策》：「王孫賈年十五，事閔王。其母曰：汝朝出而晚來，則吾倚門而望；汝暮出而不返，則吾倚閭而望。」

一五〇

里門風俗尚敦龐〔一〕，年少争爲齒德降〔二〕。桑梓温恭名教始〔三〕，天涯何處不家江〔四〕？家大人扶杖出游，里少年皆起立。

〔一〕「里門」句：我家鄉的風俗是崇尚敦厚的。敦龐：樸直淳厚。王符《潛夫論・本訓》：「淳粹之氣，生敦龐之民。」

〔二〕「年少」句：少年人都争着遜讓年老的人。齒德：年老有德的人。《禮・祭義》：「有虞氏貴德而尚齒。」降：《左傳・隱公十一年》：「其能降以相從也。」注：「降，降心也。」

〔三〕「桑梓」句：對同鄉的長輩温厚恭敬，那是名教的開始。桑梓：家鄉。《詩・小雅・小弁》：「維桑與梓，必恭敬止。」温恭：《詩・商頌・那》：「温恭朝夕，執事有恪。」指祭祀時的恭敬態度。名教：歷代儒家都提倡用封建倫理道德進行教育，形成一套封建秩序，稱爲名教。《晉書・樂廣傳》：「是時王澄、胡母輔之等，亦皆任放爲達，或至裸體。廣聞而笑曰：名教内自有樂地，何必乃爾？」

〔四〕「天涯」句：推而廣之，在天涯也就同在家鄉一樣。家江：家鄉。白居易《酬嚴十八郎中》詩：「承明長短君應入，莫惜家江七里灘。」

一五一

小别湖山劫外天〔一〕，生還如證第三禪〔二〕。台宗悟後無來去〔三〕，人道蒼茫十四年〔四〕。

〔一〕「小别」句：短期離開杭州的湖山，對我來説，它仿佛是另一個世界。劫外天：佛教認爲世界由成到壞是一大劫，置身在這劫中世界的就是劫内，反之就是劫外。由於佛教的唯心主義觀點，不在自己的生活感覺之中的事物，也可以稱爲劫外。作者離開杭州後，杭州成爲他生活感覺之外的東西，所以稱是劫外天。

〔二〕第三禪：佛教有所謂四禪定，是佛教徒修習禪功的過程。第三禪是禪定的第三階段（或境界），據説進入這種境界的人，喜心涌動，但定力還未堅固，因之攝心諦視，喜心即漸消失，於是泯然入定，綿綿快樂，從内發出。《楞嚴經》卷九：「安隱心中，歡喜畢具，名爲三禪。」僧皎然《答李侍御問》詩：「身外空名何足問，吾心已出第三禪。」

〔三〕「台宗」句：覺悟了天台宗禪理之後，一切事物也就無所謂此來彼去。鳩摩羅什《十喻詩》：「既得出長羅，住此無所住。若能映斯照，萬象無來去。」

〔四〕人道：佛教把現實世界和空想世界劃分爲六道，即天道、人道、阿修羅道、畜生道、餓鬼道、地獄道。人道是指現實社會或人生。　蒼茫：曠遠不分明的樣子。　十四年：作者在道光六年（一八二六）離開杭州到北京任職，到現在前後共十四年。

一五二

浙東雖秀太清孱〔一〕，北地雄奇或獷頑〔二〕。踏遍中華窺兩戒〔三〕，無雙畢竟是家山〔四〕。

〔一〕浙東：浙江省以浙江（錢塘江）爲界，東南面地區稱浙東，西北面地區稱浙西。浙東包括寧波、紹興、台州、金華、衢州、嚴州、温州、處州等地。浙西包括杭州、嘉興、湖州等地，合稱兩浙。　清孱：清瘦文弱。

〔二〕北地：指黄河流域以北地區。　獷頑：粗野不馴。

〔三〕兩戒：見第三〇首注。

〔四〕「無雙」句：從山川風物來説，畢竟是自己的家鄉最好。按，蘇軾《六月廿七日望湖樓醉書》

詩：「我本無家更安往，故鄉無此好湖山。」作者歸家，因反其意。

一五三

親朋歲月各蕭閑〔一〕，情話纏綿禮數刪〔二〕。洗盡東華塵土否〔三〕？一秋十日九湖山。

〔一〕蕭閑：閑得來没有拘束。徐鉉《題白鶴廟》詩：「滿洞烟霞互凌亂，何峰臺榭是蕭閑？」

〔二〕「情話」句：充滿感情的交談，彼此把通常的禮節都放開一邊。

〔三〕東華塵土：作者在内閣和禮部工作，内閣在紫禁城東華門内，禮部在紫禁城東面，地近東華門。作者往來行走，塵土撲面，所以説「東華塵土」；也含有官場俗氣的意思。蘇軾《次韻蔣穎叔錢穆父從駕景靈宫》詩「軟紅猶戀屬車塵」自注：「前輩戲語有西湖風月，不如東華軟紅香土。」

一五四

高秋那得吴虹生〔一〕，乘軺西子湖邊行〔二〕。一丘一壑我前導〔三〕，重話京華送我情〔四〕。時已知浙中兩使者消息〔五〕，非吴虹生也。祝其他日使車莅止耳〔六〕。

〔一〕吴虹生：見第二六首注。

〔二〕軺：用一匹馬拉的車子。《史記·季布傳》：「朱家乃乘軺車之洛陽。」索隱：「一馬車也。」古代使者出發外地常乘軺車。作者《干禄新書自序》云：「京朝官由進士者，例得考差，考差入選，則乘軺車衡天下之文章。」

〔三〕一丘一壑：《太平御覽》卷七九引《荀子》：「吾將釣於一壑，棲於一丘。」《晉書·謝鯤傳》：「端委夜堂，使百僚準則，吾不如亮，一丘一壑，自謂過之。」

〔四〕京華送我情：指作者出都之日，吴虹生設茶話别。見第二六首作者自注。

〔五〕兩使者：指到浙江主持科舉考試的正副主考官。清代制度，各省鄉試均在禮部會試前一年舉行，每省有主考二人，正副各一，規定由朝廷臨時簡派。通常是八月初一日到達各該省的省會，初六日入闈。道光十九年己亥是恩科鄉試年份，作者希望來浙的考官中會有吴虹生在内，但結果落空。考官是奉朝廷派遣出發到各地，也可以稱爲「使者」。

〔六〕莅止：來到。

按，作者次年有信給吴虹生，希望他「今秋努力，江浙兩省爲一副考官」（庚子年是鄉試例常舉行的年份）。是此詩自注中「祝其他日使車莅止」一句的重申。

一五五

除却虹生憶黄子〔一〕，曝衣忽見黄羅衫〔二〕。文章風誼細評度〔三〕，嶺南何減江之南〔四〕？謂蓉石比部。

〔一〕黄子：指黄玉階。見第二八首注。

〔二〕黄羅衫：蔣防《霍小玉傳》記述霍小玉和李十郎相戀，後來分手，長久得不到李的消息，霍小玉因此得病。忽有一天，一個穿黄紵衫的豪客把李十郎送上門來，一家驚喜不置。後人因以「黄衫客」借指豪俠的人。作者曾稱黄玉階「亦狂亦俠」，因此看見黄羅衫就想起他。杜甫《少年行二首》之一：「黄衫年少來宜數，不見堂前東逝波。」黄衫又是隋唐時代少年人的華貴服裝。

〔三〕風誼：同風義，指作風和待人態度。評度：評論、評價。度：讀入聲。

〔四〕嶺南：指廣東。黄玉階是廣東番禺人。江之南：指長江下游以南一帶地區。

一五六

家住錢塘四百春〔一〕，匪將門閥傲江濱〔二〕。一州典故閑徵遍，撰杖觀濤得幾人〔三〕？八月十八日侍家大人觀潮〔四〕。

〔一〕錢塘：舊縣名，明清爲杭州府治，辛亥革命後廢，即今杭州市。按，龔氏先世自北宋末年從北方南下，初住餘姚，再遷錢塘。作者稱「四百春」，上溯當在明英宗正統年間，即十五世紀四十年代。

〔二〕門閥：封建時代重視族姓的來源，祖上有高官顯宦的，稱爲門閥之家。江濱：錢塘江邊。

〔三〕「一州」兩句：把杭州的遺文舊事全部徵引來看，能够侍奉父親觀潮的，在門閥之家有多少人呢？撰杖：拿起拐杖。《禮·曲禮》：「侍坐於君子，君子欠伸，撰杖屨。」

〔四〕八月十八日：錢塘江潮，以八月最盛。八月觀潮成爲杭州人的盛會。吴自牧《夢粱録》：「每歲八月内，潮怒勝於常時，都人自十一日起，便有觀者；至十六、十八日，傾城而出，車馬紛紛，十八日最爲繁盛，二十日則稍稀矣。」這是南宋時情況。范祖述《杭俗遺風》：「候潮門外至閘口，沿江十里，均可觀濤。八月十八日爲潮神生日，前後三日均有潮汛。始起之時，微見遠處如白帶一條，迤邐而來，頃刻波濤洶涌，水勢高有數丈，滿江沸騰，真乃大觀。」這是清代的情況。

一五七

問我清游何日最？木樨風外等秋潮〔一〕。忽有故人心上過，乃是虹生與子瀟。吴虹生及固始蔣子瀟孝廉也〔二〕。

〔一〕木樨：桂花。《杭州府志·物産》：「木犀有黄、紅、白三色，天竺山多有之。西溪十八里皆行山雲竹靄中，衣袂盡緑。桂樹大者兩人圍之不盡，樹下花覆地如黄金。山中人縛帚掃花售市上，每石當脱粟之半。」又云：「天竺桂花六出，他處所無。」梁紹壬《兩般秋雨盦隨筆》一：「杭人觀潮，例於八月十八日……阮芸臺（按，阮元）宫保爲浙江監臨（鄉試總負責人），於行臺中題一聯云：『下筆千言，是槐子黄時，木犀香候；出門一笑，正西湖月滿，東海濤來。』」作者此句似含有聯中意思。　風外：似暗指自己早已置身於科場之外。　等：等待。　高士奇《天禄識餘》：「北人土語以候爲等，詩人未有用者。范石湖《州橋》詩云：『州橋南北是天街，父老年年等駕回。』用等字亦新。」

〔二〕蔣子瀟：蔣湘南，字子瀟，河南固始人。道光十五年舉人。曾入江督、河督幕府，晚年主講關中書院，修輯《全陝通志》。著有《周禮考證補注》、《七經樓文鈔》、《春暉閣詩鈔》。夏寅官《蔣湘南傳》：「先生之學，自經史、象緯、曆律、輿地、農田、禮制、兵刑、名法以及釋道兩藏，一一尋源沿流，究其得失。學博故見無不大，識精故論無不平，氣盛故辭無不達，誠大河南北之巨儒也。」又云：「蔣先生少即負盛名。道光戊子（一八二八），儀徵張椒雲典河南鄉試，將行，往辭阮文達（按，阮元）。文達曰：中州學者，無如蔣子瀟，摸索不得，負此行矣。椒雲欲請其詳，會客至不得言。既至河南，亦不敢問人。私念公所稱必好古士，因誡同考官：文有異，雖拙傲，無棄。久之得一卷，文甚瑰瑋而不中程，衆皆怪笑。椒雲强置之榜末。啓封，則蔣湘南也。林文忠（按，林則徐）嘗笑椒雲曰：吾不意汝竟得一大名士爲門生。其爲名公卿宿儒所推重如此。」按，椒雲即張集馨。薛福成《前陝西按察使權巡撫事張公墓誌銘》有云：「公諱集馨，字椒雲，揚州儀徵人。公以道光九年進士，改翰林，授編修，屢充湖北、河南副考官。」據此，道光八年戊子，張未成進士，何得充考官？夏寅官的「道光戊子」應是道光乙未之誤。詳張集馨《道咸宦海見聞録》：「乙未三十六歲（道光十五年）：七月偕龍莘田中允元任典試河南」條。鍾駿聲《養自然齋詩話》：「固始蔣子瀟（湘南），邃於經學，其《七經樓文鈔》於象緯、輿地、水利、韜略之説靡不精究，乃其《春暉閣詩》皆卓然可傳。先生自言初學三李，後師杜、韓，久乃棄各家，而爲一己之詩。」孔憲彝《對岳樓詩續録·懷蔣子瀟》詩云：「氣盛工文辭，心雄克擔荷。不爲幕府客，能參定公坐（自注：龔定盦別號定公）。光山多高賢（自注：謂劉侍御光三），試挽中流柁。」

一五八

靈鷲高華夜吐雲〔一〕，山凹指點舊家墳〔二〕。千秋名教吾誰愧？愧讀羲之誓墓文〔三〕。表弟吴鷟雲，先世丙舍在靈鷲下〔四〕，繪圖乞一詩。時予不至先慈殯宮十四年矣〔五〕。

〔一〕「靈鷲」句：靈鷲山高峻瑰麗，夜間吐出雲氣。靈鷲：杭州靈隱山東南有飛來峰，又叫靈鷲峰。《杭州府志·山水》：「飛來峰在靈隱山東南，亦名靈鷲峰。」又：「咸和元年，西僧慧理登兹山云：佛在世日多爲仙靈所隱，今此亦復爾耶！因掛錫造靈隱寺，號其峰曰飛來。」

〔二〕「山凹」句：吴鷟雲的祖墳就在靈鷲山的低處。

〔三〕誓墓文：東晉書法家王羲之任會稽郡守時，聽説揚州刺史王述要來檢查他的工作，因他平時瞧不起王述，於是稱病辭官，在父母墓前自誓，表示不再出山。誓詞中有「自今之後，敢渝此心，貪冒苟進，是有無尊之心而不子也。子而不子，天地所不覆載，名教所不得容」的話。見《晉書·王羲之傳》。

〔四〕丙舍：墳墓前的建築物，又叫墓堂。

〔五〕殯宫：墓地。

一五九

鄉國論文集古歡〔一〕，幽人三五薜蘿看〔二〕。從知閬苑桃花色〔三〕，不及溪松耐歲寒〔四〕。晤曹葛民籀、徐問蘧楙、王雅臺熊吉、陳覺庵春曉諸君〔五〕。

〔一〕鄉國：家鄉。王勃《春思賦》：「盛年耿耿辭鄉國，長路遥遥不可極。」古歡：《古詩十九首》：「良人唯古歡，枉駕惠前綏。」清人王士禛曾著《古歡録》，記述從上古到明代在鄉隱居的知識分子。作者因此稱曹等是「古歡」。

〔二〕幽人：隱居的人。杜甫《傷春五首》之五：「春色生烽燧，幽人泣薜蘿。」薜蘿：薜，薜荔。蘿，女蘿。都是山野常見的蔓生植物，喻隱者之衣。《楚辭·九歌·山鬼》：「若有人兮山之阿，被薜荔兮帶女蘿。」《晉書·謝安傳論》：「暨於褫薜蘿而襲朱組，去衡泌而踐丹墀。」

又借指隱者住處。參見第一一六首注。

〔三〕閬苑：傳説仙人居住的地方，這裏借指在科舉場中得意的人。參見第九三首注。　桃花色：比喻表面的熱鬧繁華。

〔四〕溪松：借指隱居的人。　耐歲寒：經得起考驗。這裏包括生活上和友情上的。

〔五〕曹葛民：曹籀，原名金籀，字葛民，一字竹書，號柳橋，浙江仁和人。秀才。與魏源、龔自珍交誼甚好。同治間曾輯印《定盦文集》，即後人所稱的吴刻本。潘衍桐《緝雅堂詩話》：「柳橋與龔璱人交好，性耽禪悦，設維摩經會。好金石文字。有《讀漢書西域傳樂府》十二首致佳。所嗜均如璱人。著有《古文原始》、《春秋鑽燧》、《籀書内外篇》、《石屋釋文》、《蟫蛻集》、《無盡鐙詞》。」　馬叙倫《讀書續記》二：「《籀書》内篇二卷，外篇二卷，續篇四卷，曹籀撰。籀字葛民，仁和人，與戴醇士先生及先外祖鄒蓉閣先生，皆紅亭詩社中人也。亦與龔定盦交善。其學自謂學定盦者。著書八九種，余但得此書及《春秋鑽燧》耳。先生學自今文家言入，故思想多解放，不爲繩墨所制。然乾嘉風氣渲染於藝林者至深，故先生亦不能盡去其習，喜談文字語言之學，而穿鑿附會强作解人者，隨處皆是。蓋是時頗有以金石文字説六書者，顧不明六書大例，又不精研金石文字源流，故適蹈元、明人妄習。」　徐問蘧：徐楙，字仲繇（一作仲勉），號問蘧，别號問年道人。錢塘人。精研金石篆刻，工篆書、隸古。《國朝杭郡詩三輯》：「問蘧廣見博聞，搜奇嗜古，金石之録，古器之評，莫不真贋鑒别。所藏吉金極富，父癸爵、周應公鼎，尤著珍秘。」王雅臺：王熊吉，原名積諴，號雅臺。王仁子，錢塘人。道光十一年舉人。曾官嵊縣教諭。陳覺庵：陳春曉，字杏田，號覺庵，又號望湖，錢塘廪貢生。著有《晚晴書屋詩鈔》、《覺庵續咏》、《風鶴吟詞》等。《國朝杭郡詩三輯》：「覺庵爲果齋刺史之孫，煦林孝廉之子，孝廉歿於都下，隻身扶櫬歸里。歷游粤、楚、吴、皖，奉母教弟，備嘗艱苦，其孝友有足稱者。」

一六〇

眼前石屋著書象〔一〕，三世十方齊現身〔二〕。各搦著書一枝筆〔三〕，各有洞天石屋春〔四〕。葛民以畫象乞題，爲説假觀偈〔五〕。

〔一〕石屋：佛教徒鑿石爲室，供奉諸佛。中國著名的如敦煌石室、龍門石窟等均是。杭州九曜山也有一個石屋洞。曹籀曾將其著述合刻爲《石屋書》。翟灝《湖山便覽》：「石屋洞在石屋嶺下，高敞虛明，衍迤二丈六尺，狀如軒榭。壁上周鐫羅漢五百十六身，中間鑿釋迦佛諸菩薩像。」《名勝志》：「九曜山在南屏之西，又西南過太子灣，折而南爲石屋洞，高敞虛明，衍迤二丈六尺，狀如軒榭，可布几筵，其底邃窄通幽。」清陸以湉《冷廬雜識》卷一：「石屋洞寬廣三丈，深丈許，中鑿釋迦佛諸菩薩像，四壁鐫羅漢五百餘……題壁詩大半剥落不可讀，惟道光二十年郡人曹籀隸書銘十三字，尚可辨識，云：嶔崟兮石屋，中有素書兮留我讀。」

〔二〕三世十方：佛家以過去、現在、未來爲三世；八方加上下爲十方。《華嚴經·普賢三昧品》：「普能包納十方法界，三世諸佛智光明海，皆從此生。」　齊現身：指一個形象化成無數形象，充滿於時間空間之中。按，這是佛教天台宗、華嚴宗的所謂「假觀」。華嚴宗創始人法藏爲了證明「一即一切」、「一切即一」的觀點，曾想出一個辦法：「取鑒（鏡）十面，八方安排，上下各一，相去一丈餘，面面相對，中安一佛像，燃一炬以照之，互影交光。學者因曉刹海涉入無盡之義。」（《宋高僧傳》卷五）這便是「十方齊現身」，由一可以出現無數，以此證明一切都是「假觀」。

〔三〕搦：拿起。

〔四〕洞天：道家認爲神仙居住的地方。《茅君内傳》：「大天之内，有地之洞天三十六所，乃真仙所居。」

〔五〕假觀偈：佛教龍樹宗（空宗）把空觀、假觀、中觀稱爲三諦。所謂「假觀」，即認爲客觀世界不過是心中造成的假象，并非真實的。參看第二二一、二二六首注。　偈：梵文偈陀的簡稱，義譯爲頌。通常每偈四句，爲佛教文體之一。

一六一

如何從假入空法〔一〕？　君亦莫問我莫答。　若有自性互不成，互不成者誰佛刹〔二〕？

爲西湖僧講《華嚴》一品竟，又説此偈。

〔一〕從假入空：　天台宗教徒的「觀心」修證過程之一。「從假入空」是修證的第一階段。天台宗創立人智顗在其《修習止觀坐禪法要》中説：「能了知一切諸法皆由心生，因緣虛假不實故空，即不得一切諸法名字相，則體真止也。爾時，上不見佛果可求，下不見衆生可渡，是名從假入空觀，亦名二諦觀。」作者在《簡煉法》一文中也有類似的話：「何謂先後？　從念入於無念，從生悟於無生，此先假後空也。　知無可念，而熾然念；　知無所生，而熾然生，此先空後假也。」大意是把根源於客觀世界的一切念頭都收斂起來，腦子裏什麽都不想，就叫「從假入空」。《藝文類聚》卷十七北齊邢子才《景明寺碑》：「未能照彼因緣，體茲空假，袪洗累惑，擯落塵埃。」

〔二〕「若有」兩句：　這兩句是申述《華嚴》的哲理。《華嚴經·升須彌山頂品》：「觀察於諸法，自性無所有，如其生滅相，但是假名説。」「了知一切法，自性無所有，如是解法性，則見盧舍那。」唐代華嚴宗的創始人法藏提出一個觀點，即「互相遍應」，或稱「互遍相資」。意思是：「事相」（世界客觀事物）彼此之間有普遍的聯繫性，稱爲「互性」；但由於有這種「互性」，事物便不能有「自性」（自己的本質屬性）。「自性」如果存在，便不能出現互相聯繫，因爲事物的每個「自一」，僅僅是在它和「多一」（無數一的總和）的互相關係中才能出現，所以「自性」是没有的。法藏《華嚴策林》説：「大必收小，方得名大；小必容大，乃得小稱。各無自性，大小所以相容。」作者在《禮龍樹齋結鬘都序》中也説：「惟無自性，乃有互性。」

按，此詩大意是：在修煉時如何「由假入空」，你不要問，我也不答。因爲你的問表現爲一種「自性」，我的答也表現爲一種「自性」，各有自性的結果便是「互不成」（没有互性，一切不成）。如果「互不成」，那算什麽「佛刹」（佛土，引申爲佛的教義）呢？

一六二

振綺堂中萬軸書〔一〕，乾嘉九野有誰如〔二〕？季方玉粹元方死〔三〕，握手城東問蠹魚〔四〕。汪小米舍人死矣〔五〕！見其哲弟又村員外〔六〕。

〔一〕振綺堂：清代著名私人藏書室，創始於乾隆年間的汪憲。汪憲字千陂，號魚亭，官刑部員外郎，生平喜愛藏書，建振綺堂作藏書室。子孫數代陸續增加收藏，成爲浙江一大藏書家。傳世有《振綺堂書目》。《杭州藝文志》：「振綺堂書目五卷，刑部主事汪諴十村撰。諴祖憲有書録十卷，父璐有題識五卷，子邁孫有簡明目二卷。此五卷最爲詳括。」《國朝杭郡詩三輯》：「小米中翰昆仲六人，皆善繼先志，振綺堂藏書富甲一郡，復多方購求以益之。當咸豐間，守已五世。辛酉之難，始遭兵劫。較之小山趙氏、瓶花吴氏，則已傳守過之矣。」

〔二〕乾嘉九野：乾隆、嘉慶年間的中國。《後漢書·馮衍傳》：「疆理九野，經營五山。」注：「九野謂九州之野。」

〔三〕「季方」句：東漢陳寔有兩個兒子，長子陳紀，字元方；幼子陳諶，字季方，都很有才華。陳寔有「元方難爲兄，季方難爲弟」的評論。作者拿元方、季方比擬汪氏兄弟。玉粹：像玉那樣精純。

〔四〕問蠹魚：問汪家藏書情況。蠹魚，蛀書之蟲。

〔五〕汪小米：汪遠孫，字久也，號小米，又號借閒漫士。汪憲曾孫，汪諴長子，浙江錢塘人，嘉慶二十一年舉人。著有《詩考補遺》、《漢書地理志校勘記》、《借閒生詩詞集》等。妻梁端及繼室湯漱玉均有著作，合刊爲《振綺堂遺書》。胡敬《内閣中書汪君墓誌銘》：「先是，千陂公（按，汪憲）性耽插架，多善本，甲乙編排，丹黄多所手定。吾鄉之藏書家，若趙氏小山堂，吴氏瓶花齋，杭、厲（按，杭世駿、厲鶚）輩所借觀珍惜者，今皆散佚不存。惟振綺堂所藏，巋然具在。孔皆公(按，汪誠)以君之嗜學也，病中指楹書示曰：他日以畀汝。君著書務爲根柢之學，排日讀《十三經注疏》，以心得者著爲考異。又以抱經堂釋文多訛缺，欲爲補正，功雖未竟，其宗尚已可概見。近人於注疏，能守一經終業者已鮮，矧全經考其異耶？盧氏釋文，本於注疏，脱誤處所載已大半增改。近人讀不終篇，倦而棄去，矧全帙加以補正耶？」又云：「吾鄉志乘，以南宋咸淳《臨安志》爲最古，君重雕以廣其傳。他若厲樊榭《遼史拾遺》、《東城雜記》，梁處素《左通》，汪選樓《三祠志》，俱次第梓行，以及亡友詩文，代爲校刊者，難以悉數。」王端履《重論文齋筆記》卷二：「小米振綺堂藏書最富，予曾向借抄孫逢吉《職官分紀》，雙行細字，凡二年方得蕆事。卒前數日，尚有書來招余泛棹西湖，作文酒之會。余答言，年已老矣，怕見江波之惡，此事恐難知也。未幾而訃音至。故予挽以聯云：何時重到西湖，此事誰知，尺素往還成讖語；少日名馳秋水，先生長往，汗青零落剩遺書。」

〔六〕又村員外：汪适孫，字亞虞，號又村，誠次子，候選州同。著有《甲子生夢餘詞》，輯有《清尊集》十六卷。錢泰吉《甘泉鄉人稿》卷九：「錢唐汪小米舍人遠孫，與余有校史之約，惜其早世，未能成。小米所校《漢書地理志》極精審，與大興徐星伯松《西域傳補注》可以并傳。其於《國語》用力尤深，嘗輯賈氏逵、虞氏翻、唐氏固之説爲《三君注輯存》，而以王氏肅、孔氏晁兩家附焉，凡四卷；於韋氏注，則解訛者駁之，義缺者補之，辭意有未昭晰者詳説之，搜輯舊聞，博求通語，苟可明者，皆收録焉，爲《發正》二十一卷。又以公序本校明道本，凡他書所引之異同及諸家所辨之異字，亦皆慎擇而采取之，爲《明道本考異》四卷。歲丙申（道光十六年）小米即世，其弟亞虞，延碩甫（按，陳奐）於家，爲編定遺草。碩甫亦得自定所撰《毛詩疏》，皆亞虞主之也。癸卯冬（道光二十三年），亞虞又歿；小米之子曾撰，年少好學，歲甲辰（道光二十四年）又卒。碩甫感念故交，不負委任，力爲小米編定所著書，閲數年而成。亞虞之弟少洪，乃延吴門蔣芝生爲繕寫授梓。亞虞名适孫，少洪名邁孫，皆與予善。少洪今亦下世，其子曾本，於辛亥（咸豐元年）得鄉舉。」

一六三

與吾同祖硯北者先曾祖晚號硯北老人〔一〕。仁愿如兄壯歲亡〔二〕。從此與誰談古處？馬婆巷外立斜陽〔三〕。吊從兄竹樓。

〔一〕同祖：這裏是同一曾祖的意思。　硯北老人：龔斌，初名鎮，字典瑞，號硯北，又號半翁，邑增生。作者的曾祖。著有《有不能草》。

〔二〕仁愿：敦誠謹重，寬厚愛人。　壯歲：三十歲爲壯。

〔三〕馬婆巷：在杭州東城。吴自牧《夢粱録》卷十四《仕賢祠》：「昭貺廟……又有行祠在馬婆巷，名安濟廟。」明田汝成《西湖游覽志》卷十四：「馬坡巷，宋時稱馬婆巷，蓋其時在城外，馬院近之，教駒游牝，皆於此地，故名馬坡耳。自東花園而南，爲上馬坡；北抵清泰門大街，爲下馬坡。」按，作者祖父敬身在此置有住宅，作者就在此宅出生。立斜陽：此時住宅已售與他人，作者重到馬婆巷，想念往事，追憶從兄竹樓，感觸很深，在巷外久立不忍離開。

一六四

醰醰諸老愜瞻依〔一〕，父齒隨行亦未稀〔二〕。各有清名聞海内〔三〕，春來各自典朝衣〔四〕。時鄉先輩在籍〔五〕，科目、年齒與家大人頡頏者五人〔六〕：姚亮甫、陳堅木兩侍郎〔七〕，張雲巢鹾使〔八〕，張静軒、胡書農兩學士〔九〕。

〔一〕「醰醰」句：諸位老輩情味深厚，使人在接近時感到愜意。醰醰：醇雅深厚。一般用以形容學術或文藝的造詣。愜：滿足。瞻依：《詩・小雅・小弁》：「靡瞻匪父，靡依匪母。」箋：「此言人無不瞻仰其父取法則者，無不依恃其母以長大者。」

〔二〕「父齒」句：同我父親差不多年紀的人也還不少。父齒隨行：按年齡排列叫「齒」。

《禮·王制》:「父之齒隨行。」意説,對於同父親差不多年紀的前輩,自己要隨後而行,不可超越。

〔三〕清名:清高的聲望。

〔四〕典朝衣:比喻生活清貧而又蕭閑。杜甫《曲江》詩:「朝回日日典春衣,每向江頭盡醉歸。酒債尋常行處有,人生七十古來稀。」

〔五〕鄉先輩:同鄉而又比自己老一輩的人。《儀禮·士冠禮》鄭注:「鄉先生,鄉中老人爲鄉大夫致仕者。」在籍:指致仕回原籍者。

〔六〕科目:科舉出身。頡頏:不相上下。《詩·邶風·燕燕》:「燕燕于飛,頡之頏之。」

〔七〕姚亮甫:姚祖同,字秉璋,一字亮甫,錢塘人。乾隆四十九年召試,賜舉人,授内閣中書。歷官河南、山西、直隸布政使,安徽、河南巡撫等。道光十一年以左副都御史休致。陳堅木:陳嵩慶,原名復亨,字復庵,號荔峰,一號堅木,錢塘人。嘉慶六年進士。官翰林院侍講學士,遷内閣學士,禮部右侍郎,吏部左侍郎。道光十六年因病免職。《國朝杭郡詩三輯》:「(嵩慶)生平作文思如泉涌,尤擅八法,以書法名噪海内。」陳康祺《郎潛紀聞》:「嘉慶某年,御製觀龍舟詩,命詞臣賡和,衆皆窘於『水嬉』嬉字韻,獨錢唐陳太史嵩慶句云:『萬國魚龍呈曼衍,九重珠玉戒荒嬉。』蓋上方以黜奢崇儉示廷臣也。」

〔八〕張雲巢:張青選,字商彝,號雲巢,廣東順德人。乾隆五十四年舉人。由知縣歷官福建按察使，兩淮鹽運使，湖北按察使。著有《清芬閣詩集》。張維屏《聽松廬文鈔》：「（張）公壬辰（道光十二年）入都，選浙江金華衢嚴道，引見，奉旨以原品休致。南旋寓浙。辛丑（道光廿一年）遷寓蘇州。」

〔九〕張靜軒：張鑒，字星朗，號靜軒，仁和人。嘉慶六年進士。歷官山東道、河南道御史，户科給事中，升内閣侍讀學士。道光十八年歸里，二十八年卒，年八十一。胡書農：胡敬，字以莊，號書農，仁和人。嘉慶十年進士。由庶吉士授編修，官至翰林院侍講學士。著有《崇雅堂文集》、《證雅》、《國朝院畫録》。《杭州府志》：「胡敬，字書農，嘉慶十年會試第一，歷充武英殿文穎館纂修，《全唐文》、《治河方略》、《明鑒》總纂，所輯皆精審。《唐文》小傳出敬手者爲多。《進唐文表》凡數千言，典核堂皇，爲生平傑作。仁宗耳其名，每有制敕碑版文字，輒傳旨命胡敬擬撰。入直懋勤殿，編纂《秘殿珠林》、《石渠寶笈三編》。時溽暑，内監捧卷軸，倉卒展視，敬衣冠端立諦視，執筆録其文，記載尺寸、印章，日至百十卷，未嘗偶誤。」《國朝杭郡詩三輯》：「胡書農深於詞賦之學，袁隨園有『乾坤清氣得來難』之譽。以賦水仙花受知於阮文達。主崇文書院二十餘年。」

一六五

我言送客非佛事〔一〕，師言不送非佛智〔二〕。雙照送是不送是〔三〕，金光大地喬松寺〔四〕。重見慈風法師於喬松庵〔五〕。叩以台宗疑義，師不答。送予至山門，予辭，師正色曰：是佛法。

〔一〕非佛事：不是佛家人應做的事。

〔二〕非佛智：不是佛家人的宗旨。

〔三〕「雙照」句：佛家説法：破法歸空叫遮，存法觀義叫照。這裏的雙照意指同時看到。《宗鏡録》：「破立一際，遮照同時。」照天台宗的説法，遮就是空觀，照就是假觀，要同時看到空假二諦，即空即假，便進入中道。句意是説，關於送客的問題，可以説送也是，不送也是；送也非，不送也非，要同時看到這兩層道理。

〔四〕「金光」句：佛家常借金光比喻法性湛深。《大集經》：「菩薩有八光明，能破諸暗。」句意説，這樣一來，佛教的道理就在喬松寺大放光芒了。

〔五〕慈風：杭州僧人，作者稱他「深於相宗」。相宗即法相宗，又稱唯識宗，唐玄奘傳入中國。此宗主張在現實世界之上還有一個圓滿的超現實世界，屬於佛教客觀唯心主義一派。喬松庵：在杭州城東。

一六六

震旦狂禪沸不支〔一〕，一燈慧命續如絲〔二〕。靈山未歇宗風歇〔三〕，已過龐家日昔時〔四〕。錢△庵居士死矣〔五〕！得其晚年所著《宗𣲢》二卷。

【校】

詩末自注「錢△庵」：見本書注。「死矣」：諸本皆同。唯鄧本作「西歸矣」，下注：「『西歸』二字原作『死矣』。」可見爲龔橙所改。「矣」下王校本注：「一本作『西歸矣』。」「二卷」：諸本並同。唯邃本作「三卷」。本書並從吳本。

〔一〕震旦：見第三四首注。狂禪：見第七八首注。沸不支：狂沸的程度無可計量。支：計量。《後漢書・竇憲傳》：「士有懷琬琰以就猥塵者，亦何可支哉！」又有撐持義。《後漢書・郭泰傳》：「天之所廢，不可支也。」

〔二〕一燈：佛教徒認爲佛法能破衆生昏暗，因此拿燈比喻。《大智度論》：「汝當教化弟子，弟子復教餘人，展轉相教，譬如一燈復燃餘燈，其明轉多。」慧命：智慧的性命。《四教儀》：「末代凡夫於佛法中起斷滅見，夭傷慧命，亡失法身。」

〔三〕靈山：釋迦牟尼說《法華經》的地方，在中印度摩揭陀國靈鷲山。宗風：宗派的風貌。《傳燈録》：「師唱誰家曲，宗風嗣阿誰？」

〔四〕龐家日眚：《傳燈録》：「襄州居士龐蘊，一女名靈照，居士將入滅，令靈照出視日早晚，及午以報。女遽報曰：日已中矣，而有蝕也。居士出户觀次，靈照即登父座，合掌坐亡。居士笑曰：我女鋒捷矣。於是更延七日。」按，龐蘊，字道元，唐衡陽人，家居襄陽。爲修煉佛法，將珍寶數萬投入湘江。臨終時，刺史于頔前往問病，龐蘊對他説：「但願空諸所有，慎勿實諸所無。」元人雜劇《龐居士誤放來生債》即搬演龐蘊沉寶事。眚：白内障病。日眚就是日蝕。《左傳・莊公二十五年》：「非日月之眚不鼓。」此詩後兩句是慨嘆錢△庵的宗教風貌消失，自己回來時他已經逝世。

〔五〕錢△庵：即錢伊庵，佛學居士，字東父，杭州人。深入禪學，輯有《宗範》二卷。書中括引古德參禪方法，與戒顯《禪門鍛煉説》同爲清代禪學名作。魏源《古微堂詩集》有《武林紀游呈錢伊庵居士》詩。魏季子《羽琌山民軼事》：「山民學佛，主持咒及天台法華宗旨，詈禪學，嘗謂是不識字髡結所爲。慈風講師、錢伊庵居士屢訶之。」作者《寒月吟》有自注云：「慈公（按：慈風）深於相宗，錢居士東父則具教、律、禪、浄四門，乃吾師也。」△：音伊，佛經中的字。宋釋法雲《翻譯名義集》卷五引《哀嘆品》云：「何名爲秘密之藏，猶如伊字三點。若并則不成伊，縱亦不成。如摩醯首羅面上三目，乃得成伊。三點若別，亦不成伊。」又卷六「△」字注引章安跋云：「言伊字者，外國有新舊兩伊。舊伊横竪斷絶相離，借此況彼，横如烈火，竪如點水，各不相續。不横不同烈火，不竪不同點水。應如此方草『下』字相。細畫相連，是新伊相。」意説：∴是舊字，△是新字。作者《蒙古字類表序》亦云：「如大涅槃之△字，又△̈字，隋章安頂師强音之以伊字。」按，△：同治七年吴刻本、光緒二十九年文瑞樓刻本及龔橙删定本均同。光緒萬本書堂刻本誤作「△」。成都官書局光緒刻本誤作「人」。王文濡校編本闕作「□」。王佩諍校本初版徑省去。《四部備要》據通行本排印又改作「ㄜ」，更不知何據。

一六七

曩向真州訂古文，飛龍滂熹折紛紜〔一〕。經生家法從來異〔二〕，拓本模糊且餉君〔三〕。

在京師，阮芸臺師屬爲齊侯中罍二壺釋文〔四〕。兹吾師覓六舟僧手拓精本〔五〕，分寄徐問蘧〔六〕，屬別釋一通。因柬問蘧。

〔一〕「曩向」兩句：從前阮元考訂古文字的時候，我曾把關於《飛龍》和《滂喜》的争論加以解決。曩向：同向曩，從前。《漢書·司馬遷傳注》：「向曩，昔時也。」真州：指阮元。阮是江蘇儀徵人，儀徵舊稱真州。作者在此只稱阮的籍貫。參見第一〇九首注。古文：指殷周銅器上的古文字。阮元對銅器碑板文字很有研究，著有《兩浙金石志》、《山左金石略》、《積古齋鐘鼎彝器款識》等。折紛紜：解決争執。折：判斷是非。飛龍：東漢崔瑗的小學著作，有《飛龍篇篆草勢合》三卷（見《新唐書·藝文志》）。按《後漢書·崔瑗傳》作《草書勢》，《隋書·經籍志》又作崔瑗《飛龍篇》。　滂熹：一作滂喜，東漢賈魴撰的字書，名《滂喜篇》。後人以《蒼頡》爲上篇，《訓纂》爲中篇，《滂喜》爲下篇。即所謂《三蒼》。關於作者「折紛紜」事，未詳。

〔二〕「經生」句：研究經學的人各有各秉承的「家法」，彼此從來就是不同。暗示研究古文字也各有不同的家法。　經生：研究儒家經籍的人。這裏是作者自比。　家法：見第六三首注。

〔三〕「拓本」句：我的拓本雖然不太清楚，姑且送給你作爲參考吧。　餉：贈送。

〔四〕齊侯中罍二壺：周代銅器，共兩器。一稱齊侯中罍，銘文一百四十四，舊藏蘇州曹氏懷米山房。一稱齊侯罍，銘文一百六十八，舊藏阮氏積古齋，又稱爲齊侯女罍壺或齊侯罍壺。阮元有《齊侯罍歌》，述此器甚詳。其序略云：「此罍銘在腹内，十九行一百六十八字，乃齊侯鑄賜田洹子及其妻孟姜之器……銘辭有『奉齊侯受命於天子曰爾期璧玉樂舞壺鼎鼓鐘用綴爾大舞鑄爾斯釿用御天子之吏洹子孟姜用祈眉壽』等字，語工字古，銅堅而黝，色澤絶似焦山之鼎。余昔購之安邑宋氏。」

〔五〕六舟僧：僧人達受，字六舟，又字秋楫，號退叟，浙江海昌（鹽官）人。俗姓姚氏，年少出家。精六書，章草，善畫梅。生平搜羅金石甚富。著有《祖庭數典録》、《六書廣通》、《兩浙金石志補遺》。陸以湉《冷廬雜識》四：「杭州近日詩僧，首稱海寧六舟達受，工草書、墨梅，尤精金石篆刻。阮文達公稱爲金石僧。」

〔六〕徐問蘧：見第一五九首注。

按，吴榮光《筠清館金文》載齊侯罍釋文，作者同阮元釋文很多不同。如阮釋作「罍」，龔則釋爲「畾」，説是齊侯名字。阮釋作「子黄」，龔釋作「邑董」。阮釋作「鍆」，龔釋作「釿」之類。難怪阮元要請徐另釋一通，而作者也自稱家法不同。

一六八

閉門三日了何事〔一〕？題圖祝壽諛人詩〔二〕。雙文單筆記序偈〔三〕，筆秃幸趁酒熟時〔四〕。

〔一〕了何事：做完了哪些事情？

〔二〕題圖：在畫上題字。　祝壽：寫祝壽的應酬文章。　諛人詩：寫恭維人家的詩。

〔三〕雙文：駢體文。因爲句子是對偶的，所以稱爲「雙文」。　單筆：散文。古稱不用韻的散文爲「筆」。　記、序、偈：三種文體。記：記事文。《金石例》：「記者，紀事之文也。」序：敘述或帶議論性的文章。《文體明辨序説》：「《爾雅》云：序，緒也。言善敘事理次第有序，若絲之緒也。其爲體有二：一曰議論，二曰叙事。」偈：見第一六〇首注。

〔四〕「筆禿」句：筆雖然脱了毛（意思是文章寫得不好），幸而還趁點酒意（所以就大膽落筆）。

一六九

劘之道義拯之難〔一〕，賞我出處好我書〔二〕。史公副墨問誰氏〔三〕？屈指首寄虬髯吴〔四〕。欲以全集一分寄虹生，未寫竟。

〔一〕「劘之」句：吴虹生常用道義來勉勵督促我，又拯救我的危難。劘：同「磨」，切磋磨礪。

〔二〕「賞我」句：欣賞我出仕歸隱的態度，又愛好我寫的文章。

〔三〕「史公」句：太史公書的副本，該贈給誰呢？史公：漢代史家司馬遷。這裏是作者自指。副墨：副本。《史記·太史公自序》：「藏之名山，副在京師。」指將自己的著作藏在名山，另把一份副本放在京都。問：贈送。《詩·鄭風·女曰鷄鳴》：「雜佩以問之。」

〔四〕「屈指」句：扳着指頭數一數，首先應該寄給大鬍子老吳。　虬髯：絡腮鬍子。

一七〇

少年哀樂過於人，歌泣無端字字真〔一〕。既壯周旋雜癡黠，童心來復夢中身〔二〕。

〔一〕「少年」兩句：我少年時代，不論悲哀還是快樂，表現都比別人强烈。無端的高歌和哭泣，一字一句都是十分真實的。作者《琴歌》有云：「之美一人，樂亦過人，哀亦過人。」亦是自指此事。　歌泣：這裏主要是指言論和文章中表現的强烈感情。嘉慶二十二年，作者自編文集，題名《竚泣亭文集》，便寓有歌泣之意。

〔二〕「既壯」兩句：三十歲以後，周旋於官僚群中，少年的鋒芒收斂起來，還夾雜些假癡呆和小狡猾。那顆童心，只能在夢中恢復。　童心：真純的心靈。《左傳·襄公三十一年》：「於是昭公十九年矣，猶有童心。」李贄《童心説》：「夫童心者，真心也……最初一念之本也。若失却童心，便失却真心；失却真心，便失却真人。人而非真，全不復有初矣。」　來復：恢復。《易·復》：「七日來復，利有攸往。」

一七一

貐貐貐貐厲牙齒〔一〕，求覆我祖十世祀〔二〕。我請於帝詛於鬼〔三〕，亞駝巫陽莅鷄豕〔四〕。

〔一〕貐貐：音亞語，傳説中的吃人惡獸。《爾雅·釋獸》：「貐貐，類貙，虎爪，食人，迅走。」又作窫窳。《山海經·北山經》：「少咸之山，無草木，多青碧，有獸焉，其狀如牛，而赤身、人面、馬足，名曰窫窳，其音如嬰兒，是食人。」厲：磨利。《文選》鮑照《蕪城賦》「飢鷹厲吻」注：「厲，摩也。」

〔二〕求覆：企圖覆滅。《禮·中庸》「傾者覆之」注：「覆，敗也。」十世祀：十代的祭祀。覆祀等於滅族，在封建社會是犯了極大的罪的懲罰。

〔三〕請於帝：向上帝投訴。《左傳·僖公十年》：「狐突適下國，遇太子，太子使登僕而告之曰：夷吾無禮，余得請於帝矣，將以晉畀秦，秦將祀余。」詛於鬼：向鬼神詛祝，請鬼神對那人降以災禍。詛：向鬼神請求加禍。《書·無逸》：「否則厥口詛祝。」疏：「詛祝，謂告神明令加殃咎也。以言告神謂之祝，請神加殃謂之詛。」

〔四〕「亞駝」句：亞駝大神和巫陽都將接受我的請求，他們都享用了我的鷄和猪。亞駝：音巫沱，即滹沱河大神。巫陽：《楚辭·招魂》：「帝告巫陽曰：有人在下，我欲輔之。」《山海經·海内西經》：「開明東有巫彭，巫抵，巫陽，巫履，巫凡，巫相，夾窫窳之尸，皆操不死之藥以距之。」按，此巫陽借指巫咸，即安邑巫咸河大神。亞駝、巫咸均見秦國的《詛楚文》。此文開頭説：「有秦嗣王敢用吉玉宣璧，使其宗祝邵鼛布，愬告於丕顯大神亞駝，以底楚王熊相之多罪。」見於紀録的《詛楚文》有三石，神名不同，詛文相同。在渭水發現的稱爲《告大沈久湫文》，在長安祈年觀下發現的稱爲《告巫咸文》，在洛水發現的稱爲《告亞駝文》。原石均不存，《絳帖》有摹本，《古文苑》有釋文。

按，詩中所指的「猰貐」，和「天教檮杌降家門」的檮杌，似有關係。檮杌是家族内的壞人，猰貐或是族外的同夥。

一七二

晝夢亞駝告有憙〔一〕，明年三月猰貐死。大神羹梟殄梟子〔二〕，焚香敬告少昊氏〔三〕。

〔一〕有憙：有喜訊。憙：喜去聲。清徐灝以爲憙是古體，喜是今體。

〔二〕大神：即滹沱河之神。　羹梟：拿猫頭鷹作成肉羹。《漢書・郊祀志》：「祠黄帝用一梟、破鏡。」如淳注：「漢使東郡送梟，五月五日作梟羹以賜百官。以其惡鳥，故食之也。」殄：滅絶。《左傳・僖公十年》：「君祀無乃殄乎？」注：「殄，絶也。」

〔三〕少昊氏：原始社會時期一位氏族首領，據説是黄帝的兒子，名摯，又號窮桑氏或青陽氏。秦國供奉少昊之神，所以向他敬告。《史記・封禪書》：「秦襄公既侯，居西垂，自以爲主少皞之神，作西畤，祠白帝。」皞同昊。

按，作者在詩中屢説有恩仇之事。如「恩仇恩仇日苦短」，「亦有恩仇托，期君共一身」，「若赦不餒怙深恩」，均是。到底是什麽恩仇，詳不可考。

一七三

碧澗重來薦一毛〔一〕，杉楠喜比往時高〔二〕。故人地下仍相護，驅逐狐狸賴爾曹〔三〕。

吊朱大發、洪士華。二人爲先祖守塋者也〔四〕。先母殯宫在先祖側，地名花園埂也。

〔一〕薦一毛：拿祭品向死者祭奠。毛：泛指植物。《左傳・隱公三年》：「澗溪沼沚之毛……可薦於鬼神，可羞於王公。」注：「毛，草也。」

〔二〕杉楠：指種在墳墓邊的樹木。杉：常綠喬木，葉如針形，木理通直，適於建築及製作家具。楠：樟科常綠喬木。

〔三〕驅逐狐狸：狐狸愛在山林中穴居，常常破壞墳墓。《左傳·襄公十四年》：「我諸戎除剪其荆棘，驅其狐狸豺狼，以爲先君不侵不叛之臣。」張載《七哀》詩：「蒙蘢荆棘生，蹊徑登童豎，狐兔窟其中，蕪穢不及掃。」

〔四〕守塋：封建時代，富貴人家雇人守護先人墳墓，這種人稱爲守墓人。

一七四

志乘英靈瑣屑求〔一〕，豈其落筆定陽秋〔二〕？百年子姓殷勤意，忍説挑燈爲應酬〔三〕！　乞留墨數行爲異日相思之資者〔四〕，填委牖户〔五〕。惟撰次先世事行〔六〕，屬爲家傳、墓表〔七〕，則詳審爲之，多存稿者。

〔一〕「志乘」句：地方志和家傳，對於死去的有名人物，即使瑣屑的事也搜羅進去。志：地方志。乘：族譜、家傳。羅大經《鶴林玉露》四：「山谷晚年作日録，題曰家乘，取《孟子》『晉之乘』之義。」英靈：死去的著名人物。

〔二〕「豈其」句：難道落筆就一定要像《春秋》那樣？指褒貶得當，文章有留傳下來的價值。陽秋：見第一一一首注。

〔三〕「百年」兩句：人在百年之後，子孫們殷勤請求撰寫他的生平事迹，我怎忍説燈下執筆只是爲了應酬一下呢？意思是要審慎下筆。子姓：衆子孫。《儀禮·特牲饋食禮》：「子姓兄弟。」《禮·喪大記》：「卿大夫父兄子姓，立於東方。」注：「子姓謂衆子孫也。」

〔四〕相思之資：思念的憑藉。

〔五〕填委牖户：請求留墨數行的紙張塞滿窗户。

〔六〕先世事行：祖先的事迹。

〔七〕家傳、墓表：都是紀述先人事迹的文字。藏在家中的叫家傳，刻石立在墓門叫墓表。

一七五

瓊林何不積緡泉〔一〕？物自低昂人自便〔二〕。我與徐公籌到此〔三〕，朱提山竭亦無權〔四〕。近日銀貴，有司苦之。古人粟紅貫朽〔五〕，是公庫不必皆納鏹也〔六〕。予持論如此。徐鐵孫大令榮論與予合〔七〕。

〔一〕「瓊林」句：政府的財庫裏爲什麼不可以收藏銅錢呢？當時清政府規定，農民交納賦稅，要交白銀，不能交納銅錢。由於白銀大量外流，銀價日貴，錢價日賤，農民負擔無形中加重許多。據湯成烈《治賦篇四》所載：「乾、嘉之際，號爲富庶，其時銀不甚貴，民以千錢完一兩之賦，官代易銀解正供，裕如也。嘉慶末年，銀始貴，然完賦一兩，千二三百文耳。道光以來，番舶銷售鴉片烟，盡收中國之銀而去，銀價大昂，自一千五百文，未幾而二千文，未幾而二千二百數十文。民間完一正一耗，須錢二千五百餘文。所出倍昔不止。」（見《清經世文續編》卷三十四）又《清宣宗實録》載道光十八年閏四月鴻臚寺卿黄爵滋奏：「近年銀價遞增，每銀一兩易制錢一千六百有奇，非耗銀於内地，實漏銀於外夷。蓋自鴉片烟土流入中國，粵省奸商勾通巡海兵弁，運銀出洋，運烟入口。查道光三年以前，每歲漏銀數百萬兩；三年至十一年，歲漏銀一千七八百萬兩；十一年至十四年，歲漏銀二千餘萬兩；十四年至今，漸漏至三千萬兩。此外，福建、江浙、山東、天津各海口合之亦數千萬兩。日甚一日，年復一年，誠不知伊于胡底。」作者正是鑒於這種情况，提出政府財庫應該收銅錢的主張。　瓊林：唐開元間，玄宗設立瓊林、大盈二庫，貯藏各地貢品。其後德宗在奉天，想重新設置，爲陸贄諫阻而止（見《陸宣公奏議》）。緡泉：銅錢。《漢書・武帝紀》：「初算緡錢。」李斐曰：「緡，絲也，以貫錢，一貫千錢。」

〔二〕「物自」句：農民如能獲准用銅錢交税，銀價高低都可以不去管它，老百姓也感到方便。

〔三〕籌到此：想出這個辦法。

〔四〕「朱提」句：出銀子的朱提山便是枯竭了，也無足輕重。朱提：音書是，山名，在四川宜賓縣南，漢代以産銀著名。《漢書·律曆志》：「權者……所以稱物平施，知輕重也。」

〔五〕粟紅貫朽：糧食發紅腐爛，錢串霉壞。《漢書·賈捐之傳》：「太倉之粟，紅腐而不可食；都内之錢，貫朽而不可校。」

〔六〕鏹：白銀。

〔七〕徐鐵孫：徐榮，原名鑒，字鐵孫，號藥垣，廣州駐防漢軍正黄旗人，道光十六年進士，官遂昌、嘉興知縣，升紹興府，署杭嘉湖道。咸豐五年在黟縣因鎮壓太平天國起義軍，被殺。工隸書，善畫梅，著有《懷古田舍詩鈔》。

一七六

俎膾飛沈竹肉喧〔一〕，侍郎十日敞清尊〔二〕。東南不可無斯樂，濡筆親題第四園〔三〕。

過嚴小農侍郎富春山館〔四〕，觴咏旬日。其地爲明金尚書别墅，杭人猶稱金衙莊。予品題天下名園，金衙莊居第四〔五〕。

〔一〕俎膾飛沈：筵席上的菜色，天上飛的有，水裏游的也有。俎：砧板。膾：細切的肉。飛沈：天上飛的和水裏游的。《古文苑》揚雄《蜀都賦》：「俎飛膾沈，單然後别。」陸雲《爲顧彦先贈婦往返四首》之一：「山海一何曠，譬彼飛與沈。」竹肉喧：歌唱音樂喧鬧嘈吵。《晉書・桓温傳》：「桓温問，聽妓，絲不如竹，竹不如肉。何謂也？」意説琴瑟之類比不上簫笛，簫笛又比不上人的歌唱。高士奇《天禄識餘》：「唐人謂徒歌曰肉聲，即《説文》肉言之意也。」徒歌，現代語叫乾唱。

〔二〕「侍郎」句：嚴小農侍郎整十天設宴招待客人。侍郎：官名，位在尚書之下。乾隆四十八年以後，河道總督照例給予兵部侍郎、右副都御史銜，因此作者稱嚴爲侍郎。

〔三〕「濡筆」句：我親筆把金銜莊題爲天下第四園。

〔四〕嚴小農：嚴烺，字小農，仁和人。監生。道光間歷官河東河道總督及江南河道總督。治運河北路，主張蓄汶水以敵衛河；治南河，則主張蓄清河以敵黄河。撰有《兩河奏疏》十卷。《杭州府志》：「嚴烺少隨父任，往來兩河，熟悉河務。以主簿簽掣南河，大府咸才之，交疏以通判留南河，署揚河通判，倡議開白田鋪。尋署徐州道。丁母憂，服闋，即起用爲河北道，旋署河東總督，調江南河道總督，任四年復調南河。」

〔五〕金銜莊：錢泳《履園叢話》卷二十：「皋園在清泰門北，俗名金銜莊。以金中丞（按，金學曾）曾居於此，故名。國初爲餘姚嚴少司農沆所購。中有梧月樓、小滄浪、墨琴堂、緑雪軒、芙蓉城、怡雲軒諸勝。道光壬辰歲，又爲嚴河帥烺卜築於此。」梁章鉅《浪跡叢談》卷一：「杭州城中，園林之勝，以金衙莊爲最。初屬章桐門閣老，後爲嚴小農河帥所得。」又説：「嚴帥歸道山後，聞此園又將出售，而皆嫌其屋後大池與城壕相通，夜間頗難防守。而予則正愛其一水盈盈，有浩淼之觀，非尋常園林所易得也。」鍾毓龍《説杭州》第六章《説坊巷》：「金衙莊：在上下馬坡巷之中，東近城根，西對珍珠巷。明進士金學曾居此，故名。」

一七七

藏書藏帖兩高人，目録流傳四十春〔一〕。師友凋徂心力倦〔二〕，羽琌一記亦荆榛〔三〕。

吊趙晉齋魏、何夢華元錫兩處士〔四〕。兩君爲予謀正《金石墨本記》者也。

〔一〕目録流傳：趙晉齋、何夢華曾編有藏書目録和金石目録，受到重視。

〔二〕「師友」句：趙、何這樣的師友如今都已逝世，自己對金石學的研究也感到疲倦了。凋徂：凋謝死亡。按，趙晉齋卒於道光五年，何夢華卒於道光九年。

〔三〕「羽琌」句：我撰寫的《羽琌山館金石墨本記》，如今也像長滿荆棘的園庭，荒廢無人過問。　荆榛：見第一四四首注。

〔四〕趙晉齋：趙魏，字恪生，號晉齋，仁和人。歲貢生。著有《竹崦庵金石目》五卷，《傳鈔書目》一卷。《清史列傳·趙魏傳》：「（趙魏）博學嗜古，尤工篆隸。考證碑版最精。所藏商、周彝器款識，漢、唐碑本爲天下第一。年至篤老，雖衣褐不完，猶堅守勿釋。阮元以爲歐、趙著録不是過也。阮元所作《積古齋鐘鼎彝器款識》及青浦王昶所作《金石萃編》皆其手定。」錢泳《履園叢話》卷六：「趙魏，錢塘諸生，精於金石文字，今之趙明誠也。家貧，無以爲食，嘗手抄秘書數千百卷，以之换米，困苦終身。」　何夢華：何元錫，字夢華，又字敬祉，號蝶隱，錢塘人。精於目録學，家多善本書。曾參加《經籍籑詁》編輯工作，任總校。著有《秋神閣詩鈔》、《蝶隱庵丙辰稿》。吴嵩梁《石溪舫詩話》：「夢華有金石癖，嘗病狂，友人約贈以漢碑，乃服藥而愈。」按，龔氏所記與此有異，見下。龔自珍《記王隱君》：「明年冬，何布衣（按，即何元錫）來，談古刻，言吾有宋拓李斯郎邪石。吾得心疾，醫不救，城外一翁至，言能活之，兩劑而愈。曰：爲此拓本來也。入室徑携去。」《國朝杭郡詩續輯》：「夢華精於簿録之學，家多舊書善本。嗜古成癖，聞某山中有殘磚斷碣，則披榛莽、歷澗谷，搜幽索險，務獲乃已。一日入山迷道不得出，賴野老導之行，始得歸，聞者絶倒。素有狂疾，時或觸發。」

一七八

兒談梵夾婢談兵〔一〕，消息都防父老驚〔二〕。賴是摇鞭吟好句，流傳鄉裏只詩名。到家之日，早有傳誦予出都留别詩者〔三〕，時有「詩先人到」之謡。

〔一〕「兒談」句：兒子談佛經，婢女談軍事。梵夾：佛經。《資治通鑒·唐紀·懿宗咸通三年》：「上奉佛太過……又於禁中設講席，自唱經，手録梵夾。」注：「梵夾者，貝葉經也，以板夾之。」

〔二〕「消息」句：這些傳聞流傳到家鄉，會引起父老們的驚訝。作者希望不致如此。

〔三〕出都留别詩：指《己亥雜詩》第二六首至第四三首，都是留别朋友或同僚的。作者四月二十三日出都，七月初九日回到杭州，在路上走了兩個多月。所以詩先人到。

一七九

吴郎與我不相識，我識吴郎拂畫看。此外若容添一語，含元殿裏覓長安〔一〕。從妹粤生與予昔別時才髫齡，今已寡矣。妹婿吴郎，予固未嘗識面也。粤生以其遺像乞題，因説此偈。

〔一〕「此外」兩句：除此之外，假如容我增添一句話，那就像是在含元殿裏尋找長安，真是多此一舉了。《五燈會元》卷四：「長沙景岑招賢禪師答華嚴座主問，善財爲什麼無量劫游普賢身中世界不遍？師曰：你從無量劫來，還游得遍否？曰：如何是普賢師身？師曰：含元殿裏，更覓長安。」照招賢和尚的意思，含元殿就在長安城内，在含元殿裏找尋長安，可謂多此一舉。座主要問如何是普賢師身，亦是多此一問。含元殿：唐代著名宫殿，在長安城北大明宫宣政門之南。唐李華曾撰《含元殿賦》。徐松《兩京城坊考一·大明宫》：「丹鳳門内正牙曰含元殿，大朝會御之。」

一八〇

科名掌故百年知〔一〕，海島疇人奉大師〔二〕。如此奇才終一令，蠹魚零落我歸時〔三〕。

吊黎見山同年應南〔四〕。見山順德人，官平陽令，卒於杭州。

〔一〕「科名」句：黎應南熟悉近百年的科名掌故。科名：科舉考試制度。

〔二〕「海島」句：研究測量的算學家都奉他爲大師。海島：古代測量術著作。《四庫全書簡明目録》：「《海島算經》一卷，晉劉徽撰，唐李淳風注。原本久佚，今從《永樂大典》録出。其書本名《重名》，皆測望之術。唐代乃改稱《海島算經》，蓋因第一條以海島之表設問，遂以卷首之字名之耳。」疇人：對天文算學家的稱呼。《漢書·律曆志》：「三代既没，五伯之末，史官喪紀，疇人子弟分散，或在夷狄。」如淳曰：「家業世世相傳爲疇。」後人因稱天文算學家爲疇人。大師：對老師的尊稱。《後漢書·桓榮傳》：「天子親自執業，每言輒曰：大師在是。」

〔三〕「如此」兩句：這樣的奇才却以一縣令而告終。當我前去吊唁的時候，只見遺書散落，無人收拾。阮元《疇人傳》卷五十：「(黎應南)生平著述，秘不示人，亦不編輯。殁後，其子無咎年甫七齡，更不知其稿之散佚與否。所傳者唯《開方説後跋》。」

〔四〕黎見山：黎應南，字見山，號斗一，廣東順德人。僑居蘇州。嘉慶二十三年舉人。官浙江麗水、平陽知縣。精於算學，是算學專家李鋭(四香)入室弟子，李鋭的《開方説》由他續成，又創立「求勾股率捷法」。《平陽縣志·名宦》：「黎應南精疇人術。道光十二年知縣，有惠政。秩滿宜遷，而簿書不諳，平時爲家丁牟蝕，行李蕭然，淹留任所，以待上官之命。作《臨江仙》詞云：『薄宦讀書知已晚，那堪兩鬢蓬飛？酒痕如淚舊時衣。凄凉埋劍氣，哀怨寫琴絲。博得一官猶故我，中年更欲何之？青山有約訂歸期。薜蘿新鬼哭，車笠舊盟稀。』後數月，遂病終試院，殯在杭西湖叢葬中十年，邑人楊配籛築墓樹碑表之，與瑶圃查公合祀試院旁。（祝堯之《牖窺詩話》、《續疇人傳》、《遜學齋文鈔》、《楊府君墓誌》）定盦詩注云：卒於杭州。茲從堯之詩話。」

一八一

惠逆同門復同藪〔一〕，謀臧不臧視朋友〔二〕。我茲怦然謀乃心，君已砉然脱諸口〔三〕。

陳碩甫秀才奂〔四〕，爲予規畫北行事〔五〕，明白犀利，足徵良友之愛。

〔一〕「惠逆」句：順利和不順利雖然是對立的，但它們又同在一門之内，同聚在一起。惠：順利。逆：順利的反面。《書·大禹謨》：「禹曰：惠迪吉，從逆凶，惟影響。」蔡注：「順道吉，從逆凶，吉凶之報，若影之隨形，響之應聲。」賈誼《鵩鳥賦》：「禍兮福所倚，福兮禍所伏。憂喜聚門兮，吉凶同域。」藪：物所聚集的地方。《左傳·宣公十五年》「山藪藏疾」疏：「藪是草木積聚之處，近山近澤，皆得稱藪。」

〔二〕「謀臧」句：籌劃事情得當還是不得當，要看朋友的本領。謀臧：籌劃得當。《詩·小雅·小旻》：「謀臧不從，不臧覆用。」朱注：「謀之善者則不從，而其不善者反用之。」

〔三〕「我茲」兩句：我還在心裏盤算該怎麽辦，你已經乾净利落地講了出來。怦然：心在跳動。《廣雅・釋詁》：「怦，急也。」 砉然：啪的一響，比喻乾脆。《莊子・養生主》：「砉然響然。」

〔四〕陳碩甫：陳奂，字碩甫，號師竹，晚號南園老人。江蘇長洲人。咸豐元年舉孝廉方正。一生專治《毛詩》，謹守毛公詩義。初從江沅學古文字，又出入段玉裁門下，爲段氏《説文解字注》任校訂工作。後到北京，從王念孫、王引之、郝懿行、胡培翬等請質疑義，協助校刊所著。晚年家居授徒，同治二年卒。著有《詩毛氏傳疏》、《毛詩説》、《毛詩音》、《詩語助義》、《三百堂文集》。《清史稿・陳奂傳》：「奂始從吴江沅治古學。金壇段玉裁寓吴，與沅祖聲善，嘗曰：我作《六書音韻表》，惟江氏祖孫知之，餘鮮有知者。奂盡一晝夜探其梗概。沅嘗假玉裁《經韻樓集》，奂竊視之，加朱墨。後玉裁見之，稱其學識出孔、賈（按，孔穎達、賈公彦）上。」

〔五〕規畫北行事：作者的眷屬這時還留在北京，作者決定親到北京迎接他們回鄉，陳奂替他籌劃此事。作者便於九月十五日出發北上。

按，這首詩反映了作者對北行的疑慮。他認爲此行吉凶難定，籌劃不周，會出大問題。可與第三〇〇首詩意同參。

一八二

秋風張翰計蹉跎〔一〕，紅豆年年擲逝波〔二〕。誤我歸期知幾許？蟾圓十一度無多〔三〕。以下十有六首，杭州有所追悼而作〔四〕。

〔一〕「秋風」句：我回鄉的日期，總是耽擱又耽擱。張翰，西晉吴郡人，仕齊王冏爲吏曹掾。因秋風起，思念吴中的蓴羹魚膾，於是棄官歸鄉。見《晉書·張翰傳》。後人常拿來作爲思鄉的典故使用。

〔二〕「紅豆」句：雖然年年相思，可是没有辦法，白費了相思。紅豆：豆科植物，有三屬。一蠶豆，全體鮮紅。一爲海紅豆，又名孔雀豆，種籽像小鈕扣，色朱紅，或深紅，凸鏡形，正面呈心臟形。一種即相思子，藤本，種籽橢圓如卵，體形略小於大豆，上部（約全體四分之一）呈漆黑色，其餘鮮紅色。又名相思豆。逝波：指時間如流水消逝。

〔三〕「誤我」兩句：延誤我歸鄉的日期，恰好是十一個月。蟾圓：滿月。賈島《憶江上吴處士》詩：「閩國揚帆去，蟾蜍虧復圓。」按：作者所悼的人，也許在作者歸鄉前十一個月逝世。

〔四〕有所追悼：王文濡校本此詩上有批注云：「或言定盦悼其表妹而作。」按，此組詩一用「雲英未嫁」典故，再用「崔徽遺像」典故，疑其人原係妓女身份，然亦難考。

一八三

掯心消息過江淮〔一〕，紅淚淋浪避客揩〔二〕。千古知言漢武帝，人難再得始爲佳〔三〕。

〔一〕「掯心」句：使我捶胸頓足的凶訊，經過江、淮，傳到北京。按，作者是在北京聽到女郎的死訊。掯心：拿手打着胸口。《禮·喪大記》：「凡主人之出也，徒跣扱衽掯心。」

〔二〕「紅淚」句：避開客人揩着哀痛的眼淚。紅淚：原指女子的眼淚，這裏借用。王嘉《拾遺記》七：「薛靈芸聞别父母，歔欷累日，淚下沾衣。至升車就路之時，以玉唾壺承淚，壺則紅色。」

〔三〕「千古」兩句：漢武帝時，著名歌唱家李延年曾唱一支曲子，有「寧不知傾城與傾國，佳人難再得」的話。後來李的妹子李夫人入宫，大受寵幸。李夫人死後，武帝思念不已。作者認爲，人之所以佳，是因爲「難再得」。

一八四

小樓青對鳳凰山〔一〕，山影低徊黛影間〔二〕。今日當窗一奩鏡，空王來證鬢絲斑〔三〕。

〔一〕「小樓」句：她居住的小樓，對着青蒼的鳳凰山。鳳凰山：在杭州城南十里。山頂平曠，舊有聖果寺，背山臨水，風景優美。陳詵《西湖紀游》：「鳳凰山在鳳山門外，山東麓宋時環入禁苑，增築皇城，就山下舊治，改爲行宮，起建宮殿。元初，西僧楊璉真伽奏改宮殿爲寺。元末，張士誠築城，截之於外。（山）兩翅軒翥，左薄湖滸，右掠江濱，形若飛鳳。山頂有兩峰如髻，曰雙髻峰。」鍾毓龍《說杭州》第三章《說山》：「鳳凰山在南宋時謂之客山，因杭城富室多是外郡寄寓之人，於此成家立業者衆矣。其山高木秀，皆蔭及寄寓者，故有此名。自隋築城時，即在城中，歷唐及宋，皆爲州治所在，南宋且建爲行宮，宮殿極一時之盛。今則屏於城外，黍油麥秀，憑吊者鮮矣。」

〔二〕「山影」句：鳳凰山的影象徘徊在她的眉黛之間。意說，山似她的雙眉，而她的雙眉又似遠山。

〔三〕「今日」兩句：如今窗前只剩下一個鏡匣，這面鏡子正好驗證我頭上出現的白髮。意說，她已死去，而自己頭上也出現白髮了。　奩：鏡匣。　空王：諸佛的通稱。這裏比喻鏡子。《圓覺經》：「佛爲萬法之王，又曰空王。」《南史·陸慧曉傳》：「廬江何點常稱慧曉，心如照鏡，遇形觸物，無不朗然。」《六祖壇經》載神秀作偈云：「身是菩提樹，心如明鏡臺。時時勤拂拭，不使惹塵埃。」

一八五

嬌小温柔播六親〔一〕，蘭姨瓊姊各沾巾〔二〕。　九泉肯受狂生譽〔三〕？　藝是針神貌洛神〔四〕。

〔一〕「嬌小」句：她那温柔的美德在年小的時候已經在親戚中傳播開來。　六親：《漢書·賈誼傳》：「以奉六親，至孝也。」王先謙《補注》引王先恭云：「六親爲同時親屬。六親：諸父一也，諸舅二也，兄弟三也，姑姊四也，昏媾五也，姻亞六也。」

〔二〕「蘭姨」句：如蘭似玉的姑姨姊妹們，一提起她就掉下眼淚。

〔三〕「九泉」句：她在九泉之下肯接受我的贊美嗎？　九泉：死後埋在地下。阮瑀《七哀》詩：「冥冥九泉室，漫漫長夜臺。」　狂生：作者自指。《史記·酈生傳》：「縣中皆謂之狂生。」

〔四〕「藝是」句：技藝方面，她是針神；容貌方面，她是洛神。　針神：針黹工夫極好的人。王嘉《拾遺記》：「魏文帝美人薛靈芸，擅針工。雖處深幃，不舉燭，亦裁製立成。宮中號爲針神。」　洛神：洛水女神。　曹植《洛神賦序》：「余朝京師，還濟洛川。古人有言，斯水之神，名曰宓妃。」後人或以爲是影射曹丕的皇后甄氏。

一八六

阿娘重見話遺徽，病骨前秋盼我歸〔一〕。欲寄無因今補贈：汗巾鈔袋枕頭衣〔二〕。

〔一〕「阿娘」兩句：我拜見她母親，她母親談到她生前給人留下的好印象。還說去年秋天她在病中，一直盼望我能回去見一見面。　徽：美好的品德。何遜《仰贈從兄興寧寘南》詩：「家世傳儒雅，貞白仰餘徽。」

〔二〕「欲寄」兩句：當時她想寄幾件東西給在北京的我，却找不到一個寄去的理由，如今才由她母親補贈。這幾件東西就是汗巾、鈔袋和枕頭衣。　無因：《古詩十九首》：「思還故里閭，欲歸道無因。」　汗巾：圍在腰間的帶子。清人尤侗有《香奩咏物詩》二十四首，其中一首咏帶，注云：「俗名汗巾」。　鈔袋：荷包。翟灝《通俗編·貨財》：「佩囊曰鈔袋。」　枕頭衣：枕頭套。都是她生前親手綉造的。

一八七

雲英未嫁損華年〔一〕，心緒曾憑阿母傳〔二〕。償得三生幽怨否〔三〕？許儂親對玉棺眠〔四〕？

〔一〕「雲英」句：她還没有出嫁就減損了天年。指早逝。雲英：辛文房《唐才子傳·羅隱》：「隱初貧來赴舉，過鍾陵，見營妓雲英有才思。後一紀，下第過之。英曰：羅秀才尚未脱白？隱贈詩云：鍾陵醉别十餘春，重見雲英掌上身。我未成名英未嫁，可能俱是不如人。」華年：如花的年紀，指青年。

〔二〕「心緒」句：她的心事曾經通過她母親傳達。

〔三〕三生：《太平廣記》三八七引唐人小説《甘澤謡》：李源和惠林寺和尚圓觀（一作圓澤）是好友。兩人在三峽附近看見婦人汲水，圓觀説：這是我托身的地方，十二年後，你到杭州天竺寺外，會找到我。當晚圓觀逝世。十二年後，李源到杭州，看見一個放牛童子吟了一首歌：「三生石上舊精魂，賞月吟風不要論。慚愧情人遠相訪，此身雖異性長存。」據説這人就是圓觀後身。杭州天竺寺後山有一塊石頭，名三生石。三生幽怨：指生前願望不能實現的怨恨。

〔四〕儂：我。作者自指。

一八八

杭州風俗鬧蘭盆〔一〕，緑蠟金爐梵唱繁〔二〕。我説天台三字偈，勝娘膜拜禮沙門〔三〕。

〔一〕鬧蘭盆：舊俗，農曆七月十五日前後舉行盂蘭盆會。玄應《一切經音義》：「盂蘭盆，此譯云倒懸。案西國法，至於衆僧自恣之日，盛設佛具，奉施佛僧，以救先亡倒懸之苦。以彼外書云：先亡有罪，家復絶嗣，無人祭神請救，則於鬼處受倒懸之苦。佛雖順俗，亦設祭義，乃教於三寶田中，深起功德。」清人顧禄《清嘉録》：「盂蘭盆會：好事之徒，斂錢糾會，集僧衆，設壇禮懺誦經，攝孤判斛，施放焰口。紙糊方相長丈餘，紙鏹累數百萬。香亭旛蓋，擊鼓鳴鑼，雜以盂蘭盆冥器之屬，於街頭城隅焚化，名曰盂蘭盆會。」范祖述《杭俗遺風》：「蘭盆會者，拯濟孤魂之事也。大者，鹽當各商以及紳富爲首，出緣簿募化，在於某廟某寺鋪設僧道經壇，或七日或五日或三日圓滿。其餘大街小巷，均有爲首之人排場，大小不等。冥鏹山積，何止萬萬。故有人窮鬼富之説焉。」

〔二〕緑蠟：蠟燭。　錢珝《未展芭蕉》詩：「冷燭無烟緑蠟乾，芳心猶卷怯春寒。」　梵唱：和尚念誦經文，有似歌唱，稱爲梵唱。

〔三〕「我説」兩句：我只需念念天台宗的三字偈，就比阿娘禮拜和尚强多了。　三字偈：即空、假、中。見第二二一首注。　膜拜：合掌禮拜。　沙門：梵語音譯，即僧人。《翻譯名義集》：「沙門或云桑門，此言功勞，言修道有勞也。」

一八九

殘絨堆積綉窗間〔一〕，慧婢商量贈指環。但乞崔徽遺像去〔二〕，重摹一幀供秋山〔三〕。

〔一〕殘絨：指女郎做針黹的遺物。

〔二〕崔徽：唐代河中府妓女崔徽，同裴敬中相戀。元積《崔徽歌序》：「崔徽，河中府倡也，裴敬中以興元幕使蒲州，與徽相從累月，敬中便還，崔以不得從爲恨，因而成疾。有丘夏善寫人形，徽托寫真寄敬中曰：崔徽一旦不及畫中人，且爲郎死。發狂卒。」後人常用以借指女子的肖像。　史達祖《三姝媚》詞：「記取崔徽模樣，歸來暗寫。」這裏也是借崔徽指所悼的人。

〔三〕「重摹」句：把她的遺像重新臨摹一幀，像畫屏一樣供奉在居室裏。幀：畫幅。秋山：指室中畫屏。

一九〇

昔年詩卷駐精魂〔一〕，强續狂游拭涕痕〔二〕。拉得藕花衫子婢〔三〕，籃輿仍出涌金門〔四〕。

〔一〕「昔年」句：從前我爲她寫了一些詩，她的靈魂就留在詩卷裏。張衡《思玄賦》：「處子懷春，精魂回移，如何淑明，忘我實多。」

〔二〕「强續」句：指舊地重游，憑吊一番。薛能《牡丹》詩：「萬朵照初筵，狂游憶少年。」

〔三〕「拉得」句：如今只剩下她的小婢跟我一塊兒去。藕花衫子：綉有荷花的衣衫，或粉紅色的衣衫。

〔四〕「籃輿」句：小轎子依舊像往時那樣，穿過涌金門前往西湖。籃輿：轎子。《晉書·孫晷傳》：「每行乘籃輿。」涌金門：杭州城的西門。范祖述《杭俗遺風》：「錢塘門過南爲涌金門。是係西湖大碼頭，船隻多聚於此。」翟灝《湖山便覽》：「涌金門，北宋城門名也。紹興二十八年增築杭城，改涌金爲豐豫，明初仍稱涌金。《雲麓漫鈔》謂其地即古金牛出現之所，故以爲名，亦稱小金門。」

按，作者在道光六年寫了一首《夢中述願作》：「湖西一曲墜明璫，獵獵紗裙荷葉香。乞貌風鬟陪我坐，他身來作水仙王。」寫的是在西湖同一個女郎許願的事，疑與此詩的女郎有關。

一九一

蟠夔小印鏤珊瑚〔一〕，小字高華出漢書〔二〕。原是狂生漫題贈，六朝碑例合鐫無〔三〕？

〔一〕「蟠夔」句：有着蟠夔紐的印章，顯出紅珊瑚似的美麗花紋。蟠夔：即盤龍。夔是傳説中龍的一種。　鏤：刀刻。這裏是説印章的花紋像是鏤刻在上面。

〔二〕「小字」句：我給她取個別號，這別號高雅而又華貴，是從《漢書》裏找出來的。高華：《晉書·王恭傳》：「少有美譽，清操過人，自負才地高華，恒有宰輔之望。」

〔三〕「六朝」句：我用六朝碑板文字的格式，不知道是否適合拿來刻印？按，龔氏喜愛六朝書法，參見二二九首注。

一九二

花神祠與水仙祠〔一〕，欲訂源流愧未知〔二〕。但向西泠添石刻，駢文撰出女郎碑〔三〕。

〔一〕花神祠：在杭州西湖跨虹橋西，祀花神。陳懋仁《庶物異名疏》：「花神名女夷，乃魏夫人弟子。」范祖述《杭俗遺風》：「（西湖）第五橋西有横堤，過玉帶橋爲金沙港，對港爲花神廟。」《西湖志》：「湖山神廟，在跨虹橋西。祀湖山之神。雍正九年總督李衛建。」李衛《湖山神廟記》：「彼世俗稱魏夫人弟子黄令徵生能種花，殁爲花神（按，《顧氏文房小説》本《南岳魏夫人傳》作「黄靈徽」）。其荒誕不經不足取信於天下明矣。西湖自正月至十二月，無月無花，無花不盛，土性固宜果木……因爲屋幾楹，中設湖山正神，旁列十二月花神，而加以閏月，各就其月之花，表之冠裳，以爲之識。」楊鍾羲《雪橋詩話》卷七：「西湖舊有花神廟，李敏達（衛）督浙時，自塑其像厠花神中，後樓别塑小像，并有正夫人及左右夫人像。高宗庚子南巡至浙，幸花神廟，召對大學士嵇文恭，詢以花王何粗俗乃爾？文恭對曰：此李衛像也。東樓二女，其所最寵者。曰：旁坐者何人？曰：此季麻子也，善説稗官野史，衛善之，故使侍側；餘著蠻靴衣短後衣，皆傔從也。曰：衛本賈人，何敢狂悖！因降旨命署布政使德克精布毁其像，投諸湖，而重塑湖神祀之。後樓則塑花神花后二像。」梁章鉅《楹聯叢話》卷六：「西湖花神廟，在孤山下跨虹橋之西。雍正九年總督李敏達所建，中祀湖山之神，旁列十二月花神，及四時催花使者，無不釵飛鈿舞，盡態極妍……予於嘉慶元年來游時，廟貌已敝，而花神精采，猶奕奕動人。近聞紅顔皆成黄土矣。猶記得有一舊聯云：『翠翠紅紅，處處鶯鶯燕燕；風風雨雨，年年暮暮朝朝。』曼調柔情，情景恰稱。」陸長春《香飲樓賓談》卷一：「西湖花神廟爲名手裝塑。形貌如生，諸女像皆極美麗，其第三爲荷花神，尤妖艷動人。（按，下有魏生在花神廟發狂事）嗣後游人俱以花神魅人，每陰雨，相戒勿入。而神像亦漸次剥落，無復舊時光彩矣。」周之琦《心日齋詞・巫山一段雲》序：「西湖花神廟僅餘塑像二，側倚敗壁間，而神采奕奕如生。」《杭州府志》：「花神祠：光緒十二年即其基爲左文襄祠，仍於祠左築屋三楹祀花神，改塑像爲畫，畫十二月應時花木。榜曰『湖山春社』。」　水仙祠：杭州水仙王廟，南宋時在西湖第三橋，見吴自牧《夢粱録》。董嗣杲《西湖百咏》詩注：「水仙廟在水月園西。廟創梁大同年間，號錢塘龍君廟。乾道中重建。寶慶間，郡守别建蘇堤上，乃謂舊廟。」明田汝成《西湖游覽志》卷二：「水仙王廟，亦名龍王廟，先是，以樂天、和靖、子瞻附祀兩廡，有井曰『薦菊』，蓋取蘇詩『不然配食水仙王，一盞寒泉薦秋菊』之義也。今廢。」翟灝《湖山便覽》：「水仙王廟：宋寶慶元年袁韶自寶石山下徙建蘇堤之第四橋。」黄庭堅《劉邦直送早梅水仙花》四首之四：「錢塘舊聞水仙廟，荆州今見水仙花。」元注：「錢塘有水仙王廟，林和靖祠堂近之，東坡先生以爲和靖清節映世，遂移神像配食水仙王云。」

〔二〕「欲訂」句：我想考訂它們的來歷，可惜我不知道。按，知而謂不知。文人狡獪，往往如此。

〔三〕「但向」兩句：我只是在西泠橋邊添一塊石刻，拿駢文寫一篇紀念這位女郎的碑文。西泠：西湖孤山路舊有西陵橋，又稱西泠橋。駢文：一種對偶文體，講求對仗工整，聲調諧美。

一九三

小婢口齒蠻復蠻〔一〕，秋衫紅淚潸復潸〔二〕。眉痕約略彎復彎〔三〕，婢如夫人難復難〔四〕。

〔一〕「小婢」句：小婢的説話帶着濃重的南方口音。《禮・王制》：「南方曰蠻。」

〔二〕「秋衫」句：小婢談起她的女主人就哭了起來。潸：淚下的樣子。《詩・小雅・大東》：「潸然出涕。」

〔三〕「眉痕」句：小婢的眉樣彎彎，有點像已逝的女主人。

〔四〕婢如夫人：唐張彦遠《法書要録》引梁袁昂《古今書評》：「羊欣書如大家婢爲夫人，雖處其位，而舉止羞澀，終不似真。」後人因稱仿效别人却又不像的爲「婢學夫人」。

一九四

女兒魂魄完復完〔一〕，湖山秀氣還復還〔二〕。爐香瓶卉殘復殘〔三〕，他生重見艱復艱。

〔一〕「女兒」句：已逝的女郎她的靈魂是完美無缺的。完：《説文》：「完，全也。」

〔二〕「湖山」句：杭州山川的靈秀之氣因她的夭逝而重新恢復過來。暗示這位女郎是集中了山川秀氣而出現的。黄庭堅《洪州分寧縣藏書閣銘》：「山川之靈，或秀於民。」還：讀作旋。

〔三〕「爐香」句：熏爐裏的香和瓶子裏的花都消殘凋謝了。借指女郎已經逝去。

按，上述兩詩的格調，《全唐詩》收入詞類，名《字字雙》。《太平廣記》卷三三〇引《靈怪集》，謂有中官行宿於官坡館，夜見古衣冠四人來，置酒作别，相與聯句。其聯句歌云：「床頭錦衾斑復斑，架上朱衣殷復殷。空庭朗月閑復閑，夜長路遠山復山。」《欽定詞譜》謂見於《才鬼記》。

一九五

天將何福予蛾眉？生死湖山全盛時〔一〕。冰雪無痕靈氣杳〔二〕，女仙不賦降壇詩〔三〕。

〔一〕「天將」兩句：老天爺有什麽福澤賜給這位女郎啊（什麽也没有）。而她的一生一死又都是在湖山全盛的時候（本來是可以享受一點人生快樂的。）

〔二〕「冰雪」句：她的聰明和風采没有留下一點痕迹；她的靈氣也渺然不見。冰雪：杜甫《送樊二十三侍御赴漢中判官》詩：「冰雪净聰明，雷霆走精鋭。」宋惠洪《石門文字禪·毛女贊》：「何以風神，洞如冰雪。使人見之，眼寒心折。」

〔三〕「女仙」句：逝去的女郎連降壇詩都不肯寫一首，她永遠在世界上消失了！降壇詩：封建時代一種迷信活動，稱爲扶乩或扶鸞，據説可以招引仙鬼下降。下降時，仙鬼或作詩，或作文，由扶乩的人寫在沙盤上，借此同人交談。

一九六

一十三度溪花紅〔一〕，一百八下西溪鐘〔二〕。卿家滄桑卿命短，渠儂不關關我儂〔三〕。

〔一〕「一十」句：溪花紅了十三回。指時間過了十三年。

〔二〕「一百」句：從前佛寺晨夕敲鐘，例敲一百零八下。褚人穫《堅瓠八集》：「天下晨昏鐘聲之數叩一百八聲者，一歲之義也。蓋年有十二月，有二十四氣，又有七十二候，正得其數。但聲之緩急節奏，各處不同。杭州歌曰：前發三十六，後發三十六，中發三十六聲急，通共一百八聲息。」西溪：鍾毓龍《説杭州》第四章《説水》：「西溪，源出分金、澹竹二嶺，沿象卧山過上埠嶺，至陸公橋，折東北，過留下鎮，約三里，至化龍橋之南。分一支東流迤北過老東岳、古蕩，約十六里，至錢塘門外之八字橋，與西湖中龍、石涵二閘之水會。正幹又北流二里，至觀音橋之北，分一支東流十六里，至左家橋，入下塘河。正幹又北流約八里，過南高橋，至覓渡橋東，入餘杭塘河。」《杭州府志》引《西湖卧游》：「自白沙嶺至西溪，夾路修篁，行兩山間凡十里，至永興寺，山水夷曠，平疇遠村，幽泉老樹，點綴各各成致。自永興至岳廟又十里，梅花綿亘村落，彌望如雪。」按，西溪山上多墓葬，清人杭世駿、厲鶚及作者叔父龔守正墓均在此。

〔三〕「渠儂」句：這些事情同別人没有關係，同我却有深切關係。渠儂：他。我儂：我。翟灝《通俗編・稱謂》：「吴俗自稱我儂，指他人亦曰渠儂。」

一九七

一百八下西溪鐘，一十三度溪花紅。是恩是怨無性相〔一〕，冥祥記裏魂朦朧〔二〕。

〔一〕無性相：没有超脱形象的境界，稱爲性相。「無性相」則已超脱這個境界。這是佛家的説法。由於女郎逝去，一切恩恩怨怨都不復存在，如同進入超脱形象的境界。王屮《頭陀寺碑》：「名言不得其性相，隨迎不見其終始。」

〔二〕「冥祥」句：便是在《冥祥記》裏也找不到女郎的魂魄。冥祥記：書名，南齊王琰撰，十卷，所記都是佛家因果報應的事。原書已佚，分見《法苑珠林》、《太平廣記》等，魯迅有輯佚本，收入《古小説鈎沉》中。

按，這一組詩寫於己亥年，但事情的發生似不在己亥。細參「一十三度溪花紅」句，女郎死後葬在西溪已十三年。由己亥上溯十三年是道光七年，則女郎是在道光七年逝去。這一年作者三十六歲，在北京官内閣中書。道光八年或七年底可能返杭州一行，從「誤我歸期」、「蟾圓十一度」可知。當時作者由於戒詩（道光七年十月起又戒詩，見龔氏《跋破戒草》），没有記述此事。直至此次回杭，然後補作。詩中所謂「阿娘重見」、「親對玉棺」、「但乞遺像」、「拉得小婢」都是追記十三年前舊事，最末兩首才用「一十三度溪花紅」反復點出，這是作者的苦心之處。

一九八

草創江東署羽陵〔一〕，異書奇石小崚嶒〔二〕。十年松竹誰留守〔三〕？南渡飛揚是中興〔四〕。復墅〔五〕。

〔一〕「草創」句：這座別墅草創在江東，題名爲羽陵。江東：作者的羽琌山館在崑山縣，縣在長江出海口附近，故稱江東。羽陵：《穆天子傳》：「天子三月舍於曠原□，天子大享正公諸侯王勤七萃之士於羽琌之上。」郭璞注云：「下有羽陵，疑亦同。」洪頤煊補注：「《太平御覽》八百三十二引作羽陵。」知「羽琌」、「羽陵」本是一地。作者詩中或作「羽琌」，或作「羽陵」。

〔二〕「異書」句：山館裏藏有異書，周圍又有奇石，它們巉巖聳立，頗有不平之氣。崚嶒：高聳貌。沈約《游鍾山》詩：「鬱律構丹巘，崚嶒起青嶂。」

〔三〕「十年」句：十年來這些松樹竹子有誰來看守它呢？留守：官名。始於東漢和帝南巡時以張禹爲留守，其後唐、宋、元、明并沿其制。作者在此借用。

〔四〕「南渡」句：如今我南渡歸來，羽琌山館又可以中興了。飛揚：《詩·小雅·沔水》：「鴥彼飛隼，載飛載揚。」中興：衰而復興。

〔五〕復墅：把別墅加以恢復。

一九九

墅東修竹欲連天〔一〕，苦費西鄰買笋錢〔二〕。此是商鞅墾土令，不同鑿空誤開邊〔三〕。

拓墅。

〔一〕修竹：長大之竹。

〔二〕「苦費」句：害得我這西鄰花了許多買竹笋的錢。按，這是拓墅的藉口。

〔三〕「此是」兩句：把那塊竹地買過來，不過像商鞅下令開墾荒地，我并沒有如同張騫開拓邊疆的野心。墾土令：《史記·商君傳》：「爲田開阡陌封疆。」《商君書》有《墾令》篇。鑿空：開通道路（把原來阻塞的地方加以打通）。《史記·大宛傳》：「張騫鑿空。」注：「騫始開通西域道。」《漢書·張騫傳》：「然騫鑿空。」師古注：「空，孔也，猶言始鑿其孔穴也。」

二〇〇

靈簫合貯此靈山〔一〕，意思精微窈窕問〔二〕。丘壑無雙人地稱〔三〕，我無拙筆到眉彎〔四〕。祈墅〔五〕。

〔一〕「靈簫」句：靈簫是合適安置在這座靈山之中的。　靈簫：作者在袁浦遇見的妓女，見第九七首注。

〔二〕「意思」句：我的用意是深遠微妙的。　窈窕：深沉的樣子。喬知之《從軍行》：「窈窕九重閨。」

〔三〕「丘壑」句：别墅的山川風景獨一無二，把靈簫安置在這裏，算得上人地相稱。　丘壑：見第一五四首注。　無雙：《史記·淮陰侯傳》：「如信者，國士無雙。」　稱：相當。

〔四〕「我無」句：可惜我没有一支拙筆像張敞那樣替她畫眉。《漢書·張敞傳》：「敞無威儀，爲婦畫眉。有司以奏。上問之。敞曰：臣聞閨房之私，有甚於畫眉者。」

〔五〕祈墅：對别墅有所祝願。

按，靈簫這時還没有到羽琌山館，所以詩中只是希冀之詞。參見第二七六首注。

二〇一

此是春秋據亂作〔一〕，昇平太平視松竹〔二〕。何以功成文致之？携簫飛上羽琌閣〔三〕。又祈墅。

〔一〕「此是」句：我這别墅開始建設的時候，原是一片荒蕪，如同《春秋》是據亂而作一樣。據亂作：何休《春秋公羊經傳解詁序》：「傳《春秋》者非一，本據亂而作。」公羊學家認爲，孔丘删削《春秋》，隱藏着「通三統」、「張三世」的微言大義。開頭是亂世，跟着進入昇平世，最後才達到太平世。作者借此形容羽琌山館最初購置時是一片混亂景象。

〔二〕「昇平」句：它是否進入昇平世以至太平世，就要看那些松樹、竹子長得怎麽樣。

〔三〕「何以」兩句：如果羽琌山館建成功了，拿什麽來增加它的文彩呢？我將携着靈簫飛上别墅的高閣。文致：修飾、潤飾。《公羊傳·定公四年注》：「春秋定哀之間，文致太平者，實不太平，但作太平文而已。故曰文致太平也。」簫：作者特有詞藻，有時指詩詞，有時指哀怨心情，也曾指在袁浦遇見的靈簫。這裏是指後者，所以自注爲「又祈墅」。

二〇二

料理空山頗費才〔一〕，文心兼似畫家來〔二〕。矮茶密緻高松獨〔三〕，記取先生親手栽。

〔一〕「料理」句：料理這座羽琌别墅，頗費了我一番心思。　空山：通常指隱居的地方，見第一二首注。這裏特指羽琌山館。

〔二〕「文心」句：既要有寫文章的構思技巧，又要有畫家那様的布局安排。

〔三〕「矮茶」句：矮小的山茶，要安排得密集有趣致；高大的松樹，却要讓它顯得孤高挺拔。

二〇三

君家先塋鄧尉側，佳木生之雜紺碧〔一〕。不看人間頃刻花，他年管領風雲色〔二〕。從西鄰徐屏山乞樹栽〔三〕，屏山允至鄧尉求之。

〔一〕「君家」兩句：你家先人的墳墓是在鄧尉山附近，那兒長着許多珍貴樹木，顔色又紺又青，十分好看。　鄧尉：山名，在江蘇蘇州市。漢代有隱士鄧尉曾隱居於此，故以爲名。山多梅樹，是當地的名産。《姑蘇采風類記》：「鄧尉山在光福里錦嶂山西南，去城七十里，迤邐十里，周圍三十里有奇，其高五百餘尺。」　紺：黑中透紅的顔色，又叫紅青。

〔二〕「不看」兩句：我不想觀看那些易開易落的花，而要管理和率領那些將來能够呼喚風雲的大樹。　頃刻花：馬上能開的花。《青瑣高議》前集卷九《韓湘子》：「公（按韓愈）適開宴，湘預末坐，取土聚於盆，用籠覆之，巡酌間，湘曰：花已開矣。舉籠見岩花二朵，類世之牡丹，差大而艷美，葉幹翠軟，合座驚異。」韓湘《言志》詩：「解造逡巡酒，能開頃刻花。」　風雲色：指高聳的大樹造成的氣勢，可以招來風聲雲影。枚乘《忘憂館柳賦》：「出入風雲，去來羽族。」

〔三〕徐屏山：疑即徐坍。《續修崑新合志》：「徐坍，號平山，道光壬午歲貢生。」　樹栽：樹苗。

二〇四

可惜南天無此花，腰身略似海棠斜〔一〕。難忘槐市街南宅，小疏群芳稿一車〔二〕。憶京師鸞枝花〔三〕。

稿子。

〔一〕「腰身」句：鸞枝花的姿態，稍似海棠，枝幹欹斜。

〔二〕「難忘」兩句：還記得我住在槐市街南的時候，爲了記述和注釋各種花木，曾積累了成車的稿子。　槐市：作者曾住在北京宣武門南下斜街（今稱長椿街），附近有槐市，又稱槐樹斜街。　戴璐《藤陰雜記》：「朱竹垞於康熙己巳自古藤書屋移寓槐市斜街。有詩云：老去逢春心倍惜，爲貪花市住斜街。考《六街花事》引：豐臺賣花者於每月逢三日至槐市斜街上賣。今土地廟市逢三，則槐市爲今上下斜街無疑。」《六街花事》云：「豐臺種花人，都中目爲花兒匠。每月初三、十三、二十三日，以車載雜花，至槐樹斜街市之。桃有白者，梨有紅者，杏有千葉（按，即複瓣）者，索價恒浮十倍。」　疏：《文心雕龍·書記》：「疏者，布也，布置物類，撮題近意。故小券短書，號爲疏也。」

〔三〕鸞枝花：又作欒枝花。《廣群芳譜·花譜》卷三二：「鸞枝花，木本，枝幹俱似桃，葉有刻缺，似棣棠。三月附枝開花，或著樹身，最繁茂。瓣多而圓，似郁李而大，深紅色。京師多有之。」李皋《花隱籠》卷一：「鸞枝，花在葉先，花落葉出，開時遍枝如錦，有大紅、粉紅二種。花多緑心，映日如霞，燕中春初第一。」張廷玉《春日澄懷園看花詩》八首之三：「品居艷杏緗梅次，開并海棠穠李時。草木江南千百種，好花曾未見欒枝（自注：京師欒枝，南方所無也）。」查慎行《再飲嚴蓃庵侍御鸞枝花下作》：「賣花聲裏過斜街，不記招尋月幾回。只有綉衣真愛客，印泥封酒必同開。」「僦居喜近慈仁寺，移得鸞枝隔歲栽。報道退朝今日早，東欄昨夜有花開。」

二〇五

可惜南天無此花，麗情還比牡丹奢〔一〕。難忘西掖歸來早，贈與妝臺滿鏡霞〔二〕。憶京師芍藥〔三〕。

〔一〕「麗情」句：從艷麗來説，芍藥的情調比牡丹還要更煊赫些。

〔二〕「難忘」兩句：我還記得從皇城西門回家的時候，天色還早，我買了一大把芍藥，送到妻子的妝臺旁邊，連鏡子也發出了紅霞的光彩。　西掖：紫禁城西門。孫承澤《天府廣記》：「紫禁内城，其門凡八：曰承天門，曰端門，曰午門，即俗所謂五鳳樓也；東曰左掖門，西曰右掖門。」

〔三〕京師芍藥：芍藥，毛茛科多年生草本，初夏開花，有單瓣、複瓣、白色、紅色數種。秦朝釬《消寒詩話》：「京師芍藥奇麗，香比牡丹更藴藉；花容細膩，又復過之。白者更勝，玉瓣千層，紅絲一縷，艷絶，而北人呼曰抓破臉。予每聞輒爲絶倒。」柴桑《京師偶記》：「豐臺芍藥最盛，園丁折以入市者，日幾千萬朵。花較江南者更大。」又云：「豐臺芍藥有名點妝紅者，最佳，質豐而神清，花品尤高。」

二〇六

不是南天無此花，北肥南瘦二分差〔一〕。願移北地燕支社，來問南朝油壁車〔二〕。憶海棠〔三〕。

〔一〕「北肥」句：北方海棠比南方海棠要飽滿些，肥瘦相差兩成左右。

〔二〕「願移」兩句：我想把北方海棠移植到南方來，同南方海棠交個朋友。燕支社：燕支，同胭脂。社：指海棠成陣，有如結社。李家瑞《北平風俗類徵》引《北地胭脂》詩：「彩燭光遥嘴臉紅，胭脂北地古遺風。南朝金粉惟清淡，雅艷由來迥不同。」油壁車：車廂髹漆的車子，通常是婦女乘坐的。《錢塘蘇小歌》：「妾乘油壁車，郎乘青驄馬。」這裏是比喻南方海棠，參見龔氏編年詩《城北廢園將起屋……》詩：「門外閑停油壁車。」

〔三〕海棠：《廣群芳譜·花譜》：「海棠有四種。貼梗：叢生，花如胭脂。垂絲：柔枝長蒂，色淺紅。西府：枝梗略堅，花稍紅。木瓜海棠：生子如木瓜，可食。」人們所欣賞的多數是西府海棠。

二〇七

弱冠尋芳數歲華〔一〕，玲瓏萬玉嫭交加〔二〕。難忘細雨紅泥寺，濕透春裘倚此花〔三〕。

憶丁香〔四〕。

〔一〕「弱冠」句：我二十歲左右，喜歡看花，常常計算着這時節該有什麼花開，可以去看了。　歲華：歲時，季節。劉方平《秋夜泛舟》詩：「歲華空復晚，鄉思不堪愁。」唐人韓鄂有《歲華紀麗》二卷，按季節記風俗及花事。

〔二〕「玲瓏」句：丁香花密密簇生，就像萬玉玲瓏，交相映照，十分美麗。　嫭：美好。

〔三〕「難忘」兩句：還記得那天正下着細雨，我在紅泥寺裏，衣裘都濕透了，還依戀着丁香花不願離開。　紅泥寺：寺牆通常粉刷成紅色，所以稱爲紅泥寺。這裏似是指北京的崇效寺。徐珂《清稗類鈔》：「京師崇效寺花事最盛。順、康時以棗花名，乾隆中以丁香名，光緒中以牡丹名。」

〔四〕丁香：桃金娘科植物，常緑木本，多產熱帶，高二丈餘。花淡紅色，多簇生於莖頂。花蕾爲芳香性調味藥，爲製丁香油原料。一名鷄舌香。

二〇八

憶豐宜門外花之寺董文恭公手植之海棠一首〔四〕。

女牆百雉亂紅酣〔一〕，遺愛真同召伯甘〔二〕。記得花陰文宴屢，十年春夢寺門南〔三〕。

〔一〕「女牆」句：在城牆旁邊，海棠花一片亂紅，繁茂極了。　女牆：城牆上的掩蔽體，開有瞭望孔。《釋名·釋宫室》：「城上垣曰睥睨，言於孔中睥睨非常也。亦曰女牆，言其卑小，比之於城，若女子之於丈夫也。」　百雉：古代以城長三丈高一丈爲雉。《禮·坊記》：「都城不過百雉。」

〔二〕「遺愛」句：意指董誥在這裏種下的海棠樹，真是如同召伯的甘棠那樣。　召伯：周文王庶子，封於岐山之南。《詩·召南·甘棠》：「蔽芾甘棠，勿剪勿伐，召伯所茇。」詩人借甘棠來紀念召伯。

〔三〕「記得」兩句：記得在花陰底下，屢次舉行文人酒會，過去十年間寺門南的這些舊事，恍如一場春夢。　按，道光十年，作者的朋友徐寶善邀請作者到花之寺看海棠；十二年，作者又邀集一班朋友在此集會。楊懋建《夢華瑣簿》：「三官廟中有花之寺。壬辰初入京，龔定盫招余會公車諸名士宋于庭、包慎伯、魏默深、端木鶴田諸公十四五人於其中。既而戾止，則綺窗盡拓，湘簾四垂，『花之寺』綽楔（按，意爲扁額）在焉。前後皆鐵梗海棠，境地清幽，頗愜幽賞。」

〔四〕花之寺：即三官廟。張祥河《關隴輿中偶憶》：「京師豐宜門外三官廟，海棠最盛，花時爲士大夫宴集之所。向不知種自何手。阮芸臺相國（元）告予：此是董文恭公（誥）所植。文恭公奉諱回浙江，聞三省『教匪』滋事，不敢家居，俶裝赴都。及至城外，和相珅不爲奏明，遂僑寓廟中數月，種花自遣。今三官廟改名花之寺，蓋取《日下舊聞》所載寺名移置於此。」董文恭公：董誥，字雅倫，一字西京，號蔗林，浙江富陽人，乾隆二十八年進士，由編修累官東閣大學士，國史館總裁，太子太保。詩、文、畫均有名。曾領銜編《全唐文》一千卷。卒謚文恭。《清史稿》三四〇卷有傳。

二〇九

空山徙倚倦游身〔一〕，夢見城西閬苑春〔二〕。一騎傳箋朱邸晚，臨風遞與縞衣人〔三〕。

憶宣武門内太平湖之丁香花一首〔四〕。

〔一〕「空山」句：我在羽琌山館徘徊往來，已是個倦於仕宦的人了。　空山：見第一二首注。　徙倚：徘徊。屈原《遠游》：「步徙倚而遥思兮。」　倦游：倦於宦游，即不再做官。

〔二〕「夢見」句：又在夢中看到京城西面那仙苑中的春花。　閬苑：仙人居住的地方，見第九三首注。這裏的「閬苑春」，指丁香花，也可能與下文的「縞衣人」有關。

〔三〕「一騎」兩句：一個騎馬的人把花箋從王侯府第帶出來，那時天色已晚，花箋送給了臨風而立的穿白絹衣服的人。　朱邸：封建時代，貴官府第用朱漆大門，稱爲朱邸。　縞衣：《詩·鄭風·出其東門》：「縞衣綦巾。」縞衣一説是「白色男服也」。（鄭玄箋）一説是「女服中之貧陋者」。（朱熹集注）

〔四〕太平湖：在北京宣武門内宗帽胡同西南。

按，這首詩是追憶在京師時一段舊事。對於此事，後人頗有一些猜測傳説。有人認爲龔氏同一個叫顧太清的女人鬧戀愛，此人是滿洲宗室奕繪的側室。太平湖丁香花正是指她。如曾樸寫的小説《孽海花》就有一段描述兩人戀愛的事。又冒廣生（鶴亭）有《記太清遺事》詩六首，其六云：「太平湖畔太平街（原注：邸西爲太平湖，邸東爲太平街），南谷春深葬夜來（南谷，大房山東，貝勒與太清葬處）。人是傾城姓傾國，丁香花發一低徊。」末兩句暗指其人姓顧，又暗點出龔氏這首詩。

又按，關於作者和顧太清的關係，雖有上述傳説，但也有人替他們進行辯解。孟森《心史叢刊》三集有一篇考辨文章，極力爲作者剖白，節録如下：

「高宗（弘曆）曾孫繪貝勒，名奕繪，號太素道人，著有《明善堂集》。生於嘉慶四年己未，卒於道光十八年戊戌，年四十。有側室曰顧太清，名春，字子春，號太清，世常稱之曰太清春。工詞翰，篇什爲世所寶。太清不但豐於才，貌尤極美。冒鶴亭嘗云：太清游西山，馬上彈鐵琵琶，手白如玉，琵琶黑如墨，見者謂是一幅王嬙出塞圖也。風致可想。」

「丁香花公案者，龔定盦先生己亥出都，是年有《己亥雜詩》三百十五首，中一首云：『空山徙倚倦游身……』世傳定公出都，以與太清有瓜李之嫌，爲貝勒所仇，將不利焉，狼狽南下。又據是年《雜詩》，至冬再北上迎眷，乃不敢入國門，若有甚不願過闕下者。説者以此益附會其詞，謂有仇家足憚。至道光二十一年，定公掌教丹陽，以暴疾卒於丹陽縣署，或者謂即仇家毒之。所謂丁香花公案，始末如此。」

「定公集最隱約不明者，爲《無著詞》一卷，又有《游仙》十五首等詩。説者以其爲綺語，皆疑及太平湖。此事宜逐一辨之。《無著詞》選於壬午，刻於癸未，則作詞必在壬午以前。《游仙》之作在辛巳，自注爲考軍機不得而作，當可信。要之作此者在道光初元，至十九年己亥出都。安有此等魔障，亘二十年不敗，而至己亥則一朝翻覆者？定公集所有綺語，除踪迹本不在都門者不計，《無著詞》、《游仙詩》按其年月，皆不當與太平湖有關。惟丁香花一詩，非惟明指爲太平湖，且明指爲朱邸，自是貝勒府之花。其曰縞衣人者，《詩》：『縞衣綦巾，聊樂我員。』（按，朱熹注：縞衣綦巾，女服中之貧陋者。雖貧且陋，而聊可以自樂也。）謂貧家之婦，與朱邸之嬪相對照而言。蓋必太清曾以此花折贈定公之婦，花爲異種，故憶之也。太清與當時朝士眷屬多有往還，於杭州人尤密。嘗爲許滇生尚書母夫人之義女，集中稱尚書爲滇生六兄，有《許滇生司寇六兄見贈銀魚螃蟹詩以致謝》一首，時在己亥新年。定公亦杭人，内眷往來，事無足怪。一騎傳箋，公然投贈，無可嫌疑。貝勒卒於戊戌七夕，見集中。時太清已四十歲，蓋與太素齊年。己亥爲戊戌之明年，貝勒已殁，何謂爲尋仇？太清亦已老而寡，定公年已四十八，俱非清狂蕩檢之時。循其歲月求之，真相如此。」按，此下還有顧太清被嫡子所逼，離開貝勒府事，以與此事無關，從略。

二一〇

繾綣依人慧有餘〔一〕，長安俊物最推渠〔二〕。故侯門第歌鐘歇〔三〕，猶辦晨餐二寸魚。

憶北方獅子猫〔四〕。

〔一〕繾綣：纏綿的意思。《左傳・昭公二十五年》：「繾綣從公。」注：「不離散也。」

〔二〕長安：此指北京。見第一〇首注。俊物：被人珍惜的動物。

〔三〕「故侯」句：貴族人家已經没落。歌鐘：古代諸侯貴族的禮器。《國語・晉語》：「鄭伯嘉來，納女樂二八，歌鐘二肆。」陳瑑注：「歌鐘即《周禮》磬師所掌之編鐘，蓋小鐘編次成列者。」《左傳》服注：「懸鐘十六爲一肆。」吴偉業《九峰草堂歌》：「歌鐘粲戟侯王宅。」

〔四〕獅子猫：珍貴動物之一，又稱波斯猫。相傳明末由波斯傳入。猫頭渾圓，脚粗短，通身披長毛，耳上毹毛下垂至眼際，體重可達十斤以上。毛色以純白爲貴，黄白雜次之，斑駁或雲斑爲變種。黄漢《猫苑》：「張孟仙曰：獅猫産西洋諸國，毛長身大，不善捕鼠。一種如兔，眼紅耳長，尾短如刷，身高體肥，雖馴而笨。張心田云：獅猫眼有一金一銀者。」徐珂《清稗類鈔》：「歷朝宮禁卿相家多蓄獅猫。咸豐辛亥五月，太監白三喜使其猶子曰大者，進宮取獅猫，遂獲咎。」可見當時宮禁及官宦人家競蓄獅子猫的風氣。

二二一

萬緑無人嘒一蟬〔一〕，三層閣子俯秋烟〔二〕。安排寫集三千卷，料理看山五十年。欲寫全集清本數十分〔三〕，分貯友朋家。

〔一〕「萬緑」句：無數緑樹，幽静無人，只聽到一種蟬的鳴聲。 嘒：蟬鳴。《詩·小雅·小弁》：「鳴蜩嘒嘒。」

〔二〕三層閣子：《續修崑新合志》：「（龔自珍）得崑山徐尚書（按，應爲徐侍郎，即徐秉義）園亭，園築峻樓三層。」

〔三〕全集清本：全部文章詩詞謄寫清楚，成爲一個清本。按，作者出都時自稱有文集百卷，現散佚甚多。王佩諍校本後附佚著待訪目，單是文章目録就有六十條，但這個佚書目録仍不過是所佚的一部分。至於詩詞散佚之數，更無可稽考。

二一二

海西别墅吾息壤〔一〕，羽琌三重拾級上。明年俯看千樹梅，飄飖亦是天際想〔二〕。

〔一〕海西别墅：即羽琌山館。　息壤：傳説是取了又重新長出來的神奇泥土。《山海經·海内經》：「洪水滔天，鯀竊帝之息壤，以堙洪水。」注：「息壤者，言土自長，故可湮水也。」又是地名。但作者取義却在於休息的地方。他的《桐君仙人招隱歌》有云：「兩家息壤殊不遠，江東浙東一棹堪洄沿。」即取後一義。

〔二〕天際想：《世説·容止》：「桓大司馬曰：仁祖企脚北窗下彈琵琶，故自有天際真人想。」按，仁祖即謝尚。真人即仙人。

二一三

此閣宜供天人師〔一〕，檀香三尺博士爲〔二〕。阮公施香孰施字〔三〕？徐公字似蕭梁碑〔四〕。

造佛像之匠謂之博士，出《摩利支天經》。予供天台智者大師檀香像〔五〕。徐問蘧爲予書扁曰「觀不思議境」，書楹聯曰「智周萬物而無所思；言滿天下而未嘗議」。

〔一〕天人師：指釋迦牟尼。《大唐西域記》卷八：「如來既成正覺，稱天人師。」它又是佛家十號之一。蘇軾《泛潁》詩：「趙陳兩歐陽，同參天人師。」次公曰：「天人師，言佛也。」

〔二〕檀香三尺：三尺檀香雕刻的佛像。

〔三〕阮公施香：送檀香木給我的是阮公（阮元）。施：布施，把物品送給佛寺或僧人。

〔四〕徐公：徐楙，見第一五九首注。按，「公」，龔橙定本改作「君」。蕭梁碑：蕭梁時代（五〇二—五五七）刻的石碑文字。梁朝皇帝姓蕭，後人爲區别朱温的梁朝，故稱蕭梁。蕭梁碑傳世的有《始興忠武王碑》、《劉敬造像》、《釋慧影爲父母師僧及身造釋迦佛像題字》等二十種。見《廣藝舟雙楫》。

〔五〕智者大師：智顗，陳、隋間僧人，佛教天台宗的創立人。字德安，俗姓陳。十八歲出家，初居瓦官寺，講《法華經》、《大智度論》。陳大建七年入天台山國清寺修煉。隋開皇十一年，晉王楊廣（煬帝）鎮守建康（今南京），遣使迎至，稱之爲智者大師。開皇十七年卒。著有《法華疏》、《净名疏》、《摩訶止觀》等。爲作者崇奉的佛教宗師之一。宋濂《釋氏護教編後記》：「梁陳之間，北齊惠聞因讀《中觀論》悟旨，遂遥禮龍勝爲師，開空、假、中爲三觀心觀法門，以《法華》宗旨授慧思，思授天台國師智顗，顗授灌頂，頂授智威，智威授惠威，惠威授玄朗，朗授湛然。是爲四教法性觀行之宗。」

二一四

男兒解讀韓愈詩，女兒好讀姜夔詞〔一〕。一家倘許圓鷗夢〔二〕，晝課男兒夜女兒〔三〕。

時眷屬尚留滯北方。近人郭頻伽畫《鷗夢圓圖》〔四〕，予亦仿之。

〔一〕姜夔：南宋詞人，字堯章，號白石道人，江西鄱陽人，隱居不仕，工詩詞，精曉音律。著有《白石道人歌曲》等。他的詞以清峭見長，清代浙派詞家很多都宗奉他。

〔二〕圓夢：意爲團圓。鷗：比喻江湖上閑散的人，如隱士之類。宋陳造《凌晨張司户惠詩次韻》詩：「等閑莫學金華伯，碧水如天擬夢鷗。」（自注：山谷詩：「夢作白鷗去，江南水如天。」)

〔三〕課:考核。這裏是督教的意思。趙翼《題女史駱佩香秋燈課女圖》詩:「可憐一樣丸熊苦,他課男兒此女兒。」

〔四〕郭頻伽:郭麐,字祥伯,號頻伽,江蘇吴江人。幼有神童之稱,屢考科舉不中。家貧作客,無所遇合。所作詩古文,清婉有法度。著有《靈芬館集》。王昶《蒲褐山房詩話》:「祥伯詩初效李長吉、沈下賢,稍變而入於蘇、黄。予題行卷云:攬其詞旨,哀怨爲宗;玩厥風華,清新是尚。如見衛叔寶、許元度一流人物,不患其過清而寒,過瘦而枯,過新而纖,如姬傳儀部所云也。」徐世昌《晚晴簃詩話》:「阮芸臺曰:郭君頻伽,臞而清,白一眉。與余相識於定香亭上。其爲詩也,自抒其情與事,而靈氣入骨,奇香悦魂,不屑屑於流派,殆深於騷者乎!」鷗夢圓圖:郭麐《浮眉樓詞》有《紅情·題二娱鷗夢圓圖用玉田韻》詞云:「生香活色,有水天閑話,憑肩語密。除却鴛鴦,只有眠鷗似相識。三十六陂舊夢,明鏡裏,低徊潛憶。問微步一晌凌波,羅襪可曾濕?小立,鬐鬟側。想明月那時,流水今日。春風靈液,淡蕩其間浪痕碧。自恨采香太晚,重到也,紅衣非昔。又況畫船艤處,船中玉笛。」

二一五

倘容我老半鋤邊〔一〕,不要公卿寄俸錢〔二〕。一事避君君匿笑:劉郎才氣亦求田〔三〕？儉歲〔四〕，有鬻田六畝者〔五〕，予願得之。友人來問此事。

〔一〕「倘容」句：假如讓我終老在半耕半讀的環境中。半鋤：生涯一半依靠鋤頭，即做半個農民。

〔二〕「不要」句：我將不接受公卿們分給我一部分俸錢。按，古人偶然也有分俸贈友的事。《宋史·呂端傳》：「故相馮道子正之病廢，端分俸給之。」李逢吉《酬致政楊祭酒見寄》詩：「應將半俸沾鄰里。」

〔三〕「一事」兩句：有一件事情瞞着你幹，你知道了一定會心裏暗笑：像定庵這樣有劉郎才氣的人，也會求田問舍嗎？《三國志·陳登傳》載劉備對許汜說：「君有國士之名，而求田問舍，言無可采。」王安石《讀蜀志》詩：「無人語與劉玄德，問舍求田意最高。」辛棄疾《水龍吟》詞：「求田問舍，怕應羞見，劉郎才氣。」

〔四〕儉歲：歉收的年頭。

〔五〕鬻：出賣。

二一六

瑰癖消沈結習虛〔一〕，一篇典寶古文無〔二〕。金燈出土苔花碧，又照徐陵讀漢書〔三〕。

滬上徐文臺得漢宮雁足燈〔四〕，以拓本見寄，乞一詩。是時予收藏古吉金星散，見於《羽琌山典寶記》者，百存一二。

〔一〕「瑰癖」句：收藏古銅器的嗜好，我早已消沉，那個老習慣如今都已成爲空話。瑰癖：奇麗的嗜好，指收藏古文物。瑰：奇偉。張衡《西京賦》：「攢珍寶之玩好，紛瑰麗兮奢靡。」結習：見第一〇二首注。

〔二〕「一篇」句：正如《尚書序》提到的《典寶》一篇，在古文中早已失傳一樣，我那些古文物也已經星散不存了。典寶：古文《尚書》中的一篇，早已亡佚。據《尚書序》說：「夏師敗績，湯遂從之，遂伐三朡，俘厥寶玉。誼伯、仲伯作《典寶》。」但這篇所謂古文，只有目録而不見篇章。此句亦可解爲：我的《羽琌山典寶記》所收文字，是古文典籍所無的。

〔三〕「金燈」兩句：漢宮的金燈重新出土，它上面還留下緑色的銅銹。如今，它又照着你這徐陵閲讀《漢書》，真是相得益彰。苔花：指古銅器埋在地下日久長出的緑銹。徐陵：陳朝文學家，字孝穆，官至御史中丞。文章詞藻綺麗，與庾信齊名。著有《徐孝穆集》，輯有《玉臺新咏》。他曾代陳主草擬一封答北齊的移文，陳主賜他一個燈盤。作者因徐文臺姓徐，所以借徐陵的名字，祝他得到漢宮雁足燈。

〔四〕徐文臺：徐渭仁，字文臺，號紫珊，江蘇上海人，工書法、繪畫。著有《隋軒金石文字八種》，又刻《春暉堂叢書》，收集前輩的詩文，使能流傳世間，不致埋没。蔣寶齡《墨林今話》：「徐紫珊渭仁，字文臺。天資警敏，於學靡不探討。篆隸行楷悉有法。少時及見山舟學士，繼與曼生司馬、椒畦典簿、叔未解元暨沙君笠甫、韓君古香爲書畫金石友，佳拓古器，多所儲藏。嘗獲隋開皇時董美人碑，珍秘特甚，自號隋軒。近又購得述庵少司寇舊藏建昭雁足燈，因顏其居曰西漢金燈之室。時邑宰黄公創建義倉，屬君佐理，得元時顧氏露香園遺址，有地一泓，營構之餘，復葺秋水亭、萬竹山房，以芑堂徵君所摹石鼓文貯之，滬上遂增一名勝矣。紫珊既精於書，年三十八，忽學爲畫，初寫蘭竹，下手已自不凡，旋去而作山水，閉關研求，夜以繼日，宋元各家，無不窺其堂奥。後以索者坌集，不能遍應，遂輟而弗爲。詩近宋賢，不屑屑以字句求工。爲人勇於任事，交友有始終。初學琴於古香，古香客死滬城，君爲經紀其喪，其風義如此。」漢宫雁足燈：又名建昭雁足燈。建昭是漢元帝年號之一，起公元前三十八年，終前三十四年。朱文藻《漢銅雁足燈拓本趙晉齋索題即次王述庵先生韻》詩下注云：「燈銘共六十一字，『建昭三年考工工輔爲内者造銅雁足燈，重三斤八兩，護建佐博嗇夫福掾光主右丞宫令相省中宫内者第五故家』四十五字隸書，在槃下。『今陽平家畫一至三陽朔元年賜』十三字篆書，在前唇。『後大厨』三字，篆書，在趾下。」可見此燈大概。此燈舊爲青浦王昶所藏。

二一七

迴腸蕩氣感精靈〔一〕，座客蒼涼酒半醒〔二〕。自別吳郎高咏減〔三〕，珊瑚擊碎有誰聽〔四〕？ 曩在虹生座上，酒半，咏宋人詞，嗚嗚然。虹生賞之，以爲善於頓挫也。近日中酒，即不能高咏矣。

〔一〕迴腸蕩氣：歌唱詩詞時使人感情激動，稱爲迴腸蕩氣。曹丕《大牆上蒿行》：「女娥長歌，聲協宫商。感心動耳，蕩氣迴腸。」 精靈：這裏指鬼神。李涉《與李渤新羅劍歌》：「暗中往往精靈語。」杜甫《醉時歌》：「但覺高歌有鬼神。」

〔二〕「座客」句：客人在半醉半醒時，聽到我的咏唱，都悲涼感慨。

〔三〕吳郎：吳葆晉，屢見前。

〔四〕「珊瑚」句：如今就算打碎了珊瑚，又有誰來欣賞我的咏唱呢？《晉書・王敦傳》：「王敦酒後，輒咏魏武帝樂府歌曰：老驥伏櫪，志在千里。烈士暮年，壯心不已。以如意打唾壺爲節，壺邊盡缺。」後人因以「擊碎唾壺」作爲嘆賞詩文或歌咏的用語。作者略變字面，改爲珊瑚。明蔣一葵《堯山堂外紀》載元人高則誠題張小山《蘇堤漁唱》詞，有「好將如意，擊碎珊瑚」句。按，作者《己亥六月重過揚州記》云：「入市求熟肉，市聲讙；得肉，館人以酒一瓶，蝦一筐饋。

醉而歌，歌宋、元長短言樂府，俯首嗚嗚，驚對岸女夜起，乃止。」可見龔氏「高咏」神態。

二一八

隨身百軸字平安〔一〕，身世無如屠釣寬〔二〕。恥學趙家臣宰例，歸來香火乞祠官〔三〕。

〔一〕百軸：書籍百卷。　字平安：報告平安的家信。宋張鎡《皇朝仕學規範》：「安定胡先生侍講（按，胡瑗），布衣時，與孫明復、石守道同讀書泰山，攻苦食淡，終夜不寐，一坐十年不歸。得家問，見上有平安二字，即投之澗中，不復展讀。」又見朱熹《五朝名臣言行録》。

〔二〕「身世」句：個人生活最寬廣的就是屠和釣了。意思是做一個平民。　屠釣：泛指一般體力勞動。《文選》沈約《恩幸傳論》：「屠釣，卑事也。板築，賤役也。」

〔三〕「恥學」兩句：像宋朝的官吏，辭官以後還向朝廷乞求祠禄，那是我恥於仿效的。　香火：宫和觀是奉祀道家神靈的廟宇，每天都要點燃香燈，稱爲香火。　祠官：宋朝對官吏待遇優厚，年老退休，還可以按他原來職位高低，給予某宫某觀的使、提舉、提點等虛銜，領取半俸。這種官叫祠禄官。宋趙昇《朝野類要》卷五：「宫祠：舊制有三京分司之官，乃退閑之禄也。神廟置宫觀之職以代之，取漢之祠官祝釐之義，雖曰提舉主管某宫觀，實不往供職也。故奏請者多以家貧指衆爲辭，降旨必曰：依所乞，差某處宫觀任便居住。惟在京宫觀不許外居。」

二一九

何肉周妻業並深〔一〕，台宗古轍幸窺尋〔二〕。偷閑頗異凡夫法〔三〕，流水池塘一觀心〔四〕。

〔一〕「何肉」句：我這人又吃肉又娶妻，這是兩種很深的業障。何肉周妻：《南史·周顒傳》：「顒妙於佛法，雖有妻子，獨處山舍；何胤亦精信佛法，侈於食味，後稍去其甚者，猶食魚蟹蚶蠣之屬。文惠太子問顒：卿精通佛法，何如何胤？顒曰：三涂八難，共所未免；然各有累。太子曰：累伊何？對曰：周妻，何肉。」業：業障，佛家認爲是妨害修道的東西。

〔二〕「台宗」句：自己幸而修習了天台宗，知道前人走過的道路。古轍：前人留下的言行紀録。

〔三〕凡夫法：指佛教的小乘法。作者《重輯六妙門序》：「故合不净觀，謂之二甘露門，要是凡夫禪，小乘法。」

〔四〕流水池塘：元釋梵琦《西齋净土詩》有《池觀》詩云：「第五觀心池水觀。」又有《水觀》詩云：「第二觀門名水觀。」

二二〇

皇初任土乃作貢〔一〕，卅七畝山可材衆〔二〕。媪神笑予無貧法〔三〕，丹徒陸生言可用〔四〕。吾友陸君獻〔五〕，著種樹書，大指言天下之大利必任土；「貨殖」乃「貨植」也；有土十畝，即無貧法。昔年曾序之。

〔一〕「皇初」句：從很古的時候開始，就根據農民在土地上種植的收穫，定出交納貢税的種類和份額。　皇初：古皇之初。《文選》班固《典引》：「厥有氏號，紹天闡繹，莫不開元於太昊皇初之首。」　任土作貢：《書·禹貢序》：「禹别九州，隨山浚川，任土作貢。」蔡注：「任其土地所有，定其貢賦之差。」

〔二〕「卅七」句：有面積三十七畝山地，可以作成材料的樹木就很多了。

〔三〕「媪神」句：連土地神都開玩笑説，我擁有這些山地，種植開發，保證不會貧困。　媪神：土地婆婆。《漢書·禮樂志》：「惟泰元尊，媪神蕃釐。」李奇曰：「媪神，地也。」《初學記·

地部》引《物理論》：「地者，其卦曰坤，其德曰母，其神曰祇，亦曰媪。」 媪：老太婆。

〔四〕「丹徒」句：丹徒陸獻的著作是大有用處的。作者在《陸彦若所著書序》中，提到陸獻有《種樹方》三卷，《種菜方》一卷，《種藥方》一卷，可惜已經失傳。

〔五〕陸獻：字彦若，號伊湄，南宋陸秀夫的裔孫，世居江蘇丹徒鎮。道光元年順天舉人，道光七年隨欽差大臣那彦成到新疆辦理善後事宜，保舉知縣，選授山東蓬萊知縣，轉繁縣、曹縣。所至勸民種樹栽桑養蠶，設立教織局，刊印論文等。咸豐間去官回籍。在山東時，著《山左蠶桑考》，在安徽又重印張揚園的《農書》及元人的《蠶桑輯要》，又著有《尊樸齋詩草》。卒年五十八。《丹徒縣志》有傳。

一二二

西牆枯樹態縱横，奇古全憑一臂撑。烈士暮年宜學道，江關詞賦笑蘭成〔一〕。 羽琌之西，有枯棗一株，不忍斧去。

〔一〕「烈士」兩句：一個志向遠大的人，到了晚年，應當研究宇宙人生的哲理。假如像庾信那樣，只是吟咏凄凉的詞賦，那真是可笑的。 烈士：曹操《短歌行》：「烈士暮年，壯心不已。」學道：《論語·陽貨》：「君子學道則愛人，小人學道則易使也。」江關詞賦：杜甫《咏懷古迹》詩：「庾信平生最蕭瑟，暮年詩賦動江關。」蘭成：庾信小字。陸龜蒙《小名録》：「庾信幼而俊邁，聰敏絶倫。有天竺僧呼信爲蘭成，因以爲小字。」庾信是南北朝人，初仕梁，後出使西魏，被留在長安，北周時官至驃騎大將軍，開府儀同三司。晚年思念南方，作《哀江南賦》，凄惻動人。著有《庾開府集》。

按，庾信曾寫過《枯樹賦》，作者或因此起意；但作者欣賞枯樹的倔强性格，并聯想到「烈士暮年」，顯然有不怕頑固派的打擊，不忘變革社會政治的用意。

二二二

秋光媚客似春光，重九尊前草樹香。可記前年寶藏寺，西山暮雨怨吴郎〔一〕。丁酉重九〔二〕，與徐星伯前輩、吴虹生同年〔三〕，連騎游西山之寶藏寺〔四〕，歸鞍驟雨。重九前三夕作此詩，閣筆而雨。

〔一〕「可記」兩句：可還記得前年也是重九，在北京游覽寶藏寺，傍晚回家路上碰上一場大雨，吴虹生把老天爺着實埋怨了一番。

〔二〕丁酉：道光十七年（一八三七）。

〔三〕徐星伯：即徐松，見第四二首注。

〔四〕寶藏寺：郭沛霖《游寶藏寺記》：「寶藏寺在萬壽山之西五里許。考吴太初《宸垣識略》云：『過金山口數里，有谷頗幽邃，上坡三里許，度大壑，又三里許，是爲寶藏寺。正統四年西域僧道深建，初名蒼雪庵，敕賜今額。』」陳康祺《郎潛紀聞》卷十二：「都門花事，以極樂寺之海棠（大十圍者八九十本），棗花寺之牡丹，豐臺之芍藥，十刹海之荷花，寶藏寺之桂花，天寧寺之菊花爲最盛。春秋佳日，挈榼携賓，游騎不絶於道。」

二二三

似笑山人不到家〔一〕，争將晚節盡情誇〔二〕。三秋不賣芙蓉马，九月猶開窨窳花〔三〕。

马，徐鍇音乎感切〔四〕。

〔一〕山人：隱士之稱，此爲作者自指。

〔二〕晚節：不怕時節寒冷，仍然保持着蓬勃生機。韓琦《九日水閣》詩：「不羞老圃秋容淡，且看寒花晚節香。」

〔三〕「三秋」兩句：九月天氣，荷花還長着蓓蕾；桂花還不斷開放。马：音喊，花的蓓蕾。徐鍇《説文繫傳·通釋》卷十三："「马，嘾也，草木之華未發。凡马之屬皆從马。臣鍇曰：嘾者含也，草木花未吐，若人之含物也。」窅窊（音咬雨）花：疑用《漢書·禮樂志》載《安世房中歌》「都荔遂芳，窅窊桂華」典。孟康注："「窅，出；窊，入。都良薜荔之香鼓動桂華也。」窊、㼜字别，龔氏似視爲同義，而以「窅㼜花」指代桂花。與龔同時人董祐誠《董方立文集》亦有相同用語，其乙集卷上《桂華賦》："「獨窅㼜於都房，飾離離之華蘂。」又「窅㼜花」嘗傳作「窈窕花」，徐珂《清稗類鈔·汪柳門精熟史漢》："「某學使思有以難之，一日，叩之曰：『龔定盦集有「九月猶開窈窕花」之句，窈窕花何物？』汪不能答。學使轉告之曰：『桂也。班書具在，君殆偶爾遺忘耶？』汪大窘。」窅、窈字通，㼜、窕形近，異文殆不足怪，然亦知昔人久已持見謂用《漢書》「桂華」義也。又《集韻》卷三「麻韻」下有「窊㼜」，注「烏瓜切，《説文》：『污衺下也。』亦作㼜」，是二字僅作窪解讀平聲時通。詩中用「㼜」，因需仄聲字故也。

〔四〕徐鍇：字楚金，揚州廣陵人，南唐時官至内史舍人。能詩，精通古文字學。著有《説文繫傳》、《説文解字篆韻譜》。

二三四

萊菔生兒芥有孫，借蘇句〔一〕。離披秋霰委黄昏〔二〕。青松心事成無賴，只閲前山野燒痕〔三〕。

〔一〕「萊菔」句：這是蘇軾《煮菜》詩的第二句。「萊菔」原作「蘆菔」。

〔二〕離披：散亂貌。《楚辭·九辯》：「白露既下百草兮，奄離披此梧楸。」 霰：冰粒。這裏是形容冷雨有如冰粒。

〔三〕「青松」兩句：我本想效法青松，戰風鬥雨，堅挺不拔，這種心事現在忽然覺得無聊，我只是默然看着山前野火燒過的殘留痕迹。 無賴：同無聊。

按，作者在同大地主頑固派的鬥争中，受到連續迫害打擊，如今回來，看到山前野火焚燒樹木的殘迹，不禁引起感觸，覺得這個「衰世」時代，像蘿蔔、芥菜只懂生兒育女，倒還安穩；反之，青松却要遭到摧殘。這該怎麼説呢？詩語表面平淡，其實憂憤深廣。

二三五

銀燭秋堂獨聽心〔一〕，隔簾誰報雨沈沈？明朝不許沿溪賞，已没溪橋一尺深。

〔一〕銀燭：杜牧《秋夕》詩：「銀燭秋光冷畫屏。」 聽心：指心思專一。陸龜蒙《三宿神景宫》詩：「萬籟既無聲，澄明但心聽。」《莊子·人間世》：「回曰：敢問心齋？仲尼曰：一若志，無聽之以耳，而聽之以心，無聽之以心，而聽之以氣。」

二三六

空觀假觀第一觀，佛言世諦不可亂〔一〕。人生宛有去來今，卧聽檐花落秋半〔二〕。

【校】

「宛有」：吴本、「四部」本、「文庫」本、王本、類編本、王校本並同。「宛」，堂本、邃本、「續四庫」本作「死」。「死」下邃本注：「一作『宛』。」「宛」下王校本注：「一本作『死』。」本書從吴本。

〔一〕「空觀」兩句：觀察客觀世界的空和假，是修煉佛法的開頭。佛祖説對客觀世界的觀察，不要亂了次序。天台宗創立人智顗在《修習止觀坐禪法要》中，把「觀心」修煉過程分爲三個階段。第一階段是「止」，即「能了知一切諸法皆由心生，因緣虚假不實故空，即不得一切諸法名字相，則體真止也。爾時，上不見佛果可求，下不見衆生可度，是名從假入空觀，亦名二諦觀。」第二階段是「觀」，即「心性雖空，緣對之時，亦能生出一切諸法，猶如幻化，雖無定實，亦有見聞覺知等相，差别不同。行者如是觀時，雖知一切諸法畢竟空寂，能於空中修種種行……是名方便隨緣止，乃是從空入假觀，亦名平等觀。」第三階段是「止觀雙照」，即「因是二空觀，得入中道第一義觀，雙照二諦，心心寂滅，自然流入薩婆若海。」大意是：先理解一切皆空，即「止」於空；再看到一切皆假，即「觀」於假；然後進一步領悟到空和假同時存在，不能偏執於一，於是認識的過程圓滿。由於空觀、假觀是進入「中道」的必經過程，所以說是「第一觀」。世諦：佛家認爲世諦是真諦的對立面，即人們所認識的客觀世界。梁蕭統在《解二諦義令旨》中說：「二諦者，一是真諦，二名俗諦。真諦亦名第一義諦，俗諦亦名世諦。」這是把客觀世界歸結爲「浮僞造作」的俗諦，而把虛幻的本體說成是真諦。

〔二〕「人生」兩句：在人世間，去來今三者是宛然存在的，我躺着聽到屋檐上的秋花掉到地上，在這一瞬間，體驗了去來今的存在。去來今：三種時間。智顗在解釋這三種時間時，作了如下的答辯：「問曰：汝云何觀心？若觀過去心，過去心已過。若觀未來心，未來心未至。若觀現在心，現在心不住。若離三世，則無有别心，更觀何等心？答曰：汝問非也。若過去永滅，畢竟不可知者，云何諸聖人能知一切過去心？若未來心未至有不可知，云何諸聖人能知一切未來心？若現在心無住不可知，云何諸聖人能知一切十方衆生現在念事？當知三世之心雖無定實，亦可得知。」檐花：杜甫《醉時歌》：「清夜沉沉動春酌，燈前細雨檐花落。」

二三七

剩水殘山意度深〔一〕，平生幾緉屐難尋〔二〕。栽花鄭重看花約，此是劉郎遲暮心〔三〕。

〔一〕「剩水」句：雖然水只有一灣，山只有一角，但它們的意態還是深遠的。這是指羽琌山館的風景。　剩水殘山：杜甫《游何將軍山林》詩：「剩水滄江破，殘山碣石開。」辛棄疾《賀新郎》詞：「剩水殘山無態度，被疏梅料理成風月。」　意度：意態風度。

〔二〕「平生」句：我自己平生游山玩水的機會其實不多，所以找不到有幾雙游山的屐。　幾緉屐：幾雙木屐。晉朝阮孚喜歡登山，曾親自吹火蠟屐，還對人嘆息説：「未知一生當著幾緉屐？」見《晉書·阮孚傳》。　緉：一雙（專指鞋屐）。

〔三〕「栽花」兩句：我不僅種花，還鄭重其事地同花約定觀賞的日期。這是我晚年的心態。　劉郎：作者自比。劉禹錫《元和十年自朗州承召至京戲贈看花諸君子》詩：「玄都觀裏桃千樹，盡是劉郎去後栽。」

二三八

復墅拓墅祈墅了，吾將北矣乃圖南〔一〕。　無妻怕學林逋獨，有子肯爲王霸慚〔二〕？

料理別墅稍露崖略〔三〕，將自往北方迎眷屬歸以實之。

〔一〕「復墅」兩句：恢復、開拓和祝福別墅的事情都已告一段落，我將向北行，而目的乃是爲了回到南方。復墅，拓墅，祈墅：見第一九八至二〇〇首注。圖南：《莊子·逍遥游》：「而後乃今培風背負青天，而莫之夭閼者，而後乃今將圖南。」

〔二〕「無妻」兩句：我怕像林逋那樣過着孤獨的生活；而且我的兒子還有志氣，自己不至於像王霸那樣臉紅。林逋：宋代隱士，字君復，隱居杭州西湖，孤獨一身，種梅養鶴，人稱他是「梅妻鶴子」。王霸：東漢隱士，字儒仲，自稱「天子有所不臣，諸侯有所不友」。他有個朋友令狐子伯，當了楚國的相。有一回，子伯叫兒子帶信問候王霸，令狐兒子那時官爲郡功曹，車馬僕從，很有氣派。到了王家，剛巧王霸的兒子在地裏，聽説家中來了客人，回家接待，他一見令狐兒子那副氣派，羞愧得不敢抬頭。王霸看他這副臉相，禁不住自己也臉紅起來。見《後漢書·列女傳·王霸妻》條。

〔三〕稍露崖略：初具規模。崖略：大略。《莊子·知北游》：「夫道窅然難言哉！將爲汝言其崖略。」

二二九

從今誓學六朝書〔一〕，不肄山陰肄隱居〔二〕。萬古焦山一痕石〔三〕，飛升有術此權輿〔四〕。

涇縣包慎伯贈予《瘞鶴銘》〔五〕。九月十一日，坐雨於羽琌山館，漫題其後。

〔一〕六朝書：吴、東晉、宋、齊、梁、陳六朝，這段時期是中國書法史上很著名的時期，龔氏又是最喜愛這段時期書法的人。據《定盦先生年譜外紀》：「先生曰：吾不以藏漢碑名其家，唐、宋所録亦稀。漢以後隋以前，最精博矣。自契印曰：漢後隋前有此家。志所學也，與所樂也。」包世臣《安吴論書》：「杭州龔定盦藏宋拓八關齋七十二字（按，顔真卿六十四歲作），一見疑爲《鶴銘》。始知古人《鶴銘》極似顔書之説有故。」

〔二〕肄：學習。　山陰：指東晉著名書法家王羲之，居山陰。　隱居：指陶弘景，字通明，齊、梁間人，初官左衛殿中將軍，後隱居句曲山，自號華陽真人。著有《真誥》等。

〔三〕一痕石：指《瘞鶴銘》刻石。詳後。

〔四〕飛升：借指獲得高官厚禄。清代科舉考試，除了考八股文、試帖詩，還要講究楷書寫得好看。但作者在書法上偏偏不行，於是影響了他在仕途上的發展，間接也影響了他進行革新政治的抱負。後來他在《干禄新書自序》中敘述自己失敗的經過：「龔自珍中禮部試，殿上三試，三不及格（按，指復試、殿試、朝考），不入翰林；考軍機處，不入直；考差，未嘗乘軺車（按，清代鄉試考官派出時，照例先經過考試。『乘軺車』即有資格當上鄉試考官。）乃退自訟，著書自糾。」這本《干禄新書》是教人怎麽寫字的，實是作者寄憤之作。又道光十二年，作者《跋某帖後》有云：「予不好學書，不得志於今之宦海，蹉跎一生。回憶幼時晴窗弄筆一種光景，何不乞之塾師，早早學此，一生無困厄下僚之嘆矣！可勝負負！」可見作者悲憤心情。 權輿：開頭。

〔五〕包慎伯：包世臣，字慎伯，安徽涇縣人，嘉慶十三年舉人，曾爲新喻知縣，被劾去官。平生喜談經濟、軍事，主張社會變革，和龔氏有相同的志趣。當時河道、漕運、鹽政的大僚，曾聘他爲幕客。又精行草書法，著有《安吴四種》。《清史稿》卷四八六有傳。《續修江寧府志》：「世臣早負盛名，道光中以大挑知縣仕江右，中丞忮之，甫到省，即使署某縣，即借公文字句劾罷之。然世臣之名轉益盛。陶文毅公、楊端勤公皆延爲上賓。素喜交游，延攬知名之士。居鼓樓側之綢市口，户外之屨常滿。又善談論，娓娓千百言，皆使人之意消。善扁書，開近人北魏一派。其子興言以棗木刻於鄂中。所著有《安吴四種》，其第二種曰《藝舟雙楫》，即自言其書法之功也。」謝應芝《書安吴包君》：「君姓包氏，名世臣，字慎伯，涇人也。涇本漢縣，而三國時嘗置安吴縣，以故學者稱安吴先生。君學書三十年，盡交天下能書之士，備得古人執筆運鋒結體分行之奇。其法雙鈎、懸腕、實指、虚掌、逆入、平出、峻落、反收，而歸於氣滿，蓋兼秦篆漢隸以爲六朝正草書，遂稱書家大宗。君爲人短小精悍，而口如懸河，喜兵家言，善經濟之學。」又云：「君少舉於鄉，晚歲宦游不得志，棄官而歸，寓居江寧，布衣翛然。每作書，自署曰白門倦游閣外史。癸丑歲，以避亂卒於途。」 瘞鶴銘：梁天監十三年（五一四）華陽真逸所撰碑文，原刻在鎮江縣焦山崖石上，曾兩次墜落江中，又被撈起，已極殘破。宋朱勝非《秀水閑居録》：「《瘞鶴銘》在潤州揚子江焦山之足石岩下，惟冬序水退，始可模打。」清末傅専《瘞鶴銘》詩注云：「銘舊刻焦山之崖，雷雨中裂墜山麓。宋時已必俟水涸，仰卧施拓。歐公得六十字爲最多，常僅得數字而已。清康熙二十五年，長沙陳恪勤公鵬年，始出石，移立寺中，云得七十餘字。今寺僧拓本稱八十九字。以余諦審，石上立字，表上華字，尚存少半，可算九十一字。不知恪勤公何以反少？」這個碑被清代書家極力推崇，認爲書法藝術很高。按，《瘞鶴銘》書法自不能作科舉考試的敲門磚，龔氏不過借此宣泄其憤慨而已。

一三〇

二王只合爲奴僕，何況唐碑八百通〔一〕！欲與此銘分浩逸，北朝差許鄭文公〔二〕。

再跋舊拓《瘞鶴銘》。謂北魏兗州刺史鄭羲碑，鄭道昭書。

〔一〕「二王」兩句：王羲之和王獻之的書法，只能做《瘞鶴銘》的奴僕，更不用説那八百張唐人寫的碑文了。奴僕：杜牧《李長吉歌詩序》：「世皆曰：使賀且未死，少加以理，奴僕命騷可也。」八百通：高似孫《緯略》卷七：「唐人説李邕前後撰碑八百通。」又見趙德麟《侯鯖録》卷四。

〔二〕「欲與」兩句：假如説可以同《瘞鶴銘》分一分浩逸的話，只有北朝的《鄭文公碑》還比較可以。　浩逸：氣象闊大而又飄逸。　鄭文公：指《鄭羲碑》，通稱《鄭文公碑》，北魏宣武帝永平四年（五一一）鄭道昭書，有上下兩碑，受到書法家的重視。　包世臣《安吳論書》及劉熙載《藝概》均有論述。　鄭道昭爲鄭羲子，字僖伯，自稱中岳先生，官至平南將軍，謚文恭。

按，《瘞鶴銘》，作者認爲是陶弘景所書，所以把二王、唐代書家都一齊抹倒。　但此碑的書者是誰，歷來有不同説法。　宋人蘇舜欽、黄庭堅以爲是王羲之書，歐陽修以爲是顔真卿書，沈括又以爲是唐詩人顧況，黄伯思則主張陶弘景，董逌又認爲是無名隱士所爲。　明清之際，主顧況者有焦竑、張弨等，主陶弘景者有顧炎武等。　清人多數傾向於陶弘景，但也另有新説，如丹徒人程南耕便説是晚唐詩人皮日休寫的，他有《張力臣瘞鶴銘辨書後》云：「皮日休先字逸少，後字襲美，見《北夢瑣言》，其詩集内有悼鶴詩云：　却向人間葬令威。　此瘞鶴之證也。」

二三一

九流觸手緒縱横〔一〕，極動當筵炳燭情〔二〕。　若使魯戈真在手，斜陽只乞照書城〔三〕。

〔一〕九流：《漢書・藝文志》記載先秦十個學派，即儒家、道家、陰陽家、法家、名家、墨家、縱横家、雜家、農家和小説家。但又把小説家排除在外，只稱九流。後人相沿也稱九流，以概括先秦各個學術流派。

〔二〕筵：席子。古人席地而坐，當筵指在几席之間。炳燭：比喻年老還好學不倦。《説苑・建本》：「老而好學，如炳燭之明。」《顔氏家訓・勉學》：「老而學者，如秉燭夜行，猶賢乎瞑目而無見者也。」

〔三〕「若使」兩句：假如魯陽公的戈真在手中，我要太陽回升，照耀我的書城。魯戈：《淮南子・覽冥》：「魯陽公與韓構難，戰酣日暮，援戈而撝之，日爲之反三舍。」三舍：指三個星座的距離。古人曾將二十八宿稱爲二十八舍。則一舍爲一宿，也即一個星座。

一三三一

詩讖吾生信有之〔一〕，預憐夜雨閉門時〔二〕。三更忽軫哀鴻思〔三〕，九月無襦淮水湄〔四〕。出都時，有空山夜雨之句，今果應。今秋自淮以南，千里苦雨。

〔一〕「詩讖」句：寫詩成爲讖語，我一生中實在是有的。詩讖：古人迷信，以爲有些詩可以作預言來看，稱爲詩讖。《南史・侯景傳》：「初，簡文（按，蕭綱）《寒食》詩云：雪花無有蒂，冰鏡不安臺。又作《咏月》云：飛輪了無轍，明鏡不安臺。後人以爲詩讖。」

〔二〕「預憐」句：作者曾有「來叩空山夜雨門」句，寫於本年四月間。見第一二首。

〔三〕「三更」句：半夜聽着雨聲，忽然想到貧苦的老百姓。軫：沉重懷念。《楚辭·哀郢》：「出國門而軫懷兮。」注：「軫，痛也。」哀鴻：流離失所的人。《詩·小雅·鴻雁》：「鴻雁于飛，哀鳴嗷嗷。」朱注：「流民以鴻雁哀鳴自比而作此歌也。」

〔四〕「九月」句：他們在淮河邊上，九月天氣還没有保暖的衣服。《詩·豳風·七月》：「七月流火，九月授衣……無衣無褐，何以卒歲？」黄景仁《都門秋思》詩：「全家都在風聲裏，九月衣裳未剪裁。」襦：短襖。

一三三

燕蘭識字尚聰明〔一〕，難遣當筵遲暮情。且莫空山聽雨去，有人花底祝長生〔二〕。

〔一〕「燕蘭」句：我的兒子已經識字，人還聰明。燕蘭：燕姞所生兒，名蘭。《左傳·宣公三年》：「鄭文公有賤妾曰燕姞，夢天使與己蘭，曰：余，而祖也。以是爲而子。既而文公見之，與之蘭而御之。生穆公，名之曰蘭。」後人因用夢蘭比喻自己有了兒子。此「燕蘭」則指自己的兒子。

〔二〕祝長生：封建時代，做子女或妻妾的，在花園裏燒夜香，祝願親人健康長壽。元曲中《西廂記》、《拜月亭》都描寫過這種情況。

一三四

連宵燈火宴秋堂，絕色秋花各斷腸。又被北山猿鶴笑〔一〕，五更濃掛一帆霜。於九月十五日晨發矣。

〔一〕北山猿鶴：孔稚珪《北山移文》：「蕙帳空兮夜鶴怨，山人去兮曉猿驚。」這是諷刺改節出山的隱士，説他拋棄山中的生活，猿和鶴都大爲不滿。這次作者雖然不是再度出仕，但既然離山而去，作者認爲也難免受到猿鶴的譏笑。

一三五

美人信有錯刀投〔一〕，不負張衡咏四愁〔二〕。爇罷心香屢回顧〔三〕，古時明月照杭州〔四〕。

〔一〕美人：指作者一位要好的朋友。「美人」在詩詞中，男女均可用。錯刀：有兩義。一、王莽時鑄造的刀幣。王先謙《漢書補注》引錢坫《款識》：「錯刀長二寸，文曰：一刀平五千。一刀：陰識，以黄金錯之；平五千：陽識。」二、刀名。謝承《後漢書》：「詔賜應奉金錯把刀。」

〔二〕張衡：東漢人，字平子，曾官太史令，創製候風地動儀，成爲世界最早的測量地震儀器；又製成水運渾天儀，以觀測天象。著有《靈憲》等。順帝時，見天下將亂，鬱鬱不樂，仿效屈原以美人爲君子，以珍寶爲仁義，作《四愁詩》四首，其中有「美人贈我金錯刀，何以報之英瓊瑶」句。

〔三〕爇罷心香：盤成心字形的香稱爲心香，這裏借用爲心的代詞。「爇罷心香」意指心中銘感。

〔四〕古時明月：意思是古道照人。作者曾有「照人膽似秦時月」句，借以贊揚朋友的高尚品格。

按，關於「金錯刀」，是指王莽的刀幣還是指用金錯鏤的刀子，在李善注《文選》的《四愁詩》時，已無法確定，只好二者并注。作者此詩既是借用張衡詩語，所指也不明顯。如指的是刀幣，則「錯刀投」當是朋友接濟金錢；如指的是金錯的刀子，又似是朋友的好意規勸。這次作者北上迎接家屬，要花一筆旅費，朋友給予接濟固然是可能的事；但北行會否發生危險，在當時不但作者有這種考慮，朋友們也會考慮，所以説是規勸的忠言，也有可能。姑存兩説以備參考。

一三六

阻風無酒倍消魂〔一〕，況是殘秋岸柳髠〔二〕。賴有阿咸情話好〔三〕，一帆冷雨過婁門〔四〕。從子劍塘送我於蘇州。

〔一〕阻風：風色不利，船隻不能開行。
〔二〕髠：剃光頭髮。這裏轉作脱葉解。
〔三〕阿咸：魏晉間詩人阮籍有個侄兒阮咸，字仲容，通解音律，瀟灑不羈，是所謂「竹林七賢」之一，與阮籍齊稱「大小阮」。後人因稱侄兒爲阿咸。這裏是指作者的侄兒劍塘。
〔四〕婁門：舊時蘇州城的東門。唐陸廣微《吴地記》：「婁門，本號曌門。秦時有古曌縣，至漢王莽改爲婁縣。」

一三七

杭州梅舌酸復甜〔一〕，有筭名曰虎爪尖〔二〕。芼以蘇州小橄欖〔三〕，可敵北方冬菘腌〔四〕。杭人搗梅子雜薑桂糝之，名曰梅舌兒。

〔一〕梅舌：用梅子拌和薑、桂做成的凉果。《杭州府志·物産》：「杭州四時果子有青梅、黄梅。西溪緑蕚梅結實尤佳，他處莫及。糖鹽腌製致四遠。」

〔二〕虎爪尖：笋的一種。徐榮《懷古田舍詩鈔》卷二《虎爪笋》：「驚雷新笋記杭州，冬節春鞭嫩玉抽。色亂山茶傳虎爪，價高香市勝猫頭。」按，徐氏所藏奇石中有似虎爪笋者，故有此詩。《杭州府志·物産》：「虎爪笋尖出天目山，不可多得，形如虎爪。」

〔三〕芼：拌和之意。《禮·内則》：「雉兔皆有芼。」注：「芼謂菜釀也。」宋張耒《二月二日挑菜節大雨不能出》詩：「久將菘芥芼南羹。」小橄欖：可能是丁香橄欖。俞樾《茶香室叢鈔》卷廿二：「丁香橄欖，今尚珍之，吴下以爲雋品也。」

〔四〕冬菘腌：腌製的大白菜。闕名《燕京雜記》：「以鹽灑白菜上壓之，謂之腌白菜，逾數日可食。色如象牙，爽若哀梨。」李家瑞《北平風俗類徵》引《食味雜咏》：「寒月取鹽菜入缸，去汁，入沸湯瀹之，勿太熟，即以所瀹湯浸之，浹旬而酸，與南中作黄虀法略同，而北方黄芽白菜肥美，及成酸菜，韻味絶勝，入之羊羹尤妙。」

一三八

擬策孤笻避冶游〔一〕，上方一塔俯清秋。太湖夜照山靈影，頑福甘心讓虎丘〔二〕。上方山在太湖南〔三〕。

〔一〕筇：杖。策筇，即拄杖。　冶游：指狎妓。

〔二〕頑福：頑鈍者之福。張祖廉《定庵年譜外紀》引龔氏論「頑夫廉」一條云：「廉乃棱角之義。頑則頑鈍，與刓通，刓去棱角則鈍，故廉訓爲棱，刓訓爲鈍，對文也。」　虎丘：蘇州吴中區西北閶門外的小山，又名海涌山。《元和郡縣志·江南道一》：「虎丘山：在縣西北八里，《吴越春秋》云：闔閭葬於此，秦皇鑿求珍異，莫知所在，孫權穿之，亦無所得，其鑿處今成深澗。」嘉慶《清一統志》：「虎丘泉石奇詭，應接不暇。其最勝者，劍池、千人石、秦王試劍石、點頭石、憨憨泉，皆山中之景。」

〔三〕上方山：又名楞伽山，在江蘇蘇州，太湖東側。張大純《姑蘇采風類記》：「楞伽山一名上方山，在吴山東北。上爲楞伽寺，有浮圖七級，隋大業四年司户嚴德盛撰銘。山上有望湖亭，八月十八日觀串月，登此。」《吴縣志》引《錢牧齋軼事》：「吴俗每年八月十八日咸至上方山看串月。上方山東臨石湖，石湖之東數里有寶帶橋，横亘南北，此橋最長，通水之環洞五十有三。仲秋之十八夜，月光出土，正對環洞。人必於山間之望湖亭東瞰，而橋西波面，一環一月，連絡横流，蕩漾里許，儼如一弦貫串，故名之串月。若月出時雲氣遮閉，或雲開而月已上橋，即無此景。」

按，作者早年曾有歸隱後在太湖洞庭山卜居的意願，今未能實現（參見第一三八首注）。此詩寫遥望太湖，却含有舊願成虚的惋惜心情。

二三九

阿咸從我十日游，遇管城子於虎丘〔一〕。有筆可橐不可投，簪筆致身公與侯〔二〕。劍塘買筆筒〔三〕，乞銘之〔四〕。

〔一〕管城子：毛筆的别稱。韓愈《毛穎傳》：「秦始皇使恬賜之湯沐，而封諸管城，號曰管城子。」相傳毛筆是秦朝大將蒙恬創製，因此韓愈這樣描述。其實先秦時早已出現毛筆，戰國楚墓曾有實物出土。有人認爲殷代已有。

〔二〕「有筆」兩句：既然有了筆，就要好好放在筆盒裏，不要棄文就武；因爲替皇帝寫寫文章，就可以進身到公侯的地位了。橐筆、簪筆：見第六首注。投筆：東漢班超，初時是替官府鈔寫文書的小吏，後來投筆從戎，出使西域，因功封爲定遠侯。

〔三〕筆筒：插筆的筒形物，多爲竹製或陶製。

〔四〕銘：文體的一種，内容多寓有勸勉、贊頌的意思。

按，此詩頗含諷意。當時清政府重文輕武，對於追隨左右的文官如軍機章京之類，提拔很快，所以作者有後兩句話。

二四〇

濯罷鮫綃鏡檻涼〔一〕，無端重試午時妝。新詩急記消魂事，分與胭脂一掬湯〔二〕。重過揚州有紀〔三〕。

〔一〕鮫綃：古人傳説海中有鮫人，能够織綃（絲織品的一種）。這裏或指絲織手帕。明人沈鯨撰《鮫綃記》，其中即有男主角以鮫綃手帕作爲信物的情節。鏡檻：放鏡的架子。李商隱《鏡檻》詩：「鏡檻芙蓉入，香臺翡翠過。」

〔二〕一掬湯：指洗臉的熱水。

〔三〕重過揚州：再經過揚州，又去看看小雲，寫下了四首詩。參見第九九首注。

二四一

少年尊隱有高文〔一〕，猿鶴真堪張一軍〔二〕。難向史家搜比例，商量出處到紅裙〔三〕。

〔一〕高文：作者二十多歲時，寫了《尊隱》一文，指出清王朝已轉入衰世，一切美好事物都已由朝廷轉到「山中」，并預料「夜之漫漫，鶡旦不鳴，則山中之民，有大音聲起，天地爲之鐘鼓，神人爲之波濤矣。」（意説，連天地鬼神都將幫助山中之民。）這是一篇目光鋭利，寓意深長的文章，作者到晚年提起它，還引爲驕傲，稱之爲「高文」。

〔二〕「猿鶴」句：猿鶴：借指山中隱士。見第二三四首注。作者認爲在野的隱士也真可以建立自己的一支隊伍。《太平御覽》卷九一六引《抱朴子》：「周穆王南征，一軍盡化，君子爲猿爲鶴，小人爲蟲爲沙。」張一軍：韓愈《醉贈張秘書》詩：「阿買不識字，頗知書八分。詩成使之寫，亦足張吾軍。」

〔三〕「難向」兩句：作者重過揚州，同小雲再見面，小雲與他商量今後的出處問題，大抵希望替她脱籍。作者帶點開玩笑地説：這是很難在史書上找到例子的，女子也要商量自己的出處問題嗎？出處：《易・繫辭》：「子曰：君子之道，或出或處，或默或語。」

二四二

誰肯心甘薄倖名〔一〕？南艤北駕怨三生〔二〕。勞人只有空王諒，那向如花辨得明〔三〕？

〔一〕薄倖名：杜牧《遺懷》詩：「十年一覺揚州夢，贏得青樓薄倖名。」薄倖：負心。

〔二〕艤：整舟向岸之意。

〔三〕「勞人」兩句：奔波勞苦的人只有佛祖才會諒解，怎能向你這如花似玉的人解釋清楚呢？　勞人：奔波勞碌的人。《詩·小雅·巷伯》：「勞人草草。」　空王：諸佛的通稱。　如花：形容美貌。王僧孺《咏陳南康新有所納》詩：「二八人如花，三五月如鏡。」

二四三

怕聽花間惜别辭，僞留片語訂來期〔一〕。秦郵驛近江潮遠，是剔銀燈詛我時〔二〕。

〔一〕「怕聽」兩句：害怕聽到小雲惜别的話，只好趁她不在的時候，向她的僕人留下一句話，假説自己不久就會再來看她。　花間：歐陽炯《賀聖朝》詞：「憶昔花間相見後，只憑纖手，暗抛紅豆。」

〔二〕「秦郵」兩句：我坐着航船，已經接近高郵州，離開長江相當遠了。小雲這時會發現我不辭而别，她一定剔着銀燈咒駡我一番了。　秦郵：江蘇高郵州（今高郵縣），舊稱秦郵。州城在運河邊上，是作者北上必經之路。　江潮：借指揚州。揚州南面不遠就是長江，所以用

「江潮」代指。　詛：見第一七二首注。

二四四

停帆預卜酒杯深，十日無須逆旅金〔一〕。莫怨津梁爲客久，天涯有弟話秋心。從弟景姚，以丹陽丞駐南河〔二〕。予到浦，館其廨中〔三〕。

〔一〕「停帆」兩句：船到清江浦停下來，就知道同堂弟有一番歡叙。住在他衙門裏整十天，不需要旅館費用。逆旅：客舍。《左傳·僖公二年》：「今虢爲不道，保於逆旅，以侵敝邑之南鄙。」

〔二〕南河：清代管理南運河及黄河下游等的泄水、行漕事務的最高官員稱爲江南河道總督，簡稱南河，駐節在江蘇清江浦。轄下有同知、通判、州判、縣丞等。作者從弟景姚是以丹陽縣丞身份在南河衙門辦事。

〔三〕廨：衙署。

二四五

豆蔻芳温啓瓠犀〔一〕，傷心前度語重提〔二〕。牡丹絶色三春暖，豈是梅花處士妻〔三〕？ 己亥九月二十五日，重到袁浦。十月六日渡河去。留浦十日，大抵醉夢時多醒時少也。統名之曰《寱詞》〔四〕。

【校】

詩末自注，諸刊本同。作者手迹《自寫詩卷》改爲：「己亥九秋重過袁浦，孟冬六日渡河去。留浦十日，大抵醉夢時多，醒時少也。賦詩如干首，統名之曰寱詞。」並移置此詩之前作爲全卷小序。

〔一〕豆蔻：比喻少女，這裏是指靈簫。參見第九七首注。杜牧《贈别》詩：「娉娉裊裊十三餘，豆蔻梢頭二月初。」《本草綱目》：「草豆蔻：蘇頌曰：嶺南皆有之，苗如蘆，葉似山薑、杜若，根似高良薑，二月間開花，作穗房，生於莖下，嫩葉卷之而生，初如芙蓉，花微紅，穗頭深紅色，其葉漸廣，花漸出而色漸淡，亦有黄白色者。」 瓠犀：瓠瓜的子。《詩·衛風·碩人》：「齒如瓠犀。」瓠：葫蘆科植物，果爲長橢圓形，供食用。瓠子方正潔白，排列整齊，所以用瓠犀比喻牙齒。

〔二〕語重提：上一次作者同靈簫見面時，靈簫曾提出爲她脱籍的問題，這一回她又提出來。

〔三〕「牡丹」兩句：靈簫就像絶色的牡丹，繁華富麗，盛開在春暖之時，豈能成爲梅花處士的妻子？ 梅花處士：即林逋，宋代隱士。見第二二八首注。這裏作者借以自比。

〔四〕寱詞：在睡夢裏説出的話。寱：同囈。玄應《一切經音義》：「寱語，出《廣百論》。《通俗文》：夢語謂之寱。」《五燈會元》十：「雲門問僧甚處來？曰：江西來。門曰：江西一隊老宿，寱語住也未？僧無對。」

二四六

對人才調若飛仙，詞令聰華四座傳〔一〕。撑住南東金粉氣，未須料理五湖船〔二〕。此二章，謝之也〔三〕。

〔一〕詞令聰華：口才伶俐又富於華采。《北史·高熲傳》：「熲少明敏，有器局，略涉文史，尤善詞令。」

〔二〕「撑住」兩句：你應該支撑住東南地區的繁華氣象，還没有到了像西施追隨范蠡歸隱五湖的時候。 金粉：形容繁華綺麗。吴偉業《殘畫》詩：「六朝金粉地。」孔尚任《桃花扇·聽稗》：「學金粉南朝模樣。」　五湖船：春秋時，越國大夫范蠡在功成以後，同西施坐着鴟夷（船名）到五湖隱居。見《越絶書》。戎昱《秋日感懷》詩：「日下未馳千里足，天涯徒泛五湖舟。」

〔三〕謝之：謝絶她提出的要求。

二四七

鶴背天風墮片言〔一〕，能蘇萬古落花魂〔二〕。征衫不漬尋常淚，此是平生未報恩。

〔一〕鶴背：謂騎鶴的仙人。這裏比喻靈簫。唐求《題劉煉師歸山》詩：「風急雲輕鶴背寒。」

〔二〕落花魂：作者曾以落紅自比，見第五首「落紅不是無情物」。此則比喻自己的寂寞情懷。

二四八

小語精微瀝耳圓〔一〕，況聆珠玉瀉如泉〔二〕。一番心上温馨過〔三〕，明鏡明朝定少年。

〔一〕小語：細語。唐裴思謙《及第後宿平康里》詩：「小語偷聲賀玉郎。」　精微：《吕氏春秋·

博志》：「用志如此其精也。」注：「精，微密也。」《文選·登徒子好色賦》：「口多微辭。」李善注：「微，妙也。」　瀝：形容泉水聲。于武陵《早春日山居寄城郭知己》詩：「入户風泉聲瀝瀝。」

〔二〕珠玉：形容聲音好聽。白居易《琵琶行》：「大珠小珠落玉盤。」

〔三〕温馨：温暖芳香。皮日休《金瀏鵝》詩：「温馨飄出麝臍香。」　馨：古音奴魂切，香氣。

周按：

作者手迹《行書七絶》下款云：「己亥九秋重過袁浦，留十日，賦詩如干首，名曰寱詞。大抵醉夢時多醒時少也。録二首，寄子貞仁兄正之。　仁和龔自珍。」所録二首爲本詩與第二五二首。子貞，即何紹基。

二四九

何須宴罷始留髡〔一〕，絳蠟床前款一尊〔二〕。姊妹隔花催送客，尚拈羅帶不開門。

〔一〕留髡：留下特别親密的客人。《史記·淳于髡傳》：「日暮酒闌，合尊促坐，男女同席，履舄交錯，杯盤狼藉，堂上燭滅，主人留髡而送客。」

〔二〕款：款留，招待。

二五〇

去時梔子壓犀簪〔一〕，次第寒花掐到今〔二〕。誰分江湖搖落後，小屏紅燭話冬心〔三〕。是夕立冬〔四〕。

〔一〕梔子：茜草科常綠灌木，又名白蟾、木丹越桃。花六出，夏月開，色白，有濃烈香氣。犀簪：犀角製成的髮簪。

〔二〕「次第」句：從梔子花開以後，已經過了幾種花的季節，如今是摘到寒天開的花了。掐：摘下來。

〔三〕「誰分」兩句：誰想到天寒水冷之後，我們又在小屏風旁邊，點起紅蠟燭，彼此抒述着冬日的情懷。江湖搖落：杜甫《蒹葭》詩：「江湖搖落後，亦恐歲蹉跎。」指天氣寒冷，草木凋謝。話冬心：談心的意思。加「冬」字點明時令。

〔四〕是夕立冬：道光十九年（一八三九）立冬在農曆十月初三日，即公曆十一月八日。作者上次離開清江浦時則是農曆五月十二日。

二五一

盤堆霜實擘庭榴〔一〕，紅似相思緑似愁〔二〕。今夕靈飛何甲子〔三〕？上清齋設記心頭〔四〕。

〔一〕「盤堆」句：盤子裏堆着經霜的果實和擘裂的石榴。霜實：韋應物《答鄭騎曹青橘絶句》：「書後欲題三百顆，洞庭須待滿林霜。」庭榴：江總《衡州九日》詩：「園菊抱黄花，庭榴剖朱實。」

〔二〕「紅似」句：果實的紅色象徵相思，緑色象徵哀愁。

〔三〕「今夕」句：今晚在道家的經典中算是什麽日辰呢？靈飛：道教經典中有《上清靈飛六甲真文經》。又《漢武内傳》：「伏見扶廣山青真小童，受《六甲靈飛》於太甲中元君，凡十二事。」甲子：指日辰。

〔四〕「上清」句：剛好是上清的節日，她不曾忘記設齋拜祀。《雲笈七籤》卷三七《齋戒》：「上清齋有二法：一、絶群獨宴，静氣遺形，清壇肅侣，依太真儀格。一、心齋，謂疏瀹其心，澡雪精神。」

二五二

風雲材略已消磨〔一〕，甘隸妝臺伺眼波〔二〕。爲恐劉郎英氣盡〔三〕，卷簾梳洗望黃河〔四〕。

【校】

「望黄河」：諸刊本同。「望」，《自寫詩卷》作「看」。《行書七絶》亦作「看」。「望」下王本、類編本注：「真迹本『望』作『看』。」王校本注：「一本『望』作『看』。」周按，《自寫詩卷》書於《己亥雜詩》刻成後，可視爲作者之改定本。下同。

〔一〕風雲材略：叱咤風雲的才能謀略。《三國志・賈詡傳》注：「指麾可以振風雲，叱咤足以興雷電。」

〔二〕伺眼波：看眼色行事，等於説伺候。　眼波：韓偓《席上有贈》詩：「小雁斜侵眉柳去，媚霞横接眼波來。」

〔三〕劉郎：作者自指。　英氣：姜夔《翠樓吟》詞：「仗酒祓清愁，花銷英氣。」作者有「酒祓清愁花消英氣」印，丁龍泓刻。

〔四〕黄河：黄河自金明昌五年決口後，分兩支出海；明弘治以後全部南流，經江蘇奪淮河故道出海，直至清咸豐五年再向北徙。在北徙之前，黄河流經清江浦之北，與運河交會。因此在清江浦登樓北望，便可以看到黄河。參見第一二八首注。

二五三

玉樹堅牢不病身〔一〕，耻爲嬌喘與輕顰〔二〕。天花豈用鈴旛護〔三〕，活色生香五百春〔四〕。

【校】

「豈用」：諸刊本同。「豈」，《自寫詩卷》作「那」。「豈」下王本、類編本注：「真迹本『豈』作『那』。」王校本注：「一本作『那』。」

〔一〕玉樹堅牢：比擬靈簫。《最勝王經》：「大地神女名堅牢。」堅牢又是娑羅樹的别稱。《止觀論》釋娑羅樹云：「娑羅，西音，此名堅牢。堅之名，稱樹德也。」

〔二〕嬌喘輕顰：李商隱《獨居有懷》詩：「怨魂迷恐斷，嬌喘細疑沉。」元好問《紀子正杏園燕集》詩：「陽和入骨春思動，欲語不語時輕顰。」

〔三〕天花：見第九七首注。這裏也是比擬靈簫。鈴旛：保護花的兩種事物。《開元天寶遺事》載，寧王李憲爲了保護園中的花，特别裝置銅鈴，用以驚走鳥雀。鄭還古《博異志》載：唐士子崔元徽遇見幾位少女，要求他製一面朱旛，上畫七曜，立在園中。朱旛立了以後，那天起了狂風，樹木拔倒，花却安然無恙。

〔四〕活色生香：生動的顔色，鮮活的香氣。薛能《杏花》詩：「活色生香第一流。」

二五四

眉痕英絶語謖謖〔一〕，指揮小婢帶韜略〔二〕。幸汝生逢清晏時〔三〕，不然劍底桃花落〔四〕。

〔一〕眉痕英絶：眉宇之間表現出不凡的氣概。周邦彦《蝶戀花》詞：「愁入眉痕添秀美，無限柔情，分付西流水。」梁簡文帝《答湘東王書》：「文章未墜，必有英絶領袖之者。」謖謖：形容勁利。《世説·賞譽》：「世目李元禮，謖謖如勁松下風。」

〔二〕韜略：行軍作戰的謀略。

〔三〕清晏時：太平無事的時世。《拾遺記》：「河清海晏，至聖之君以爲瑞。」

〔四〕劍底桃花落：作者的前一輩詩人舒位《重題項王墓》詩有句云：「美人一劍花初落。」指虞姬自刎。作者認爲靈簫的性格頗似虞姬。

二五五

鳳泊鸞飄別有愁〔一〕，三生花草夢蘇州〔二〕。兒家門巷斜陽改〔三〕，輸與船娘住虎丘〔四〕。

〔一〕「鳳泊」句：這樣美好的人却處在不幸的環境中，真不是一般的愁苦。韓愈《岣嶁山》詩：「科斗拳身薤倒披，鸞飄鳳泊拏虎螭。」韓詩是形容岣嶁山的神禹碑文，這裏是指靈簫的不幸淪落。

〔二〕「三生」句：靈簫也許前生是蘇州的花草，因此在夢中也看見蘇州。按，靈簫是江蘇蘇州人。　三生：佛家語，指前生、今生、來生。

〔三〕「兒家」句：暗指靈簫原是良家少女，後來淪落爲娼，又從蘇州移居到清江浦。　兒家：女子自稱之辭，歐陽炯《木蘭花》詞：「兒家夫婿心容易，身又不來書不寄。」　斜陽改：劉禹錫《烏衣巷》詩：「朱雀橋邊野草花，烏衣巷口夕陽斜。」

〔四〕「輸與」句：現在她還及不上船家婦女，可以在虎丘山居住。　虎丘：見第二三八首注。

二五六

一自天鍾第一流〔一〕，年來花草冷蘇州〔二〕。　兒家心緒無人見，他日埋香要虎丘〔三〕。

〔一〕天鍾：上天賦予的。薛能《桃花》詩：「秀氣自天鍾，千年豈易逢。」　第一流：第一等人物。具體指哪些人，因情況不同而異。《世説·品藻》：「桓大司馬問真長：聞會稽王（按，梁簡文帝）語奇進，爾耶？　劉曰：極進，然故是第二流中人耳。　桓曰：第一流復是誰？劉曰：正是我輩耳。」這是拿聲譽高下爲準。　戴叔倫《長門怨》詩：「自憶專房寵，曾居第一流。」這是拿受寵高下爲準。　陸游《送施武子通判》詩：「邁往欣逢第一流。」這是拿人品高下爲準。　作者這裏所謂「第一流」，則徑指靈簫。

〔二〕「年來」句：意謂由於第一流的人物（靈簫）離開蘇州而寓居清江浦，蘇州富商巨賈又很少，所以蘇州花草便顯得冷落。　花草：借指歌兒舞女之類。

〔三〕埋香：指埋葬年青的女性。　吴文英《鶯啼序》詞：「瘞玉埋香，幾番風雨。」按，虎丘劍池旁有唐代名妓真娘墓。

二五七

難憑肉眼識天人〔一〕，恐是優曇示現身〔二〕。故遣相逢當五濁〔三〕，不然誰信上仙淪〔四〕？

【校】

「恐是」：諸刊本同。「恐」，《自寫詩卷》作「或」。「恐」下王本、類編本注：「真迹本作『或』。」

〔一〕「難憑」句：自己是肉眼凡胎，不能認識她是天人下凡。《翻譯名義集》卷六：「大論釋云：肉眼見近不見遠，見前不見後，見外不見內，見晝不見夜，見上不見下。以此礙故求天眼。」蘇軾《北寺悟空禪師塔》詩：「只應天眼識天人。」

〔二〕「恐是」句：也許她是佛國的優曇鉢花轉生的。優曇：即無花果樹，佛經譯作優曇鉢或優曇波羅。這種植物的花通常生在囊狀總花托內，不易看見。《法華經》：「如優曇鉢花，時一現耳。」又認爲優曇鉢開花是瑞應。《法華經》：「優曇鉢花三千年一見，見則金輪出世。」示現：佛家語。佛在人間化成另一種人物，稱爲示現身。

〔三〕「故遣」句：因此派遣她同自己相逢，抵當自己身上的五濁。五濁：佛教認爲世上有五種濁惡，即一、衆生濁，二、見濁，三、煩惱濁，四、命濁，五、劫濁。見《法華經・方便品》。

〔四〕上仙淪：喻靈簫如天上仙女淪謫人間。李商隱《重過聖女祠》詩：「白石岩扉碧蘚滋，上清淪謫得歸遲。」

二五八

雲英化水景光新〔一〕，略似驂鸞縹緲身〔二〕。一隊畫師齊斂手，只容心裏貯穠春〔三〕。

〔一〕雲英：唐代小説人名。《太平廣記》引裴硎《傳奇》，説唐代秀才裴航，路經藍橋驛，口渴求飲，一個老婆婆唤雲英拿水來，就看見簾子下伸出一雙潔白的手，捧着瓷甌，裴航喝完水，掀起簾子，看見一個非常漂亮的姑娘，就是雲英。化：募化。

〔二〕驂鸞：指仙女騎鸞。驂，乘駕。江淹《雜擬》詩：「紈扇如團月，出自機中素。畫作秦王女，乘鸞向烟霧。」縹緲：木華《海賦》：「群仙縹渺，餐玉清涯。」

〔三〕「一隊」兩句：一班畫家對着她不能下筆，因爲筆下無法重現她的美麗，她的美麗只能讓人藏在心裏。穠春：指美好的情韻。

周按：

劉衍文先生云龔意似非用裴航雲英典，應是化用王昌齡詩句：「雲英化爲水，光采與我同。」（《寄廬雜筆》第一一三頁，上海書店出版社二〇〇〇年版。）按，劉言是。唐王昌齡《齋心》詩：「女蘿覆石壁，溪水幽濛朧。……雲英化爲水，光采與我同。」雲英：蓋指雲霞煙露之精華。三國魏曹植《承露盤銘》：「下潛醴泉，上受雲英。」龔詩謂該女子（靈簫）猶如雲英所化，光艷照人，並非凡品，有「驚爲天人」之意（第二五七首「難憑肉眼識天人」已以「天人」稱之）。近世之《全唐詩》注本，若林德保、李俊主編《詳注全唐詩》（大連：大連出版社，一九九七年），陳貽焮主編《增訂注釋全唐詩》（北京：文化藝術出版社，二〇〇一年）等，對《齋心》詩「雲英」一詞皆以礦物「雲母」當之，實誤。又《己亥雜詩》第二七八首（閱歷天花悟後身）也是寄予該女子之作，中有「一燈古店齋心坐，不似雲屏夢裏人」之句，其「齋心」一詞，與前詩之用典亦有關聯。

二五九

釃江作醅亦不醉〔一〕，傾河解渴亦不醒。我儂醉醒自有例〔二〕，肯向渠儂側耳聽〔三〕！

〔一〕「釃江」句：讓江水變成酒把它喝乾，我也不會醉。　釃：把酒裏的渣滓濾清。　醅：未濾過的酒。

〔二〕「我儂」句：我的醒或醉都有自己的規律。

〔三〕「肯向」句：我怎肯側着耳朵聽别人來勸告。　我儂、渠儂：見第一九六首注。

按，這是作者在對待靈簫的事情上表現了倔强的態度。

二六〇

收拾風花儻蕩詩〔一〕，凌晨端坐一凝思。勉求玉體長生訣，留報金閨國士知〔二〕。

〔一〕「收拾」句：還是把描寫花月風情、抒述狂放情懷的詩收起來吧。這裏是暗指其他花月冶游的行爲。　風花：喬吉《金錢記》劇三：「本是些風花雪月，都做了笞杖徒流。」指情愛之事。　儻蕩：狂放不羈。《漢書·史丹傳》：「貌若儻蕩不備，然心甚謹密。」

〔二〕「勉求」兩句：我打算努力尋求保重身體延年長壽的秘訣，留來報答這位閨中國士的知遇之恩。　玉體：寶貴的身體。男女可用，這裏是作者指自己。《後漢書·桓榮傳》：「願君慎疾加餐，重愛玉體。」　長生訣：長壽的方法。許渾《學仙》詩：「欲求不死長生訣。」　金闈：婦女閨閤的美稱。盧綸《七夕》詩：「何事金閨子，空傳得網絲？」國士：舉國共推的才士。《史記・淮陰侯傳》：「諸將易得耳。至如信者，國士無雙。」

二六一

絶色呼他心未安，品題天女本來難〔一〕。梅魂菊影商量遍，忍作人間花草看〔二〕？

〔一〕「絶色」兩句：稱靈簫是絶色美人嗎？心裏總覺得不那麽穩妥。評定一位天女的品格本來就是一件難事。絶色：王嘉《拾遺記》：「（孫亮）嘗與愛姬四人，皆振古絶色……坐屏風内。」品題：評定高下，給出名目。李白《上韓荆州書》：「一經品題，便作佳士。」

〔二〕「梅魂」兩句：我想過用「梅魂」，也想過用「菊影」，自己同自己商量過許多名目，都認爲不够完滿。我怎忍心將她看成是人間的花花草草呢！梅魂菊影：梅花和菊花的精神意態。謝寶書《姚江詩録》引《西莊詩話》：「江左詩人近以梅魂、蘭心、菊影、竹聲爲課虚四咏，一時作者不下百十家。」

二六二

臣朔家原有細君〔一〕，司香燕姞略知文〔二〕。無須詗我山中事〔三〕，可肯花間領右軍〔四〕？

〔一〕臣朔：即東方朔。這裏是作者自指。《漢書・東方朔傳》：「歸遺細君，又何仁也！」注：「細君，朔妻之名。」後人因以細君指妻子。

〔二〕燕姞：春秋時鄭文公的姬妾，見第二三三首注。這裏借指侍妾。

〔三〕詗：刺探。《漢書・淮南王安傳》：「多予金錢，爲中詗長安。」山中：指作者隱居的地方。

〔四〕右軍：古代軍事組織，有中軍、左軍、右軍之分。《左傳・桓公五年》：「王爲中軍，虢公林父將右軍，周公黑肩將左軍。」這裏的「右軍」指姬妾身份。

二六三

道韞談鋒不落詮〔一〕，耳根何福受清圓〔二〕？自知語乏烟霞氣〔三〕，枉負才名三十年〔四〕。

【校】

「枉負」：諸刊本同。「枉」，《自寫詩卷》作「愧」。

〔一〕道韞：謝道韞，東晉謝奕的女兒，王凝之的妻子，聰明才辨，神情散朗。有一次，她的小叔子王獻之同客人辯論，快要理屈詞窮，她拿步障遮蔽，出來同客人辯論，客人無法折服她。見《晉書·王凝之妻謝氏傳》。談鋒：議論的鋒芒。佛教禪宗有所謂「機鋒語」。參見一四七首注。不落詮：不落言詮的省略。即講話不落痕迹，不讓人家拿住把柄。玄應《一切經音義》十引《淮南子注》：「詮言者，謂譬類人事相解喻也。」嚴羽《滄浪詩話》：「不涉理路，不落言筌者，上也。」

〔二〕耳根：佛家稱聽覺器官爲耳根。清圓：形容講話聲音清朗圓潤。

〔三〕烟霞氣：山水清潤的氣息。蘇軾《贈詩僧道通》詩：「語帶烟霞從古少，氣含蔬笋到君無。」

〔四〕三十年：作者自嘉慶十五年庚午中副榜貢生，至道光十九年己亥，恰三十年。

二六四

喜汝文無一筆平〔一〕，墮儂五里霧中行〔二〕。悲歡離合本如此，錯怨蛾眉解用兵〔三〕。

〔一〕「喜汝」句：你表現出來的態度，就像寫文章那樣，没有一筆是平鋪直叙的。指靈簫對作者的態度曲折變化，使人難測。

〔二〕「墮儂」句：你把我推到五里霧中，令我昏頭轉向，找不到能走的路。　五里霧：東漢人張楷，傳説他能作五里霧。《初學記》卷二引謝承《後漢書》：「張楷字公超，性好道術，能作五里霧。」後人常用「如墮五里霧中」比擬對某些事情迷惑不解。

〔三〕「悲歡」兩句：大抵人生的悲歡離合就該是這樣的吧，我倒是錯怪了女子也懂得用兵之術。　用兵：指靈簫對作者玩弄手段。

二六五

美人才地太玲瓏〔一〕，我亦陰符滿腹中〔二〕。今日簾旌秋縹緲〔三〕，長天飛去一征鴻〔四〕。

〔一〕才地：原指才能地位。《晉書·鄭默傳》：「默謙虚温謹，不以才地矜物。」這裏作爲才能稟賦解。　玲瓏：空靈而不可捉摸。

〔二〕陰符：見第八七首注。

〔三〕簾旌：簾子掛起來好像旌旗。李商隱《正月崇讓宅》詩：「蝙拂簾旌終展轉，鼠翻窗網小驚猜。」

〔四〕「長天」句：指自己不辭而去。蘇軾《送劉道原歸覲南康》詩：「朝來告别驚何速？歸意已逐征鴻翔。」

按：靈簫和作者鬧了一些彆扭，這一回作者故意不辭而别。詩中的「太玲瓏」，顯然含有貶意；「陰符滿腹」，作者又頗爲自負。

二六六

青鳥銜來雙鯉魚〔一〕，自緘紅淚請回車〔二〕。六朝文體閑徵遍，那有蕭娘謝罪書〔三〕？

〔一〕「青鳥」句：靈簫托人給我捎來一封信。青鳥：比喻使者。《漢武故事》：「七月七日，忽有青鳥飛集殿前。東方朔曰：此西王母來。有頃，王母至，三青鳥夾侍王母旁。」雙鯉魚：書信。古詩：「客從遠方來，遺我雙鯉魚。呼童烹鯉魚，中有尺素書。」古代書信常用尺素結成雙鯉形狀，所以有這樣比喻。

〔二〕「自緘」句：靈簫在信中向我道歉，請我回去。　紅淚：見第一八三首注。　回車：《史記·鄒陽傳》：「邑號朝歌，墨子回車。」《古詩十九首》：「回車駕言邁。」

〔三〕「六朝」兩句：意謂風塵女子寫信認罪是找不到例子的。　蕭娘：唐詩中常稱一般女子爲蕭娘。徐凝《憶揚州》詩：「蕭娘臉下難勝淚，桃葉眉頭易得愁。」

二六七

電笑何妨再一回〔一〕，忽逢玉女諫書來〔二〕。東王萬八千驍盡〔三〕，爲報投壺乏箭材〔四〕。

〔一〕電笑：《神異經》：「東荒山中有大石室，東王公居焉。恒與一玉女投壺，每投千二百矯，矯出而脱誤不接者，天爲之笑。」注：「言笑者，天口流火炤灼，今天上不雨而有電光，是天笑也。」作者拿「電笑」、「投壺」代指賭博。

〔二〕玉女：相傳華山上有神女，名明星玉女。這裏似借指靈簫。曹唐《游仙詩》（其九十二）：「北斗西風吹白榆，穆公相笑夜投壺。花前玉女來相問，賭得青龍許贖無？」　諫書：寫信勸諫。指靈簫勸他不要賭博。《詩·大雅·民勞》：「王欲玉女（汝），是用大諫。」

〔三〕驍：《西京雜記》：「武帝時，郭舍人善投壺。激矢令還，一矢百餘返，謂之爲驍。」這裏借作賭博的籌碼解。「驍盡」是説賭輸了。

〔四〕箭材：製箭材料。這裏比喻賭博的本錢。

按，扶輪社本及王文濡校本此詩下注云：「此定公負博進而作也。魏蕃室云。」所謂「負博進」，就是賭輸了錢。語出《漢書·陳遵傳》。

又按，作者的朋友周儀暐也有詩談及龔氏好賭博。有《三月七日偕子廣出都憶都中雜事録以紀實》詩，其七云：「嗤他陽向術非工，古意沉酣射覆中。何必樗蒲須擔石，神仙妙手本空空。」（自注：龔瑟人主事窘而好博。）陽：漢相王吉。向：劉向。傳説均能煉金。見《漢書》本傳。

二六八

萬一天填恨海平，羽琌安穩貯雲英〔一〕。仙山樓閣尋常事，兜率甘遲十劫生〔二〕。

〔一〕「萬一」兩句：如果老天爺填平恨海，讓我能够同靈簫結合姻緣，我便把靈簫安置在羽琌山館。恨海：積恨成海。通常指男女雙方不能結合。雲英：見第二五八首注。

〔二〕「仙山」兩句：什麽海上仙山、瑶樓貝闕，對我來説都平常得很，我寧可推遲十劫才投生到兜率宫去。　仙山樓閣：白居易《長恨歌》：「忽聞海上有仙山，山在虚無縹緲間。樓閣玲瓏五雲起，其中綽約多仙子。」　兜率：佛經認爲兜率陀天是預備成佛的地方。《法華經》：「若持不殺，不盗，不邪淫，不妄語、兩舌、惡口、綺語，得生兜率陀天。」蔣維喬《中國佛教史》卷二：「兜率往生云者，爲上生兜率天，而俟彌勒之下生，受其化導，以冀成佛之謂。蓋彌勒菩薩繼釋迦下生此娑婆世界，而以濟度衆生爲事者也。」　十劫：《阿彌陀經》：「阿彌陀佛成佛已來，於今十劫，彼佛有無量無邊聲聞弟子，皆阿羅漢。」

二六九

美人捭闔計頻仍〔一〕，我佩陰符亦可憑〔二〕。綰就同心堅俟汝〔三〕，羽琌山下是西陵〔四〕。

〔一〕「美人」句：她拿出種種開合變化的手段來。　捭闔：古代縱横家用語，指用言語打動人的技巧。《鬼谷子》：「捭之者開也，言也，陽也。闔之者閉也，默也，陰也。」又説：「此天地陰陽之道，而説人之法也。」意思是在勸説别人的時候，要看情勢，或説或不説，反復進行試探。後來蘇秦、張儀把它發展成爲縱横捭闔之術。　頻仍：一再重複。

〔二〕「我佩」句：我身上佩有陰符也是可靠的。 陰符：見第八七首注。

〔三〕綰：編結。 同心：古人拿錦帶結成連環回文，稱爲同心結，表示相愛。

〔四〕西陵：明田汝成《西湖游覽志餘》卷十六：「蘇小小者，錢唐名娼也。蓋南齊時人。其墓或云湖曲或云江干。古詞云：『妾乘油碧車，郎跨青驄馬。何處結同心，西陵松柏下。』今西陵乃在錢唐江之西，則云江干者近是也。」這裏借指男女定情、結同心之處。

二七〇

身世閑商酒半醺，美人胸有北山文〔一〕。平交百輩悠悠口，揖罷還期將相勳〔二〕。

〔一〕北山文：即孔稚珪《北山移文》，諷刺一個出山追求禄仕的猥瑣之徒（參見第四首注）。作者認爲靈簫也抱有孔稚珪那樣的思想。

〔二〕「平交」兩句：在數以百計的平生交游中，盡是説些無聊的話；相見作揖以後，就恭維你封侯拜相，真是庸俗不堪。 悠悠口：《晉書・王導傳》：「悠悠之談，宜絶智者之口。」將相勳：建立將相功業。

二七一

金釭花燼月如烟〔一〕，空損秋閨一夜眠。報道妝成來送我，避卿先上木蘭船〔二〕。《寱詞》止於此。

〔一〕金釭：古代照明用的燈盞，或用銅製，稱爲金釭。花燼：燈花變成灰燼。

〔二〕「報道」兩句：聽説她妝扮完了就來給我送行。爲了避開她，我先上船了。木蘭船：船的美稱。《述異記》：「七里洲中，有魯班刻木蘭爲船，舟至今在洲中。詩云木蘭船，出於此。」南朝梁劉孝威《采蓮曲》：「金槳木蘭船，戲采江南蓮。」

二七二

未濟終焉心縹緲〔一〕，百事翻從闕陷好〔二〕。吟到夕陽山外山〔三〕，古今誰免餘情繞？漁溝道中題壁一首〔四〕。

〔一〕「未濟」句：我和靈簫的談判破裂，正如《易卦》以「未濟」終結，心情於是變得空虚飄忽。

未濟：《周易》最後一卦，卦形是坎下離上，卦象是火在水上，表示無濟於事。《易序卦傳》：「物不可窮也，故受之以未濟終焉。」

〔二〕闕陷：同缺陷。

〔三〕夕陽山外山：宋戴復古《世事》詩：「春水渡旁渡，夕陽山外山。」按，作者雖然套用五個字，心中所想的，毋寧是下面這樣幾句：「四圍山色中，一鞭殘照裏。遍人間煩惱填胸臆，量這些大小車兒如何載得起？」（王實甫《西廂記·別宴》）

〔四〕漁溝：江蘇清河縣（今清江市）西北一個鎮，是當時的交通站，離清江浦三十五里。

二七三

欲求縹緲反幽深，悔殺前番拂袖心〔一〕。難學冥鴻不回首，長天飛過又遺音〔二〕。漁溝道中奉寄一首。

〔一〕「欲求」兩句：我本想把自己的心情變成空虛，想不到反而變得深沉。如今真是後悔前次拂袖而行的鹵莽舉動。

〔二〕「難學」兩句：暗指又寫了一首詩寄給靈簫。冥鴻：遠天的鴻雁。揚雄《法言》：「鴻飛冥冥，弋人何篡焉？」　遺音：《易・小過》：「飛鳥遺之音，不宜上，宜下。」

二七四

明知此浦定重過〔一〕，其奈尊前百感何〔二〕？　亦是今生未曾有，滿襟清淚渡黄河〔三〕。　衆興道中再奉寄一首〔四〕。

【校】

詩末自注「道中」，諸刊本同，《自寫詩卷》作「驛」。

〔一〕此浦：指清江浦。作者到北京接眷南還時，必再經清江浦，故有此語。

〔二〕百感：《太平廣記》卷五十《裴航》：「夫人後使裊烟持詩一章曰：『一飲瓊漿百感生，玄霜搗盡見雲英。藍橋便是神仙窟，何必崎嶇上玉京？』」作者「百感」疑從此出。

〔三〕渡黄河：作者由清江浦出發，此時已在黄河北岸。參見第二五二首注。

〔四〕衆興：江蘇泗陽縣最大市集。嘉慶《清一統志》：「衆興集在桃源縣北，中河北岸，爲水陸必由之道。《河防考》：桃源縣北岸主簿、桃源河營守備俱駐紮衆興集，修防黄河北岸。」

按，「藍橋便是神仙窟，何必崎嶇上玉京？」與作者此日情況，恰正相似。「滿襟清淚渡黄河」，良有以也。

二七五

絶業名山幸早成〔一〕，更何方法遣今生？　從兹禮佛燒香罷，整頓全神注定卿〔二〕。

〔一〕絶業名山：超絶的著述稱爲絶業。把著述收藏起來稱爲藏之名山。《漢書・司馬遷傳》：「惟漢繼五帝末流，接三代絶業。」《史記・太史公自序》：「厥協六經異傳，整齊百家雜語，藏之名山，副在京師，俟後世聖人君子。」後人因稱著述爲名山事業。

〔二〕卿：這裏指靈簫。

二七六

少年雖亦薄湯武〔一〕，不薄秦皇與武皇。　設想英雄垂暮日〔二〕，温柔不住住何鄉？

【校】

《自寫詩卷》詩末自注：「順河集又題壁兩首。」王本眉批：「真迹本無『客心』一首（按即二七七首)，下注：『題壁二首』。」按，「二」爲「兩」之誤。

〔一〕湯：商朝第一代帝王，滅了夏桀取得天下。　武：周武王，周朝第一代帝王，滅了商紂取得天下。因爲西晉嵇康已有「又每非湯武而薄周孔」的話，所以句中用了「亦」字。

〔二〕垂暮日：漢成帝寵幸趙飛燕姊妹，曾説要終老於温柔鄉。見《飛燕外傳》。

按，作者此組詩有手抄真迹本，文明書局曾據以影印。此詩後自注云：「作此詩之期月（按，一年後的同一個月叫期月），實庚子九月也。偶游秣陵（今南京）小住，青谿一曲，蕭寺中荒寒特甚，客心無可比似。子堅以素紙來索書，書竟，忽覺春回肺腑，擲筆拏舟回吴門矣。仁和龔自珍并記。」所謂回吴門，就是到蘇州去替靈簫脱籍。這是道光二十年九月後的事。作者《上清真人碑書後》文末有「姑蘇女士阿箾（同簫）侍」七字亦可爲證。

又按：孫麟趾《月坡詞》有《定庵將歸托寄家書賦此送别調金縷曲》，中云：「名士高僧何足算？有傾城解珮成知己。題絶句，緑窗裏。（自注：謂阿簫校書）」此詞寫於庚子年秋。

二七七

客心今雨昵舊雨〔一〕，江痕早潮收暮潮。新歡且問黄婆渡，袁浦地名〔二〕。影事休提白傅橋〔三〕。以上順河集中題壁三首〔四〕。

〔一〕今雨舊雨：杜甫《秋述》：「秋，杜子卧病長安，旅次多雨生魚，青苔及榻。常時車馬之客，舊，雨來；今，雨不來。」舊是老朋友，所以下雨也來；今是新朋友，下雨就不來了。後以「今雨」、「舊雨」借指新朋友、老朋友。

〔二〕新歡：新相好。

〔三〕影事：《楞嚴經》卷十：「是人平常夢想銷天，寤寐恒一，覺明虚静，猶如晴空，無復粗重，前塵影事，觀諸世間大地山河，如鏡鑒明。」白傅橋：唐詩人白居易築堤的橋。杭州錢塘門北，有白居易所築堤；又蘇州虎丘山下有白公堤，也是白居易所築。詩中所指，未知何地。

〔四〕順河集：與宿遷縣城隔運河相對，是當時的交通大站。

按，作者自書的真迹本没有這一首，可能是後來删去。

二七八

閱歷天花悟後身〔一〕，爲誰出定亦前因〔二〕。一燈古店齋心坐〔三〕，不似雲屏夢裏人〔四〕。順河道中再奉寄一首，仍敬謝之，自此不復爲此人有詩矣。寄此詩是十月十日也。越兩月，自北回，重到袁浦，問訊其人，已歸蘇州閉門謝客矣。其出處心迹亦有不可測者，附記於此。

【校】

詩末自注：「順河道中再奉寄一首，仍敬謝之。……附記於此。」諸刊本同。《自寫詩卷》作：「順河道中再奉寄一首。」另加全卷後記：「作此詩之期月，實庚子九月也。偶游秣陵小住，青谿一曲，蕭寺中荒寒特甚，客心無可比似。子堅以素紙來索書，書竟，忽覺春回肺腑，擲筆拏舟回吴門矣。仁和龔自珍并記。」王本眉批引此，而「素紙來索書」誤作「素紙素書」。周按，《自寫詩卷》所録爲《己亥雜詩》之二四五至二七六首，及二七八首，共三十三首，並無二七七首（客心今雨暱舊雨），但類編本與王校本却於二七七首下以《詩卷》之「後記」爲注曰：「真迹本下注：『作此詩之期月……』云云，顯然有誤。又「素紙來索書」，類編本亦誤作「素紙素書」，王校本則誤作「素紙索詩」。子堅：即周詒樸，字子堅，湖南湘潭人，擅書能詩，有《寄東居士集》。與龔自珍、魏源、何紹基等均相友善。光緒《湖南通志》有載。（參《自寫詩卷》印本樊克政撰「前言」。）

〔一〕「閱歷」句：同天花打過一番交道以後，我已是覺悟過來的人。

〔二〕「爲誰」句：爲什麽從入定狀態中又出定？這大抵是前生因緣吧。出定：佛家語。佛徒將心定息，不言不動，謂之入定；從入定狀態恢復日常狀態，謂之出定。《觀無量壽經》：「出定入定，恒聞妙法，行者所聞，出定之時，憶持不舍。」作者把他同靈簫一段關係比作出定，即不能收心斂性。

〔三〕齋心：收心斂性。《易·繫辭》注：「洗心曰齋。」

〔四〕雲屏：繪有雲彩或用雲母嵌成的屏風，宫廷或富貴人家的陳設物。李商隱《龍池》詩：「龍池賜酒敞雲屏，羯鼓聲高衆樂停。」

二七九

此身已作在山泉，涓滴無由補大川〔一〕。急報東方兩星使，靈山吐溜爲糧船〔二〕。時東河總督檄問泉源之可以濟運者〔三〕，吾友汪孟慈户部董其事〔四〕。銅山縣北五十里曰柳泉〔五〕，泉涌出；滕縣西南百里曰大泉〔六〕，泉懸出〔七〕，吾所目見也。詩寄孟慈，并寄徐鏡溪工部〔八〕。

〔一〕「此身」兩句：我已經是在野之身，如同在山的泉水一樣。這點滴的水，對於大河來説，談不上有什麽幫助。在山泉：杜甫《佳人》詩：「在山泉水清，出山泉水濁。」

〔二〕「急報」兩句：我趕緊向你兩位查勘泉水的使者報告，山上吐出泉水來，它爲了便於糧船的運輸。星使：古天文家認爲天上有使星，主持出使的事。詩人常以「星使」比喻奉朝廷派遣到地方辦事的人。汪和徐是以户部和工部官員身份查勘水源，所以稱爲「星使」。

溜：水流。《文選》潘岳《射雉賦》：「泉涓涓而吐溜。」

〔三〕東河總督：官名。清制，設河東河道總督一員，凡山東的運河、通惠河、洳河、衛河都歸他管轄。　濟運：引泉水注入運河。

〔四〕汪孟慈：汪喜荀，原名喜孫，字孟慈，江蘇甘泉人。汪中長子。嘉慶十二年舉人。官户部員外郎，懷慶知府等。著有《大戴禮記補》、《國朝名臣言行録》、《且住庵詩文稿》等。王翼鳳《河南懷慶府知府汪公墓表》：「道光元年改官員外，簽分户部，派山東司行走，尋兼河南司充主稿。奏議之文皆自己出，手稿數百通，下筆如飛，侍吏愕顧。著有《户部時事策十三條》、《庫帑議撥項條》、《河南司揭行文遺漏説帖》、《河南藩庫節用議》、《河南攤捐河工秸料銀兩議》、《河南金儲議》、《户部查積欠議》……十九年經部保送河工，奉旨發往東河差遣使用。公到工，於堤工、泉源、漕運、振務靡不悉心講究，作《河流分合考》、《河道曲直分合説》、《治河説》、《沁河考》……二十六年至二十七年夏，（懷慶）郡大旱，公躬禱王屋山，又深入太行山，徒行亂石中六十餘里，禱於白龍潭取水而歸。積勞云久，乘以山瘴暑濕，竟至困頓，八月初三日告終官署，年六十有二。」

〔五〕銅山縣：舊縣名，即今江蘇徐州市。

〔六〕滕縣：縣名，在山東省西南。

〔七〕泉懸出：泉水成爲瀑布流下。《爾雅·釋水》：「沃泉懸出。懸出，下出也。」

〔八〕徐鏡溪：徐啓山，字鏡溪，安徽六安州人。道光九年進士。官工部主事。

二八〇

昭代恩光日月高〔一〕，烝彝十器比球刀〔二〕。吉金打本千行在〔三〕，敬拓斯文冠所遭〔四〕。謁至聖廟〔五〕，瞻仰純廟所頒祭器十事〔六〕，得拓本以歸。

〔一〕昭代：封建時代稱本朝爲昭代。　恩光：指清代統治者對孔丘的尊崇。

〔二〕烝彝十器：祭祀時使用的十種禮器。　烝：冬祭。　彝：盛酒器。《曲阜縣志》：「乾隆三十六年，頒周範銅器於闕里孔子廟。」馮雲鵬《金石索》卷首全載十器圖形及文字拓本。即木鼎、亞尊、犧尊、伯彝、册卣、蟠夔敦、寶簠、夔鳳豆、饕餮甗、四足鬲。　球刀：見第六六首注。

〔三〕吉金：見第七九首注。　千行在：作者自稱曾收集古代銅器拓本達千行之多。　打本：即拓本。

〔四〕斯文：指清高宗頒給孔廟的銅器的文字形制。　冠所遭：放在平日所收集的古文字拓本前面。

〔五〕至聖廟：即孔子廟，在山東曲阜縣。
〔六〕純廟：清高宗弘曆，廟號純皇帝。

二八一

少年無福過闕里〔一〕，中年著書復求仕。仕幸不成書幸成，乃敢齋祓告孔子〔二〕。曩至兖州〔三〕，不至曲阜。歲癸未〔四〕，《五經大義終始論》成，壬辰〔五〕，《群經寫官答問》成；癸巳〔六〕，《六經正名論》成，《古史鈎沉論》又成，乃慨然曰：可以如曲阜謁孔林矣〔七〕。今年冬，乃謁林。齋於南沙河，又齋於梁家店。

〔一〕闕里：在山東曲阜縣。嘉慶《清一統志·兖州府》：「闕里在曲阜縣城中。」《孔子家語》：「孔子始教學於闕里。」
〔二〕齋祓：古人在祭祀前，先做一番身心整潔的工作，稱爲齋戒，也稱齋祓。祓：除災求福。
〔三〕兖州：古州名，清代州治在山東滋陽縣（今兖州市）。
〔四〕癸未：道光三年（一八二三）。
〔五〕壬辰：道光十二年（一八三二）。

〔六〕癸巳：道光十三年（一八三三）。

〔七〕孔林：在山東曲阜縣北，孔子墓地。冢塋中樹以百數，相傳弟子各自其鄉携樹來植，故皆異種。

二八二

少爲賤士抱弗宣〔一〕，壯爲祠曹默益堅〔二〕。議則不敢腰膝在〔三〕，廡下一揖中夷然〔四〕。兩廡從祀儒者〔五〕，有拜，有弗拜，亦有强予一揖不可者。

〔一〕「少爲」句：少年時，自己是個地位低微的讀書人，對於某些所謂「先儒」，有自己的看法，但藏在心裏没有説出。　賤士：《晉書·韋忠傳》：「吾茨檐賤士，本無宦情。」

〔二〕「壯爲」句：到了壯年，在禮部做官，自己的看法更加堅定了，可是仍然保持緘默。　祠曹：作者於道光十七年任禮部主事祠祭司行走。

〔三〕「議則」句：自己雖然不敢妄加議論，可是我的腰腿是硬的，不能隨便拜跪。　腰膝：《北史·薛孝通傳》：「曾與諸人同詣晉祠，皆屈膝盡禮。孝通獨捧手不拜，顧而言曰：此乃諸侯之國，去吾何遠，恭而非禮，將爲神笑。拜者慚焉。」

〔四〕「廡下」句：走到廡下，我對某些先儒只作一個揖，心裏是安詳無愧的。　夷然：《詩・召南・草蟲》：「我心則夷。」箋：「夷，平也。」

〔五〕兩廡從祀儒者：孔廟兩廊下安放歷代儒者的神位。哪些人應該安放，放在什麽位置，歷代封建統治者都作出明文規定。光緒《清會典》載：東廡從祀的儒者有公孫僑以至邵雍等人，西廡則有蘧瑗以至陸世儀等人。　廡：廟宇兩旁的走廊。

一八三

曩將奄宅證淹中〔一〕，肅肅微言聲欬逢〔二〕。肯拓同文門畔石？古心突過漢朝松〔三〕。

〔一〕「曩將」句：奄宅：即古奄國。《後漢書・郡國志》：「魯國，古奄國。」注：「《皇覽》曰：奄里伯公冢在城内祥舍中，民傳言魯五德奄里伯公葬其宅。」王先謙引惠棟曰：「《史記》從郭出魯奄中。張華云：即魯之奄里。」嘉慶《清一統志》：「奄里，在曲阜縣城東，古奄國。」淹中：古地名。《漢書・藝文志》：「禮古經者，出於魯淹中。」蘇林注：「里名也。」淹中是否在曲阜，歷代學者頗有争論。作者這句的意思是，他曾證明「奄」就是「淹中」。

〔二〕「肅肅」句：恭敬地走進曲阜，經書中精微之言，仿佛可以聽見。肅肅：《詩·兔罝》「肅肅兔罝」朱注：「肅肅，整飭貌。」謦欬：一言一笑的神態。《莊子·徐無鬼》：「況乎昆弟親戚之謦欬其側者乎？」

〔三〕「肯拓」兩句：我怎肯拓下漢、魏時代的碑文，我的思想境界已經超過漢代種下的松樹了。同文門：在曲阜縣城内奎文閣前，門兩旁有漢、魏、唐、宋刻的石碑，著名的有孔子廟堂碑、史晨碑、孔彪碑、孔宙碑等，都是後人研究漢隸書法的重要資料。石：指碑刻。

二八四

江左吟壇百輩狂，誰知闕里是詞場？我從宅壁低徊聽〔一〕，絲竹千秋尚繞梁〔二〕。時曲阜令王君大淮，其弟大堉，其子鴻，皆工詩。孔氏則有孔繡山憲彝，憲彝弟憲庚，孔氏之甥鄭憲銓，皆詩人也。

〔一〕宅壁：《漢書·藝文志》：「武帝末，魯共王壞孔子宅，欲以廣其宮，而得古文《尚書》及《禮記》、《論語》、《孝經》凡數十篇，皆古字也。共王往入其宅，聞鼓琴瑟鐘磬之音，於是懼，乃止不壞。」作者借用此事，稱贊曲阜詩人是有藝術傳統的。

〔二〕繞梁：形容歌聲回旋不絕。《列子·湯問》：「昔韓娥之齊，匱糧，過雍門，鬻歌假食。既去而餘音繞梁欐，三日不絕。」

二八五

嘉慶文風在目前〔一〕，記同京兆鹿鳴筵〔二〕。白頭相見山東路，誰惜荷衣兩少年〔三〕？酬曲阜令王海門〔四〕。海門，吾庚午同年也。

【校】

「嘉慶」：吴本、「四部」本、「文庫」本、王本、類編本、王校本並同，是。「慶」，堂本、邃本、「續四庫」本作「定」，誤。「兩少年」：吴本、「四部」本、「文庫」本、王本、類編本、王校本並同。「兩」，堂本、邃本、「續四庫」本作「負」；「負」下邃本注：「一作『兩』。」

〔一〕嘉慶文風：作者在嘉慶十五年庚午應順天鄉試，由監生中式副榜貢生第二十八名。王海門也是同科中式副榜。

〔二〕京兆：漢代三輔之一，作者借指北京。鹿鳴筵：在鄉試放榜後第二天，舉行宴會，邀請考官、執事人員和新舉人參加，稱爲鹿鳴宴。

〔三〕荷衣：見第四七首注。

〔四〕王海門：王大淮，字松坡，號海門，天津人。嘉慶十五年副榜貢生。道光十七年任曲阜知縣。

按，清代科舉制度，在鄉試舉人定額之外，另取若干名，稱爲副榜，取中者稱副榜貢生或副貢。由於地位遠遜於正榜，不少人在中式後仍然再度參加鄉試。龔自珍在庚午中式副榜後，嘉慶二十三年再考鄉試，中式第四名舉人。

二八六

少年奇氣稱才華，登岱還浮八月槎〔一〕。我過東方亦無負，清尊三宿孔融家〔二〕。館於孔經閣憲庚家〔三〕，題《經閣觀海圖》。

〔一〕「少年」兩句：孔憲庚年青而又氣概不凡，同他的才華相稱。他既登上泰山，還坐船到海上去。岱：泰山，五岳之一，又稱岱宗。八月槎：張華《博物志》：「近世有人居海渚者，年年八月有浮槎去來，不失期。」槎：木排。

〔二〕孔融：後漢魯國人，曾説：「座上客常滿，樽中酒不空，吾無憂矣。」作者拿孔融比擬孔憲庚。

〔三〕孔經閣：孔憲庚，字叔和，號經之，山東曲阜人，道光二十九年拔貢生。著有《十三經閣詩集》、《疏華館紀年詩》。盛大士云：「闕里孔大令峻峰先生有才子三人，長星廬，次繡山，次經之。皆能世其家學。經之平生性癖耽詩，其述懷、感遇、思親、憶兄，即事寫情，撫今追昔，沉思孤往，托興遥深。」

按：作者曾爲孔氏兄弟撰寫《孔憲彝母碣》，今存集中。這一回作者來到曲阜，孔憲庚曾有《贈仁和龔定庵鞏祚禮部二首》，詩云：「銘幽三百字，巨筆仰如椽。我母藉千古，貞珉勒十年。執鞭心最切，佩德意難宣。幸得高軒過，重留翰墨緣。」「風雨論文好，西齋潑舊醅。詩翻匡鼎説，學抱杜陵才。冀北驅車去，江南鼓棹來。主賓深契洽，花亦素心開。」（見《道咸同光四朝詩史一斑録》）第一首開頭四句，就是指撰碣文的事。

二八七

子雲壯歲雕蟲感〔一〕，擲向洪流付太虚〔二〕。從此不揮閑翰墨，男兒當注壁中書〔三〕。

經閣投詩江中，作《雲水詩瓢圖》〔四〕。

〔一〕「子雲」句：西漢學者揚雄，字子雲，愛好辭賦，壯年以後，轉向哲理方面的探索。他在《法言》中曾說：「或問：吾子少而好賦？曰：然，童子雕蟲篆刻。俄而曰：壯夫不爲也。」他認爲寫作辭賦之類只是少年時代的雕蟲小技。作者引用這段事，表示孔經閣也有同樣的看法。

〔二〕「擲向」句：把自己的詩稿丢到江水裏，付諸虚空。太虚：廣大的虚空。《莊子·知北游》：「是以不過乎昆侖，不游乎太虚。」

〔三〕壁中書：西漢時，從孔丘舊宅牆壁中發現古文《尚書》、《禮記》等數十篇，後人稱爲「壁中書」。這裏泛指經書。

〔四〕詩瓢：《唐詩紀事》卷五十：「唐球，居蜀之味江山，爲詩捻稿爲團，納大瓢中。臨病，投瓢於江曰：斯文苟不沉没，得者方知吾苦心耳。」孔經閣投詩江中，所以也稱爲「詩瓢」。

二八八

倘作家書寄哲兄〔一〕，淮陰重話七年情〔二〕。門前報有關山客，來聽西齋夜雨聲〔三〕。

時經閣兄繡山方游京師〔四〕。《淮陰鴻爪圖》，繡山、經閣所合作也。

〔一〕哲兄：尊稱他人之兄。《漢書·谷永傳》：「察父哲兄覆育子弟，誠無以加。」

〔二〕淮陰：縣名，今屬江蘇省。

〔三〕西齋：孔經閣招待作者住的屋子，即拏雲館，見下附録。

〔四〕繡山：孔憲彝，字叙仲，號繡山（一作秀珊），道光十七年舉人，官内閣侍讀學士。工詩文，善繪畫，尤精畫蘭。曾主講滋陽啓文書院，輯有《闕里孔氏詩鈔》、《曲阜詩鈔》，著《韓齋文集》、《對岳樓詩集》。作者曾稱他的詩「古體渾厚，得力昌黎、昌谷居多；近體風旨清深，當位置於隨州、樊川之間。」（見《對岳樓詩録題跋》）鄭憲銓云：「繡山爲吾伯舅氏仲子，幼隨宦長蘆津門。梅樹君學博，方啓梅花詩社，名流角藝。君以弱齡獨整一隊。弱冠游京師，朱虹舫閣學見君詩於陳荔峰侍郎座中，擊節嘆賞，以其子妻之。」

附録：孔憲彝《龔定盦自吴中寄示己亥雜詩刻本讀竟題此即效其體》（五首）：

去年來游夔相圃，今年小憩滄浪亭。我歸君去兩相失，江南河北山空青。（自注：君去冬來曲阜，宿余韓齋三日。余在京師，今夏始返。）

頤道好仙君好佛，詩仙詩佛在杭州。他年仙佛團圞會，説法吴山最上頭。

不須言行編新録，此即君家記事珠。出處交游三十載，新詩字字青珊瑚。

一家眷屬神仙侣，有女能文字阿辛。莫愛南朝姜白石，學爺才調自驚人。

戒詩以後詩尤富，哀樂中年感倍增。值得江淮狂士笑，不携名妓即名僧。（《對岳樓詩續録》

又《王子梅稿有龔定盦遺墨云己亥十月龔鞏祚讀於孔氏犖雲館感賦》：犖雲館宿曾三日，落月梁空已四年。殘墨留題痕尚在，爲君腸斷早梅天。（《對岳樓詩續録》卷二）

一八九

家有凌雲百尺條〔一〕，風烟培護漸岧嶢〔二〕。生兒只識秦碑字〔三〕，脆弱芝蘭笑六朝。《海門種松圖》。

〔一〕百尺條：高大的松樹。左思《咏史》：「鬱鬱澗底松，離離山上苗，以彼徑寸莖，蔭此百尺條。」

〔二〕岧嶢：高聳。

〔三〕秦碑：秦始皇統一中國後，在嶧山、泰山等地樹立石碑，表揚功績。《漢官儀》：「秦始皇上封泰山，風雨暴至，休於松下，因封其松爲五大夫。」作者把泰山松樹和秦碑兩事合用，贊揚王大淮的兒子。芝蘭：《晉書·謝玄傳》：「（謝）安嘗曰：子弟亦何豫人事，而政欲使其佳？玄答曰：譬如芝蘭玉樹，欲使其生於庭階耳。」作者認爲，孩子要讓他像泰山松樹那樣經歷風雨，如果看作庭階的芝蘭，長在温室之中，只會變成脆弱的東西。

二九〇

盜詩補詩還祭詩，子梅詩史何恢奇〔一〕？鄙人勸君割榮者〔二〕，努力删詩壯盛時。

王子梅鴻《祭詩圖》〔三〕。

〔一〕「盜詩」兩句：王子梅給人偷走了詩，後來又補詩，如今又有《祭詩圖》，這種作詩的經歷何其奇怪。作者前年有《題王子梅盜詩圖》詩，其中説到王子梅「自言有所恨，客歲遇山賊，劫掠資斧空，禍乃及子墨。今所補存者，賊手十之七」。知王子梅曾遇盜失去詩稿，事後憑記憶補回，僅得十分之七。祭詩：唐詩人賈島每年歲暮，設酒祭詩，説是「勞吾精神，以是補之」。王子梅則是祭奠失去的詩。恢奇：恢詭奇怪。

〔二〕割榮：芟除繁茂多餘的枝葉。《史記·范雎傳》：「天下有明主則諸侯不得擅厚者，何也？謂其割榮也。」按，作者以前也勸告王子梅：「清詞勿須多，好句亦須割，剥蕉層層空，結穗字字實。」大抵王子梅寫詩的毛病是貪多務得。

〔三〕王子梅：王鴻，字子梅，江蘇蘇州人，原籍天津。王大淮的兒子。官山東聊城縣丞。著有《子梅詩稿》。符葆森《寄心庵詩話》：「歲戊申（道光二十八年）子梅訪余於揚州，未值而行。頃客京師，子梅寓書并詩稿，自山左郵寄，中有同玉溪訪余不遇詩云：同訪詩人興不孤，閑鷗夢冷在菰蒲。綠楊城郭尋來遍，不見城南一老符。子梅游歷數省，所交皆當世賢豪，故酬唱無虚日。詩亦揮灑自得，無斧鑿痕。」徐世昌《晚晴簃詩匯》：「王鵠，原名鴻，字子梅，天津籍，長洲人。官聊城縣丞。有《喝月樓詩録》、《天全詩録》。」又《詩話》：「子梅詩才氣横溢，隸事精核，惟貪多填砌，時失之冗。自言學詩先學杜，後學蘇，則不流於輕率。自名集曰《鑄蘇》。有句云：誰得鑄蘇真面目？我先飲杜易肝腸。蓋自道其得力如此。」

二九一

詩格摹唐字有棱〔一〕，梅花官閣夜鎪冰〔二〕。一門鼎盛親風雅，不似蒼茫杜少陵〔三〕。

王秋垞大堉《蒼茫獨立圖》〔四〕。

〔一〕「詩格」句：王秋垞的詩摹擬唐人，文字很有鋒棱。蘇軾《孫莘老求墨妙亭詩》詩：「徐家父子亦秀絶，字外出力中藏棱。」作者在《題王子梅盗詩圖》詩中説：「令叔詩效韓，字字捫峯崒。我欲躋登之，氣餒言恐窒。」知王秋垞是學韓愈詩格的。

〔二〕「梅花」句：杜甫《和裴迪登蜀州東亭送客逢早梅相憶見寄》詩：「東閣官梅動詩興，還如何遜在揚州。」　鏤冰：比喻寫作詩文。黄庭堅《送王郎》詩：「鏤冰文章費工巧。」　鏤：鏤刻。

〔三〕「一門」兩句：王家一門都能寫詩，氣象旺盛，不似杜甫那樣凄凉冷落。　風雅：原指《詩經》的國風和小雅、大雅，引申爲美好的詩歌。　杜少陵：唐代詩人杜甫。他有《樂游園歌》，最後兩句是：「此身飲罷無歸處，獨立蒼茫自咏詩。」王秋垞的詩集據此取名。

〔四〕王秋垞：王大堉，字秋垞，王大淮之弟。工詩，著有《蒼茫獨立軒詩集》。

一二九二

八齡夢到矍相圃〔一〕，今日五君來作主。我欲射侯陳禮容〔二〕，可惜行裝無白羽〔三〕。

王海門及弟秋垞、嗣君子梅、孔經閣、鄭子斌五君〔四〕，餞之於矍相圃。

〔一〕矍相圃：在曲阜縣孔廟仰高門外，曲阜縣學附近。《禮·射義》：「孔子射於矍相之圃。」古代鄉大夫士在飲宴時舉行射箭的禮儀。

〔二〕射侯：射箭。侯：箭靶，用皮或布製成。《儀禮·鄉射禮》：「凡侯，天子熊侯，白質，諸侯麋侯，赤質，大夫布侯，畫以虎豹，士布侯，畫以鹿豕。」　陳禮容：擺出鄉射禮的儀式。《儀禮・鄉射禮第五》鄭玄注：「州長春秋以禮會民而射於州序之禮。」

〔三〕白羽：古代舉行射禮時樹起的旗幟類物。《儀禮・鄉射禮》：「旌：各以其物；無物，則以白羽與朱羽糅杠，長三仞，以鴻脰，韜上二尋。」

〔四〕鄭子斌：鄭曉如，原名憲銓，以字行，一字子斌，號意堂，安徽歙縣人，曲阜原籍。咸豐元年舉人，揀發廣東知縣。著有《防山書屋詩集》。孔憲彝云：「子斌詩喜言時弊，然深厚樸摯，不爲過激語，殆長於風者歟！尤嗜古詩，自漢迄唐，靡不觀覽。」（按，鄭是孔憲彝的表兄）

按，作者臨走時，朋友爲他餞行。作者由此想到古代的鄉射禮，但由於時代不同，實在無法舉行。所以説「行裝無白羽」。《禮・射義》孫希旦集解云：「鄉飲酒者，鄉大夫士之燕禮也。諸侯謂之燕，鄉大夫士謂之飲酒，其禮一也。」

二九三

忽向東山感歲華〔一〕，恍如庾嶺對橫斜〔二〕。敢參黄面瞿曇句，此是森森闕里花〔三〕。

時纔十月，忽開蠟梅一枝〔四〕，經閣折以伴行。

〔一〕「忽向」句：在東山看見蠟梅開花，突然覺得一年又快完了。東山：《詩・豳風・東山》：「我徂東山，慆慆不歸。」集疏：「東山者，魯之東山，其先奄之東山。」　歲華：一年中的節令。　陳子昂《感遇》之二：「歲華盡摇落，芳意竟何成？」

〔二〕庾嶺：大庾嶺，在江西大庾縣南，廣東南雄縣北，又稱梅嶺，嶺上梅樹很多。　横斜：梅樹的姿勢。　林逋《山園小梅》詩：「疏影横斜水清淺，暗香浮動月黄昏。」

〔三〕「敢參」兩句：這枝蠟梅是在闕里生長的，我豈敢用參佛的句子來比喻它？　黄面瞿曇句：宋楊萬里《蠟梅》詩：「江梅珍重雪衣裳，薄相紅梅學杏妝。渠獨小參黄面老，額間艷艷發金光。」清曾燠《觀音寺僧道源獻蠟梅一枝酬以數句》詩：「道人能參黄面老，當爲五祖開道場。」都是拿蠟梅比擬黄面的佛像。　瞿曇：釋迦牟尼的姓，又譯作喬答摩，後人以瞿曇代指釋迦牟尼。《薩遮迦大經》：「時有諸人見我如是（按釋迦修道時，曾嚴格節食，因此身體極度虚弱），有作斯念：沙門瞿曇是黑色。有作斯念：沙門瞿曇非黑色，乃是褐色。有作斯念：沙門瞿曇非黑色，亦非褐色，沙門瞿曇是黄金色。」故稱黄面瞿曇或黄面老。

〔四〕蠟梅：落葉灌木，高丈餘，冬月開花，花被片數很多，内層帶紫色，外圍各片黄蠟色，有香氣。　趙彦衛《雲麓漫鈔》卷四：「今之蠟梅，按山谷詩後云：京洛間有一種花，香氣似梅，花亦五出，而不能晶明，類女功捻蠟所成。京洛人因謂蠟梅。」

二九四

前車轍淺後車縮〔一〕，兩車勒馬讓先躍〔二〕。何況東陽絳灌年，賈生攘臂定禮樂〔三〕。

見兩車子相掉轡〔四〕，有感。

〔一〕「前車」句：前面的車子陷入淺的窪坑裏，後面的車子就退縮不願前進。

〔二〕「兩車」句：兩部車子都停下來，勒住馬，要讓對方先走。按，當時正是隆冬季節，滿地冰雪，路上窪坑不容易看清，車上人生怕先走有危險，所以都讓别人先走。

〔三〕「何況」兩句：這麽一點兒危險他們都害怕，何況在東陽、絳、灌這班大臣掌權的年代，年少的賈誼却揎起袖子制定禮樂，他冒的危險不是大得多嗎？ 賈生：西漢著名政治家、政論家賈誼，二十多歲官博士，漢文帝很重視他，超升太中大夫。他認爲漢朝應當改變正朔，更换服色，訂定官名，興建禮樂。於是改變舊法，定出一套新制度，獲得文帝同意，部分實行。但引起絳侯周勃、灌嬰、東陽侯張相如、馮敬等大臣的反對，賈誼被貶爲長沙王太傅。參見第四七首注。作者從兩部車子退縮不前，聯想到清王朝的現實情況：「内外大小之臣，具思全軀保室家，不復有所作爲。」「仕久而戀其籍，年高而顧其子孫。」（見《明良論》）盡是畏葸怯懦，毫無進取精神的人，因此産生很大感慨。他渴望朝廷中能出現像賈誼一樣的人，敢於大膽改革，去舊圖新，衝破死氣沉沉的局面。這説明作者雖然已經歸隱，但是對於改革社會、刷新政治的主張，始終不曾放棄。

〔四〕掉罄：又作掉磬，意爲出言急躁。「相掉罄」就是吵架。《禮·内則》「毋敢敵耦於冢婦」注：「雖有勤勞，不敢掉罄。」疏：「隱義云：齊人謂相絞訐爲掉罄。」

二九五

古人用兵重福將〔一〕，小説家明因果狀。不信古書愎用之〔二〕，水厄淋漓黑貂喪〔三〕。

或薦僕至，其相不吉，自言事十主皆失官。予不信，使庀物〔四〕，物過手輒敗；使雇車，車覆者四；幸予先辭官矣。《法苑珠林》及明小説皆有此事〔五〕，記之以貽纂類書者〔六〕。

〔一〕福將：依靠運氣打勝仗的將領。《太平廣記》一六九《選將》：「李勣每臨陣選將，必相有福禄者而後遣之，人間其故，對曰：『薄命之人，不足與成功名。』」魏泰《東軒筆録》卷一：「宋真宗次澶淵，一日語萊公曰：何人可爲朕守？萊公曰：古人有言，智將不如福將。臣觀參知政事王欽若，福禄未艾，宜可爲守。王公馳騎入天雄，但屯塞四門，終日危坐，越七日，虜騎退。」可見自古就有這種説法。

〔二〕愎：倔强不聽别人勸告。

〔三〕水厄：遭受水的災禍。《南史·梁武烈世子方等傳》：「元帝謂曰：汝有水厄，深宜慎之。」作者在大雨泥濘中翻車四次，丢掉黑貂裘，所以這樣説。

〔四〕庀：準備，收拾。

〔五〕法苑珠林：書名，唐釋道世撰，原爲一百卷，嘉興藏本改爲一百二十卷，所載都是佛家故事，分類編排，用意在勸告世人敬重佛法。

〔六〕類書：工具書的一種，因爲是用分類編排的方法，故稱類書。如唐代的《北堂書鈔》、《藝文類聚》，宋代的《太平御覽》、《册府元龜》，宋、元間的《事文類聚》，清代的《淵鑒類函》等，都是。

二九六

天意若曰汝毋北，覆車南沙書卷濕〔一〕。汶陽風雨六幕黑〔二〕，申以東平三尺雪〔三〕。

〔一〕南沙：山東肥城縣北及滕縣南均有南沙河。此疑指後者。

〔二〕汶陽：山東汶上縣，金代稱汶陽。嘉慶《清一統志》：「汶陽舊城，在寧陽縣北，本春秋時魯地。」《左傳·僖公元年》：「公賜季友汶陽之田。」即此。和現在的汶上縣不同。六幕：指上下及東西南北四方。見第五五首注。

〔三〕申：再一次。《爾雅·釋詁》：「申，重也。」東平：山東東平州，在東平湖東側。以上都是作者北行時所經。

二九七

蒼生氣類古猶今〔一〕，安用冥鴻物外吟〔二〕？不是九州同急難，尼山誰識憮然心〔三〕？北行覆車者四，車陷淖中者二〔四〕，皆賴途人以免。

〔一〕「蒼生」句：人衆之間同氣相處，同類相求，古今都是一樣。氣類：《文選》任昉《王文憲集序》：「許與氣類。」注：「氣類，謂同氣相求，方以類聚也。」

〔二〕冥鴻：見第二七三首注。物外：世外。梁簡文帝《神山寺碑》：「智周物外。」

〔三〕「不是」兩句：如果不是看到人們勇於助人的義氣行動，我怎能理解孔子奔走人間，不肯避世的心情？急難：幫助别人脱離危難。《詩·小雅·常棣》：「鶺鴒在原，兄弟急難。」尼山：山名，又稱尼丘，在山東曲阜縣東南。此指孔丘。《史記·孔子世家》：「叔梁紇與顔氏禱於尼丘，得孔子，故名丘，字仲尼。」《論語·微子》載：孔丘和子路經過一個地方，要找渡口。子路去問耕地的長沮、桀溺，兩人知道他是孔丘弟子，著實嘲笑了一番。子路回去報告經過，「夫子憮然曰，鳥獸不可與同群，吾非斯人之徒與而誰與？」意思説，我既然不可能與鳥獸混在一起，如果不同人們打交道，又同什麼打交道呢？　憮：悵惘失意。

〔四〕淖中：爛泥坑。

二九八

九邊爛熟等雕蟲〔一〕，遠志真看小草同〔二〕。枉説健兒身手在，青燈夜雪阻山東〔三〕。

〔一〕「九邊」句：我雖然爛熟邊疆的地理情況，但有人認爲不過等於雕蟲小技，没有大用。　九邊：明代把北部中國分成九個軍事區，各設重兵鎮守，稱爲九邊。即遼東、薊州、宣府、大同、山西、延綏、寧夏、固原、甘肅九個鎮。　雕蟲：見第二八七首注。

〔二〕遠志：草藥名。《世説·排調》：「謝公始有東山之志，嚴命累臻，勢不獲已，始就桓公司馬。時人有餉桓公草藥，中有遠志。公取以問謝：此藥又名小草，何一物而有二稱？謝未即答。時郝隆在坐，應聲答曰：此甚易解，處則爲遠志，出則爲小草。謝甚有愧色。」作者引用這個典故，意思説，我研究西北邊疆地理，本來立志高達，可是人家不想用，也不過等同小草罷了。

〔三〕「枉説」兩句：如今山東下一場雪就把自己攔住，還説什麽健兒身手呢？作者平日頗以健兒自許，參見第四六首「健兒身手此文官」注。

二九九

任丘馬首有箏琶〔一〕，偶落吟鞭便駐車。北望觚稜南望雁〔二〕，七行狂草達京華〔三〕。

遣一僕入都迎眷屬，自駐任丘縣待之。

〔一〕「任丘」句：我的馬到了任丘，前面聽到秦箏、琵琶的聲音。任丘：縣名，在河北省白洋澱南。馬首：馬頭所向的地方。劉滄《從鄭郎中高州游東潭》詩：「夾路野花迎馬首，出林山鳥向人飛。」

〔二〕觚稜：宫殿上面轉角處的瓦脊。班固《西都賦》：「設璧門之鳳闕，上觚稜而棲金爵。」王觀國《學林》：「屋角瓦脊，成方角稜瓣之形，故謂之觚稜。」後人多借指京師。杜牧《昔事文皇帝》詩：「鳳闕觚稜影，仙盤曉日暾。」孔武仲《汴河》詩：「觚稜漸喜金闕近。」

〔三〕七行狂草：狂草是草書的一種，這裏指書信匆匆寫成。按，句中的雁，作者似在比喻自己有早日回轉南方的焦急心情。

三〇〇

房山一角露崚嶒〔一〕，十二連橋夜有冰〔二〕。漸近城南天尺五〔三〕，迴燈不敢夢觚棱〔四〕。兒子書來，乞稍稍北，乃進次於雄縣〔五〕；又請，乃又進次於固安縣〔六〕。

〔一〕房山：大房山，在北京西南房山縣西十五里，山勢雄秀。又名上方山。《讀史方輿紀要·直隸》：「大房山：房山縣西十五里。境内諸山，此山最爲雄秀。古碑云：幽燕之奥室也。山下有聖泉水，西南有龍穴，湯泉出焉。」崚嶒：形容山勢突兀高聳。

〔二〕十二連橋：在河北省雄縣城南十里鋪南面。光緒《雄縣志》附地圖：橋南北相接，縱貫澱中，橋東爲大港澱，橋西爲蓮花澱。周星譽《入都日記》（寫於咸豐六年）有云：「去雄縣十里渡河，河面可三里。蓋去年秋河決，此間遂潴爲湖，十二連橋俱在水中。」黄均宰《金壺七墨》載：「將至十二連橋，舍車而舟。僕夫駕空車探水前往，若馬之浮渡者然。余與同人放棹湖中。」這是咸豐年間的情形。在道光年間，橋是可以通行的。

〔三〕天尺五：比喻離皇帝的宫殿非常接近。天：指皇室。《辛氏三秦記》：「城南韋、杜，去天尺五。」説長安城南的韋、杜兩姓，離天上只有尺五遠，極言其與皇室接近。王安石《游城南即事二首》之二：「漫道城南天尺五，荒林時見一柴荆。」

〔四〕迴燈：把燈重新點起來。白居易《琵琶行》：「移船相近邀相見，添酒迴燈重開宴。」　夢觚稜：陸游《蒙恩奉祠桐柏》詩：「回首觚稜渺何處，從今常寄夢魂間。」此反其意。

〔五〕雄縣：在北京之南，約距京城二百多里。

〔六〕固安縣：在北京之南，約距京城一百多里。

按，王文濡校本在此詩上有批語云：「定公出都，或謂别有不可言者。觀其漸近國門而憚於前進，人言殆非盡誣歟！」意指作者同顧太清事。此事不可信，已見前引孟森《心史叢刊》。但作者「憚於前進」，則是事實。從當時情況看，清廷中的大地主頑固派對作者進行政治迫害或其他方面的壓迫，均有可能。這首詩，看見房山而覺得它「崚嶒」，走過十二連橋又强調「夜有冰」，看來都不是偶然下筆。

三〇一

艱危門户要人持，孝出貧家諺有之〔一〕。葆汝心光淳悶在〔二〕，皇天竺胙總無私〔三〕。

兒子昌匏書來〔四〕，以四詩答之。

〔一〕孝出貧家：「家貧出孝子，世亂出忠臣。」見《增廣賢文》。

〔二〕「葆汝」句：保持你心靈的寬厚和誠樸。 心光：指心靈。《莊子·齊物論》：「注焉而不滿，酌焉而不竭，而不知其所由來，此之謂葆光。」 淳悶：《老子》：「衆人察察，我獨悶悶。」又：「其政悶悶，其民淳淳。」悶悶是寬厚，淳淳是誠樸。

〔三〕竺胙：同篤胙。篤：豐厚。胙：福報。

〔四〕昌匏：作者的大兒子，名橙，更名公襄，字孝拱。著有《詩本誼》、《重訂易韻表》、《古俗通誼》等。譚廷獻《龔公襄傳》：「龔公襄，字公襄，仁和監生……龔氏之學既世，時海内經生講東漢許鄭學者日敝，君乃求微言於晚周、西漢，摧陷群儒，聞者震駭。《尚書》二十八篇，分別伏、孔讀定之。理三家遺書，廣以《史記》、《漢書》，諟正《毛詩》叙義，爲《詩大誼》。又撰《形篇》、《名篇》，推究許書，皆持之有故，非妄作也。治諸生業久不遇，間以策干大帥，不能用，鬱鬱無所試，遂好奇服，流寓上海。歐羅巴人語言文字，耳目一過輒洞精。咸豐十年，英吉利入京師，或曰挾龔先生爲導。君方以言耆長酋换約而退，而人間遂相訾謷。君久居夷場，洞識情僞。……懷抱大略，不見推達，退而著書，又多非常異議可怪之論，所謂數奇者也。」按，咸豐十年，英法侵略聯軍攻入北京，焚燒圓明園。當時有人説是龔橙指使的，所以譚氏在此予以辯解。

三〇二

雖然大器晚年成〔一〕，卓犖全憑弱冠争〔二〕。多識前言畜其德〔三〕，莫抛心力貿才名〔四〕。

〔一〕大器晚成：《老子》：「大方無隅，大器晚成。」一件巨大製品，不可能一下子完成。比喻一個人的學問成就也是這樣。

〔二〕「卓犖」句：左思《咏史》八首之一：「弱冠弄柔翰，卓犖觀群書。」卓犖：超出一般水平之上。弱冠：《禮·曲禮上》：「二十曰弱冠。」古時男子二十歲行冠禮，後用「弱冠」指青年。

〔三〕「多識」句：《易·大畜象辭》：「多識前言往行，以畜其德。」《朱子語録輯略》卷六：「書雖是古人書，今日讀之，所以蓄自家之德，却不是欲這邊讀得些子，便搬出做那邊用。易曰：君子以多識前言往行，以蓄其德。公今却是讀得一書，便做得許多文字，馳騁跳擲，心都不在裏面。如此讀書，終不干自家事。」

〔四〕「莫抛」句：不要花費精力去追求才子的名氣。温庭筠《蔡中郎墳》詩：「今日愛才非昔日，莫抛心力作詞人。」

三〇三

儉腹高談我用憂〔一〕，肯肩樸學勝封侯〔二〕。五經爛熟家常飯，莫似而翁歠九流〔三〕。

〔一〕「儉腹」句：肚子裹很少東西，却又誇誇其談，這是我所擔心的。

〔二〕「肯肩」句：把樸實的學問承擔起來，比之封侯還要優勝。樸學：見第一三九首注。

〔三〕「五經」兩句：希望你把《五經》讀到爛熟，不要像你父親吸取那些「九流」的東西。五經：《詩》、《書》、《易》、《禮》、《春秋》五部儒家經典。而翁：《史記·項羽本紀》：「漢王曰：吾與項羽俱北面受命懷王，曰：約爲兄弟。吾翁即若翁，必欲烹而翁，則幸分我一杯羹。」九流：先秦時代九個學術流派，見第二三一首注。歠：飲、喝。

三〇四

圖籍移從肺腑家〔一〕，而翁學本段金沙〔二〕。丹黄字字皆珍重〔三〕，爲裹青氈載一車〔四〕。

〔一〕肺腑家：指作者同外祖父段玉裁的親戚關係。《史記·惠景間侯者年表序》：「諸侯子弟若肺腑。」索隱：「肺音柿，腑音附。柿，木札也。附，木皮也。以喻人主疏末之親，如木札出於木，樹皮附於樹也。」《漢書·劉向傳》：「臣幸得托肺腑。」王先謙《補注》引王念孫曰：「肺腑皆謂木皮。肺爲柿之假借字。言己爲帝室微末之親，如木皮之托於木也。」《顏氏家訓·書證》：「《後漢書·楊由傳》云：風吹削柿，此是削札牘之柿耳。古者書誤則削之。故《左傳》云：削而投之。是也。」肺腑、肺附、柿：即現代語的刨花。這裏引申爲親族關係。

〔二〕段金沙：即段玉裁，見第五八首注。

〔三〕丹黃：在書上加圈點、批注之類，使用朱墨或黃墨，稱爲丹黃。這裏是指作者點讀段氏的《説文解字注》。

〔四〕青氈：《晉書·王獻之傳》：「獻之夜卧齋中，而有偷人入其室，盜物都盡，獻之徐曰：偷兒！青氈我家舊物，可特置之。」作者用此，亦有舊物之意。黃庭堅《奉和公擇舅氏送吕道人研長韻》：「新詩先舊物，包送比青氈。」

按，關於龔氏父子對《説文解字注》的研讀，葉景葵《卷庵書跋》有《岱頂秦篆殘刻題跋》云：「同日得見（徐）積餘所藏定盦父子批校段氏《説文注》，定盦讀周三次，前後六年，批釋極矜慎。孝拱自題外曾曾小子，其批駁之處，詞氣凌厲，不少假借，間有恭楷，大都信筆疾書，其行草極爲恢奇而有金石氣。」又云：「孝拱名橙，改名公襄。段注校本自題外曾孫禰（又作袗）。」

三〇五

欲從太史窺春秋，勿向有字句處求〔一〕。抱微言者太史氏〔二〕，大義顯顯則予休〔三〕。

兒子昌匏書來，問《公羊》及《史記》疑義〔四〕，答以二十八字。

〔一〕「欲從」兩句：要從司馬遷的《史記》去尋求《春秋》的微言大義，不要在有字句的地方尋找。　太史：官名，負責修撰史書，兼掌天文時曆。司馬遷曾官太史令，自稱爲太史公。

〔二〕「抱微」句：司馬遷撰寫《史記》，不單是紀録歷史事件，而且暗中含有褒善貶惡的用意。微言：《漢書·藝文志》：「仲尼殁而微言絶，七十子喪而大義乖。」參見第五九首注。

〔三〕「大義」句：能够顯揚《春秋》大義，我却許予何休。　顯顯：發揚光大。《詩·大雅·假樂》：「顯顯令德。」　予：通「與」，贊許。《荀子·大略》：「言味者予易牙。」休：何休。見第五九首及第七〇首注。按作者在《六經正名答問》中，主張以《左傳》、《公羊》、《鄭語》、《史記》四書配《春秋》，此處又指出《史記》作者司馬遷能抱持《春秋》的微言，而經師何休著《公羊解詁》，則能顯揚《春秋》大義，故兩書各有專精獨詣之處。

〔四〕公羊：見第五九首注。史記：中國第一部紀傳體史書，西漢司馬遷著，記述從遠古五帝時代到漢武帝時代的事迹，共一百三十卷。

三〇六

家園黄熟半林柑，抛向筠籠載兩三〔一〕。風雪盈裾好持贈，預教詩婢識江南〔二〕。

〔一〕筠籠：竹簍。

〔二〕「風雪」兩句：在這大風雪的時候正好送給在北京的你們，讓那些没有到過江南的婢女們先認識認識江南吧！裾：衫襟。蘇軾《浣溪沙》詞：「門外東風雪灑裾。」詩婢：《世説·文學》載，東漢經學家鄭玄，家中婢女都懂得念詩，稱爲詩婢。作者借用指自己北京寓所的婢女。

三〇七

從此青山共鹿車〔一〕，斷無隻夢墮天涯〔二〕。黄梅淡冶山礬靚〔三〕，猶及雙清好到家〔四〕。眷屬於冬至後五日出都〔五〕。

〔一〕鹿車：東漢時，鮑宣娶桓少君爲妻。桓氏送給女兒許多裝奩，鮑宣很不高興。桓少君就退還裝奩，自己同丈夫拉着鹿車回到丈夫家鄉。見《後漢書·列女傳》。又《後漢書·范冉傳》：「遭黨人禁錮，遂推鹿車，載妻子，攟拾自資，或寓息客廬，或依宿樹蔭，如此十餘年，乃結草室而居焉。」清王賢儀《轍環雜録》：「鹿車即今二把手車，北地最多，若獨推小車，殆所謂簿笨車也。用以運粗物。近則濟南省城皆用之。初見鄉婦或老年左右坐，日可行七八十里。」

〔二〕隻夢：孤單一人。

〔三〕「黄梅」句：黄梅、山礬，植物名，這裏指作者的兩個兒子，即龔橙、龔陶。黄梅：蠟梅，注見第二九三首。靚：明麗。淡冶：淡净嬌艷。山礬：又名芸香、瑒花、玉蕊，三月開白花，極香。《本草綱目》引黄庭堅曰：「江南野中椗花極多，野人采葉燒灰，以染紫爲黝，不借礬而成。予因以易其名爲山礬。」黄庭堅《王充道送水仙花》詩：「含香體素欲傾城，山礬是弟梅是兄。」後人遂以梅和山礬比喻一雙兄弟。作者《水仙花賦》亦有「礬紅梅素，吟成兄弟之呼」句，可以爲證。

〔四〕雙清：心情和行止都毫無掛礙。杜甫《屏迹》詩：「杖藜從白首，心迹喜雙清。」又高則誠《琵琶記》：「唯願取年年此夜，人月雙清。」是夫妻團聚的祝語。作者此句兩種用意都有。

作者《寒月吟》詩：「可隱不偕隱，有如月一輪，心迹如此清，容光如此新。」

〔五〕冬至後五日：道光十九年己亥農曆十一月十七日冬至。作者眷屬於十一月廿二日出都。

三〇八

六義親聞鯉對時〔一〕，及身删定答親慈〔二〕。劖除風雪關山句，歸到高堂好背詩〔三〕。

今年七月，蒙家大人垂詢文集定本，命呈近詩。

【校】

詩末自注「家大人垂詢」：諸本並同。「詢」下王本、類編本注：「一本作『訓』。」

〔一〕「六義」句：關於詩的教育作用，我曾親自聽父親説過。六義：儒家對詩的教育作用的解釋。《詩·大序》：「詩有六義，一曰風，二曰賦，三曰比，四曰興，五曰雅，六曰頌。」鄭玄注：「風，言聖賢治道之遺化。賦之言鋪，直鋪陳今之政教善惡。比，見今之失，不敢斥言，取比類以言之。興，見今之美，嫌於媚諛，取善事以喻勸之。雅，正也，言今之正者，以爲後世法。頌之言，誦也，容也。誦今之德，廣以美之。」鯉對：指受父親的啓發。《論語·季氏》：「鯉趨而過庭。曰：學詩乎？對曰：未也。不學詩，無以言。鯉退而學詩。」這是孔丘和他兒子鯉的一段對話。

〔二〕「及身」句：趁父親在世時，把自己的作品删改成爲定稿，以報答父親的教育。　及身：在世的時候。

〔三〕「劃除」兩句：今後再不寫風雪關山（指在外地奔走）的句子，回家侍奉父親，給父親背誦詩歌。　劃：鏟掉，消除。

三〇九

論詩論畫復論禪，三絶門風海内傳〔一〕。可惜語兒溪畔路，白頭無分棹歸舷〔二〕。方鐵珊參軍餞之於保陽〔三〕。鐵珊名廷瑚，石門人。父薰〔四〕，字蘭士，以詩畫名，好佛。君有父風。年七十矣，猶宦畿南。

〔一〕「論詩」兩句：方廷瑚能够談詩，論畫，又能談論佛學，這是繼承父親的門風。這種「三絶」的門風，海内人士都知道。　三絶：絶，指達到最高水平。前人多以「三絶」爲稱。《晉書·顧愷之傳》：「俗謂愷之有三絶，才絶、畫絶、癡絶。」《南史·梁元帝紀》：「帝工書善畫，自圖宣尼像爲之贊而書之，時人謂之三絶。」

〔二〕「可惜」兩句：可惜的是，方廷瑚已經年老，還没有辦法拋棄官職，回到家鄉語兒溪去。語兒溪：在浙江石門縣（今崇德縣）城東南一里，又名沙渚塘。　棹：船槳。　這裏作動詞用。　歸舷：回鄉的船。

〔三〕方鐵珊：方廷瑚，字鐵珊，號幼樗，浙江石門人，方薰長子。嘉慶十六年舉人。官直隸平谷知縣，保定府經歷（一説保定廣盈倉大使）。著有《幼樗吟稿》。《兩浙輶軒録・補遺》：「汪福春曰：（方廷瑚）先生爲雪屏先生孫，蘭坻先生子。先世以能詩善畫著名於時，尤喜收藏金石。先生博聞好古，能世其學，由優貢登賢書，知平谷縣，以廉明稱，殁於官，貧不能歸櫬。清風亮節，鄉人交頌之。」　參軍：清代在宗人府、通政司、都察院、布政司、按察司及各府設置經歷官，掌出納文移。北齊稱爲功曹參軍。明清人遂稱經歷爲參軍。　保陽：直隸（今河北省）保定府的別稱。

〔四〕父薰：方薰字蘭士，一字蘭坻，號樗庵，乾隆時著名畫家，能詩，善書法。著有《山静居稿》。《墨林今話》卷五：「蘭士幼敏慧，侍其父雪屏先生梅，游三吴兩浙間，與賢士大夫交，即以筆墨著。後僑寓禾中之梅里。雪屏殁，極困窘，乃就食桐鄉，時金比部鄂巖（按，金德輿）年尚少，其太夫人信奉釋氏，留之寫經，且繪佛像。鄂巖長，亦善繪事，癖嗜書畫，多購禾中項氏所藏名迹，屬其摹仿。由是朝夕點染，山水人物，草蟲花鳥，悉臻其勝。中年贅梅里王氏，旋僦屋桐華館左右焉。維時海内畫家，屈指可數，而如蘭士兼擅衆長者尤罕，故其名日益重。屢有以千金聘者，鄂巖輒爲謝絶。既而阮芸臺尚書視學浙中，慕其名招之，不得已，遂至西湖。逾年歸里，遘疾卒，年六十有四。」又云：「《靈芬館詩話》云：《山静居集》，五言古體，有漢、魏、盛唐之情致，而無其面目。五七言律亦不減唐賢。一時詩人未能或之先也。」

三一〇

使君談藝筆通神〔一〕，斗大高陽酒國春〔二〕。消我關山風雪怨，天涯握手盡文人。陳笠雨明府餞之於高陽〔三〕。笠雨名希敬，海昌人，以進士爲令，史甚熟，詩、古文甚富。

〔一〕「使君」句：陳笠雨談詩論藝，文章又寫得很好。筆：古人稱無韻之文爲筆。通神：與鬼神相通，意思是寫得極好。杜甫《李潮八分小篆歌》：「書貴瘦硬方通神。」

〔二〕「斗大」句：斗樣大的高陽縣城，充滿了酒國的温暖。高陽：縣名，在河北保定市東南。嘉慶《清一統志》：「高陽縣城，周五里，門四。明天順中築，乾隆二十四年重修。」可見縣城很小。酒國：《史記·朱建傳》：「酈生瞋目案劍叱使者曰：走！復入言沛公，吾高陽酒徒也。」按，酈生故鄉高陽在河南雍丘縣，作者牽合使用。

〔三〕陳笠雨：陳希敬，字笠漁（又作笠雨），浙江海鹽人。道光三年進士。歷官金壇、江陰、高陽知縣。咸豐三年任直隸深州知州。太平軍陷城，死。著有《菰蘆老屋吟稿》、《退耕堂詩集》。明府：縣令的敬稱。趙與時《賓退録》：「明府，漢以稱太守，唐人以稱縣令。」

三一

畫禪有女定清真〔一〕，合配琳琅萬軸身〔二〕。百里畿南風雪路〔三〕，我來著手竟成春〔四〕。鐵珊有女及笄〔五〕，笠雨喪偶，使予爲蹇修焉〔六〕。

〔一〕畫禪：指方鐵珊。清人布顔圖《畫學心法問答》：「問：畫學烏得稱禪？所謂畫禪者何也？曰：禪者，傳也，道道相傳也。僧家有衣鉢，而畫家亦有衣鉢。」方鐵珊得其父方薰的畫學傳授，故作者稱之爲畫禪。清真：純潔。李白《王右軍》詩：「右軍本清真，瀟灑在風塵。」

〔二〕琳琅萬軸：琳琅：名珠美玉；萬軸：萬卷圖書。比喻陳笠雨讀書很多，很有才華。

〔三〕百里畿南：保定和高陽相距只有一百多里，同在京師之南。

〔四〕著手成春：成就了一段美滿婚姻。司空圖《詩品》：「俯拾即是，不取諸鄰，俱道適往，著手成春。」

〔五〕及笄：女子到待嫁年齡。《禮·內則》：「女子十有五年而及笄。」鄭注：「謂應年許嫁者。女子許嫁，笄而字之。其未許嫁，二十則笄。」笄：髮簪。

〔六〕蹇修：媒人。《離騷》：「解佩纕以結言兮，吾令蹇修以爲理。」王逸注：「蹇修，伏犧氏之臣。令蹇修爲媒，以通辭理。」

三一二

古愁莽莽不可説〔一〕，化作飛仙忽奇闊〔二〕。江天如墨我飛還，折梅不畏蛟龍奪〔三〕。

十二月十九日，携女辛游焦山〔四〕，歸舟大雪。

〔一〕「古愁」句：形容雪前的天氣恍似積古愁情。李白《將進酒》詩：「與爾同銷萬古愁。」杜甫《秦州雜詩》：「莽莽萬重山。」

〔二〕「化作」句：指滿天大雪，但又另有寓意。蘇軾《僕曩於長安陳漢卿家》詩：「夢中化作飛空仙。」

〔三〕蛟龍：比喻某些凶惡的壞人。杜甫《夢李白》詩：「水深波浪闊，無使蛟龍得。」

〔四〕女辛：見第一八首注。

按，作者上次回來遠望焦山時，有「生還重喜酹金焦」句，這次游焦山，又有「江天」兩句，好像過了長江，便有安全之感，這一情況頗值得注意。

三一三

惠山秀氣迎客舟，七十里外心先投。惠山妝成要妝鏡，惠泉那許東北流〔一〕？廿二日携女辛游惠山。

〔一〕「惠山」兩句：作者認爲，如果在惠山脚下開鑿一個大湖把泉水貯起來，就更加合乎理想。惠山：又名慧山，在江蘇無錫縣城西。山上有泉名慧山泉，水清味醇，稱爲天下第二泉。明僧圓顯《慧山記》：「慧山於錫諸山最大，其脈由蜀、楚宛轉相承，歷天目而來，至是峰九起，故又曰九龍。泉出龍首爲第一峰，其第九峰號龍尾。」又云：「慧山泉，唐人陸羽品爲天下第二，故名第二泉，又名陸子泉，在第一峰下，源出石中，或正或側，皆東流渟於上池，演於中池，於是有渠承之，左右諸穴咸會，瀑於龍吻，匯於下池，北過於黿池，於金蓮池，於香積池，東入於芙蓉湖。又北東達雙河，合五瀉水入於江。此其正脈也。又一脈由下池東下錫山澗，入於梁溪，又西南入於太湖。運河皆資之。其餘旁支別派，斜分曲匯，溉田數十頃云。」又據《錫山景略》：惠山泉在唐朝代宗大曆末年開鑿，經陸羽品定，認爲廬山康王谷洞簾水是天下第一泉，惠山泉列爲第二。元人趙孟頫題「天下第二泉」五字在第二泉亭後牆上。

三一四

丹實瓊花海岸旁，羽琌山似峚之陽〔一〕。一家可惜仍烟火，未問仙人辟穀方〔二〕。歲不盡五日〔三〕，安頓眷屬於海西羽琌之山。戲示阿辛〔四〕。

〔一〕「丹實」兩句：紅色果實，玉色花朵，在海邊燦爛開放。羽琌山就像峚山之陽，一派仙境。《山海經·西山經》：「峚山其上多丹木，圓葉而赤莖，黄花而赤實，其味如飴，食之不飢。」陶潛《讀山海經》詩：「丹木生何許？乃在峚山陽。」峚：音密，山名。

〔二〕辟穀：不吃糧食。《史記·留侯世家》：「乃學辟穀，道引輕身。」《太平御覽》卷六五九引《道基經》：「食穀者名之穀仙，行之不休，則可延久長也。不食穀者，可以度世。」《道藏》中有《太清經斷穀方》。

〔三〕歲不盡五日：據紫金山天文臺《二百年曆表簡編》，道光十九年己亥農曆十二月小。據此，「歲不盡五日」應是十二月廿五日。但作者在庚子年春與吴虹生書，則説：「至臘月二十六日抵海西别墅」，則實爲歲不盡四日。或作者寫詩時誤記。

〔四〕戲示阿辛：作者在詩中對阿辛説，别墅的環境是很好，像仙山一樣；可惜我們一家子還要吃飯，這就要到外面找生活去，老呆在這裏是不行的。

三一五

吟罷江山氣不靈，萬千種話一燈青。忽然擱筆無言説〔一〕，重禮天台七卷經〔二〕。

〔一〕「忽然」句：忽然擱下了筆，達到一種無言的境界。《維摩詰所説經》：「文殊師利問維摩詰：何等是菩薩不二法門？時維摩詰默無言。文殊師利嘆曰：善哉善哉！乃至無有文字語言，是真入不二法門也。」《華嚴經·如來出現品》：「無有言説，而轉法輪，知一切法不可説故。」蘇軾《去年秋偶游寶山上方》詩：「我初無言説，師亦無對酬。」

〔二〕七卷經：指天台宗所依的《妙法蓮華經》，中國譯本有姚秦時鳩摩羅什譯的七卷本，流行最廣。

按，從開頭第一首的「不奈卮言夜涌泉」，到最後一首的「忽然擱筆無言説」，一開一闔，是一年的小總結，又是前半生的大總結。但是作者并非真的從此没有言説，己亥以後，他還寫了不少文章，還打算到粱章鉅幕下參加抗英鬥争，可見這「忽然擱筆」，無非表示《己亥雜詩》至此結束罷了。然而，如此作結，終不能不是暴露了作者思想上的消極情緒。我們正不必「爲賢者諱」。

周按：

《己亥雜詩》共三一五首，諸本皆同。唯香港中華書局一九七四年版之王校本《全集》録至三一三首（惠山秀氣迎客舟）而止，於三一四、三一五兩詩後則另注云録自《定盦詩集》，未知何據（上海人民出版社一九七五年版、上海古籍出版社一九九九年版之王校本則與各本同）。

甌北集	[清]趙翼著　李學穎、曹光甫校點
惜抱軒詩文集	[清]姚鼐著　劉季高標校
兩當軒集	[清]黄景仁著　李國章校點
惲敬集	[清]惲敬著　萬陸、謝珊珊、林振岳標校　林振岳集評
茗柯文編	[清]張惠言著　黄立新校點
瓶水齋詩集	[清]舒位著　曹光甫點校
龔自珍全集	[清]龔自珍著　王佩諍校點
龔自珍詩集編年校注	[清]龔自珍著　劉逸生、周錫䪖校注
水雲樓詩詞箋注	[清]蔣春霖著　劉勇剛箋注
人境廬詩草箋注	[清]黄遵憲著　錢仲聯箋注
嶺雲海日樓詩鈔	[清]丘逢甲著　丘鑄昌標點

牧齋初學集詩注彙校	[清]錢謙益著　[清]錢曾箋注 卿朝暉輯校
李玉戲曲集	[清]李玉著 陳古虞、陳多、馬聖貴點校
吴梅村全集	[清]吴偉業著　李學穎集評標校
歸莊集	[清]歸莊著
顧亭林詩集彙注	[清]顧炎武著　王蘧常輯注 吴丕績標校
安雅堂全集	[清]宋琬著　馬祖熙標校
吴嘉紀詩箋校	[清]吴嘉紀著　楊積慶箋校
陳維崧集	[清]陳維崧著　陳振鵬標點 李學穎校補
屈大均詩詞編年校箋	[清]屈大均著　陳永正等校箋
秋笳集	[清]吴兆騫撰　麻守中校點
漁洋精華録集釋	[清]王士禛著 李毓芙、牟通、李茂肅整理
聊齋志異會校會注會評本	[清]蒲松齡著　張友鶴輯校
敬業堂詩集	[清]查慎行著　周劭標點
納蘭詞箋注	[清]納蘭性德著　張草紉箋注
方苞集	[清]方苞著　劉季高校點
樊榭山房集	[清]厲鶚著　[清]董兆熊注 陳九思標校
劉大櫆集	[清]劉大櫆著　吴孟復標點
儒林外史彙校彙評	[清]吴敬梓著　李漢秋輯校
小倉山房詩文集	[清]袁枚著　周本淳標校
忠雅堂集校箋	[清]蔣士銓著　邵海清校 李夢生箋

高青丘集	[明]高啓著　[清]金檀注 徐澄宇、沈北宗校點
唐寅集	[明]唐寅著　周道振、張月尊輯校
文徵明集(增訂本)	[明]文徵明著　周道振輯校
震川先生集	[明]歸有光著　周本淳校點
海浮山堂詞稿	[明]馮惟敏著 凌景埏、謝伯陽標校
滄溟先生集	[明]李攀龍著　包敬第標校
梁辰魚集	[明]梁辰魚著　吴書蔭編集校點
沈璟集	[明]沈璟著　徐朔方輯校
湯顯祖詩文集	[明]湯顯祖著　徐朔方箋校
湯顯祖戲曲集	[明]湯顯祖著　錢南揚校點
白蘇齋類集	[明]袁宗道著　錢伯城校點
袁宏道集箋校	[明]袁宏道著　錢伯城箋校
珂雪齋集	[明]袁中道著　錢伯城點校
隱秀軒集	[明]鍾惺著　李先耕、崔重慶標校
譚元春集	[明]譚元春著　陳杏珍標校
張岱詩文集(增訂本)	[明]張岱著　夏咸淳輯校
陳子龍詩集	[明]陳子龍著 施蟄存、馬祖熙標校
夏完淳集箋校(修訂本)	[明]夏完淳著　白堅箋校
牧齋初學集	[清]錢謙益著　[清]錢曾箋注 錢仲聯標校
牧齋有學集	[清]錢謙益著　[清]錢曾箋注 錢仲聯標校
牧齋雜著	[清]錢謙益著　[清]錢曾箋注 錢仲聯標校

東坡詞傅幹注校證	[宋]蘇軾著　[宋]傅幹注 劉尚榮校證
欒城集	[宋]蘇轍著　曾棗莊、馬德富校點
山谷詩集注	[宋]黄庭堅著　[宋]任淵、史容、 史季温注　黄寶華點校
山谷詩注續補	[宋]黄庭堅著　陳永正、何澤棠注
山谷詞校注	[宋]黄庭堅著　馬興榮、祝振玉校注
淮海集箋注	[宋]秦觀撰　徐培均箋注
淮海居士長短句箋注	[宋]秦觀著　徐培均箋注
清真集箋注	[宋]周邦彦著　羅忼烈箋注
石林詞箋注	[宋]葉夢得著　蔣哲倫箋注
樵歌校注	[宋]朱敦儒著　鄧子勉校注
李清照集箋注(修訂本)	[宋]李清照著　徐培均箋注
陳與義集校箋	[宋]陳與義著　白敦仁校箋
蘆川詞箋注	[宋]張元幹著　曹濟平箋注
劍南詩稿校注	[宋]陸游著　錢仲聯校注
放翁詞編年箋注(增訂本)	[宋]陸游著　夏承燾、吴熊和箋注 陶然訂補
范石湖集	[宋]范成大撰　富壽蓀標校
于湖居士文集	[宋]張孝祥著　徐鵬校點
稼軒詞編年箋注(定本)	[宋]辛棄疾撰　鄧廣銘箋注
辛棄疾詞校箋	[宋]辛棄疾著　吴企明校箋
姜白石詞編年箋校	[宋]姜夔著　夏承燾箋校
後村詞箋注	[宋]劉克莊著　錢仲聯箋注
雁門集	[元]薩都拉著 殷孟倫、朱廣祁校點
揭傒斯全集	[元]揭傒斯著　李夢生標校

三家評注李長吉歌詩	[唐]李賀著　[清]王琦等評注
樊川文集	[唐]杜牧著　陳允吉校點
樊川詩集注	[唐]杜牧著　[清]馮集梧注
温飛卿詩集箋注	[唐]温庭筠著　[清]曾益等箋注
玉谿生詩集箋注	[唐]李商隱著　[清]馮浩箋注 蔣凡校點
樊南文集	[唐]李商隱著　[清]馮浩詳注 錢振倫、錢振常箋注
皮子文藪	[唐]皮日休著　蕭滌非、鄭慶篤整理
鄭谷詩集箋注	[唐]鄭谷著 嚴壽澂、黄明、趙昌平箋注
韋莊集箋注	[五代]韋莊著　聶安福箋注
李璟李煜詞校注	[南唐]李璟、李煜著　詹安泰校注
張先集編年校注	[宋]張先著　吴熊和、沈松勤校注
二晏詞箋注	[宋]晏殊、晏幾道著　張草紉箋注
乐章集校箋	[宋]柳永著　陶然、姚逸超校箋
梅堯臣集編年校注	[宋]梅堯臣著　朱東潤編年校注
歐陽修詩文集校箋	[宋]歐陽修著　洪本健校箋
歐陽修詞校注	[宋]歐陽修著　胡可先、徐邁校注
蘇舜欽集	[宋]蘇舜欽著　沈文倬校點
嘉祐集箋注	[宋]蘇洵著　曾棗莊、金成禮箋注
王荆文公詩箋注	[宋]王安石著　[宋]李壁箋注 高克勤點校
王令集	[宋]王令著　沈文倬校點
蘇軾詩集合注	[宋]蘇軾著　[清]馮應榴注 黄任軻、朱懷春校點
東坡樂府箋	[宋]蘇軾著　[清]朱孝臧編年 龍榆生校箋

玉臺新咏彙校	吴冠文、談蓓芳、章培恒彙校
王梵志詩集校注(增訂本)	[唐]王梵志著　項楚校注
盧照鄰集箋注	[唐]盧照鄰著　祝尚書箋注
駱臨海集箋注	[唐]駱賓王著　[清]陳熙晋箋注
王子安集注	[唐]王勃著　[清]蔣清翊注
陳子昂集(修訂本)	[唐]陳子昂撰　徐鵬校點
孟浩然詩集箋注(增訂本)	[唐]孟浩然著　佟培基箋注
王右丞集箋注	[唐]王維著　[清]趙殿成箋注
李白集校注	[唐]李白著　瞿蜕園、朱金城校注
高適集校注(修訂本)	[唐]高適著　孫欽善校注
杜詩趙次公先後解輯校	[唐]杜甫著　[宋]趙次公注 林繼中輯校
杜詩鏡銓	[唐]杜甫著　[清]楊倫箋注
錢注杜詩	[唐]杜甫著　[清]錢謙益箋注
杜甫集校注	[唐]杜甫著　謝思煒校注
岑參集校注	[唐]岑參著　陳鐵民、侯忠義校注
戴叔倫詩集校注	[唐]戴叔倫著　蔣寅校注
韋應物集校注(增訂本)	[唐]韋應物著　陶敏、王友勝校注
權德輿詩文集	[唐]權德輿撰　郭廣偉校點
韓昌黎詩繫年集釋	[唐]韓愈著　錢仲聯集釋
韓昌黎文集校注	[唐]韓愈著　馬其昶校注 馬茂元整理
劉禹錫集箋證	[唐]劉禹錫著　瞿蜕園箋證
白居易集箋校	[唐]白居易著　朱金城箋校
柳宗元詩箋釋	[唐]柳宗元著　王國安箋釋
柳河東集	[唐]柳宗元著　[宋]廖瑩中輯注
元稹集校注	[唐]元稹著　周相録校注
長江集新校	[唐]賈島著　李嘉言新校

《中國古典文學叢書》已出書目

詩經今注	高亨注
楚辭今注	湯炳正、李大明、李誠、熊良智注
司馬相如集校注	[漢]司馬相如著　金國永校注
揚雄集校注	[漢]揚雄著　張震澤校注
張衡詩文集校注	[漢]張衡著　張震澤校注
阮籍集	[魏]阮籍著　李志鈞等校點
陸機集校箋	[晉]陸機著　楊明校箋
陶淵明集校箋(修訂本)	[晉]陶潛著　龔斌校箋
世説新語箋疏(修訂本)	[南朝宋]劉義慶撰　余嘉錫箋疏　周祖謨等整理
世説新語校釋	[南朝宋]劉義慶撰　[南朝梁]劉孝標注　龔斌校釋
鮑參軍集注	[南朝宋]鮑照著　錢仲聯增補集説校
謝宣城集校注	[南朝齊]謝朓著　曹融南校注集説
江文通集校注	[南朝梁]江淹著　丁福林、楊勝朋校注
文心雕龍義證	[南朝梁]劉勰著　詹鍈義證
詩品集注(增訂本)	[梁]鍾嶸著　曹旭集注
文選	[梁]蕭統編　[唐]李善注
蕭繹集校注	[南朝梁] 蕭繹著　陳志平、熊清元校注